Retour au lac des Saules

SUSAN WIGGS

Retour au lac des Saules

Titre original : DOCKSIDE

Traduction française de SABINE BOULONGNE

HARLEQUIN®
est une marque déposée par le Groupe Harlequin

BEST-SELLERS®
est une marque déposée par Harlequin S.A.

Photos de couverture
Ponton : © FIRSTLIGHT / JUPITER IMAGES
Femme : © ANGELO CAVALLI / ZEFA / CORBIS
Maison : © SARA GRAY / GETTY IMAGES

© 2007, Susan Wiggs. © 2008, Harlequin S.A.
83/85 boulevard Vincent-Auriol 75646 PARIS CEDEX 13.
Service Lectrices — Tél. : 01 45 82 47 47
ISBN 978-2-2808-4475-8 — ISSN 1248-511X

Pour les traversées estivales jusqu'à notre groupe d'auteurs, pour les trajets traîtres à travers les nuits glaciales d'hiver, pour la solidarité pendant les inondations de printemps et les pluies automnales, pour mes camarades écrivains et amis en toutes saisons.

Pour Sheila ! Pour Joy !

Un lac est le trait le plus beau et le plus expressif d'un paysage. C'est l'œil de la terre. En y plongeant le regard, l'homme mesure la profondeur de sa propre nature.

HENRY DAVID THOREAU, *Walden*, « The Ponds»

PREMIÈRE PARTIE

Le présent

« Vous êtes à la fois guide de voyage, animateur, publicitaire et gestionnaire, maître de maison, cuisinier, comptable, responsable des relations publiques, architecte, jardinier, vous connaissez bien l'histoire locale… Si vous êtes disposé à travailler dur pour créer un espace confortable à l'intention de vos visiteurs, si vous aimez votre région et souhaitez partager cette passion, alors vous envisagerez peut-être de devenir propriétaire d'un Bed & Breakfast. »

L'Association des B&B d'Alaska

1

Après que Shane Gilmore l'eut embrassée, Nina Romano garda les yeux fermés. Bon, se dit-elle, il a des progrès à faire, mais ce talent n'est pas toujours inné chez les hommes.

Elle rouvrit les yeux et lui sourit. Il avait pourtant l'air convaincant avec ses lèvres joliment dessinées, sa mâchoire puissante, sa carrure d'athlète et son épaisse chevelure noire… Mais ce n'était peut-être pas son jour.

— Ça faisait longtemps que j'avais envie de faire ça, dit-il. J'étais impatient que ton mandat touche à sa fin.

Cette remarque la piqua au vif. Car c'était un scandale qui avait mis brutalement un terme à ses fonctions de maire d'Avalon, dans l'Etat de New York.

— Tu parles comme mes ennemis politiques ! lança-t-elle.

— Pourtant, Shane, mes motifs sont d'ordre sentimental. J'attendais le moment propice. Je voyais mal comment nous aurions pu sortir ensemble à l'époque où tu étais maire, étant donné que je suis président de la seule banque de la ville.

Tu es tellement séduisant ! pensa-t-elle. *Si seulement tu pouvais cesser de te comporter comme un abruti…*

Ce scandale l'avait bel et bien rendue parano. Ce qui

semblait curieux, au fond, puisque les scandales, ça la connaissait ! Mère célibataire à un âge encore tendre, elle avait gardé la tête haute et s'était fait embaucher par la municipalité. Après quoi elle s'était hissée au rang d'adjointe au maire. Son salaire dérisoire n'avait guère augmenté lorsque le maire en place, Mc Kittrick, était tombé malade et qu'elle l'avait remplacé au pied levé. C'est ainsi qu'elle était devenue le plus jeune maire de tout l'Etat. Elle avait hérité d'une situation financière désastreuse. Avalon était au bord de la faillite. Elle avait réduit les dépenses, y compris ses propres appointements, et avait fini par découvrir la source du problème : un trésorier municipal corrompu.

Arrête, maintenant ! se dit-elle.

A maints égards, elle entamait un nouveau chapitre de sa vie. Elle venait de prendre trois semaines de vacances, et c'était la première fois qu'elle sortait avec Shane, alors elle n'allait pas se mettre à chicaner sur tout !

Mis à part ce baiser — maladroit et vraiment trop... baveux —, les choses se passaient plutôt bien. Par ce beau dimanche après-midi, ils avaient pique-niqué au Blanchard Park, sur la rive du lac des Saules, puis ils avaient fait une promenade au bord de l'eau. C'est à ce moment-là que Shane s'était lancé. Il s'était immobilisé en plein milieu du sentier, jetant des regards furtifs à droite et à gauche, puis il avait plaqué sa bouche sur la sienne.

Berk !

Allons, secoue-toi ! C'était supposé être un nouveau départ. Pendant toutes les années où elle avait élevé sa fille, elle n'avait jamais eu le temps ni l'énergie de sortir avec des garçons. Elle n'avait rien connu d'autre que des premiers rendez-vous pour la bonne raison qu'il n'y en avait jamais de deuxième. Sauf une fois... Résultat : elle s'était retrouvée enceinte à quinze ans. Après ce coup-là, elle en avait conclu que les seconds rendez-vous portaient la poisse.

Mais la situation avait bien changé. Il était temps de voir si un rendez-vous pouvait aboutir à autre chose qu'à un désastre. Sonnet, sa fille, était grande, maintenant. Elle avait été acceptée à l'American University, évitant scrupuleusement toutes les erreurs de jeunesse que sa mère avait commises en son temps.

Dans un moment d'aveuglement insensé, Nina s'était convaincue que ce serait facile de laisser partir sa fille…

En s'efforçant de revenir à l'instant présent, elle hâta le pas. Quelque chose la piqua vivement à la cuisse. Elle se rendit compte qu'elle s'était approchée d'un peu trop près d'une touffe d'orties.

En dépit de son petit cri de douleur, Shane ne s'aperçut de rien et continua à marcher à côté d'elle en lui racontant sa dernière partie de golf.

Le golf, pensa Nina en serrant les dents pour faire passer la douleur. Elle avait toujours eu envie de s'y essayer… mais elle avait repoussé tant de projets. Maintenant que Sonnet était partie, c'était son tour de se lancer.

Cette perspective l'incita à accélérer l'allure. C'était un après-midi splendide et il y avait foule dans le parc, à croire que les gens étaient tous sortis de leur hibernation. Elle avait plaisir à regarder les couples qui se promenaient le long du rivage, les familles pique-niquant dans l'herbe, les canoës et petits bateaux à voile voguant sur les eaux limpides du lac. Elle adorait sa ville natale. C'était l'endroit idéal pour entamer la nouvelle phase de sa vie.

Si elles n'étaient guère lucratives, ses fonctions de maire lui avaient donné l'occasion de se faire des amis et des alliés qui dépassaient largement le nombre de ses ennemis, même après le scandale financier. Ces relations,

13

et la banque de Shane, étaient la clé du nouvel objectif qu'elle s'était fixé. Et elle était sur le point de ressusciter un rêve enfoui depuis trop longtemps.

— Alors, tu as attendu que je sois libérée de mes attributions de maire ? lança-t-elle à l'adresse de Shane. C'est bon à savoir. Tout se passe bien à la banque ?

— Il y a eu quelques changements, répondit-il. J'avais l'intention de t'en parler un peu plus tard.

Elle fronça les sourcils en s'apercevant qu'il fuyait son regard.

— Quel genre de changement ?

— Nous avons embauché du personnel pendant ton absence… Mais j'aimerais mieux parler d'autre chose.

Il lui effleura le bras et lui adressa un coup d'œil éloquent.

— Tout à l'heure, sur le chemin, ajouta-t-il en esquissant un geste, j'ai eu le sentiment qu'on était vraiment proches. Tu m'as manqué, tu sais ? C'est long, trois semaines.

— Ah bon ? Tu trouves ?

Ne sois pas injuste, se dit-elle. *Essaie de ne pas tout gâcher.*

— Ce n'est pas si long pour moi, Shane. Ça fait des années que j'attends de prendre mon envol. Cette fois-ci, ça y est. Ma nouvelle vie commence. J'entrevois enfin un avenir dont je rêve depuis que je suis petite.

— Euh… ouais. C'est super.

Il paraissait mal à l'aise. Se rappelant qu'il ne voulait pas parler boulot, elle s'empressa de changer de sujet.

— Je suis heureuse d'avoir pu faire ce voyage avec Sonnet, enchaîna-t-elle. Je ne me souviens même pas de la dernière fois où on a pris des vacances.

— Je pensais que tu te laisserais peut-être séduire par la vie citadine et que tu ne reviendrais jamais.

Décidément, il la connaissait bien mal.

— Je suis trop attachée à cet endroit, Shane, répondit-elle. Depuis toujours. A cette ville où j'ai grandi, où vit ma famille. Je ne quitterai jamais Avalon.

— Alors, tu as eu le mal du pays pendant ton voyage ?

— Non, parce que je savais que je reviendrais.

Le lendemain de la remise de diplômes de Sonnet, elles avaient pris le train pour Washington. Elles avaient passé trois merveilleuses semaines ensemble à visiter la capitale et les monuments coloniaux de la Virginie. Même si elle refusait de l'admettre, Nina cherchait aussi à se rassurer au sujet de Laurence Jeffries, le père de Sonnet, et de sa famille. Sonnet devait passer l'été avec eux. Laurence était un haut officier de l'armée : il exerçait les fonctions d'attaché militaire. Il avait proposé à Sonnet de séjourner avec sa femme, lui et leurs deux filles à Casteau, en Belgique, où il avait été nommé au Grand quartier général des puissances alliées en Europe.

Le fait d'avoir un père au SHAPE était une formidable opportunité pour Sonnet qui travaillerait ainsi comme stagiaire pour l'OTAN. C'était aussi l'occasion pour elle d'apprendre à mieux connaître Laurence. En sa qualité d'Afro-Américain diplômé de West Point, il était une véritable vedette. Il avait épousé la petite-fille d'un célèbre défenseur des droits civils, et ses filles étaient des élèves émérites de la Sidwell Friends School. Ces personnes exceptionnelles se proposaient de réserver le meilleur accueil à Sonnet. Telle était, du moins, l'impression de Nina. A la fin de l'été, Sonnet entamerait ses études à l'American University. Simple, pensa Nina. Tous les enfants quittent la maison un jour ou l'autre, non ?

Le fait que Sonnet aille vivre quelque temps avec son père, sa belle-mère et ses demi-sœurs n'avait rien de bien compliqué non plus. Les familles recomposées n'étaient-elles pas la norme, de nos jours ?

Alors, pourquoi Nina paniquait-elle chaque fois qu'elle imaginait sa fille dans cette splendide demeure en brique de Georgetown ou dans cette pittoresque ville belge qui accueillait le personnel de SHAPE et de l'OTAN ? Elle avait le sentiment que Sonnet s'éloignait d'elle un peu plus chaque jour.

Elle avait bien fait de la laisser partir. C'était le souhait de la jeune fille. Et aussi le sien. Depuis longtemps, elle attendait de recouvrer la liberté, son indépendance. Il n'empêche que cette séparation avait été un véritable acte de foi. Dieu merci, quelque chose l'attendait à son retour, en dehors d'une maison vide. Une nouvelle vie, de nouveaux projets, une nouvelle aventure. Rien de tout cela ne remplacerait sa fille, mais Nina était déterminée à aller de l'avant. Elle avait renoncé à beaucoup de choses en devenant maman à un âge aussi précoce, et ça n'avait pas toujours été facile. Non, renoncer n'était pas le terme qui convenait, se dit-elle. Elle n'avait fait que remettre à plus tard certains projets.

Shane s'était remis à parler et Nina se rendit compte qu'elle n'avait pas écouté un traître mot de son discours.

— Je suis désolée. Tu disais ?

— Je disais que j'étais tout émoustillé à l'idée de faire du kayak. C'est la première fois.

Emoustillé ? Avait-il vraiment dit ça ?

— Le lac est l'endroit idéal pour débuter. Il n'y a pas beaucoup de vagues.

— Même dans le cas contraire, répondit-il, je suis fin prêt. J'ai acheté un équipement, ce matin même.

Ils arrivèrent au ponton municipal voisin du hangar à bateaux. Il y avait un monde fou. Des couples et des familles se baladaient et pataugeaient dans l'eau. Le regard de Nina s'attarda sur un couple assis sur un banc près du rivage. Ils se faisaient face en se tenant par la main, penchés l'un vers l'autre, en pleine conversation. Leur intimité était perceptible, même de loin. Les êtres adoptaient une attitude particulière quand ils s'aimaient et se faisaient confiance. Cette vision emplit la jeune femme de regrets. Elle n'était guère experte en matière de romantisme puisqu'elle n'avait jamais connu l'amour. Peut-être qu'un jour, elle découvrirait elle-même ce mystère ?

Probablement pas aujourd'hui, pensa-t-elle en jetant un coup d'œil à Shane.

Il interpréta mal son regard.

— Après la balade en kayak, dit-il, j'ai pensé qu'on pourrait aller chez moi. Je te ferai à dîner.

— C'est gentil, répondit-elle en souriant.

— Nina ! cria quelqu'un. Nina Romano !

Sur une aire de pique-nique voisine de l'abri à bateaux, elle aperçut Bo Crutcher, le lanceur vedette des Avalon Hornets, une équipe appartenant à la ligue américano-canadienne de base-ball. Comme d'habitude, le grand Texan traînait avec ses copains en buvant de la bière.

— Salut, ma beauté ! lança-t-il d'une voix traînante.

Son accent ondulait comme du miel chauffé au soleil.

— Je ne suis pas ta beauté ! riposta-t-elle. Et le règlement n'interdit-il pas de boire avant un match ?

— Je crois bien que si, chérie ! Comment tu fais pour être aussi fute-fute ?

— C'est inné.

— Tu connais tout le monde, on dirait ! lança Shane.

— C'est ce que j'ai préféré dans le métier de maire : tous ces gens que j'ai rencontrés.

Shane jeta un coup d'œil à Bo par-dessus son épaule.

— Comment se fait-il qu'on ne l'ait pas viré de l'équipe ?

— C'est un excellent joueur, voilà pourquoi.

Nina savait que Bo avait été évincé d'autres équipes à cause de son penchant pour la fête. La ligue « Can-Am » était probablement sa dernière chance.

— Quand on est doué pour quelque chose, les gens ont tendance à fermer les yeux sur vos failles, au moins pendant quelque temps. Mais en général, elles finissent par vous rattraper.

Un rire d'enfant porté sur les flots attira l'attention de la jeune femme. Elle reconnut instantanément Greg Bellamy et son fils, Max, en train de mettre un canoë à l'eau.

Toutes les femmes sans attaches de la ville reconnaissaient Greg Bellamy, le *nec plus ultra* dans le rayon des divorcés de fraîche date. Il était incroyablement séduisant avec son sourire étincelant, son regard pétillant, sa carrure d'athlète et sa haute stature. Nina avait été secrètement amoureuse de lui pendant longtemps. Mais il n'était pas pour elle, elle le savait... Et puis, assumer les enfants d'une autre femme ne faisait pas partie de son plan.

De toute façon, Greg ne s'intéressait pas à elle. Lorsqu'il était venu s'installer en ville l'hiver dernier, elle l'avait invité à prendre un café, mais il avait décliné son offre. Nina s'en souvint en voyant quelqu'un se joindre à Greg et Max — en l'occurrence, une jeune femme arborant un pantacourt blanc en toile légère et un pull citron vert. Elle devait mesurer près de deux mètres et elle était très blonde. Bien qu'elle soit trop loin pour pouvoir en juger, Nina ne doutait pas un instant qu'elle était jolie. C'était le seul type de femme que Greg semblait apprécier. Les petites Américaines d'origine italienne, mesurant moins d'un mètre soixante et réputées pour leur tempérament

18

explosif, leur manque de style et leurs cheveux coupés à la garçonne ne paraissaient guère l'intéresser.

Détournant résolument son attention de Greg Bellamy, Nina se dirigea vers le hangar où elle rangeait son kayak. Elle adorait naviguer. Le lac des Saules — joyau d'Avalon, comme le disaient les brochures de la Chambre de Commerce — faisait une quinzaine de kilomètres de long. La Schuyler s'y jetait et il se nichait parmi les versants boisés des Catskills. L'une des extrémités du lac, bordée par le parc municipal tant prisé, faisait face à la ville d'Avalon. Nina avait joué un rôle clé dans la création de cet espace vert, à l'époque où elle exerçait les fonctions de maire. Un peu plus loin, des résidences estivales auxquelles se mêlaient ici et là quelques B&B discrets s'égrenaient le long du rivage. Les propriétés privées étaient rares au bord de l'eau, dans la mesure où les terrains faisaient désormais partie du parc naturel des Catskills. Les quelques demeures construites avant l'instauration de ce parc naturel ressemblaient à des maisons de contes de fées.

A l'extrême nord se nichait un domaine baptisé camp Kioga. Cette propriété appartenait à la famille Bellamy depuis des générations. Quoi de plus naturel ? Nina avait parfois l'impression que les Bellamy possédaient la moitié du pays. Le camp avait rouvert ses portes récemment pour accueillir des familles en vacances. A la fin de l'été, il serait le cadre d'un mariage très attendu.

Pendant qu'elle extirpait le kayak de sa cale avec Shane, Nina fut prise d'un élan de nostalgie. Elle avait acquis cette embarcation à deux places des années plus tôt, à la vente aux enchères annuelle du Rotary Club. Elle était parfaite pour Sonnet et elle. Au souvenir de ces rares journées d'été où elle réussissait à s'échapper pour aller pagayer sur le lac avec sa fille, les regrets l'assaillirent au point qu'elle en eut le souffle coupé.

— Il y a un problème ? demanda Shane.

— Non, ça va, répondit-elle. Je suis tellement contente de pouvoir naviguer de nouveau !

Il retourna à sa voiture chercher son équipement. Tout en mettant le bateau à l'eau au ponton, Nina suivit la progression du canoë de Greg. Max et lui pagayaient en tandem pendant que la blonde trônait entre eux, telle une princesse nordique. Elle devait s'ennuyer. Quel plaisir pouvait-elle éprouver à rester assise là à ne rien faire hormis préserver sa coiffure et s'assurer qu'on ne froissait pas son pantalon ?

Qui était-elle donc ? Avec un mariage en perspective au sein de la famille Bellamy, beaucoup de visiteurs avaient afflué en ville et au camp Kioga : organisateurs de fêtes, fleuristes, traiteurs, décorateurs. La future mariée n'était autre qu'Olivia, la nièce de Greg. La princesse nordique serait peut-être au bras de Greg à la noce.

Issue d'une très nombreuse famille, Nina avait l'habitude des mariages, même si elle ne s'était jamais mariée elle-même, évidemment. Peut-être cela lui arriverait-il, maintenant qu'elle était vraiment seule... Enfin, pas tout de suite, songea-t-elle en apercevant Shane Gilmore qui revenait du parking.

Il avait revêtu une tenue complète de kayakiste : casque anti-chocs, anorak flottant avec une jupette pour se protéger des embruns qui lui encerclait la taille tel un tutu mal ajusté, sans oublier une radio VHF et des chaussures amphibies.

— Magnifique ! s'exclama-t-elle en s'interdisant de rire.

Fort heureusement, son rôle de maire lui avait appris à être diplomate.

20

— Merci, dit-il en lissant son anorak. J'ai tout acheté en solde chez Sport Haus.

— Tu en as de la chance ! murmura Nina. Tu n'auras probablement pas besoin du casque et de la jupette aujourd'hui. Ils ne servent que pour le rafting.

Ignorant ses conseils, il se glissa sur le siège pendant qu'elle maintenait l'embarcation en équilibre.

— Prête ?

— Pas tout à fait, répondit Nina en s'emparant des pagaies. On n'ira pas loin sans ça.

— Nom de Dieu ! s'exclama-t-il. J'ai l'impression que ce truc va se retourner d'un instant à l'autre.

— Ne t'inquiète pas ! Sonnet n'avait pas cinq ans que je l'emmenais déjà faire des promenades sur le lac dans ce kayak. Par beau temps, il n'y a pas d'embarcation plus sûre.

Il se cramponna au ponton quand Nina monta à son tour. Elle s'intima l'ordre de ne pas se montrer trop critique envers lui. C'était le président de la banque. Il était cultivé, bel homme. Il disait des choses comme : « Sais-tu combien de temps j'ai attendu avant de m'enhardir à t'inviter ? »

Elle lui montra comment ramer et manœuvrer le gouvernail. Peu importait qu'il soit un abruti. Qu'est-ce que ça pouvait bien faire qu'il s'affuble d'un casque de protection et d'une jupette ? La prudence avait du bon.

Sans compter qu'à l'évidence, il appréciait la balade. Une fois qu'ils se furent éloignés du rivage et qu'ils commencèrent à glisser sur la surface lisse du lac, il se détendit visiblement. Toute la magie et la beauté des promenades en bateau étaient là, pensa Nina. Voilà pourquoi les lacs situés au nord de l'Etat de New York étaient légendaires et pourquoi ils attiraient les citadins. L'eau était émaillée d'optimistes aux voiles semblables à des ailes d'ange, de kayaks, de canoës et de barques de toutes sortes. Les collines vallonnées, parsemées de sources et de cascades, se reflétaient sur le miroir du lac. A ramer ainsi sur les flots tachetés par les rayons du soleil, on se serait cru dans une œuvre impressionniste : un tableau paisible et pittoresque.

— Allons par là ! suggéra-t-elle en pointant sa pagaie. Je voudrais jeter un coup d'œil à l'auberge du lac des Saules, mon nouveau projet.

Il parut hésiter.

— C'est assez loin, dit-il. Carrément de l'autre côté du lac.

— Ça ne prendra que quelques minutes.

Une fois encore, elle conserva son calme. L'auberge allait être au cœur de sa vie, dorénavant. En tant que président de la banque, Shane était l'une des rares personnes à être au courant de son rêve. L'établissement avait fait l'objet d'une saisie, et la banque détenait maintenant les droits de propriété. Grâce à M. Bailey, responsable des actifs de la banque, Nina avait obtenu le contrat de gestion de l'auberge. Elle superviserait sa réouverture et son fonctionnement. Si elle faisait du bon travail, si tout se déroulait comme prévu, à terme, elle pourrait bénéficier d'un petit prêt qui lui permettrait d'acquérir ce bien. C'était ce qu'elle voulait. Elle en avait rêvé toute sa vie.

Involontairement, elle accéléra la cadence, si bien que leurs rames se heurtèrent.

— Désolée, marmonna-t-elle.

Ce n'était pas tout à fait vrai. En réalité, elle était pressée.

Tandis qu'elle pagayait en direction de cette propriété historique avec son long ponton, son cœur s'emballa. C'était l'unique hôtel sur le lac, grâce aux restrictions légales promulguées après sa construction. Le domaine comportait une série d'anciennes bâtisses rassemblées autour

22

d'un magnifique édifice principal aux tons émeraude, telle une demeure d'un autre temps. L'architecture italianisante était un superbe exemple de l'exubérance irrationnelle de l'Age d'or. Une véranda courait tout autour de la maison surmontée de pignons. Un improbable belvédère s'élevait, semblable à une pièce montée avec sa tourelle couronnée d'un dôme ornementé. Les fenêtres à meneaux offraient une vue imprenable sur le lac. Nina imaginait sans peine les hôtes se prélassant au soleil ou jouant au croquet dans les jardins, et les amoureux marchant main dans la main le long des allées ombragées. Elle avait un côté terriblement romantique, et l'auberge alimentait ses rêveries depuis toujours. Son bâtiment préféré était le hangar à bateaux, construit dans le style classique des lacs de l'Etat de New York avec ses cales couvertes au niveau de l'eau et un appartement au premier. Il était issu des mêmes rêves et tout aussi luxueux que l'édifice principal.

Selon l'accord qu'elle avait passé avec la banque, l'étage du hangar devait être sa résidence. Elle prévoyait de s'y installer dans la semaine. A l'origine, le bâtiment faisait office de gigantesque salle de jeux pour les enfants du propriétaire. Il comportait aussi un petit logement pour la nanny… Pour l'instant, il servait de remise.

Depuis qu'elle était toute petite, elle s'était imaginée là, accueillant chaleureusement des clients venus du monde entier. Ils boiraient une limonade en jouant au croquet sur la pelouse l'été, ou bien du chocolat chaud, l'hiver, confortablement installés près de la cheminée. Elle avait toujours su précisément à quoi ressemblerait chaque chambre, quelle musique suave on entendrait dans la salle à manger et quelle serait la saveur des muffins sortis du four.

Ses projets avaient été contrariés par sa grossesse

précoce et maintenant, une occasion s'offrait qu'elle était déterminée à saisir.

Le métier d'aubergiste n'avait peut-être rien de folichon aux yeux de certains. Pour elle, c'était le point de départ d'un rêve resté longtemps inassouvi. Tandis qu'ils glissaient sur l'eau en direction du ponton, un délicieux frisson d'excitation la parcourut, pas si différent, somme toute, de ce qu'elle était supposée éprouver pour l'homme qui l'accompagnait.

— Nous y sommes, dit-elle. Je suis impatiente de commencer.

Shane ne répondit rien.

— Shane ?

— A ce propos, fit-il en tournant brusquement sa tête casquée dans la direction de l'auberge. Il s'est produit certains changements intéressants à la banque.

Elle fronça les sourcils.

— « Intéressants » ne me paraît pas de très bon augure.

— Pendant que tu étais en vacances, Bailey a pris sa retraite. Il est parti vivre en Floride.

Elle se détendit.

— Je sais. Je lui ai envoyé un petit mot.

— Nous avons fait venir un nouveau gestionnaire des actifs de la maison mère. C'est une jeune femme. Brooke Harlow. Elle a procédé à diverses modifications au sein de son service. Elle avait reçu des instructions émises en haut lieu, qui visaient à améliorer les résultats financiers.

Nina sentit son cœur se serrer.

— Mon contrat est remis en cause ?

— Pas de souci. Ce contrat est considéré comme un élément précieux du programme global. Tu as une fabuleuse réputation. Il ne fait aucun doute que tu es la mieux placée pour gérer cette affaire.

— Alors, comment se fait-il que quelque chose me chiffonne là-dedans, Shane ?

— En fait, tout se présente bien. L'auberge du lac des Saules a été vendue, et ton contrat avec.

— Pas drôle ! déclara-t-elle calmement.

— Je ne cherche pas à être drôle. C'est ce qui s'est passé, ni plus ni moins.

— Ce n'est pas possible.

Le malaise qui l'assaillait lui indiquait néanmoins que c'était tout à fait possible.

— Je m'attendais à ce que la banque me propose d'acquérir cette propriété dès que je serais habilitée à solliciter un prêt.

— Tu savais, j'en suis sûr, que la banque pouvait envisager de se dessaisir de ce bien si un acheteur se présentait.

— Mais M. Bailey m'a dit…

— Je suis désolé, Nina. C'est chose faite.

Elle n'ignorait pas qu'il existait un risque. Elle en était consciente lorsqu'elle avait signé le contrat, mais M. Bailey lui avait affirmé que c'était peu probable. Dès qu'elle serait en mesure d'obtenir un prêt professionnel, elle pourrait devenir propriétaire de l'auberge.

L'auberge du lac des Saules. Vendue !

L'espace de quelques instants, elle fut incapable d'admettre cette réalité.

— Bref, poursuivit Shane, ignorant le fait que chacune de ses paroles était comme un violent coup de poing, elle appartient à quelqu'un d'autre, maintenant. Et quand je vais te dire le nom du propriétaire, tu seras étonnée, crois-moi.

Nina sentit quelque chose se briser en elle. Cet abruti en jupette incapable d'embrasser convenablement était en train de lui dire que tout son avenir, l'unique projet capable de combler le vide de sa vie maintenant que Sonnet était partie, lui échappait. C'était insoutenable.

— Hé, est-ce que ça va ? demanda-t-il.

Ce n'était pas la question à poser à une femme d'origine italienne en proie à une indicible colère.

Nina ne s'appartenait plus. Comme possédée par des démons, elle s'élança vers lui dans le kayak et le saisit à la gorge.

2

— N'est-ce pas un peu tôt dans la saison pour nager ? demanda Brooke Harlow à Greg Bellamy.

Intrigué, Greg se retourna pour voir ce qu'elle désignait du doigt — en l'occurrence, un couple dans un kayak, au loin. Une jeune femme brune et un type muni d'un casque de protection qui paraissaient fougueusement enlacés. Ils faisaient bouillonner l'eau autour d'eux tandis que leur embarcation tanguait et donnait de la gîte. Le kayak était pourtant un sport relaxant, se dit-il. Mais ce n'était pas son affaire. Chacun mène sa barque comme il l'entend ! Ah ah !

Il s'efforça de dissiper sa mauvaise humeur. C'était une magnifique journée annonciatrice de l'été. Le ciel était limpide, et il avait tout intérêt à en profiter. Il passait l'après-midi avec une femme qui avait tout du mannequin pour lingerie fine. Et son fils préado semblait sous le charme. Mais nom d'un chien, il n'avait que douze ans ! C'était beaucoup trop jeune pour s'intéresser aux femmes…

Brooke secoua sa main qu'elle venait de plonger dans l'eau.

— Brr ! Je crois que je vais attendre qu'il fasse un peu plus chaud avant de plonger. Et toi, Max ?

— L'eau froide ne me gêne pas, répondit le gamin.

Greg se dit que son fils n'hésiterait pas à marcher sur des braises si Brooke le lui suggérait…

Puis il s'efforça de dissiper ses inquiétudes. Mais ces temps-ci, bien sûr, il se préoccupait de tout, y compris du fait qu'un peu plus tard dans la saison, Max devait aller en Europe voir sa mère. Qu'y avait-il de plus déprimant pour lui : voir ses parents ensemble mais malheureux comme les pierres, ou les voir séparés par un océan ?

Mais ce n'était pas le moment de penser à ça, songea Greg. N'était-il pas supposé profiter de cet après-midi en charmante compagnie ?

Enfin théoriquement, ce n'était pas vraiment un rendez-vous galant. Pas avant ce soir quand il l'emmènerait dîner. Brooke était le nouveau gestionnaire des actifs à la banque, et récemment, elle avait opéré une importante transaction pour lui. Ainsi, il était désormais le propriétaire de l'auberge du lac des Saules. Il avait payé cash, et Brooke avait expédié l'affaire en quelques jours. Son ex-femme, Sophie, serait probablement la première à lui dire qu'il avait perdu la tête. C'était d'ailleurs la raison pour laquelle il ne lui avait encore rien dit. Les occupants avaient vidé les lieux et l'auberge était désormais fermée pour rénovations. Il avait pris les choses en main sans attendre, embauché un entrepreneur, passant lui-même ses journées et ses nuits à trimer sur place. L'idée étant de rouvrir le plus rapidement possible. Il s'était déjà installé avec ses enfants dans la demeure du propriétaire. L'imposante bâtisse victorienne ne ressemblait en rien à leur ancien lieu de résidence, un gratte-ciel luxueux en plein Manhattan, mais ils s'adaptaient plutôt bien.

Il plongea sa pagaie dans l'eau. A l'avant du bateau, Max l'imita. En bonne équipe, ils se mirent à ramer en tandem et le canoë glissa bientôt sur l'eau claire. L'espace de quelques délicieuses secondes, Greg se sentit en phase avec son fils, à la faveur de ce rare moment de coopération. Jadis, ils vivaient au même rythme, mais depuis le divorce, il avait l'impression qu'ils n'étaient plus sur la même longueur d'onde.

— La vache, papa ! s'exclama Max en désignant les occupants du kayak. Ce type a des ennuis, on dirait. On devrait aller voir.

— Non, répondit Greg. Ils chahutent, c'est tout.

Deux secondes plus tard, la femme passait par-dessus bord. Un geyser jaillit près de l'embarcation. La malheureuse s'efforçait de maintenir le kayak en équilibre tandis que le type battait l'air en poussant des cris.

Le kayak dansa sur les flots avant de chavirer d'un seul coup. Le gaillard casqué hurla un gros mot avant de plonger dans l'eau avec fracas.

— Oh, mon Dieu ! s'exclama Brooke. Je crois bien que c'est Shane Gilmore.

Le président de la banque !

Tandis qu'il pagayait furieusement en direction du kayak, Greg se rendit compte que la femme tombée à l'eau n'était autre que Nina Romano. Seigneur ! Quel hasard incroyable !

Le type au casque semblait repousser Nina avec une rame. Peut-être savait-il à son sujet quelque chose que Greg ignorait ?

— Vous avez besoin d'aide ? cria-t-il en rangeant le canoë le long du kayak.

Question idiote. Il tendit sa rame dans la direction de Nina.

Elle l'ignora.

— Aide-moi à maintenir le bateau à flot ! Il est en train de paniquer.

Super ! pensa Greg en songeant à la température de l'eau.

— Tenez bon ! dit-il.

Il prit une profonde inspiration et plongea à son tour. Il resurgit à quelques mètres de l'embarcation.

— Le kayak prend l'eau ! cria Nina. Shane est coincé et il n'arrête pas de bouger.

— Alors, sortons-le de là ! riposta Greg, tout engourdi par le choc de l'eau froide.

— Sa combinaison anti-embruns est accrochée quelque part ! hurla encore Nina.

Le type agitait les bras en toussant.

— Pas… nagé.

Il était livide et il avait les lèvres bleues. Son casque était tout de guingois. Il se cramponnait des deux mains aux lanières transversales du kayak.

— Vous n'aurez pas besoin de nager, dit Greg. Nous allons vous emmener à ce ponton là-bas, d'accord ? Mais il faut que vous restiez tranquille.

Mauviette ! ajouta-t-il mentalement. Un homme adulte, incapable de nager, avec un gilet de sauvetage, qui plus est. Qu'est-ce que c'était que cette histoire ?

Ils atteignirent rapidement le ponton. L'eau était si glacée que Greg nagea à une vitesse record. Le ponton de l'auberge du lac des Saules avait vu de meilleurs jours, incontestablement. Certaines planches étaient toutes tordues, les clous étaient rouillés et une fine pellicule d'algues tapissait les piliers. Une échelle branlante était fixée sur le côté.

Shane s'y agrippa en grelottant pendant que Nina se hissait hors de l'eau et se penchait au-dessus de la coque du kayak.

— Restez tranquille, dit-elle, le temps que je détermine où vous êtes accroché. Je crois que cette corde…

— Rien à foutre de cette corde !

Maintenant qu'il était en sécurité, la colère prenait le dessus. Il extirpa un canif de la poche de son pantalon.

— Hé ! Non…

Ignorant les protestations de la jeune femme, il scia la corde qui servait à porter le kayak et grimpa péniblement sur le ponton.

— Merci, Nina, grommela-t-il. C'était… quelque chose.

— Je suis désolée, dit-elle faiblement. Vous auriez dû me dire que vous ne saviez pas nager avant qu'on embarque.

— Personne ne peut nager la tête à l'envers sous l'eau.

— Je sais. Je vous ai dit que j'étais désolée…

Proche des larmes, le menton tout tremblant, Nina leva les yeux vers Greg.

La pauvre ! pensa-t-il. Il fut pris d'une envie soudaine de la serrer dans ses bras pour la consoler. Il aurait voulu lui dire que Shane se comportait comme un imbécile et que ça ne valait pas le coup de pleurer. Puis, en l'examinant mieux, il se rendit compte qu'elle luttait non pas contre les larmes mais contre le fou rire. Avec sa jupette anti-embruns et son casque de protection, Gilmore avait l'air d'une grotesque ballerine en colère.

Evite son regard, se dit-il.

Trop tard. Nina et lui se regardèrent et perdirent aussitôt leurs moyens. Entre deux éclats de rire, Greg vit le banquier se décomposer.

— Content que ça vous amuse autant ! lança-t-il.

Greg fit un effort pour reprendre le contrôle de lui-même.

— C'est le soulagement, mon vieux, dit-il. On se réjouit que vous soyez sain et sauf.

Nina continuait à pouffer sans pouvoir se retenir, tout en grelottant de froid.

— Je vois ça, marmonna Gilmore.

Brooke et Max arrivèrent à cet instant en canoë. La jeune femme s'extirpa de l'embarcation et s'élança vers Shane en gloussant comme une mère poule.

— Vous êtes gelé ! s'exclama-t-elle.

— Moi aussi, lui fit remarquer Greg.

Mais elle faillit le bousculer en se ruant vers le banquier.

Greg tourna son attention vers Nina qui serrait les bras contre sa poitrine en claquant des dents. C'était une petite femme au tempérament vif. Il la trouvait bizarrement séduisante — bizarrement, parce qu'elle n'était pas du tout son type. Elle avait pourtant quelque chose. Elle l'intriguait depuis toujours. De plus, il avait une grande nouvelle à lui annoncer, mais il avait imaginé d'autres circonstances pour aborder la question de l'auberge avec elle.

— Tu sors souvent avec des hommes qui portent un casque de protection ? lui demanda-t-il.

— Très drôle. A l'évidence, ça ne protège en rien.

— Ecoutez, je me suis garée dans le parking de l'auberge, disait Brooke à l'adresse de Shane. Je peux vous conduire jusqu'à votre voiture, si vous voulez.

De bleu, les lèvres de Shane avaient viré à l'indigo.

— J'accepte volontiers.

Brooke prit congé de Greg et de Max, après quoi elle se tourna vers Nina, la gratifiant d'un sourire éblouissant.

— Je m'appelle Brooke Harlow.

— La nouvelle gestionnaire de la banque, dit Nina en plissant les yeux. Et vous êtes garée à l'auberge.

— Bien sûr ! Je suis venue jusqu'ici en voiture.

— Shane me parlait justement de vous.

Même trempée jusqu'aux os, Nina faisait preuve d'une dignité déconcertante.

— Nina Romano.

— Oh, vous êtes Nina ! J'ai beaucoup entendu parler de vous. Nous discuterons une autre fois. Je dois raccompagner ce pauvre Shane avant qu'il soit complètement gelé.

— Ne vous gênez pas, répondit Nina.

Brooke lui adressa un sourire hésitant.

— Ravie d'avoir fait votre connaissance. Je suis sûre que nous nous reverrons.

— Certainement.

Nina redressa le menton comme si elle cherchait à se grandir.

— Je vous rappelle ! ajouta Brooke à l'adresse de Greg.

J'en doute fort, pensa-t-il. Il le voyait dans ses yeux. Il reconnaissait les signes. Il avait une vie beaucoup trop compliquée pour attirer une femme telle que Brooke Harlow. Il était divorcé, il avait la garde de ses deux enfants et il s'apprêtait à se lancer dans une nouvelle entreprise. En d'autres termes, il n'avait guère de temps à consacrer à une relation. Il avait peut-être… allez, cinq minutes par jour à accorder à quelqu'un.

Il n'en éprouva pas moins une pointe de regret en la regardant s'éloigner. Elle avait des jambes sublimes, de longs cheveux blonds, un ravissant sourire et… Il essaya de déterminer si sa personnalité lui plaisait. Mais avait-elle seulement de la personnalité ? Et en avait-elle besoin avec un physique pareil ?

Max amarra le canoë à un taquet.

— Je vais aller pêcher, papa, d'accord ?

— Entendu, mais reste sur le ponton, lui recommanda Greg, ravi que son fils ait envie de faire quelque chose d'un peu plus sain que reluquer Brooke Harlow.

Il se tourna vers Nina. Elle regardait fixement l'auberge de ses yeux sombres et brillants comme des diamants, avec un air… Il n'arrivait pas à interpréter son expression, mais il était évident qu'elle n'avait pas l'air content. Toute dégoulinante, elle paraissait encore plus menue que d'habitude. Ses cheveux noirs de jais lui retombaient sur le visage ; son short et son T-shirt lui collaient à la peau. Un coup d'œil suffit à Greg pour s'apercevoir que sous ce T-shirt, elle portait un soutien-gorge d'athlète à solide armature. La personne qui avait inventé ce sous-vêtement manquait sérieusement d'imagination.

— Eh bien, fit-elle en se penchant pour commencer à écoper le kayak, il ne manquait plus que ça !

Greg se demanda pourquoi elle se montrait aussi hostile — en dehors du fait qu'elle était trempée jusqu'aux os. Ce n'était pas bon signe dans la mesure où ils allaient bientôt travailler ensemble. S'il y avait une chose qu'il n'avait jamais su faire, c'était percer à jour la colère féminine. Il en était aussi incapable maintenant qu'à l'époque où il était marié. Il connaissait plus ou moins bien Nina depuis des années. Il se souvenait d'une gamine pleine d'entrain, plus jeune que lui de quelques années : une fille du coin qu'il croisait lorsqu'il venait passer l'été au camp Kioga. Il avait davantage de souvenirs d'elle qu'elle ne se l'imaginait, sans doute, mais ce n'était probablement pas une bonne idée d'aborder le sujet, surtout quand elle était de cette humeur. Lorsqu'il était venu s'installer à Avalon, l'hiver dernier, elle lui avait fait des avances, en quelque sorte, mais il était encore sous le coup du divorce et avait décliné son invitation. En la regardant à cet instant, il s'en mordait les doigts. Il y avait davantage de fougue et d'attrait dans une Nina toute mouillée et en colère que dans une centaine de Brooke, aussi blondes soient-elles.

Les vieilles planches du ponton grincèrent quand Nina se pencha pour tirer le kayak hors de l'eau.

— Laisse-moi te donner un coup de main, dit-il.

Il était légèrement agacé qu'elle ne lui ait pas demandé de l'aider. Le bateau était lourd, et quand ils le retournèrent, un paquet d'eau leur inonda les pieds. Ils le posèrent à l'envers sur le ponton pour qu'il s'égoutte.

Greg regarda Brooke et Shane remonter la grande

pelouse. Pour leur premier et dernier rendez-vous, vrai-semblablement, Brooke était venue à l'auberge en voiture. Même s'il était divorcé de fraîche date, il avait vite compris l'intérêt des voitures séparées. Lorsqu'on prenait date pour un rendez-vous, une première rencontre ou quoi que ce soit de ce genre, il était plus sûr de venir et de repartir chacun de son côté. Ce soir-là, il avait prévu de confier Max à sa grande sœur, Daisy, et d'emmener Brooke dîner quelque part. Après quoi — s'il vous plaît, mon Dieu, ça faisait si longtemps ! —, ils auraient pu passer la nuit ensemble.

Mais, non. A l'évidence, ça ne faisait plus partie du plan. Il était trempé, à présent. Il grelottait de froid et il devait supporter le sale caractère de Nina Romano.

La dernière fois qu'il l'avait vue, c'était quelques semaines plus tôt, au lycée, pour la remise des diplômes. Ils avaient tous les deux des enfants qui achevaient leurs études. Sonnet Romano et Daisy étaient amies, mais leurs destins n'auraient pas pu être plus différents. D'après son souvenir, Sonnet partait pour l'aventure, l'université, les voyages, tandis que Daisy...

— Je ferais mieux d'y aller, dit Nina, interrompant le cours de ses pensées. Ma voiture est de l'autre côté du lac, dans le hangar à bateaux municipal.

Elle se pencha pour remettre le kayak à l'eau.

— Laisse tomber, dit-il spontanément. Allons plutôt nous sécher.

Il fit un geste en direction de l'auberge. Le bâtiment principal était une demeure de rêve, construite dans les années 1890 par un magnat des chemins de fer qui avait beaucoup plus d'argent que de bon sens. Au fil des générations, la propriété avait connu un certain nombre de transformations.

— Comment ça ? demanda Nina. C'est fermé.

— Certes, fit-il en plongeant la main dans sa poche. Heureusement, j'ai la clé.

Elle le considéra, bouche bée, et blêmit.

— Je ne comprends pas, balbutia-t-elle d'une voix blanche. Qu'est-ce que tu fais avec cette clé ?

Seigneur ! Ce n'était pas du tout comme ça qu'il avait prévu de la mettre au courant. Il avait imaginé un rendez-vous d'affaires au cours duquel ils se seraient présentés l'un et l'autre en tenues de ville *sèches*… Et puis, flûte ! se dit-il.

— L'auberge du lac des Saules m'appartient, désormais.

Non contente d'avoir un visage à la Sophia Loren avec des yeux magnifiques et des lèvres pulpeuses, Nina Romano était merveilleusement expressive. Elle n'était pas réservée et froide comme les filles qu'il avait côtoyées dans sa jeunesse — des collégiennes détachées et impeccablement coiffées — sans parler de la reine de l'émotion réprimée : son ex-femme, Sophie. Nina exprimait instantanément tout ce qu'elle ressentait. Peut-être était-ce pour cela qu'elle lui faisait un peu peur. Contrairement aux Brooke Harlow de ce monde, Nina pouvait représenter une véritable menace, lui semblait-il, parce qu'elle était capable de lui faire éprouver autre chose que des pulsions purement physiques.

Pour l'heure, elle manifestait toute une gamme d'émotions — choc, déni, souffrance, colère — mais pas une once de résignation.

— C'est donc toi qui as acheté l'auberge pendant mon absence, dit-elle, la colère faisant vibrer chacun de ses mots.

— Gilmore ne te l'a pas dit ?

Elle le fusilla du regard.

— Je ne lui en ai pas vraiment donné l'occasion.

Greg ne comprenait pas pourquoi elle était aussi furieuse ni pourquoi il se sentait sur la défensive.

— Ça tombe bien qu'on se retrouve tous les deux ici. Je

sais que tu détiens le contrat de gestion. Il va falloir qu'on renégocie ça.

— Renégocier ? cria-t-elle sans pouvoir maîtriser sa colère.

— Tu as passé un accord avec la banque. Le contrat a été vendu avec tous les autres capitaux, mais nous allons devoir modifier un certain nombre de choses.

— Sans déconner ? lâcha-t-elle en se dirigeant vers l'auberge d'un pas décidé.

Dès l'instant où elle pénétra dans la véranda, Nina se sentit transportée. Même si l'auberge avait vu des jours meilleurs, une atmosphère élégante et surannée émanait des portes voûtées, des moulures et des balustrades sculptées, des plafonds hauts et des battants de fenêtres de style gothique. Elle avait passé beaucoup de temps ici, en réalité comme en rêve… Les odeurs de plâtre frais et de peinture indiquaient que les travaux de rénovation avaient déjà commencé.

Quand elle était petite, avec sa meilleure amie, Jenny, elle épiait les filles du club Rainbow en robes blanches, gantées, lorsqu'elles se retrouvaient là pour leur réunion mensuelle. Il s'agissait d'une association de jeunes filles de la bonne société qui se réunissaient pour organiser des œuvres de charité. Jenny et elle avaient toujours l'impression que ces pimbêches faisaient partie d'un autre monde, telles des fées jouissant d'un régime spécial à base de meringues à la crème. Nina ne les avait jamais enviées — elle les trouvait barbantes, mais elle aurait donné cher pour être leur hôtesse. Chaque fois qu'elle passait devant l'auberge à vélo, elle se disait : « Un jour, je serai propriétaire de cet endroit. »

Les propriétaires, M. et Mme Weller, habitaient sur place et administraient ce lieu de retraite paisible pour les touristes et les citadins. Nina y avait travaillé tous les étés depuis l'âge de treize ans. Sa tâche n'avait rien de bien glorieux, mais elle était fascinée par la gestion de l'établissement et la diversité de la clientèle. Plus tard, lorsqu'elle était devenue jeune maman, elle était passée du rôle de femme de ménage à celui de réceptionniste, puis de comptable, avant d'acquérir les fonctions de directrice adjointe. Elle avait ainsi appris toutes les ficelles du métier. Les problèmes de plomberie et les hôtes grincheux ne la décourageaient pas. Après le décès de M. Weller, son épouse avait continué à gérer l'affaire, mais jamais avec le même allant. Elle avait légué l'hôtel — et l'hypothèque — à son unique parent encore de ce monde : un neveu qui vivait à Atlantic City, lequel avait confié la charge à une société de gérance qui avait remercié tous les employés et mandaté son propre personnel. A la fin de ses études, Nina était devenue adjointe au maire. Cette expérience l'avait amenée à remplacer le maire en titre dans ses fonctions lorsque la maladie l'avait contraint à déclarer forfait. Sa famille et ses amis s'étaient imaginé que la politique municipale serait son cheval de bataille, désormais, mais elle n'avait jamais renoncé à l'idée d'acquérir l'auberge du lac des Saules. Et quand, à force de négligences et de mauvaise gestion, l'auberge avait fini par faire l'objet d'une saisie, la jeune femme avait sauté sur l'occasion.

Elle était donc allée trouver M. Bailey, gestionnaire des actifs à la banque, pour lui proposer de rouvrir l'auberge et de la gérer au nom de la banque, le temps d'obtenir un prêt professionnel pour l'acquérir. Cet arrangement lui semblait idéal…

Et voilà qu'aujourd'hui, elle se trouvait en face de Greg Bellamy, le nouveau propriétaire des lieux.

Bizarrement, il ne donnait pas l'impression d'être le genre d'individu qui foulait aux pieds les rêves d'autrui. Il avait tout du gars sympa. Un gars sympa au sourire ravageur, au corps de rêve avec des cheveux magnifiques, même lorsqu'ils étaient mouillés.

Il se précipita vers un grand placard pour y prendre des serviettes de bain, un peignoir et des chaussons.

— Tu n'as qu'à mettre ça pendant que je fais sécher tes affaires dans le séchoir, dit-il.

Il ne comprenait rien à rien, songea-t-elle en emportant le tout dans la chambre la plus proche. La chambre Laurel, comme on l'appelait. Oh, elle se souvenait parfaitement de cette chambre avec son plafond haut, ses splendides boiseries, le grand lavabo en porcelaine serti dans une table de toilette ancienne. Greg n'avait pas perdu de temps pour la rénover. Les murs avaient été repeints en bleu ciel et un nouveau lustre ornait le plafond. De la fenêtre, elle aperçut Max sur le ponton, en train de lancer sa ligne.

Tout en enlevant ses vêtements mouillés, elle s'efforça de mettre ses émotions en sourdine. Le contact du peignoir douillet lui parut délicieux contre sa peau glacée, mais elle n'était pas d'humeur à éprouver du plaisir. L'amertume et la rancœur s'insinuaient en elle tel un poison, et c'était difficile de ne pas se sentir persécutée par le sort. Chaque fois qu'une occasion se présentait à elle, il se passait quelque chose pour contrecarrer ses projets.

Toute sa vie, elle avait fait des choix gouvernés par des considérations pratiques, motivés par les intérêts de Sonnet. Elle était enfin parvenue à un stade où elle pouvait prendre un risque. Si ce n'était pas l'auberge, elle se lancerait dans un projet différent. Elle savait qu'en raison des lois en vigueur dans la région, il n'y aurait jamais d'autre hôtel au bord du lac, mais elle pouvait faire autre chose. Se mettre à peindre, tenir une librairie, s'entraîner pour un marathon, ouvrir un magasin de toilettage pour chiens, devenir chauffeur de bus… Des milliers de possibilités s'offraient à elle. Seulement, ce qu'elle voulait, c'était l'auberge du lac des Saules. Inutile de se mentir : rien d'autre ne ferait l'affaire.

Réagis ! se dit-elle en serrant étroitement la ceinture du peignoir autour de sa taille. Elle avait une fille formidable, une famille aimante ; elle avait eu la chance d'exercer les fonctions de maire. Elle aurait dû s'estimer heureuse au lieu de faire une fixation sur ce qu'elle ne pouvait pas obtenir.

Pourtant, lorsqu'elle regagna le hall d'un pas décidé avec ses vêtements tout humides roulés sous son bras, elle était loin de se sentir calme. Elle était même en proie à une fureur sans nom.

Greg avait enfilé un pantalon de peintre et un T-shirt un peu trop moulant. Il avait les cheveux en bataille. Le fait qu'il soit totalement craquant ne fit qu'exacerber la colère de Nina. De même que la flambée qu'il avait pris soin d'allumer dans la cheminée du salon.

— Je suis content qu'on se soit rencontrés, dit-il. On m'avait dit que tu étais revenue de voyage. Sonnet va bien ?

— Très bien.

Bon, il avait décidé d'être aimable. Il pouvait se le permettre, bien sûr. Il avait eu ce qu'il voulait !

— J'avais justement l'intention de prendre rendez-vous avec toi, cette semaine. Nous avons beaucoup de choses à nous dire.

Nina alla s'asseoir sur le sofa devant le feu insupportablement joyeux.

— A mon avis, il n'y a pas grand-chose à ajouter.

Il sourit.

— C'est une opportunité pour nous deux. Je vais avoir besoin d'un gérant, et la banque a déjà signé un contrat avec toi. A propos de ce contrat…

— Oui, le contrat.

Elle se frotta les tempes, sentant venir la migraine.

— C'était censé être tellement simple !

— C'est effectivement très simple. Bailey a quitté la banque et Brooke l'a remplacé. Elle m'a vendu l'auberge.

Nina lui lança un regard noir.

— Comment as-tu manœuvré ? Tu as couché avec elle pour remporter l'affaire ?

Il lui rendit son regard.

— Ça ne te concerne pas.

D'accord, pensa Nina, c'était probablement un coup bas, mais ça lui était égal.

— Je ne comprends pas, reprit-elle. Pourquoi tenais-tu tellement à acheter cette auberge ?

— C'était exactement ce que je cherchais. Et je sais que tu seras une gérante parfaite. Tu connais bien l'endroit, tu as l'expérience requise. C'est l'idéal.

Il fallait s'y attendre. Les Bellamy étaient des gens privilégiés. Le destin ne leur avait jamais rien refusé.

Nina, elle, n'avait même pas le droit de voyager. Ça lui portait malheur.

— Je vais rompre le contrat, marmonna-t-elle entre ses dents.

— Es-tu toujours aussi hargneuse ou ai-je droit à un traitement de faveur ?

— J'avais des projets, répondit-elle d'un ton sec. Je sais que tu n'en as que faire, mais...

— Allons, Nina ! Ecoute-moi, au moins.

— Pourquoi t'écouterais-je ?

Il ne réagit même pas à son ton provocateur.

— Pas de raison particulière, répondit-il simplement. Nous nous connaissons à peine. Et figure-toi que j'avais des projets, moi aussi.

Des projets.

— Tu envisages probablement de faire de cette auberge un lieu de retraite luxueux pour jeunes cadres dynamiques, reprit-elle. Ce serait tout à fait charmant.

— D'où sors-tu une idée pareille ?

— J'ai étudié les chiffres. C'est le meilleur moyen de faire des bénéfices.

— Et c'est ça qui m'intéresse, à ton avis ? Les bénéfices ?

Pour être honnête, elle n'avait pas la moindre idée de ce qui l'intéressait. Ils se connaissaient très peu, en effet. Ce qui ne l'avait pas empêchée de tirer des conclusions hâtives à son sujet... Elle s'efforça d'être un peu moins agressive.

— Alors, explique-moi, dit-elle. J'aimerais vraiment comprendre.

Il l'observa un instant et elle lut dans son regard une sorte de confiance.

— Toute ma vie, j'ai fait ce que je pensais devoir faire. Il y a dix ans, j'ai monté ma boîte à Manhattan parce que ça me semblait être une démarche responsable. En définitive, je me suis retrouvé avec un boulot qui ne me plaisait pas et qui m'a contraint à négliger ma famille.

Bon, d'accord. Ce type n'était pas un monstre d'égoïsme. Mais ça ne justifiait pas le fait qu'elle se sacrifie.

— Il y a des tas de manières de s'épanouir, dit-elle. Tu n'as pas besoin de cette auberge.

Moi, si, ajouta-t-elle intérieurement. *Depuis toujours.*

Quand elle avait quinze ans, l'itinéraire de sa vie était déjà tracé : elle avait toujours su que sa destination finale était ici.

— Tu ne sais pas ce que je veux, riposta-t-il. Tu en auras peut-être une petite idée si je te montre quelque chose.

Il se dirigea vers la réception déjà équipée d'un ordinateur et d'un téléphone. Elle entendit le chuintement d'une imprimante, après quoi il lui apporta une copie de son contrat. Elle était tellement excitée le jour où elle l'avait signé... Et aujourd'hui, ça ne lui faisait que du mal.

— Les modifications sont en caractères gras, dit-il.

— Si tu t'imagines que tu peux te pointer ici avec ton argent et m'acheter en même temps que l'auberge, tu te trompes parce que...

— Quand on se porte acquéreur d'une affaire, on prend l'actif et le passif. Ton contrat fait partie de l'actif.

Elle lui prit le document des mains et examina les modifications. Elle cilla pour s'assurer que ses yeux ne lui jouaient pas des tours. Il avait augmenté son salaire et ajouté une clause de partage des bénéfices ainsi qu'un régime de retraite.

L'espace d'un instant, elle perdit pied. Il était question de sommes importantes. Pour une fois dans sa vie, elle serait à l'abri de toute difficulté financière. Elle pourrait aussi donner un coup de main à Sonnet parce qu'en dépit des bourses dont elle bénéficiait et des contributions de son père, ses études allaient entraîner des frais importants.

Non, pensa-t-elle. Non ! Elle repoussa le contrat comme s'il s'était changé en reptile. Malgré toutes ces incitations financières, elle ne renoncerait pas à son rêve.

Elle se leva et s'approcha de la fenêtre, consciente qu'elle manquait sans doute de dignité dans ce peignoir trois fois trop grand pour elle. Mais peu lui importait. Elle contempla le paysage : la grande pelouse en pente parsemée de fauteuils Adirondack, le belvédère, le relais des diligences, la maison des gardiens, le hangar à bateaux, le ponton et au loin, le lac. Max s'était apparemment lassé de pêcher. Il avait abandonné sa canne à pêche sur le ponton.

— Il est hors de question que je signe ça ! lança-t-elle par-dessus son épaule. Trouve quelqu'un d'autre.

— Je pourrais opter pour une entreprise de gestion commerciale, répondit-il simplement, mais je préférerais travailler avec toi.

Elle fit brusquement volte-face.

— Tu ne m'auras pas.

A voir son expression, c'était une chose qu'il n'avait pas souvent entendue dans la bouche d'une femme. Bien sûr que non. Un Bellamy ! Il était le Rêve américain incarné. Ce n'était pas le genre d'homme auquel une femme s'opposait.

— Tu étais parfaitement satisfaite de signer ce contrat avec la banque, lui rappela-t-il.

— C'était différent. Je…

Elle s'interrompit. Elle n'allait pas lui confier ses espoirs, lui parler de l'avenir qu'elle avait imaginé. Ça ne le regardait pas, et elle avait déjà l'air suffisamment pathétique dans ce peignoir emprunté.

— Il faut que j'y aille, déclara-t-elle en se dirigeant vers la buanderie.

— Tes vêtements ne sont pas encore secs.

— Ce n'est pas grave.

Elle avait connu pire.

Il l'arrêta au passage dans le couloir. L'espace d'une seconde, cette proximité la choqua sans qu'elle sache pourquoi. Une bouffée de chaleur lui monta au visage et son cœur se mit à battre plus vite alors que Greg ne faisait rien hormis rester planté là devant elle. Contrairement à certains hommes, il était encore plus séduisant de près. Le baiser qu'elle avait échangé avec Shane Gilmore était loin de l'avoir émue à ce point. Et dire que Greg ne l'avait même pas touchée !

— Tu es sur mon chemin, lui dit-elle en lui lançant un regard noir.

— Je n'arrive pas à comprendre pourquoi tu es aussi furax. Qu'est-ce qui t'arrive, Nina ?

— Tu ne piges rien, c'est tout. C'était censé être mon heure de gloire. Ce projet devait modifier le cours de ma vie… Mais les défis ne me font pas peur.

— Dans ce cas, pourquoi réagis-tu comme ça ?

— Il n'y a plus rien qui m'intéresse ici. Je n'ai pas besoin du boulot que tu me proposes. Ni de toi. J'ai d'autres possibilités.

— Je veux que tu restes, dit-il, suffisamment près d'elle pour qu'elle sente la chaleur de son souffle. Prenons le temps d'en discuter.

Elle avait remarqué qu'il commençait beaucoup de phrases par « Je veux ». Sans baisser les yeux, elle répondit :

— Ça ne servirait à rien. Je te suggère de chercher quelqu'un d'autre.

Sur ce, elle se fraya un chemin à côté de lui avec autant de dignité que possible, et s'engouffra dans la buanderie. Elle claqua la porte derrière elle et ouvrit le séchoir. Bien entendu, rien n'était sec. Tant pis. Il fallait qu'elle fiche le camp.

Sa rage et sa rancœur devaient être palpables lorsqu'elle regagna le salon dans ses vêtements moites qui lui collaient à la peau d'une manière sans doute fort peu flatteuse. Greg ne remarqua rien, apparemment, quand il la suivit jusqu'au ponton.

— Chargeons le kayak sur ma camionnette, proposa-t-il. Je te raccompagne chez toi.

— Non, merci, rétorqua-t-elle en enfilant son gilet de sauvetage.

Quelle galanterie de lui proposer de la raccompagner après avoir taillé son avenir en pièces ! Avec des gestes rageurs, elle mit l'embarcation à l'eau, monta à l'arrière et s'éloigna aussitôt de la rive.

— Nina ! appela-t-il.

Laisse tomber, pensa-t-elle. *Il peut me supplier autant qu'il le veut*. A maints égards, il était toujours ce garçon trop beau, trop chanceux dont elle avait gardé le souvenir. Elle se demanda quels souvenirs il avait gardés d'elle. De toute évidence, rien de bien marquant… Cette conclusion ne fit qu'attiser sa colère.

— Nina ! répéta-t-il d'un ton un peu plus pressant. Ça

m'est égal que tu sois en colère, mais tu devrais prendre ceci !

En jetant un coup d'œil par-dessus son épaule, elle l'aperçut debout sur le ponton, sa pagaie à la main.

Elle avait raté sa sortie ! Elle se pencha en avant pour attraper la pagaie. Comme elle n'arrivait pas à l'atteindre, il s'inclina un peu plus au-dessus de l'eau jusqu'à ce qu'elle puisse s'en emparer. Elle tira dessus et, l'espace d'une seconde, ils se livrèrent une lutte farouche en se dévisageant d'un air mauvais. Saisie d'une impulsion puérile, elle imprima une ultime secousse à la rame. Il chancela un instant avant de tomber dans l'eau la tête la première, provoquant un plouf qui ne put étouffer son juron.

— Bravo, Greg ! murmura-t-elle avant d'enfoncer sa pagaie dans l'eau et de s'éloigner en douceur.

3

Après le dîner, ce soir-là, Greg et Daisy passèrent en revue les centaines de photos que la jeune fille avait prises pour les nouvelles brochures de l'auberge, les publicités et le site Internet. Greg étudiait sa fille à la dérobée pendant qu'elle était concentrée. Pour le moment, estima-t-il, elle était d'humeur coopérative. Le visage baigné par la pâle lueur de l'écran d'ordinateur, Daisy était totalement absorbée par sa tâche. Elle était si jolie, et si jeune — dix-huit ans — qu'il en était ému.

Il aurait aimé pouvoir parler à quelqu'un de ce qu'il éprouvait en se frayant un chemin à travers le champ de mines qu'était sa relation avec sa fille tourmentée. Ils s'étaient rapprochés depuis le divorce, mais ça n'avait pas été facile. Certains jours, cette intimité lui faisait plutôt l'effet d'une trêve.

— Que dis-tu de ces quatre-là ? suggéra-t-elle. Une pour chaque saison.

Elle avait du talent, il n'était pas le seul à le penser. Certaines de ses œuvres étaient exposées dans la boulangerie/café où elle avait travaillé, et les gens achetaient ses photos encadrées et signées avec une régularité gratifiante. Greg espérait vraiment que sa passion pour la photographie lui donnerait un but dans la vie. Elle avait le chic pour choisir un angle de vue ou une perspective inattendue qui magnifiait les choses les plus ordinaires. Elle préférait les menus détails au grand angle, exaltant la splendeur de la nature dans une unique fleur de rhododendron. Un roman écorné posé près d'une baignoire aux pieds en forme de griffe évoquait un mode de vie luxueux, des plans panoramiques de la propriété mettaient en valeur l'aspect grandiose des lieux.

— J'en conclus que tu es d'accord, lui dit-elle.

— Ton instinct est meilleur que le mien dans ce domaine.

Elle hocha la tête et rebaptisa les quatre photographies.

— Alors, as-tu parlé à Nina Romano au sujet de l'auberge ?

— Oui, pas plus tard que tout à l'heure.

— Et alors ?

Il s'y était très mal pris, il le savait. A vrai dire, il se demandait ce que Nina détestait le plus : lui ou la perspective de travailler avec lui. Elle considérait comme un affront le fait qu'il ait acheté l'auberge. Elle se comportait inexplicablement comme s'il lui avait volé quelque chose.

— Elle va réfléchir à ma proposition.

— Ah bon ? Tu as drôlement intérêt à ce qu'elle accepte, ajouta Daisy. Je doute qu'on s'en sorte sans elle.

— Je te remercie de ta confiance.

— Allons, papa ! Je te rappelle qu'on ignore complètement comment gérer un hôtel !

Il aurait pu lui faire remarquer qu'il avait monté à Manhattan une boîte qui avait vite prospéré. En dépit du fait qu'il n'avait pas la moindre idée de ce qu'il faisait en achetant un hôtel, il avait appris que le travail et le bon sens pouvaient mener loin. Dans le même temps, il se rappela les motifs qui l'avaient poussé à faire ce choix. Le succès de son entreprise lui avait coûté cher, contre toute attente.

Profits et réussite n'allaient pas toujours de pair. Son travail l'avait tellement absorbé qu'il s'était réveillé un beau matin avec deux enfants qui lui semblaient étrangers et un mariage complètement gâché.

Après la rupture, il avait décidé de repartir de zéro. Il avait arraché ses enfants profondément malheureux de leur école privée dans l'Upper East Side pour aller s'installer à Avalon. Les Bellamy étaient liés de longue date à la communauté locale. Ses parents avaient géré le camp Kioga jusqu'à leur retraite, une dizaine d'années plus tôt. Ils avaient conservé la propriété, et cet endroit était devenu son port d'attache lorsque son couple s'était brisé irrémédiablement.

L'été dernier, il avait pris une initiative désespérée en amenant les enfants au camp afin de donner un coup de main à Olivia venue rénover les lieux en prévision d'une grande réception pour les noces d'or de ses parents. A la fin de l'été, il avait eu le sentiment que Max et Daisy avaient progressé : son fils n'était plus obnubilé par les jeux vidéo et Daisy avait arrêté de fumer. Lorsqu'ils avaient regagné la ville, Daisy avait entamé sa dernière année d'école dans un esprit de rébellion farouche, et Max avait adopté une attitude de totale désinvolture qui lui servait d'armure. En définitive, quand le moment était venu de reconstruire sa vie, Greg avait décidé d'élire domicile ici, dans cette ville au bord du lac où il se rappelait avoir passé tous les étés de son enfance.

Il était trop tôt pour dire s'il avait fait le bon choix, mais il était déterminé à changer le cours de son existence et à entreprendre un travail qui privilégierait sa vie de famille.

— Ta cousine Olivia ignorait tout de la gestion d'un camp de vacances et regarde-la, maintenant !

Un an plus tôt, sa nièce avait abandonné Manhattan pour rénover le camp Kioga, et ce projet avait donné une nouvelle orientation à sa vie.

— Mais Olivia peut compter sur Connor pour l'aider, fit remarquer Daisy. Il est entrepreneur. Son travail consiste à retaper les choses.

La jeune fille soupira d'un air attendri.

— En plus, ils forment un couple absolument parfait.

Greg s'abstint de tout commentaire. Olivia et Connor devaient se marier à la fin de l'été, au camp Kioga. C'était l'événement le plus attendu au sein de la grande famille Bellamy depuis les noces d'or de ses parents, l'année précédente. Des amis devaient affluer du monde entier, et certains projetaient d'ailleurs de loger à l'auberge. Greg souhaitait tout le bonheur du monde à Olivia et Connor, bien sûr, mais cette image de couple idéal avait ses désavantages, et notamment l'obligation de se montrer à la hauteur de cette vision qui existait dans l'esprit des autres. Sophie et lui passaient eux aussi pour un couple parfait, en dépit des circonstances qui les avaient contraints à précipiter leur mariage.

Il espérait qu'Olivia aurait plus de chance que lui.

Daisy remua sur sa chaise, l'air un peu mal à l'aise.

— Je voulais te demander quelque chose, papa.

— Oui. Quoi donc ?

Il s'arma aussitôt de courage en se demandant quel était le nouveau problème de sa fille.

— Les cours reprennent dans quelques semaines et j'ai pensé…

Elle laissa sa phrase en suspens et se leva. Puis elle se retourna, et la lumière du soir provenant de la fenêtre souligna la rondeur incongrue de son ventre.

A cet instant, Greg vit sa fille comme à travers une vitre brisée en mille morceaux. L'illusion qu'elle était encore sa petite fille se fracassa. Même s'il avait eu plusieurs mois pour se faire à cette idée, la vision de sa silhouette de femme enceinte le choquait encore parfois. Elle représentait un tissu de contradictions. La maturité de ses formes détonnait avec ses traits encore un peu puérils. Elle avait mis du vernis rouge foncé, presque noir, et portait un jean déchiré et un haut qui couvrait la courbe de son ventre. Elle était à la fois une petite fille, une adolescente et une femme adulte, et elle lui accordait une confiance qu'il n'était pas certain de mériter. C'était *sa* petite fille. Et à trente-huit ans, il ne se sentait pas vraiment prêt à devenir grand-père.

Arrête ! se dit-il. Il n'avait pas le choix, de toute façon. Les regrets et les hypothèses n'étaient plus envisageables à ce stade.

— Tu disais ?

— Accepterais-tu d'être mon coach ? demanda-t-elle. Pour les cours de préparation à l'accouchement, tu sais, et pour l'hôpital.

Son *coach* ? Le type qui lui tiendrait la main dans la salle d'accouchement ? Non, se dit-il, luttant contre une sinistre prémonition. Impossible. Il était hors de question qu'il soit là quand sa fille mettrait elle-même un enfant au monde.

— Le médecin m'a dit qu'il fallait que ce soit quelqu'un en qui j'ai confiance et avec qui je me sens en sécurité.

Elle s'interrompit, se mordit la lèvre, et il reconnut son expression pour l'avoir vue des milliers de fois.

— Ça ne peut être que toi, conclut-elle.

— Et ta mère ? lança-t-il sans vraiment réfléchir.

Le visage de Daisy se figea. A cet instant, elle ressemblait comme deux gouttes d'eau à sa mère, précisément. Elles avaient toutes les deux cette attitude souveraine, hautaine, capable de vous intimider ou même de vous rabaisser en moins d'une seconde.

— Quoi, ma mère ? Les cours durent six semaines. Tu t'imagines qu'elle va mettre sa vie entre parenthèses et camper à Avalon pendant tout ce temps ?

Sophie vivait à La Haye où elle travaillait comme avocate à la Cour pénale internationale. Elle revenait aux Etats-Unis de temps en temps pour voir ses enfants. Après le divorce, Sophie avait insisté pour que Daisy et Max vivent près d'elle. Traumatisés l'un et l'autre par la rupture, ils avaient rebroussé chemin au bout de quelques semaines en exigeant d'habiter avec leur père. Greg ne se leurrait pas en s'imaginant que ses enfants le préféraient à leur mère. C'était juste que l'existence qu'il proposait ici aux Etats-Unis convenait mieux à ces deux gamins perdus et meurtris. Désormais, Sophie devait donc se contenter de visites occasionnelles, de coups de téléphone et d'e-mails. C'était assez triste et Greg n'arrivait pas à déterminer si les enfants lui avaient pardonné ou non. Il se disait qu'en tout état de cause, il devait rester neutre.

— Maman vivra-t-elle ici avec nous ? demanda Daisy en désignant la pièce d'un geste évasif. Elle va adorer, j'en suis sûre.

— Je suis propriétaire de cet hôtel, souligna Greg. Nous pourrions lui donner la suite Guenièvre.

Comme la plupart des établissements d'Avalon, l'auberge du lac des Saules s'inspirait de la légende d'Arthur, et chaque chambre portait le nom d'un personnage.

— Guenièvre. Ce n'est pas celle qui a trompé son mari avec son meilleur ami ? demanda malicieusement Daisy.

— On n'en a jamais eu la preuve. Les Français ont ajouté ça après coup.

Greg éprouvait un curieux sentiment de solidarité avec son ex. Sans doute à cause de la situation de Daisy qui s'apprêtait à devenir une mère célibataire. En dépit de leurs différends, père et mère s'accordaient sur le fait que Daisy allait avoir besoin de tout le soutien et de toute la compassion qu'ils pourraient lui apporter.

— Je suis sûr qu'elle serait honorée d'être ton coach.

— Pas toi ?

— Bien sûr que si, ma chérie. Mais je…

Nom d'un chien !

— Ce serait…

Il s'interrompit, se leva et se mit à arpenter la pièce en quête d'une formule capable de mettre en lumière le côté saugrenu de la situation : celle d'un homme aidant sa fille adolescente à accoucher de son petit-fils.

— Bizarre, dit-il finalement, faute de mieux.

— Ne dramatise pas : il s'agit juste de cours ! lui expliqua Daisy. On apprend le processus, les signes avant-coureurs et la marche à suivre quand les choses se mettent en route. Et puis, dans la salle d'accouchement, tout est caché sous des draps : tu ne verras que ma tête. Il faudrait peut-être que… euh… tu me tiennes la main et que tu me parles, que tu me donnes des morceaux de glace à sucer, ce genre de trucs. Ça ne m'a pas semblé si terrible sur la vidéo que le médecin m'a montrée… Bon, enfin, c'est comme tu veux. De toute façon, je ne suis pas forcée d'avoir un coach.

— Ben voyons ! Comme si j'allais te laisser te débrouiller toute seule.

Greg cala ses pouces dans les poches arrière de son pantalon et se planta devant la fenêtre, faisant mine de contempler le paysage alors que des souvenirs de la naissance de son propre enfant envahissaient son esprit. Il n'était pas là pour l'arrivée de Daisy, bien sûr, étant donné la manière dont Sophie avait géré la situation. En revanche, il était présent pour Max. Il n'avait pas oublié l'interminable nuit, l'éclairage blafard, la douleur, la terreur, la joie. Seigneur, c'était hier !

Il se tourna vers sa fille — la prunelle de ses yeux.

— Je vais le faire.

— Faire quoi ? demanda Max qui arrivait de la cuisine, traînant ses lacets et les lanières de son sac à dos dans son sillage.

Il était en train de manger. Comme d'habitude. Alors

qu'ils venaient de dîner. Max, qui avait l'appétit de quelque créature hypermétabolique issue d'un film de science-fiction, en était désormais à se restaurer plusieurs fois par heure. Il était en train d'engloutir une gaufre froide.

— Je vais être le coach de ta sœur pour son accouchement. Qu'en penses-tu ?

— Je pense que tu es complètement timbré, répondit Max en frémissant.

— Seigneur, et moi qui comptais t'inviter ! lança Daisy. J'aurais tellement aimé que tu me tiennes la main !

— Dans tes rêves ! lança Max.

Greg serra les dents. Il savait qu'il était préférable de ne pas intervenir quand ils s'y mettaient tous les deux. Leurs querelles finissaient généralement par se tasser d'elles-mêmes et donnaient même parfois l'impression d'alléger la tension, aussi curieux que cela puisse paraître.

Lui qui avait grandi avec un frère et deux sœurs aînés, il comprenait les rouages des fratries. Le mieux était de rester à l'écart et d'attendre que ça passe. Il trouvait étonnamment facile de faire profil bas pendant qu'ils se disputaient à propos de tout, de la manière dont Max mangeait sa gaufre jusqu'au mariage imminent d'Olivia pour lequel Daisy devait être demoiselle d'honneur et Max placeur.

— Il va falloir que tu prennes des cours de danse de salon, déclara Daisy à son frère avec un petit sourire satisfait.

— C'est mieux que des cours d'accouchement, riposta-t-il. Tu seras la plus grosse demoiselle d'honneur du monde.

— Et toi l'oncle le plus abruti qui soit. *Ce cinglé d'oncle Max !* Je dirai à mon enfant de t'appeler comme ça.

Greg les laissa s'écharper et se rendit dans son bureau pour jeter un coup d'œil à ses mails. Il y avait un message de Brooke à l'intitulé évasif : Merci pour aujourd'hui...

Il n'avait même pas besoin de cliquer dessus pour deviner le contenu : « Arrangeons-nous pour que ce genre de chose ne se reproduise pas »... De toute évidence, l'intérêt que Brooke Harlow lui portait tenait plus à son statut de client qu'à ses charmes. Telle était la conclusion à laquelle il en était arrivé aujourd'hui.

Quant à sa rencontre avec Nina, elle avait ébranlé son assurance. Dans quel pétrin s'était-il fourré ? Il se rendait bien compte qu'il prenait d'énormes risques en se lançant dans cette affaire : des horaires d'esclave, des défis à chaque instant. En même temps, il y mettait beaucoup d'espoir : les enfants allaient peut-être s'impliquer dans la vie familiale au lieu de fuir constamment... Il tressaillit presque au souvenir de la fin de son mariage, quand Sophie et lui avaient cessé de faire semblant au bénéfice des enfants qui savaient parfaitement à quoi s'en tenir, de toute façon. Leur profond malaise était comme une maladie qui affectait toute la famille. Ils se livraient à des bagarres nourries d'amertume et de récriminations qui s'achevaient le plus souvent par des claquements de portes. En définitive, Sophie et lui avaient opté pour une séparation à l'essai. Ils s'étaient sentis soulagés, bien sûr, mais cette séparation avait ouvert la voie à de nouveaux soucis.

Greg s'en voulait de ne pas avoir mesuré à quel point Daisy avait été bouleversée par le divorce. Dans le cas contraire, elle ne serait peut-être pas allée faire la fête à Long Island, ce fameux week-end, et elle ne serait pas tombée enceinte. Enfin, pas si tôt.

Tout au long de son mariage, il s'était attendu à une catastrophe et n'avait réagi qu'après coup. Il était résolu à changer, maintenant. L'acquisition de l'auberge lui semblait une bonne initiative et il ne songeait qu'à réussir dans cette entreprise.

Le doux son de cloche indiquant la réception d'un mail le tira de ses pensées. Il jeta un coup d'œil à l'écran et dut regarder deux fois le nom de l'expéditeur — Nina Romano. L'intitulé : Il faut qu'on parle.

Ben ça, alors !

Nina leva les yeux vers sa meilleure amie, Jenny, puis elle reporta son attention sur l'écran de l'ordinateur.

— Je viens d'appuyer sur Envoyer. Je n'arrive pas à croire que j'ai fait ça.

— C'est le meilleur moyen si tu veux qu'il ait ton message.

— Mais j'ai changé d'avis.

Nina pivota sur elle-même pour scruter l'écran. Elle aurait donné cher pour plonger dans l'espace céleste afin de récupérer son message.

Elles étaient dans son bureau. Pas vraiment un bureau à proprement parler, plutôt une niche dans un coin de sa chambre où l'ordinateur trônait sur une table de bridge. Tout était réduit dans la maison, y compris le chèque que Nina remettait chaque mois à son oncle Giulio pour le loyer. Elle occupait cette modeste demeure encombrée depuis que Sonnet était toute petite, en s'efforçant de jongler entre l'école, son travail et son rôle de mère. Elle avait la chance d'avoir une famille qui ne demandait qu'à la soutenir mais en définitive, elle tenait à se débrouiller seule. Elle repensa à la proposition de Greg Bellamy… C'était hors de question.

— Tu lui as juste dit que tu voulais parler avec lui de l'auberge, dit Jenny. Ce n'est pas comme si tu t'étais engagée à vie.

Nina se sentait oppressée. Elle se rendit compte qu'elle retenait son souffle depuis un moment. Elle expira brusquement.

— Il va penser que c'est un signe de faiblesse. Il va s'imaginer que j'hésite.

— C'est le cas, lui fit remarquer Jenny. Et c'est tant mieux. Ça prouve que tu abordes la situation avec un esprit ouvert.

— Je n'arrive pas à croire que tu m'aies caché ça pendant que j'étais en voyage.

— Je n'en savais rien. Même si j'avais été au courant, à quoi cela aurait-il servi de gâcher tes vacances avec Sonnet ?

Elle avait raison. Cela aurait effectivement gâché ses vacances : ces instants si précieux entre mère et fille.

— Pardonne-moi, dit-elle. Ce n'était pas à toi de me tenir informée. Il est probablement déjà en train de chercher quelqu'un d'autre. Je te parie qu'il n'appellera même pas.

Le téléphone sonna à cet instant. Elles bondirent l'une et l'autre. Nina s'empara du combiné tout en vérifiant l'origine de l'appel sur l'écran. Le nom de *Bellamy, G,* clignotait sous ses yeux.

— Oh, mon Dieu ! C'est lui.

— Réponds ! lança Jenny.

— Plutôt mourir !

— Je vais le faire alors, riposta Jenny en tendant la main vers le téléphone.

Nina se jeta dessus. Trop tard. Jenny avait décroché.

— Résidence Romano. Jenny McKnight à l'appareil… Oh, bonjour, Greg !

Désespérée, Nina se laissa tomber à terre comme une masse.

— Ça va très bien, merci, répondit aimablement Jenny. Rourke aussi, ajouta-t-elle.

Evidemment qu'elle allait bien ! pensa Nina. Elle avait épousé l'amour de sa vie et elle venait de trouver un éditeur pour son livre qui relatait la vie d'une petite fille dans une boulangerie polonaise en Amérique.

Jenny bavarda encore un moment avec Greg à propos des enfants qui se trouvaient être ses cousins, même si elle ne les connaissait que depuis peu de temps. Si elle était apparentée aux Bellamy, on ne l'avait découvert que l'année dernière. Jenny avait grandi sans savoir qui était son père. L'été précédent seulement, elle avait appris que sa mère, Mariska, avait vécu une histoire d'amour tragique avec son père, Philip Bellamy, qui n'était autre que le frère aîné de Greg. Si bien que Greg était son oncle. Ils ne s'étaient rencontrés que récemment, mais en écoutant son amie bavarder avec autant d'aisance à cet instant, Nina en venait à se demander si les liens du sang n'y étaient pas pour quelque chose.

— Oui, elle est là, dit Jenny, mais elle ne peut pas te parler pour le moment. Je vais lui dire de te rappeler. C'est promis.

Elle raccrocha, visiblement indifférente à la fureur de Nina.

— Les nouvelles sont bonnes, déclara-t-elle. Il n'a trouvé personne d'autre pour l'instant.

— Comment le sais-tu ? Il t'en a parlé ?

— Bien sûr que non ! Mais c'est évident. Et si tu ne me crois pas, tu n'as qu'à lui poser la question toi-même !

Nina se déroba.

— J'ai besoin de boire un verre, dit-elle.

— Là, je peux faire quelque chose pour toi.

Jenny prit les devants pour gagner la cuisine avec la familiarité d'une amie de longue date. Elle se dirigea droit vers un placard où elle dénicha une bouteille de porto.

— Ça ira à merveille avec les *biscotti* que j'ai pris à la boulangerie, dit-elle.

Si la boulangerie Sky River avait des racines résolument polonaises, elle proposait aussi des spécialités italiennes, notamment des *cantuccini biscotti*, incontestablement meilleurs que tout ce que les femmes de la famille Romano étaient capables de confectionner.

Trempés dans le vin doux, ils permirent à Nina d'oublier ses ennuis pendant approximativement vingt-neuf secondes.

— Quel ton avait-il ? demanda-t-elle à Jenny.

— Le ton d'un Bellamy, si tu vois ce que je veux dire. Manhattan bon chic bon genre, cultivé, tout ça.

Jenny imita l'accent à la perfection, puis elle rit d'elle-même.

— Dire que j'appartiens à cette famille ! J'ai encore du mal à le croire.

Cette allusion désinvolte démentait l'épreuve qu'elle avait endurée en découvrant ses liens avec la famille Bellamy.

— Ils ne t'ont pas changée, déclara Nina, et c'est une bonne chose. Tu te souviens comme on se payait leur tête quand ils venaient passer l'été ici ?

Enfants, Jenny et elle s'amusaient à épier les vacanciers qui s'échappaient de la ville pour profiter de la fraîcheur du lac des Saules. Elles se moquaient de ces fillettes aux longs cheveux raides et soyeux qui jouaient au tennis tout de blanc vêtues, entourées de leurs domestiques. En réalité, c'était la jalousie qui était à l'origine de leurs railleries, mais elles ne l'auraient admis pour rien au monde.

— Essaie de ne pas entrer en guerre avec Greg, dit Jenny.

— J'ai été maire de cette ville pendant quatre ans, répliqua Nina. Les querelles, je connais !

— Ça me mettrait dans une position difficile, expliqua Jenny. Je serais obligée de prendre ton parti, et mes relations avec Philip en pâtiraient.

Bien qu'il soit son père, Jenny l'appelait Philip, maintenant ainsi une distance protocolaire entre eux. Nina éprouva un élan de pitié pour son amie, sachant, pour avoir observé Sonnet, combien il était difficile de grandir sans père. Elle venait pour sa part d'une grande famille chahuteuse. Elle avait grandi beaucoup trop vite, au bout du compte, mais sa famille n'y était pour rien.

Elle essaya de s'imaginer ce que Jenny avait dû ressentir en se réveillant un beau jour pour découvrir une autre facette d'elle-même. Comme si elle apprenait tout à coup qu'elle avait du sang royal.

Elle avait fait en sorte que Sonnet sache qui était son père dès qu'elle avait été en âge de comprendre. Il n'y avait pas eu de mystère ni de confusion. Elle s'était efforcée de convaincre sa fille qu'elle était aimée. Même si ses parents n'étaient pas ensemble, elle avait un père et une mère qui l'adoraient.

Il avait drôlement intérêt à l'adorer, pensa Nina. Il avait du temps à rattraper. Absorbé par sa carrière dans l'armée, Laurence Jeffries n'avait pas joué un grand rôle dans la vie de Sonnet. Il payait la pension alimentaire et venait voir Sonnet une fois par an, mais leur relation s'arrêtait là. A l'approche de l'âge adulte, Sonnet avait envie de mieux le connaître. Elle avait saisi l'occasion de ce stage d'été.

— Bref, reprit Nina, je ne veux pas compliquer les choses entre Philip et toi.

— Elles sont déjà assez compliquées comme ça, mais nous nous efforçons de gérer la situation. Nous n'avons pas le choix, surtout maintenant que le mariage d'Olivia approche. Ce qui m'amène au motif de ma visite.

Jenny défit la fermeture Eclair de la housse à habits qu'elle avait apportée et, avec des gestes théâtraux, elle se glissa dans la chambre voisine.

— Les robes des demoiselles d'honneur sont arrivées aujourd'hui ! cria-t-elle. Je veux que tu sois la première à voir la mienne.

Elle se mit sur la pointe des pieds et releva ses cheveux. Nina poussa un petit cri d'admiration. La robe était ravissante — un long flot de soie mauve. En regardant son amie dans cette tenue de rêve, Nina éprouva une émotion inattendue.

Jenny le remarqua aussitôt.

— Tu ne vas pas te mettre à pleurer !

— C'est plus fort que moi. On dirait Cendrillon.

— Hé, dans la famille Bellamy, Cendrillon, c'est moi ! Comment trouves-tu ma robe ?

— J'adore.

— Moi aussi. Olivia a un goût exquis.

Olivia Bellamy, la future mariée, était la fille de Philip, elle aussi. Elle avait prié Jenny, sa demi-sœur retrouvée depuis peu, d'être sa demoiselle d'honneur. Cette dernière commençait seulement à découvrir ce qu'être un Bellamy voulait dire. Les noces allaient réunir la famille au grand complet, et tout le monde en parlait déjà en ville.

Nina cligna des yeux et s'éclaircit la voix.

— Tu te rappelles, quand on était petites, on avait déjà tout prévu pour nos mariages !

Jenny éclata de rire.

— J'ai conservé les cahiers où on notait tous nos projets, mis à part ceux qui ont brûlé dans l'incendie.

Elle avait perdu pour ainsi dire tout ce qu'elle possédait, l'hiver précédent, quand sa maison avait pris feu. La manière dont elle avait reconstruit sa vie sans regarder en arrière était une source d'inspiration pour Nina.

— On était censées se marier le même jour, se rappela Nina.

Elles parlaient des heures durant de leurs futures noces, assises sur le lit de Jenny.

— Ouais. On avait prévu une double cérémonie avec Rourke et Joey. On devait se marier entre meilleurs amis. Tout semblait si simple, si parfait, hein ?

Il y avait une nuance de regret dans la voix de Jenny.

— On avait choisi la musique : les meilleurs morceaux de

Bon Jovi et Heart, poursuivit Nina. Et les robes. Seigneur, on en avait dessiné tellement de versions ! Des mètres de tissu fuchsia métallique avec des manches bouffantes. Et pour les demoiselles d'honneur, des tenues sorties d'un autre monde.

Elle rit en se rappelant qu'elles avaient effectivement tout prévu, dans les moindres détails : depuis les vœux qu'elles prononceraient — un poème de E. E. Cummings, bien évidemment — jusqu'au menu de la réception — un gratin de macaroni, du poulet au barbecue et des donuts de la boulangerie Sky River. Après une lune de miel commune à Hawaii, ils devaient acheter deux maisons mitoyennes. Nina prendrait la direction de l'auberge du lac des Saules pendant que Jenny écrirait le plus grand roman américain de son époque.

— Je n'avais pas pensé à ça depuis des années, dit Nina. On ne manquait pas d'imagination, hein ?

En faisant un gros effort, elle parvenait à se souvenir de l'enfant qu'elle avait été. Elle avait alors tant de rêves et d'espoirs, et tous ses objectifs lui semblaient à portée de main.

— Rien ne s'est passé comme on le prévoyait, conclut-elle.

Jenny sourit en faisant gonfler le bas de sa robe.

— Je n'aurais jamais pensé que ce serait aussi bien. Et tu peux en dire autant. Tu t'es retrouvée avec Sonnet, ce qui équivaut à gagner le gros lot dans le domaine de la maternité.

Nina ne pouvait pas le nier.

— Ça t'ennuie qu'Olivia ait droit à un grand mariage ? demanda-t-elle à son amie.

— Bien sûr que non ! répondit Jenny en dissipant cette pensée d'un geste. Philip avait proposé de m'offrir la même chose, je ne sais plus si je te l'ai dit.

Elle sourit.

— Heureusement pour lui, j'avais juste envie d'un petit office religieux sans chichi et d'une lune de miel à St. Croix. Et je dois te dire que c'était parfait pour Rourke et moi. J'avais une robe superbe, je suis sûre que tu t'en souviens.

— Je ne l'oublierai jamais, affirma Nina.

Jane Bellamy, la nouvelle grand-mère de Jenny, avait insisté pour l'emmener chez Henri Bendel, sur la Cinquième Avenue, où elles avaient choisi une robe de cocktail haute couture.

— Personne à Avalon n'oubliera cette robe. Rourke et toi, vous formiez un couple magnifique. Olivia aura une ravissante demoiselle d'honneur… Tu vas éblouir tout le monde.

A son grand dam, Nina identifia alors le sentiment qu'elle éprouvait : une pointe de jalousie. Elle se surprit à penser que Jenny devrait être sa demoiselle d'honneur à elle, et non celle d'Olivia. C'était ridicule, au fond. Pour avoir une demoiselle d'honneur, il fallait être une mariée. Or, rien n'était plus loin de son esprit. Si elle avait toutes sortes de souhaits, maintenant qu'elle était seule et que son nid était vide, le mariage n'en faisait certainement pas partie. Pas à court terme, du moins. Mais tomber amoureuse ? Tout le monde en avait envie, non ? Seulement, cela ne se planifiait pas comme un mariage, en engageant un organisateur et en choisissant de la vaisselle.

Jenny se planta devant elle en lui tournant le dos.

— Tu veux bien descendre ma fermeture Eclair ? Ensuite, on reparlera de cette affaire avec Greg.

— Il ne s'agit pas vraiment d'une affaire.

La fermeture Eclair se coinça. Nina dégagea habilement le tissu délicat.

— Il veut te prendre comme associée à l'auberge. J'appelle ça une affaire.

— Ce qu'il veut, c'est que je le mette au courant de tout, après quoi il m'enverra balader.

— Il n'est pas comme ça. Il a vraiment besoin d'aide pour rouvrir l'hôtel, et il est suffisamment intelligent pour savoir que tu es son meilleur atout.

— Je ne comprends pas. Il y a des centaines d'affaires disponibles à Avalon. Cent douze, pour être précise. En tant que maire, j'étais parfaitement au courant. Pourquoi a-t-il choisi justement celle que je voulais ?

Jenny remit son T-shirt.

— Vous voulez la même chose. C'est peut-être un signe.

— N'importe quoi !

— Je ne vois pas pourquoi ça te met dans un état pareil. Tu étais disposée à gérer l'auberge au nom de la banque. Greg te propose le même arrangement, pour ainsi dire. Sauf qu'il est disposé à augmenter considérablement ton salaire.

— C'est complètement différent. La banque m'aurait vendu l'auberge dès que j'aurais obtenu un prêt. Greg a balayé cette possibilité.

— Tu le lui as dit ?

— Certainement pas. J'étais déjà assez pathétique comme ça !

— Nina, sois honnête. Tu pensais vraiment que la banque t'attendrait ?

— M. Bailey aurait attendu. Et il supposait sans doute que sa remplaçante ferait de même. Elle s'appelle Brooke Harlow et j'ai bien l'impression que Greg sort avec elle. C'est plutôt commode, tu ne trouves pas ?

— Ne tire pas de conclusions trop hâtives. Et puis, je te signale que tu cours moins de risques comme ça. Si ça se trouve, cette auberge te tapera vite sur les nerfs et tu auras envie de reprendre tes billes. A moins que ce ne soit Greg qui laisse tomber l'affaire.

— Et s'il s'avère que c'est parfait pour nous deux ? On finira par s'entretuer.

— Ou par fusionner pour de bon.

Jenny fronça les sourcils.

— N'y songe même pas !

— Pourquoi ? Olivia m'a longuement parlé de Greg. C'est son plus jeune oncle — il a douze ans de moins que Philip, ce qui veut dire qu'il a… trente-huit ans. Il est célibataire. C'est un Bellamy… Somme toute, un bon plan.

— Il a un fils ado et il va bientôt être grand-père !

— Une grande famille, c'est une bénédiction, souligna Jenny. Tu es bien placée pour le savoir, toi qui as huit frères et sœurs.

Nina n'allait pas la contredire. Elle était consciente que Jenny avait vécu une enfance particulièrement solitaire. Son père était resté un mystère. Sa mère avait pris la poudre d'escampette, laissant à ses parents la responsabilité de l'élever dans la maison paisible et impeccablement tenue de Maple Street.

— Tu as peut-être raison. Cela dit, la solitude présente des avantages. C'est la première fois que ça m'arrive. J'ai besoin de solitude pour la première fois de ma vie. Je veux déterminer qui je suis lorsque je ne suis pas la fille de quelqu'un ou la maman de Sonnet.

— Je comprends. Tu mérites cette chance. Je suis sûre que Greg le comprendra, lui aussi. Il t'a proposé une association, pas un mariage.

— J'espère bien que personne ne va me demander ma main !

— C'est vrai, tu as dit que tu voulais vivre une existence de célibataire.

Jenny sourit avant d'ajouter :

— Allons, Nina ! Ça pourrait être une occasion formidable pour toi.

— Oh non ! Tu ne vas pas t'y mettre.

— A quoi faire ?

— A jouer les femmes mariées pleines de cette mystérieuse sagesse. Je ne supporte pas !

— Qu'est-ce que tu vas chercher ?

— Regarde-toi. Tu es tellement… *heureuse* !

— Que veux-tu dire ?

— Ce n'est pas parce que le mariage te comble de bonheur que c'est ce dont j'ai besoin, moi aussi.

— Je sais. Ce que tu veux, c'est gérer l'auberge du lac des Saules. C'est précisément ce dont je te parle.

— Super. Tu sais quoi ? Tu as peut-être raison. Greg n'a pas la moindre idée de ce qui l'attend. Moi, si. Il ne tiendra pas l'été : tu verras.

— Tu ne songes tout de même pas à comploter contre lui ?

— Ce ne sera pas nécessaire. Il se cassera la figure tout seul.

— Avec toi aux commandes ?

Jenny dévisagea son amie d'un air sceptique.

— Tu vois, tout le problème est là.

Nina vida son verre et s'en servit un autre.

— C'est de la folie. D'une manière ou d'une autre, Greg Bellamy a été ma bête noire depuis qu'on est gamins.

DEUXIÈME PARTIE

Le passé

La chambre Galahad porte le nom du légendaire sir Galahad connu pour sa pureté et sa bravoure. Située au premier dans le pavillon principal, cette chambre rend hommage à l'environnement naturel de l'auberge. Elle est pourvue d'un lit en bouleau sculpté orné de cages à oiseaux, de lampes montées sur des ramures et de gravures antiques du peintre préraphaélique Dante Gabriel Rossetti.

Chaque chambre est agrémentée de fleurs fraîches. En mettant un centime et un cachet d'aspirine dans l'eau, on prolonge la vie des fleurs. Le cuivre a un effet fongicide et l'aspirine apporte à l'eau des propriétés acides. Constance Spry, femme de lettres, fleuriste et réformatrice sociale nous rappelle que « lorsqu'on crée un arrangement floral, il faut toujours laisser suffisamment d'espace entre les fleurs pour éviter un effet d'encombrement. Il convient d'offrir de la place aux papillons ».

4

Nina attribuait tous ses ennuis à un garçon du nom de Greg Bellamy. C'était absurde pour tout un tas de raisons, surtout qu'il ignorait jusqu'à son existence. C'était sans doute le principal problème, au fond.

Elle l'avait rencontré un jour où elle s'était rendue au camp Kioga avec Jenny Majesky, sa meilleure amie. L'endroit, jadis constitué d'un ensemble de petits pavillons destinés aux familles citadines aisées, était désormais un camp de vacances sélect et historique réservé à leur progéniture. Nina ne fréquentait évidemment pas ce camp, ni aucun autre, d'ailleurs. Cela aurait été trop beau !

C'était dans la camionnette de livraison de la boulangerie qu'elles montaient la route de la côte en direction du camp Kioga. Ce véhicule appartenait aux grands-parents de Jenny, et les filles donnaient un coup de main pour la livraison. Le grand-père de Jenny, qui était dur d'oreille, les laissait mettre la radio aussi fort qu'elles le voulaient, de sorte que les accents de Metallica et une délicieuse brise les enveloppaient avec une égale ardeur.

Tandis que la camionnette passait au ralenti sous la voûte rustique qui marquait l'entrée de la propriété, Nina huma les senteurs fraîches des bois en essayant d'imaginer le plaisir que devaient éprouver les campeurs. Il devait y avoir quelque chose de magique dans le fait de passer tout un été loin de chez soi dans une cabane avec des copains. Elle ne le saurait jamais, bien sûr. Les familles comme la sienne n'envoyaient pas leurs enfants en camps de vacances.

De toute façon, se dit-elle, ces camps étaient réservés aux gens qui avaient trop d'argent et pas assez d'imagination. C'était, du moins, ce que disait Pop. Dans la famille Romano, on avait tout juste de quoi s'offrir des chaussures, sans parler de vacances. Pop était professeur d'éducation civique au lycée d'Avalon, et il adorait son métier. Mais avec neuf enfants, un enseignant avait beaucoup de mal à joindre les deux bouts.

L'été, Pop faisait de la politique. Il travaillait comme volontaire pour les candidats démocrates en qui il croyait avec passion. Certaines personnes le critiquaient : d'après elles, avec autant d'enfants, il aurait mieux fait de tondre des pelouses ou de creuser des fossés pendant son temps libre, histoire de se renflouer. Mais il pensait sincèrement que le mieux qu'il puisse faire pour sa famille, c'était d'essayer de changer le monde en soutenant les candidats qui partageaient ses idéaux.

Quand la maman de Nina n'était pas en train d'allaiter, elle travaillait comme cuisinière au camp. Elle affirmait que ça ne l'ennuyait pas le moins du monde. Cuisiner pour une tonne de gens était une tâche qu'elle pouvait accomplir les yeux fermés. Elle préparait trois repas par jour pour des gamins qui n'avaient pas la moindre idée de ce que ça pouvait être de porter la même paire de chaussures jusqu'à ce qu'elles vous blessent, de supplier votre sœur de ne pas écrire son nom sur son sac à dos parce que vous étiez sûre d'en hériter l'année suivante, ou de payer la cantine avec ces honteux coupons bleus que l'on tendait furtivement en espérant que le camarade qui vous suivait ne remarquerait rien.

Nina avait un emploi l'été, elle aussi, à l'auberge du lac

des Saules où elle s'occupait du ménage. Ce n'était pas très glorieux mais, contrairement à la maison, l'hôtel était tranquille, et quand on avait nettoyé quelque chose, ça restait propre un bon moment au moins, au lieu d'être aussitôt sali par des frères souillons ou des sœurs désordonnées. Et puis, il arrivait qu'un client lui laisse un pourboire : un beau billet de cinq dollars tout neuf dans une enveloppe marquée « Ménage »…

Jenny la tira de sa rêverie en lui donnant un petit coup de coude.

— Allons-y ! dit-elle.

Le grand-père de Jenny avait disparu dans l'immense cuisine industrielle du camp où la maman de Nina était à l'ouvrage. Les fillettes expédièrent leurs tâches pour avoir le temps d'explorer. Si Pop critiquait Kioga, Nina trouvait l'endroit magnifique : un vrai pays des merveilles avec ses forêts luxuriantes, ses prairies vertes, ses ruisseaux émaillés de rochers, et le lac scintillant. Le pavillon principal où les campeurs achevaient de déjeuner était une grande cabane de bois de style Adirondack qui abritait notamment l'immense réfectoire.

— Ils sont là ! lança Jenny en passant en revue les campeurs attablés, du haut de l'escalier qui conduisait dans la cuisine.

Ils étaient rassemblés par groupes d'âge autour de longues tables, et faisaient un chahut de tous les diables, entre les cliquetis des assiettes et des couverts, leurs bavardages et leurs éclats de rire. Jenny avait concentré toute son attention sur les douze-quatorze ans.

— Il est vraiment fabuleux ! chuchota-t-elle d'une voix vibrante d'émotion.

Nina avait perdu l'usage de la parole, même si toutes les cellules de son corps partageaient le point de vue de son amie. Il était incroyablement grand, avec un beau port de tête, des cheveux blond cendré, un sourire ravageur. Il portait un short bleu marine et un T-shirt gris sur lequel on lisait « Animateur ».

Jenny suivit le regard de Nina et lui asséna un nouveau coup de coude.

— Pas lui, nunuche ! Ça, c'est Greg Bellamy. C'est un vieux. Il a au moins dix-huit ans.

Elle désigna le groupe des cadets.

— C'est de lui que je te parle.

Son regard adorateur se posa sur l'un des adolescents : un grand garçon dégingandé, en train d'étudier sa boussole.

— Oh, lui ! fit Nina.

Elle examina l'objet du ravissement de Jenny : un blond du nom de Rourke McKnight. Jenny avait fait sa connaissance deux étés plus tôt, et s'était convaincue qu'ils partageaient quelque grandiose destinée.

Un garçon brun plus petit alla s'asseoir à côté de Rourke.

— Joey Santini, dit Jenny en poussant un soupir tremblotant. C'est son meilleur ami. Je n'arrive pas à déterminer lequel des deux est le plus mignon.

Moi si, se dit Nina, reportant son attention sur l'animateur. Greg Bellamy. Son nom ne cessait de résonner dans sa tête avec des accents symphoniques. Greg Bellamy. Ce nom suffisait à prouver qu'il était spécial. Dans ces contrées, être un Bellamy revenait à peu de choses près à s'appeler Kennedy à Boston. Tout le monde savait qui vous étiez. Une aura de prestige et de privilèges flottait autour de vous, que vous le méritiez ou non.

— Hé, vous deux ! cria la maman de Nina, depuis la cuisine. Le déjeuner est presque prêt. Venez donc manger quelque chose !

Jenny recula timidement, hésitant entre la cuisine et le réfectoire.

— La timidité, c'est une perte de temps, murmura Nina.

Dans sa famille, on vous oubliait si on ne s'exprimait pas et si on ne faisait pas connaître ses préférences. Elle prit Jenny par le bras et l'entraîna dans le réfectoire. Elles s'approchèrent du buffet et se servirent de sandwichs et de boissons. En faisant attention de ne pas renverser son verre de limonade sur son plateau, Nina se dirigea droit sur Greg Bellamy. Il était en train de passer en revue la table des desserts où trônait un riche assortiment des spécialités de la boulangerie Majesky — tartes au citron, biscuits fourrés à la pêche, brownies à la noix. Il ne restait qu'une seule tranche de tarte aux cerises. S'il y avait une chose qui pouvait lui faire oublier un beau garçon, c'était la tarte aux cerises de la boulangerie Sky River.

Elle tendit le bras pour prendre l'assiette. Au même moment, quelqu'un l'imita depuis l'autre côté de la table. Greg Bellamy. Elle leva les yeux et rencontra son regard bleu.

Il lui fit un clin d'œil.

— On veut la même chose, on dirait.

En temps normal, quand un garçon faisait un clin d'œil à une fille, c'était carrément ringard. Mais pas Greg Bellamy. Elle sentit ses genoux se dérober sous elle.

— Désolée, dit-elle en rejetant en arrière son abondante chevelure noire. Elle est pour moi. Je l'ai vue en premier.

Clin d'œil ou pas, il n'était pas question qu'elle cède.

Il rit. Sa voix était comme du chocolat chaud.

— J'aime les filles qui savent ce qu'elles veulent.

Elle le gratifia d'un sourire rayonnant. Il l'aimait bien. Il l'avait dit à haute voix.

— Je m'appelle Nina ! lança-t-elle.

— Greg. Tu es en visite ?

Il l'observait comme si elle avait été la seule personne présente dans le réfectoire bondé.

— Exactement.

Ce n'était pas un mensonge. Elle avait simplement omis de préciser qu'elle était la fille de la cuisinière. Elle se demanda soudain si ça changerait quelque chose à l'opinion qu'il avait d'elle. Evidemment. C'était pour cette raison que la notion de « classe sociale » existait dans ce bon vieux pays. Au camp Kioga, la différence était on ne peut plus nette : les rupins d'un côté, les pauvres de l'autre.

Si elle gardait l'anonymat, cette barrière disparaissait.

Elle percevait un intérêt incontestable dans le regard que Greg posait sur elle, et cela l'incita à se dresser de toute sa taille. Elle avait toujours fait plus vieille que son âge, et il fallait ajouter à cela qu'elle avait un an de plus que ses camarades de classe.

Elle n'avait pas redoublé, mais sa mère avait tout simplement oublié de l'inscrire en maternelle à l'âge qui convenait. *Oublié*. Les gens souriaient et hochaient la tête d'un air entendu quand ils entendaient dire que Vicki Romano avait négligé d'envoyer sa fille à l'école. Et pourtant, c'était parfaitement compréhensible. Elle avait neuf enfants et avait donné naissance aux deux derniers — des jumeaux — quelques semaines avant la rentrée scolaire. La famille ne pensait qu'à ces deux bébés malingres qui luttaient pour leur vie pendant que Vicki se débattait contre une infection post-partum. La petite Nina, âgée de cinq ans, discrète, sage, était bien leur dernière préoccupation. Personne ne s'était rappelé qu'elle devait entrer en maternelle jusqu'à ce qu'il soit trop tard pour l'inscrire. Elle avait dû attendre l'année suivante.

La famille raffolait de cette anecdote, d'autant plus que tout s'était bien terminé. Les jumeaux chétifs — Donny et Vincent — faisaient aujourd'hui partie de la Petite Ligue, et Nina était dans la même classe que sa meilleure amie. Tout était donc parfait.

Si ce n'est que l'expérience avait marqué Nina comme personne ne pouvait l'imaginer. Elle s'était toujours sentie un peu décalée, comme en porte-à-faux. Ce qui ne l'avait pas empêchée de devenir une jeune personne dynamique qui savait ce qu'elle voulait et faisait tout pour l'obtenir.

M. Yeux Bleus Bellamy tenait toujours le bord de l'assiette. Son assiette de tarte aux cerises.

— Bon, tu vas lâcher ? lança-t-elle d'un ton plein de défi.

— Si on partageait ?

Sans attendre sa permission, il lui prit l'assiette des mains, partagea soigneusement la tarte en deux et lui tendit sa part.

— C'est drôlement gentil, dit-elle sans y toucher.

— Il n'y a pas de quoi.

Il ne saisit pas l'ironie de son ton, ou bien choisit de l'ignorer. Elle se rappela qu'elle avait affaire à un Bellamy. Il avait un sens aigu de son *droit du seigneur*, un terme qu'elle avait découvert dans les romans sentimentaux auxquels elle était accro.

— Tu as l'habitude d'obtenir ce que tu veux, hein ? dit-elle en prenant finalement la part qu'il lui tendait.

Elle se sentait un peu émue de lui parler, même si elle avait acquis une certaine maîtrise dans l'art du flirt.

Parce qu'elle était plus âgée que ses camarades de classe, Nina avait l'honneur contestable d'être la première dans tout un tas de domaines. Elle avait été la première à avoir de la poitrine, la première à être réglée, la première à s'enticher d'un garçon. Ça lui était tombé dessus l'année dernière, comme un train lancé à grande vitesse. Sous ses yeux, les garçons — ses frères mis à part — s'étaient changés en objets de désirs étranges et impérieux. Les garçons de sa classe se comportaient encore comme des gosses, mais ceux qui avaient quelques années de plus qu'elle semblaient partager ses ardeurs. A la fin de l'année scolaire, elle s'était introduite en catimini au bal du lycée et avait flirté avec Shane Gilmore, qui était en seconde, jusqu'à ce que l'un de ses oncles — professeur de biologie et chaperon — remarque sa présence et la renvoie chez elle avec une interdiction de sortie de plusieurs semaines.

C'était facile de tromper la surveillance de ses parents, et elle ne s'en privait pas. Il lui arrivait même de conduire la vieille voiture de sa sœur aînée. Elle l'avait empruntée pour aller au drive-in à Coxsackie où elle avait flirté avec Byron Johnson, un élève de terminale. Malheureusement, son frère Carmine l'avait vue. Il ne l'avait pas dénoncée, bien sûr, mais il avait cassé la figure à Byron en lui promettant de lui briser les rotules s'il s'avisait de s'approcher d'elle une nouvelle fois.

En présence de Greg Bellamy, Nina oublia toutes ses conquêtes. C'était le garçon par excellence. Le trophée. Celui dont elle parlait dans son journal et dont elle rêvait la nuit. Celui qui lui donnait envie de pousser le flirt un peu plus loin. Et même beaucoup plus loin.

— Alors, Nina, tu fais quelque chose ce soir ? lui demanda-t-il.

— Ça dépend, répondit-elle d'un air mutin. Tu as une idée ?

— Des tas, répondit-il en fixant sa bouche.

Elle avait la sensation de brûler à l'intérieur.

— Ça me va.

— Pardon ?

Une personne très grande aux formes admirables vint se planter à côté de Greg. Une animatrice au physique de James Bond girl.

— Génial ! dit-elle en prenant la part de tarte des mains de Greg. Tu m'en as gardé.

Elle le gratifia d'un sourire éblouissant.

— Merci, Greggy. Je te revaudrai ça.

Greggy ? pensa Nina. Greggy ? C'était totalement ridicule.

— Binkie, je te présente Nina, dit-il.

L'immense sylphide se retourna et lui décocha un sourire apte à glacer un ennemi à vingt pas.

— Nina. Ça me dit quelque chose, mais quoi ? Ah oui, tu dois être la fille de Mme Romano.

Nina observait Greg, et non Binkie. C'était assez déconcertant de voir son image se désagréger sous ses yeux.

— Tu sais, Mme Romano, insista Binkie. La cuisinière.

En l'espace de quelques secondes, Greg cessa de flirter avec Nina.

— Bon, dit-il en rougissant jusqu'à la pointe des oreilles. Il faut que je retourne travailler. A un de ces quatre, petite !

Binkie esquissa un sourire glacial.

— Ravie de te connaître, choupette.

Nina resta là sans bouger. Blessée au plus profond d'elle-même.

— Tu viens ? lui demanda Jenny.

A l'évidence, elle ne se rendait pas compte des tourments de Nina.

— Grand-papa est prêt à retourner en ville.

— D'accord, j'arrive.

Elle songea que Greg Bellamy la suivait peut-être des yeux alors qu'elle quittait la salle à manger. Mais elle s'abstint de vérifier. Il incarnait une méprise qu'elle n'était que trop contente de laisser derrière elle.

Tandis qu'elle battait en retraite, elle fut horrifiée de sentir la pression chaude des larmes qui menaçaient. Les dents serrées, elle s'arrêta, feignant d'examiner le tableau d'affichage : un patchwork de petites annonces destinées au personnel du camp. Quelqu'un avait perdu une paire de lunettes. Quelqu'un d'autre avait deux tickets à vendre pour la nouvelle comédie musicale, *Miss Saigon*. Tout était flou. Puis un prospectus jaune vif se matérialisa sous les yeux. *Bienvenue les Cadets ! Grande réception au Country Club d'Avalon Meadows*. Chaque année, les nouvelles recrues de West Point avaient droit à une fête avant leur enrôlement, un ultime tour de piste avant d'entrer dans le monde strict qu'était l'Académie militaire américaine. *Age minimum : 18 ans.*

Au bas du prospectus le numéro de téléphone pour l'inscription figurait en plusieurs exemplaires. Nina connaissait déjà l'un des cadets : Laurence Jeffries, de Kingston. Elle lui avait fait du charme aux matches de football et de base-ball, et il ignorait son âge. Il la ferait entrer au Country Club. Elle arracha résolument l'un des talons à détacher pour la réponse et le fourra dans sa poche.

Elle jeta un rapide coup d'œil à Greg Bellamy. S'il avait été plus gentil avec elle, elle serait toujours dans le réfectoire en train de manger sa part de tarte. Alors, si elle avait des ennuis, ce serait entièrement sa faute.

Nina n'avait jamais de mal à faire croire qu'elle avait plus de dix-huit ans. Ses sœurs et elle se ressemblaient beaucoup. A l'église et au catéchisme, les gens les confondaient toujours. Nina savait beaucoup de choses grâce à ses jolies sœurs que tout le monde appréciait. Elle épiait leurs conversations ponctuées de ricanements à propos des garçons et du sexe. Elle s'attardait avec elles le soir pour les entendre parler de leurs rendez-vous galants qu'elles décrivaient dans les moindres détails. Grâce à ses sœurs, Nina savait s'incruster dans une fête, flirter avec les garçons, embrasser, et les rapports sexuels protégés n'avaient pas de secrets pour elle.

La réception de West Point devait avoir lieu un dimanche soir. Nina prévoyait d'attendre que Maria prenne sa douche pour aller fouiller dans son portefeuille et lui emprunter son permis.

Ce matin-là, tandis que tout le monde courait en tous sens, se préparant pour aller à l'église, elle raconta à ses parents l'histoire habituelle : Jenny l'avait invitée à dormir chez elle. Cela dit, elle n'avait probablement pas besoin de se donner ce mal. Tout le monde était préoccupé. Son père organisait une collecte de fonds pour un nouveau candidat.

— Tu ne trouves pas ça frustrant de voir Pop amasser tout cet argent pour quelqu'un d'autre ? demanda-t-elle à sa mère alors qu'ils s'extirpaient de la camionnette devant St. Mary.

Pop avait bondi le premier pour rejoindre un groupe d'hommes d'affaires locaux sur le parvis. Carmine se vit contraint d'aller garer l'encombrant véhicule familial : une ancienne navette d'aéroport que leur père avait achetée pour une bouchée de pain. Il fallait bien ça pour caser tout le monde.

— C'est vrai, reprit Nina, on n'a même pas les moyens d'acheter un appareil dentaire à Anthony !

Ma se bornait à sourire quand Nina disait ce genre de choses.

— C'est la passion de ton père. Il y croit.

— Tu crois bien en quelque chose, toi aussi ? Ça ne te dirait pas d'avoir un manteau neuf ou de payer la facture d'électricité sans t'endetter ?

— Je crois en ton père, répondit sereinement Ma.

Et c'était vrai. Giorgio Romano ne pouvait rien faire de mal à ses yeux. Pour être honnête, Pop était tout aussi fou de sa femme. Il l'accompagnait à la grand-messe tous les dimanches et ne bronchait même pas en la voyant déposer sans hésiter l'équivalent de 10 % de leurs revenus hebdomadaires dans le panier de la quête parce qu'elle estimait que c'était son devoir.

Très jeune, Nina avait décidé que les hommes qui se laissaient guider par leur passion ne l'intéressaient pas. Une passion, elle en avait pourtant une elle-même : les garçons. Même à l'église, elle les regardait. Les enfants de chœur, par exemple, elle les trouvait incroyablement sexy avec leur pomme d'Adam saillante, leurs grandes mains robustes, leurs souliers vernis pointant sous l'ourlet de leur tunique. Nina avait entendu parler de filles qui étaient *dingues* des garçons ; elle comprenait maintenant ce que cela voulait dire. C'est vrai qu'ils la rendaient dingue dans le sens où ils la déconcentraient complètement au point que, du matin au soir, elle ne pensait plus qu'à flirter avec eux.

Ce dimanche-là, au moment où tout le monde plongeait en avant pour s'agenouiller après l'Agnus Dei, elle jeta un coup d'œil par-dessus son épaule en direction de Jenny qui se tenait quelques rangs derrière elle avec ses grands-parents. Ils avaient l'air si proprets tous les trois, si maîtres d'eux-mêmes, comparés à la bande agitée, incontrôlable des Romano qui n'arrêtaient pas de chuchoter. Jenny ne s'aperçut même pas qu'elle essayait d'attirer son attention. Elle avait l'air à des kilomètres de là, comme ça lui arrivait souvent.

Nina se retourna vers l'autel et s'efforça de ne penser à rien tout au long du Canon. Le moment de la communion provoquait toujours chez elle un grand débat intérieur. Les catholiques prenaient ça très au sérieux. Ce qui expliquait qu'on était supposé se décharger de tous ses péchés avant. Ce sacrement était réservé aux âmes sans tache, sorties du confessionnal propres comme un sou neuf, tel un athlète émergeant de la douche après le match.

Nina se confessait souvent. Hier encore, d'une voix enrouée par la honte, elle avait avoué à la présence menaçante de l'autre côté de la grille qu'elle se dérobait à ses corvées, qu'elle avait menti à sœur Immaculata à propos de ses devoirs de catéchisme et qu'elle avait eu des pensées impures au sujet des enfants de chœur. Et là, elle avait encore menti, maintenant qu'elle y pensait. Ses pensées étaient *très* impures. Carrément inavouables.

Bien sûr, elle avait fait sa pénitence, récité ses « Notre Père » et ses « Je vous salue, Marie » à en avoir les genoux tout engourdis, mais ensuite, elle s'était remise à pécher. A l'instant présent, assise devant Dieu, elle songeait qu'elle allait se rendre à cette réception ce soir au Country Club pour trouver un garçon avec qui flirter.

— Seigneur, je ne suis pas digne de te recevoir, ânonna-t-elle avec le reste de la congrégation, mais dis seulement une parole et je serai guérie.

Cela ne l'aidait guère à décider si elle devait aller communier ou pas. Elle pesa le pour et le contre : si elle restait plantée là comme une nouille, tout le monde saurait qu'elle était pécheresse et trop flemmarde pour faire sa pénitence après la confession. Si elle se précipitait pour communier, en revanche, les gens se diraient qu'elle était hypocrite parce qu'aucun enfant n'était à l'abri du péché, à part peut-être Jenny. Elle aurait bien aimé qu'il y ait un terme pour désigner les gens entre deux qui n'étaient pas parfaits mais qui essayaient au moins de l'être. Des âmes de bonne volonté, pourrait-on dire. Ne devrait-il pas y avoir une récompense quelconque pour ceux qui s'efforcent d'être bons, même s'ils échouent la plupart du temps ?

Les gens commençaient à quitter leur place pour aller communier. Nina avait finalement décidé de s'abstenir, au risque de laisser sa famille et ses amis se perdre en conjectures sur la tache atroce qui souillait son âme et l'empêchait de recevoir la Sainte Communion. Puis elle vit que l'enfant de chœur à droite du père Reilly, celui qui avait la charge de tenir le calice rempli d'hosties, n'était autre que Grady Fitzgerald. Un an plus tôt, c'était un gamin boutonneux, morne et maigrichon. Il s'était changé en un grand jeune homme adorable, jusqu'à sa lèvre supérieure ourlée d'une moustache naissante. Il n'arrêtait pas de la regarder d'un drôle d'air. C'était sûrement un signe.

Elle se leva d'un bond et prit sa place dans la file. Chaque pas la rapprochait de Grady. Quand ce fut son tour, elle était censée ouvrir délicatement la bouche au moment où le prêtre dirait : « Le corps du Christ. » Mais, au lieu de cela, elle garda les yeux ouverts et rivés sur Grady.

— Amen, murmura-t-elle d'une voix voilée, sentant l'hostie toute fine se dissoudre sur sa langue.

Elle retourna à sa place, s'agenouilla, ferma les yeux, pressa ses mains sur son front et prit conscience qu'elle venait d'atteindre un nouvel abîme. Elle avait profité du sacrement de la communion pour aguicher un garçon.

Elle irait en enfer, ça ne faisait aucun doute.

Après la messe, tandis que les fidèles s'éparpillaient, le père Reilly fonça droit sur elle. Elle s'arma de courage. Bon, ça y était. Elle était démasquée. Il allait la dénoncer, la traiter de menteuse, d'imposteur.

— Mademoiselle Nina Romano, l'interpella-t-il sous l'œil de ses parents. Puis-je te dire un mot ?

— Oui, mon père.

— La manière dont tu t'es comportée à la communion, aujourd'hui…

Non, ne le dites pas. Je suis désolée. Je ne l'ai pas fait exprès…

— C'était quelque chose, ce regard audacieux, cet « Amen » puissant.

— Mon père, je…

— Je voudrais que davantage de jeunes aient cette conviction. Ta ferveur. Je te félicite.

Oh ! Oh !

— Merci, mon père.

Nina releva le menton, redressa les épaules.

Tandis que ses parents l'enveloppaient d'un regard plein d'orgueil, Nina reçut une nouvelle leçon de la vie : elle comprit que, dans chaque situation, les gens avaient tendance à voir ce qu'ils avaient envie de voir.

5

Nina était perdue au milieu d'un océan de garçons, et ce n'était même pas un rêve ! Les gens qui l'entouraient étaient à quatre-vingt-dix pour cent de sexe masculin. Dans la salle de bal du Country Club de l'Avalon Meadows, elle assistait à la réception annuelle de la future promotion des cadets de West Point. Le fondateur du club était un ancien élève de la célèbre Académie militaire, et ce gala grandiose était une tradition, désormais. Certains futurs cadets faisaient des centaines de kilomètres pour venir. Dès la semaine suivante, ils entameraient leur entraînement de base. C'était donc leur dernière chance de s'amuser, d'écouter de la musique, de faire la fête avec des filles et d'avoir les cheveux longs. On ne tarderait pas à leur raser le crâne, ils porteraient des uniformes impeccablement repassés et leur emploi du temps serait strictement minuté. Pas étonnant qu'ils soient déchaînés !

Tellement de garçons, pensa Nina, abasourdie, et si peu de temps. Peut-être ferait-elle elle-même ses études à West Point. Peu probable. Il fallait être un génie, avoir des notes irréprochables et exceller dans un sport. Elle n'avait rien de tout ça — ni génie ni bonnes notes ni sport à son actif. Sa seule activité sportive consistait à courir plus vite que Sœur Immaculata quand elle séchait les cours.

Elle avait pénétré dans le club au bras de Laurence Jeffries, dissimulant au mieux sa terreur à la perspective d'être repérée par quelqu'un et démasquée. En réalité, il y avait peu de risques qu'on la reconnaisse ce soir. Carmine ne travaillait plus là, et aucun Romano n'avait jamais appartenu au club d'Avalon Meadows, à sa connaissance. Le golf, le tennis, les Martini sur la terrasse, c'était pour les BCBG qui envoyaient leurs petits cracks dans les écoles privées et les camps de vacances. Cela rendait son stratagème encore plus excitant.

Quand les festivités commencèrent, elle pensa qu'elle avait commis une erreur en venant. Il y eut toute une série de discours barbants en l'honneur des futurs cadets — « Ceux qui osent servir notre pays, bla bla bla » —, et on ne servait pas de boissons alcoolisées dans la mesure où la plupart des nouvelles recrues étaient mineures. Nina songea à aller trouver Laurence Jeffries et à s'éclipser aussitôt. Tout changea cependant lorsque les adultes se dirigèrent vers la salle des cocktails. On baissa les lumières et un DJ prit les choses en main. A cet instant, la marée de garçons déferla sur la piste, entourant Nina telle une forêt de testostérones. Une bouteille de quelque chose de sirupeux fit son apparition et passa de main en main jusqu'à ce qu'elle soit vide. Nina n'avait pas trop l'habitude de boire, mais elle joua le jeu en engloutissant le cocktail parfumé à la framboise. Du coup, tout lui parut plus facile et plus drôle. Elle dansait nettement mieux, ça c'était sûr.

Nina savait que certaines filles se seraient senties intimidées au milieu de tant de garçons, surtout des garçons comme ceux-là — l'élite des lycées américains. Mais pas elle. Elle connaissait la vérité sur les garçons. Ils avaient beau être intelligents et sportifs, ils se laissaient mener par leur désir.

Ils la firent danser les uns après les autres : elle avait l'impression d'être la reine du bal.

Laurence était l'escorte idéale : il ne se doutait pas du tout de son âge. Elle avait fait sa connaissance à l'automne quand son équipe de football était venue jouer en ville et avait infligé une sévère défaite aux Avalon Knights. L'essentiel de la ville avait assez mal pris cet échec, mais Nina n'en avait que faire. Laurence était quarter back et super sexy. Il croyait qu'elle était en terminale, comme lui. Au printemps, elle avait été ravie d'apprendre qu'il était le lanceur de l'équipe de base-ball de son école, et ils avaient recommencé à flirter ensemble. Ils s'étaient déjà embrassés sous les gradins, de sorte qu'en théorie, c'était leur deuxième rendez-vous.

Il était de loin le plus beau garçon de la soirée, et le meilleur danseur. Nina était ravie de l'avoir comme partenaire. Sur les battements endiablés de « Get it started », de M. C. Hammer, ils apprirent à mieux se connaître. Il venait d'avoir dix-sept ans et c'était la première fois qu'il partait de chez lui. Quant à elle, elle mentait à propos de son âge et c'était au moins la vingtième fois qu'elle sortait sans permission, mais elle ne s'en vanta pas.

Ils se rapprochèrent de plus en plus en dansant jusqu'au moment où ils se touchèrent. Nina était en feu. Laurence attisait inexorablement ses sens. *Ça y est, j'y suis*, songea-t-elle. C'était peut-être le grand soir. Pourquoi pas ? Laurence était parfait pour une première fois. Elle serait bien bête de le repousser.

— Allons dehors, chuchota-t-il en s'inclinant vers elle.

Il lui prit la main et l'entraîna vers la terrasse qui donnait sur le terrain de golf. Elle pencha la tête en arrière, heureuse de sentir la douce brise sur son visage et sur son cou.

— Il fait tellement chaud ce soir, murmura-t-elle, se

sentant à la fois coquine, puissante et en proie à un désir fou de toucher et d'être touchée.

— Tu as soif ? demanda-t-il en lui tendant une bouteille de soda. J'ai rajouté de la vodka.

— Ça me va.

Elle but en s'efforçant de ne pas suffoquer.

Puis ils descendirent vers le terrain de golf plongé dans le noir et abandonnèrent leurs chaussures en bordure du dix-huitième green. L'herbe coupée à ras faisait l'effet d'un tapis frais sous ses pieds nus. Un parfum de luxe et de privilège imprégnait l'atmosphère.

Laurence se mit à rire d'un air appréciateur.

— C'est Byzance ! lança-t-il.

— Pourquoi ?

Il lui confia qu'il avait grandi dans un HLM — une gigantesque cité au sud de la ville dans un quartier qu'on ne montrait pas dans les brochures touristiques de l'Hudson Valley. Il avait été élevé par une mère célibataire qui travaillait pour les services sociaux.

— D'un point de vue sociologique, je suis le genre de gamin qui a toutes les choses de se retrouver un jour ou l'autre derrière les barreaux.

— Et regarde-toi ! répondit-elle. Tu es une star. Tu entres à West Point. Dans quatre ans, tu seras officier.

— J'ai l'impression de rêver.

Il la prit alors dans ses bras et l'embrassa. Ce fut un extraordinaire baiser, tendre et sexy à la fois.

— Toi aussi, on dirait un rêve, ajouta-t-il.

— C'est peut-être le cas, répondit-elle. Tu as peut-être tout imaginé.

Elle reporta son attention vers le club tout illuminé. Une clarté dorée baignait la salle à manger remplie de gens distingués en train de savourer des mets dont Nina connaissait l'existence grâce aux revues de luxe : bœuf braisé à la purée de pommes de terre parfumée à l'huile de truffe. Elle n'avait aucun mal à identifier les six membres de la famille Bellamy dont on savait qu'ils dînaient au « club » tous les dimanches soir, durant l'été. Il y avait M. et Mme Bellamy et leurs quatre grands enfants — Philip, l'aîné, deux sœurs et finalement Greg, le benjamin, incroyablement beau dans son pantalon kaki et sa chemise Oxford amidonnée avec sa cravate nouée lâchement autour du cou. Il respirait le charme facile, la décontraction, comme s'il posait pour la brochure d'un country-club.

— Tu viens souvent ici ? demanda Laurence.

— Bien sûr ! Ça fait des années que nous sommes membres.

En se tenant par la main, ils marchèrent jusqu'au milieu du fairway. Nina était habitée par une étrange certitude : elle irait jusqu'au bout avec ce garçon. Ils en avaient envie tous les deux. C'était évident. Ils tremblaient de désir et d'impatience l'un et l'autre.

Laurence se tourna vers elle, puis se pencha pour l'embrasser de nouveau, et elle sentit naître en elle une brûlure intense. Elle révisa mentalement toutes les informations qu'elle tenait de ses sœurs. Le sexe était une chose naturelle, c'était fabuleux si on tombait sur un type bien mais il ne fallait jamais laisser à son partenaire la responsabilité de la protection. Elle avait un chapelet de trois préservatifs dans son sac. Elle était prête à les sortir, même si c'était un peu gênant.

La nuit étoilée les enveloppait de sa magie. Soudain, Nina entendit un petit bruit sec suivi d'un sifflement staccato, puis un jeu d'eau froide s'abattit sur eux.

— Hé ! hurla-t-elle.

— C'est le système d'arrosage.

Il lui saisit la main et ils coururent se mettre à l'abri, mais les arroseurs avaient jailli un peu partout, formant une voûte de fontaines en courbe le long du fairway. Quand ils réussirent enfin à échapper aux jets d'eau, ils étaient trempés jusqu'aux os. En évitant les autres arroseurs, ils atteignirent un belvédère entre deux fairways.

Nina avait le fou rire. Elle continua à glousser jusqu'à ce que Laurence recommence à l'embrasser. C'était un baiser différent, empreint d'une intimité poignante, presque désespérée. Elle fut soulagée quand il s'écarta d'elle pour lui ôter sa robe trempée qu'il étala sur une haie de troènes. Elle avait besoin d'être près de lui, peau contre peau sans rien entre eux, absolument rien.

Il posa son blazer sur la balustrade et ils se laissèrent tomber à terre, envoûtés, ivres de désir, consumés par l'urgence. Il s'interrompit pour fouiller dans sa poche dont il sortit un préservatif. Nina crut défaillir de soulagement. Dieu merci, il lui avait épargné ce moment d'embarras.

Le moment était donc venu. Ici, à l'ombre du belvédère, au milieu des sifflements du système d'arrosage, le voile du mystère allait être levé. Elle resserra son étreinte autour de Laurence et renversa la tête en arrière, s'offrant à lui. Ils s'embrassèrent, imbriqués l'un dans l'autre, et c'était encore plus incroyable que tout ce qu'elle avait pu imaginer. Plus maladroit aussi, mais empreint d'une douceur qui lui fit venir les larmes aux yeux. Plus rapide également. Laurence émit presque instantanément un son étranglé, puis ils restèrent tous les deux immobiles, leurs cœurs battant à l'unisson, leurs corps toujours unis.

Au bout d'un moment, il se retira.

— Ça va ? chuchota-t-il.

Elle était intriguée.

— Oui, ça va.

— Je suis désolé. Je n'aurais pas dû…

— Chut. J'en avais envie. On pourra peut-être recommencer.

— Je n'ai apporté qu'un seul préservatif et... oh, merde !

Il n'était pas aussi expérimenté qu'il le paraissait. Pour quelque raison, le préservatif n'avait pas été mis correctement.

— Je suis désolé, répéta-t-il. Je n'ai pas de maladie ou quoi que ce soit, je te jure...

— Moi non plus.

Gênée tout à coup, elle se leva d'un bond et se démena pour enfiler ses vêtements trempés. Le problème du préservatif mal positionné avait mis un terme au romantisme de la soirée.

Laurence devait éprouver la même chose parce qu'il secoua ses vêtements et se rhabilla à son tour.

— J'ai honte, dit-il. Je ne voulais pas te faire de mal.

— Je n'ai pas eu mal, mais je ferais mieux d'y aller, répondit-elle, soudain pressée de partir. Ma voiture est à l'autre bout du parking.

Encore un mensonge. Elle était venue à bicyclette.

Ils traversèrent le parking en tenant leurs chaussures à la main.

— Donne-moi ton numéro de téléphone, dit Laurence. Je t'appellerai.

Elle fut tentée de le faire, mais se ravisa très vite. Le genre de bobards comme celui qu'elle avait raconté ce soir ne tenait pas la route bien longtemps.

— Ce n'est pas une bonne idée.

— Tu as probablement raison, dit-il.

— Tu as presque l'air soulagé, nota-t-elle, plaisantant à demi.

— Ecoute, je te trouve vraiment super, mais je dois penser à mon avenir. J'ai plein de projets. Si je n'y arrive pas ce coup-ci, disons que mes chances sont assez minces.

J'ai tout intérêt à m'en tenir à l'Académie. Dès le départ, je vais devoir prêter serment sur l'honneur.

— Et je suis une sorte de tache énorme sur ce serment.

— Non, mais…

— Je comprends, dit-elle. Je ne te causerai pas de soucis, je te le promets.

— Tu n'es pas un souci pour moi, mon cœur.

A cet instant, une ombre s'abattit sur eux.

Nina s'immobilisa et leva les yeux. Laurence avait peut-être parlé un peu trop vite.

— Greg Bellamy ! s'exclama-t-elle avec une jovialité feinte. Si je m'attendais à ça !

Greg se demanda s'il avait cassé quelque chose. Tout s'était passé si vite. Il s'apprêtait à aller chercher un chandail pour sa sœur dans la voiture. L'instant d'après, il expédiait son poing dans la mâchoire d'un cadet qu'il ne connaissait ni d'Eve ni d'Adam. Le gaillard était immense, mais peu importait : Greg ne pouvait tolérer qu'un cadet de West Point couche avec une mineure qu'il connaissait mais dont il avait oublié le prénom. C'était une gamine. Pourtant, il ne faisait aucun doute que ces deux-là venaient de s'envoyer en l'air — les vêtements mouillés boutonnés de guingois, les brins d'herbe dans les cheveux, leur air penaud…

L'expression de la fille changea instantanément, et elle lui décocha un regard accusateur.

— Tu lui as fait mal, dit-elle. Tu n'avais pas le droit…

— Ah, je n'avais pas le droit ?

Ça, ça le mettait vraiment en rogne.

— Lève-toi ! cria-t-il au cadet qui était toujours à terre.

Le gars fronça les sourcils, cilla d'un air confus jusqu'au moment où son regard se posa sur la fille.

— Nina ? Qu'est-ce qui se passe ? Qui est ce type ?

Greg enregistra mentalement le prénom de la fille. Puis, résolu à traiter le gaillard comme un campeur récalcitrant, il lui lança :

— La fête est finie, mon vieux. Alors relève-toi et retourne à l'intérieur.

— Je suis désolée, Laurence, dit la fille d'une petite voix horrifiée.

Elle était *désolée*. Greg se tourna brusquement vers elle.

— Comment vas-tu rentrer chez toi ?

Elle baissa la tête, se détourna de Laurence et marmonna :

— Je suis venue à vélo.

Il faillit éclater de rire. A vélo ! Elle avait pris une fichue bicyclette pour venir se faire sauter au Country Club.

— Il fait nuit noire, dit-il. Comment espérais-tu retrouver ton chemin ?

Le type du nom de Laurence se remit péniblement debout. Nom de Dieu, un géant ! Encore un peu assommé. Ou ivre. Ou les deux.

— Nina ?

— Ferme-la ! aboya Greg, lassé de tout ce drame et pressé d'envoyer promener ce garçon avant qu'il ne décide de riposter.

— Rentre tout de suite et prie le Seigneur pour que je ne te dénonce pas. Je la ramène chez elle.

— Certainement pas ! répliqua Nina avant de s'emparer de la main de Laurence. Il n'est pas question qu'il m'emmène où que ce soit.

Greg l'ignora et fusilla Laurence du regard.

— Elle a quatorze ans, imbécile ! A quoi pensais-tu ?

Laurence lâcha vivement la main de Nina. Il recula même d'un pas, bras levés, paumes tournées vers l'avant, à croire que Greg pointait une arme sur lui.

— Merde !

— Pas exactement, déclara Nina : j'ai eu quinze ans le mois dernier.

Le cadet avait vraiment l'air de paniquer. A l'évidence, il ignorait l'âge de Nina, tout comme Greg, l'autre jour. Jusqu'à ce que quelqu'un l'en informe, il s'était laissé berner, lui aussi, par les formes incroyablement sensuelles de son corps, son regard de braise qui laissait supposer qu'elle avait de l'expérience, ses lèvres pleines qui faisaient des promesses audacieuses aux imbéciles de leur espèce.

— Va-t'en ! dit Greg. Je te répète que la fête est finie.

Le type recula d'un pas.

— Je suis désolé, dit-il à l'adresse de Nina. Je ne savais pas, je... Tu aurais dû me dire la vérité.

— Fous le camp ! cria Greg.

— Laurence, non ! protesta Nina.

Le cadet lui décocha un regard de regret impuissant, puis, sans dire un mot, il fit volte-face et se hâta de regagner le club. Nina s'élança à sa poursuite, mais Greg la saisit par le bras pour la retenir.

— Lâche-moi ! cria-t-elle. J'ai cinq frères. Je sais me défendre.

Greg la lâcha.

— Combien de ces frères approuveraient ta présence ici ?

— Ça ne te regarde pas !

Sur ce, elle s'éloigna à grands pas en direction du club toujours baigné d'une lumière dorée et vibrant de musique, comme si rien de tout cela n'était arrivé.

— Si tu cours après ce gamin maintenant, cria Greg, tu compromets ses chances d'aller à West Point avant même qu'il ait commencé !

Elle était jeune mais certainement pas bête. Elle s'immobilisa et se tourna vers lui. Il vit qu'elle mesurait parfaitement l'enjeu. Un incident de ce genre — des rapports sexuels avec une mineure — suffisait amplement à faire renvoyer un cadet, voire pire. D'un air légèrement hautain, elle se faufila à côté de lui et alla chercher sa bicyclette qui n'était pas équipée du moindre système d'éclairage.

— Tu ne vas pas rentrer chez toi avec ça ! lui dit-il.

— Qu'est-ce qui m'en empêche ?

Elle enfourcha le vélo, et sa robe flotta autour de ses jambes nues.

Greg avait appris pas mal de choses en étant animateur au camp, notamment à rattraper les gamins qui tentaient de s'enfuir. Il bondit, saisit l'arrière de la selle et arrêta Nina dans son élan. Elle resta debout sur les pédales, lui opposant une farouche résistance, mais en vain. Greg refusa de lâcher le vélo jusqu'à ce qu'elle cède.

— Je vais te raccompagner en voiture, déclara-t-il.

— Ça m'étonnerait !

Il vit qu'elle pesait le pour et le contre, évaluant ses choix en silence, comparant son besoin de le défier et de se rebeller aux conséquences qu'il lui avait laissé entrevoir. Un dilemme que Greg connaissait bien. Il se souvenait comme si c'était hier des violents conflits de désirs propres à l'adolescence et dont il n'était toujours pas totalement sorti.

— Ça pourrait tourner mal, je te préviens, dit-il.

Il perçut précisément l'instant où elle se résigna. Ses épaules s'affaissèrent sous le coup de la défaite et elle descendit de vélo. Greg lâcha un long soupir. Il ne s'était même pas rendu compte qu'il retenait son souffle. Et il préférait qu'elle ignore à quel point il était soulagé. Son but n'était pas de lui attirer des ennuis. Il voulait simplement la ramener chez elle et la savoir en sécurité. Pourtant, cette fille était dangereuse. La preuve : il ressentait une pointe de jalousie à l'idée qu'un autre ait couché avec elle... N'empêche qu'elle était très jeune et que quelqu'un devait prendre soin d'elle.

En attendant, il était confronté lui-même à un dilemme. Il lui faudrait une dizaine de minutes pour la reconduire chez elle et dix minutes supplémentaires pour retourner au club. Ses parents allaient se demander où il était passé… Tant pis. Il mit le vélo dans le coffre de sa voiture et ouvrit la portière côté passager.

— Monte !

— Mes vêtements sont mouillés : je vais abîmer le cuir.

— Ne t'inquiète pas pour ça. Monte !

Elle haussa les épaules dans un geste théâtral.

— Je suppose que vous autres Bellamy n'en avez rien à faire d'abîmer les choses.

Greg fut surpris par la rancœur qu'il percevait dans sa voix.

— Nous autres Bellamy ! Tu connais ma famille, si je comprends bien.

Elle prit un air supérieur.

— Je connais le genre. Gâté pourri. Autoritaire. Qui se mêle de tout. On se passe très bien des gens comme vous.

Il se demanda pourquoi elle éprouvait tant de ressentiments envers sa famille. Elle était probablement rancunière, point barre.

Il se glissa derrière le volant d'un air indifférent, et démarra en trombe.

— Tu aurais pu lui casser la mâchoire. C'est parce que tu es raciste que tu ne supportes pas de le voir avec une fille blanche ?

— Vu que tu es mineure, peu m'importe la couleur de sa peau. Il n'avait pas à fricoter avec toi.

— Je ne suis plus une gamine, au cas où tu ne l'aurais pas remarqué. Je sais ce que je fais. Et pour ta gouverne, Laurence Jeffries a dix-sept ans. Alors, on n'est pas si différents, après tout.

— Vous êtes à des années lumière l'un de l'autre. Tu n'es qu'une écolière et il est sur le point de s'engager dans l'armée.

— Je peux arrêter l'école à seize ans sans la permission de mes parents.

— Super plan ! Tu iras loin avec ça.

— C'était juste pour dire… Mais parlons un peu de toi : est-ce que ta famille va te tuer parce que tu as disparu ?

Probablement.

— Tu n'as pas à te préoccuper de ça.

— Ils devaient être en train de te bassiner en te disant : « Il est temps qu'on parle de ton avenir, fiston » ! Je parie que c'est ce qu'ils font quand ils t'emmènent au club.

Changeant son fusil d'épaule, elle ajouta :

— Comment s'appellent tes sœurs ?

— Ellen et Joyce.

— Et ton frère, c'est Philip. Il a l'air beaucoup plus vieux que toi.

— C'est le cas. Il est marié et il a un enfant.

— Alors, tu es l'oncle Greg ?

Sans attendre de réponse, elle orienta la conversation dans une direction différente en posant une autre question indiscrète :

— Tu as une petite amie ?

Il avait envie de rétorquer que ça ne la regardait pas, mais il n'en fit rien. Penser à Sophie suffisait à remuer le couteau dans la plaie. Sophie Lindstrom et lui s'étaient rencontrés en septembre, au cours d'éco, et il avait eu le coup de foudre. De sa beauté nordique à ses prouesses au Scrabble en passant par son appétit insatiable au lit, elle l'avait fasciné et totalement envoûté.

— Elle est partie six mois à l'étranger, répondit-il à Nina.

— Ha ! Ça veut dire qu'elle t'a largué.

96

Elle était d'une perspicace agaçante, il fallait l'avouer.

— Où habites-tu, Nina ?

— Tu peux me déposer au coin de Maple et de Vine. Mais tu n'es même pas obligé d'aller jusque-là. J'ai vécu ici toute ma vie. Je connais le chemin.

— Si tu étais si futée, tu ne traînerais pas avec des types qui sont trop vieux pour toi.

— Va te faire foutre !

Il s'interdit de réagir, puisque c'était exactement ce qu'elle voulait. Dieu merci, elle n'essaya plus de le provoquer. Ils passèrent devant l'auberge du lac des Saules, un peu délabrée mais très prisée par les touristes à cause de son emplacement idyllique. Une pancarte pittoresque marquait l'entrée. Nina tourna la tête pour la regarder au passage.

Greg sentit que son humeur s'assombrissait. Il ne savait pas trop pourquoi mais c'était contagieux. Et puis il s'estimait responsable d'elle d'une certaine manière.

— Ecoute, je devrais probablement ne rien dire…

— Alors, ne dis rien.

— … mais je vais le faire quand même. Il n'y a pas de raison pour que tu traînes avec des garçons qui ne veulent qu'une seule chose de toi.

— Oh, mon Dieu ! Il est hors de question que j'écoute ça.

En attendant, elle était coincée. Pas moyen de s'échapper. Il leva le pied de l'accélérateur.

— Je ne prétends pas te connaître, mais ces gars-là, eh bien, ils ne sont pas très compliqués.

En fait, ils étaient tous pareils. Greg en était parfaitement conscient. Ils se laissaient guider par leurs pulsions sexuelles. Et une fille comme Nina faisait à peu près la même chose…

Mais il pouvait difficilement lui dire ces choses-là sans passer pour un imbécile. En outre, cela aurait été hypocrite parce que la seule différence entre ce cadet de West Point et lui, c'est que lui connaissait l'âge de Nina.

N'empêche qu'il devait dire quelque chose. Parce qu'un de ces jours, elle allait… Il s'interdit d'aller au bout de sa pensée.

— Enfin bref, c'est une question de bon sens, tout simplement, reprit-il. Tu ferais mieux de fréquenter des gens de ton âge.

— Ben voyons ! On s'amuse tellement avec les garçons de mon âge !

Il ne trouva rien à répondre.

Elle se tourna vers la fenêtre, et il la vit essuyer une larme.

— Excuse-moi, je ne voulais pas te blesser, lui dit-il.

— Bravo ! Bien joué !

Greg était toujours désarçonné par le spectacle d'une fille en pleurs. Ce fut avec un certain soulagement qu'il s'arrêta à l'angle de Maple et de Vine, et contourna la voiture pour lui ouvrir la portière. Elle resta assise là sans bouger, les genoux ramenés contre sa poitrine. Une voiture passa au ralenti. Dans l'une des maisons derrière lui, la lumière du porche s'alluma.

Il sentit la panique l'envahir. Ça ferait peut-être mauvais effet qu'on voie Nina Romano sortir de sa voiture. Il tourna rapidement les talons et alla extirper le vélo du coffre. Elle avait fini par sortir de la voiture, mais ne paraissait pas du tout pressée de rentrer chez elle.

— Il est plus de 10 heures, lui rappela-t-il. Tu ferais bien d'y aller.

— Ne t'inquiète pas du couvre-feu, répondit-elle. On est neuf enfants à la maison. On peut entrer et sortir sans se faire pincer.

Neuf enfants ! Greg avait déjà l'impression de faire partie

d'une famille nombreuse avec trois frère et sœurs. Chez Nina, c'était carrément… une colonie.

— Bon, lança-t-il en s'efforçant de prendre un ton guilleret, évite les ennuis, désormais, et profite bien de la vie.

Elle ne se laissa pas duper par cette faible tentative pour alléger l'atmosphère. Elle semblait comprendre aussi bien que lui qu'il s'était passé quelque chose entre eux pendant le trajet : quelque chose de mystérieux, d'important, d'impossible.

Elle plongea son regard dans le sien, et il eut le sentiment de sombrer. Il aurait préféré ne rien savoir d'elle : ni son âge ni son nom de famille ni le fait qu'elle avait pleuré quand il lui avait suggéré de se respecter elle-même.

Il se félicitait que la bicyclette qu'il tenait se trouve entre eux parce qu'autrement, il aurait pu se montrer aussi stupide qu'un certain cadet du nom de Laurence Jeffries. Elle était trop craquante. Et elle semblait vraiment mûre pour son âge.

Un sourire extrêmement malin se dessina sur sa bouche sensuelle.

— A quoi tu penses, Greg ?

— Si tu étais plus grande, on pourrait…

Il avait bredouillé ça comme ça, sans réfléchir. Rien que des mots. Les filles comme Nina Romano étaient apparemment une sérieuse cause de lésion cérébrale chez les mecs.

— Un de ces jours, je serai plus vieille, déclara-t-elle d'une voix pleine de promesse.

— Alors, peut-être qu'on pourrait…

Elle émit un petit rire.

— Comme si tu allais m'attendre !

— On ne sait jamais ! répliqua-t-il en lui tendant la bicyclette.

Il monta dans la voiture et passa la première. Elle resta

plantée là, tellement belle qu'il en avait les larmes aux yeux.

Il lui offrit son cœur dans un sourire.

— Qui sait ? Je te surprendrai peut-être.

TROISIÈME PARTIE

Le présent

Depuis 2005, la ville d'Avalon a la chance d'avoir sa propre équipe de base-ball indépendante, les Hornets, membres de la Ligue Can-Am. Les ligues de base-ball indépendantes sont réputées pour la grande qualité de leur jeu et leur farouche esprit de compétition. Une partie de base-ball par une soirée chaude et claire est l'un des grands plaisirs de l'été. Les billets sont vendus six dollars chez le concierge de l'auberge. Dans le cas du base-ball, comme dans la vie, chaque jour offre son lot de possibilités nouvelles.

6

Greg se gara dans le parking du terrain de base-ball au moment où s'achevait l'entraînement de la petite Ligue. De loin, la scène paraissait idyllique, entre la forêt qui tapissait les collines environnantes, la lumière dorée de la fin d'après-midi qui tombait en biais sur le losange vert émaillé de bambins rassemblant leurs affaires en riant à tue-tête. Greg se demanda si tout se passait à merveille ou s'il prenait ses désirs pour la réalité. Puis il aperçut Max assis tout seul sur le banc près des vestiaires. Super, il était encore sur la touche !

Il n'y avait pas pire torture que de voir son enfant souffrir. C'était d'autant plus douloureux que Greg se sentait impuissant. Ce n'était pas le genre de douleur que l'on pouvait atténuer avec un sac de glace ou un bandage. Cette blessure-là était invisible, surtout chez Max qui avait tendance à tout garder pour lui.

Greg s'attarda une minute dans la camionnette, le temps de se calmer. S'en prendre à l'entraîneur ne ferait que desservir les intérêts de Max. Le gamin devait apprendre à mener ses propres combats, et Greg était à peu près sûr qu'il s'était fait mettre sur la touche volontairement. Ou pire, il s'y trouvait parce qu'il avait piqué une crise. Ce ne serait pas la première fois.

Max avait subi les conséquences du divorce, du déménagement et de la grossesse de Daisy. Il s'était pourtant adapté à sa nouvelle école et à cet environnement différent avec une aisance apparente qui masquait des émotions dont il refusait de parler avec son père, Sophie ou son psy. De temps à autre, il pétait les plombs et donnait à son père un aperçu de la rage qu'il contenait en lui. Greg s'était dit que le sport l'aiderait peut-être à se défouler. A New York, il avait été l'une des stars de son équipe. Alors ici, à Avalon, il avait des chances de briller.

Peut-être pas, pensa Greg en attendant dans sa voiture que l'équipe se regroupe autour de son coach, Broadbent, pour la réunion après l'entraînement.

Son portable sonna. *Faites que ce soit elle !* Il s'en empara et vérifia à la hâte l'origine de l'appel. C'était son avocat. Il ne répondit pas. Il était agacé que Nina ne le contacte pas. Il espérait de tout son cœur qu'elle accepterait sa proposition, mais il n'allait tout de même pas la supplier. En attendant, il vaquait à ses occupations, s'ingéniant à associer travail et famille, comme il se l'était promis.

Or, ça ne se passait pas bien, ni d'un côté ni de l'autre.

Six chambres étaient encore en travaux ; il allait falloir les remeubler dans le style de l'époque. La maison du gardien où il vivait avec ses enfants était un vrai capharnaüm rempli de cartons. Le hangar à bateaux et le ponton avaient besoin de sérieuses réparations. Un point positif tout de même : il était parvenu à constituer ce qui commençait à ressembler à une équipe. Un consultant en informatique avait créé un site d'accueil que Daisy avait maîtrisé en un rien de temps, allant jusqu'à personnaliser le software en y incluant des photos qu'elle avait prises. Le Website fonctionnait, et c'était avec stupéfaction qu'ils voyaient arriver demandes de renseignements et réservations. Quoi qu'il en soit, le fait d'avoir du personnel, un décor de rêve et un site d'accueil n'avait pas grand intérêt tant qu'un gérant n'aurait pas pris ses fonctions pour tout orchestrer.

Nina Romano n'était pas la seule candidate possible, se dit-il. Le consultant auquel il avait fait appel lui avait suggéré plusieurs autres postulants. Mais c'était Nina qu'il voulait. Malheureusement, il s'y était très mal pris jusqu'à présent.

Dès que l'entraîneur eut terminé sa réunion, Greg descendit de la camionnette.

— Max ! cria-t-il en agitant la main.

Max s'anima, hissa son sac de sport sur son épaule et traversa le parking au pas de course, sa bouteille d'eau à la main.

— Salut ! Comment s'est passé l'entraînement ?

— Bien.

— Bon. Je l'ai cherché ! Laisse-moi reformuler ma question. Raconte-moi tout ce que tu as fait pendant l'entraînement.

Max jeta ses affaires à l'arrière de la camionnette.

— Comme d'hab.

Greg remarqua que sa tenue de base-ball — short gris, polo bleu marine et casquette blanche — était aussi propre que lorsqu'il l'avait enfilée. Il n'avait même pas transpiré !

— Tu étais sur la touche quand je suis arrivé.

— Ah bon ?

— Tu veux que je parle avec ton entraîneur ?

— Paapaa ! cria Max en insistant sur chaque syllabe. Je peux m'en charger, d'accord ?

— C'est ce que je pensais.

Greg étudia le visage de son fils. Cheveux blond cendré, taches de rousseur. Il avait le genre de sourire qui masquait une myriade de choses.

— Alors, fais-le ! A quoi bon gaspiller tout un entraînement à rester assis sur le banc ?

— Bon, on peut y aller maintenant ? Je meurs de faim.

Max se défilait, comme d'habitude. Il éludait les problèmes et gardait tout pour lui. Dans quelques semaines, il devait aller en Hollande en compagnie des parents de Sophie, les Lindstrom. Il reviendrait à Avalon avec sa mère, juste à temps pour le mariage. Ce plan ne lui plaisait pas du tout. Il n'avait aucune envie de faire cinq mille kilomètres pour aller voir sa maman, mais il n'avait pas le choix. Et d'après Greg, c'était la raison pour laquelle il refoulait ses sentiments.

— Hé, Max…

— C'est fini, d'accord ? Je ne veux plus en parler.

— Ce qui m'incite à penser que nous devrions probablement en parler.

— Papa ! Je crève de faim.

— Pour ça, au moins, je peux t'être utile ! s'exclama Greg.

— Ah bon ! Tu sais cuisiner, maintenant ?

— Petit futé ! Bien sûr que je sais cuisiner ! Mais ce soir, on sort.

— Avec Brooke ?

Une expression à la fois comique et déconcertante se peignit sur son visage. Il en pinçait pour Brooke Harlow, ça ne faisait aucun doute.

— Non. On va au camp Kioga.

— *Yes !*

— J'ai pensé que ça te plairait.

Greg se détendit durant le trajet d'une quinzaine de kilomètres à travers les Catskills. Le camp se situait sur l'autre rive du lac, à l'écart de la ville. Cela faisait plusieurs mois que sa nièce, Olivia, avait lancé un important projet de rénovation destiné à transformer cet ancien camp d'été en une prestigieuse résidence de vacances, et les travaux ne seraient pas achevés avant un an. Quoi qu'il en soit, le dévouement d'Olivia à cette tâche était une source d'inspiration, et l'enthousiasme avec lequel elle s'était lancée dans cette aventure avait joué un rôle déterminant dans la décision que Greg avait prise de reprendre à son compte l'auberge du lac des Saules. Construire quelque chose de tangible, faire en sorte que ça marche lui paraissait la solution idéale pour commencer une nouvelle vie et progresser.

Même si le camp était en travaux, les bungalows, les dortoirs et le pavillon principal restaient habitables. Deux autres nièces de Greg étaient venues prendre part aux préparatifs du mariage, et le barbecue de ce soir avait lieu en leur honneur. Les parents de Greg et son frère aîné, Philip, seraient là, eux aussi.

A leur arrivée, Greg et Max trouvèrent tout le monde rassemblé sur la terrasse du pavillon en train de bavarder avec animation au son de la musique que diffusaient les haut-parleurs extérieurs. Daisy était déjà là : elle était venue toute seule en voiture. En la voyant assise à la table de manière à dissimuler sa grossesse, Greg eut un pincement de cœur.

Arrête ! se dit-il. Il ne pouvait pas se permettre de se poser des questions sur cette grossesse. Il avait eu des mois pour s'y faire, et ses regrets devaient faire partie du passé.

Max monta les marches quatre à quatre. Un pack de bière et une bouteille de vin sous les bras — sa contribution au barbecue —, Greg vit sa famille entourer Max, l'envelopper dans un cocon affectueux. Max était le plus jeune au sein de la famille Bellamy. Il serait le dernier de sa génération à atteindre la majorité. Ses tantes, ses oncles et ses cousins paraissaient vouloir le garder jeune aussi longtemps que possible. Greg n'y voyait pas d'inconvénient. Il avait déjà un enfant qui avait grandi trop vite. Cela dit, le membre de la famille que Max préférait n'était autre que Barkis, le chien d'Olivia, un husky magnifique. En l'espace de quelques minutes, ils se retrouvèrent tous les deux par terre en train de se disputer une vieille peluche.

L'assemblée incluait Olivia et Connor, les futurs mariés, et toute une brochette de cousins et d'amis. Olivia n'avait que dix ans de moins que Greg, mais il ne lui avait guère prêté attention pendant son enfance. Trop occupé par autre chose. Il se souvenait vaguement des quelques années difficiles qu'elle avait vécues — appareil dentaire, cheveux frisés, lunettes, problème de poids. A un moment donné, elle s'était métamorphosée en cette ravissante jeune femme pleine d'assurance et respirant le bonheur.

Il s'était produit des choses plus étonnantes encore, songea Greg en concentrant son attention sur Rourke McKnight. Chef de la police d'Avalon, pour l'heure en congé, il avait longtemps incarné le célibataire endurci par excellence — jusqu'à l'hiver dernier où il s'était retrouvé bloqué par la neige en compagnie de Jenny Majesky, la meilleure amie de Nina. Les gens plaisantaient en disant qu'il l'avait épousée parce qu'elle était propriétaire de la boulangerie Sky River et qu'il était accro à ses fabuleux doughnuts capables de vous plonger dans l'extase, mais Greg savait que l'histoire était beaucoup plus compliquée que ça. Les relations l'étaient toujours, qu'elles se soldent par le succès ou l'échec... Greg résolut de s'en remettre à Jenny pour essayer de comprendre l'attitude de Nina.

Au cours du dîner, il se détendit et profita de sa famille. Rien que par leur présence, ils l'avaient aidé à surmonter l'effondrement de son mariage. Il regarda Daisy et ses nièces élaborer les préparatifs des noces avec une précision digne de commandants de guerre. Toujours très organisée, Olivia alla chercher des diagrammes et les étala sur la table.

— Donc, après Jenny — ma dame d'honneur —, toutes mes cousines feront leur entrée par ordre d'âge, disait Olivia. Ça vous va ?

— C'est à toi de décider, répondit Jenny. Tu es la mariée.

Daisy hocha la tête.

— Je serai la dernière, mais pas des moindres, dit-elle en se tapotant le ventre.

Ses cousines réagirent avec une affection sincère. Elles avaient l'air enchanté de la venue du bébé. Ce n'était pas suffisant pour apaiser les anxiétés de Greg, mais ça semblait faire plaisir à Daisy.

— Julian Gastineaux sera le témoin de Connor, annonça Olivia. Il arrive de Californie la semaine prochaine.

Greg vit alors sa fille s'épanouir comme une rose. Pas bon signe. Julian, le frère de Connor Davis, avait le même âge qu'elle. Ils s'étaient rencontrés l'été dernier lorsqu'ils avaient travaillé tous les deux à Kioga. Julian était le genre de garçon qui faisait rougir les filles rien qu'en prononçant leur nom. Il était grand, séduisant, métisse et d'une incroyable effronterie. Avec ses dreadlocks, son anneau à l'oreille et ses tatouages, il était pour le moins déconcertant. Daisy et lui avaient passé beaucoup de temps ensemble, l'été précédent. Greg avait gardé le souvenir d'un accro à l'adrénaline, amoureux de hauteurs et de vitesse.

Force était d'admettre à présent que Julian n'était peut-être pas le plus casse-cou des deux. L'été dernier, Daisy était lycéenne et flirtait avec un garçon de Californie. Un an plus tard, elle était sur le point d'être mère. Et d'après son air réjoui, elle n'était pas prête à faire une croix sur sa vie sentimentale.

Cesse de te faire du mauvais sang, se dit Greg.

Pour le moment, elle avait autre chose à faire que flirter avec le frère du futur marié.

Comme la conversation s'engageait sur la liste des invités, Greg remarqua que Jenny se tenait un peu à l'écart. Elle s'était s'accoudée à la balustrade pour contempler le lac.

Contrairement aux autres filles présentes, elle n'avait pas fréquenté les écoles privées, et tous ces bla-bla à propos de gens qu'elle ne connaissait pas devaient la raser.

C'était une occasion rêvée pour la cuisiner à propos de Nina Romano. En prenant une bouteille de chardonnay glacée au passage, il alla la resservir.

— Merci, dit-elle en souriant. Quelle belle nuit !

Greg promena ses regards sur l'assemblée et, l'espace d'un instant, il replongea dans le passé, au temps où le camp était encore exploité. Il se demanda si cette époque-là était aussi heureuse que dans son souvenir ou si la nostalgie colorait tout en rose.

— Ça va ? demanda-t-il.

— J'apprends à connaître la famille de Philip. C'est un grand plaisir, même si elle est très différente de la mienne.

— Nous avons le même sentiment à ton égard, lui assura Greg. Nous avons envie de mieux te connaître.

— Cela veut-il dire que je dois t'appeler oncle Greg ?

— Seulement si tu tiens à me donner l'impression que je suis un vieux schnock. Sérieusement, je suis heureux que vous vous soyez retrouvés, mon frère et toi. C'est un autre homme aujourd'hui. Lui qui était si collet monté, regarde-le maintenant !

Philip avait effectivement rajeuni avec son short et son polo de golf, ses cheveux un peu trop longs agités par le vent. Il arborait un air satisfait et paraissait à l'aise, en paix avec le monde. On aurait dit qu'il souriait de l'intérieur. C'était la raison pour laquelle les gens heureux rayonnaient, même quand ils ne souriaient pas. Philip avait deux nouvelles femmes dans sa vie : sa fille Jenny dont il avait fait la connaissance l'été dernier, et Laura Tuttle, gérante de la boulangerie. Ils étaient amis de longue date, mais leur amitié avait pris une tout autre ampleur. Laura était une présence discrète auprès de lui, mais elle l'adorait.

Leur couple était la preuve de quelque chose auquel Greg n'avait jamais vraiment cru jusqu'à présent. Non seulement on pouvait se remettre d'un divorce, mais il arrivait parfois qu'on ait une deuxième chance, voire une troisième. Des bienfaits inattendus auxquels on devait se cramponner de peur de passer à côté.

Avait-il tort de faire preuve d'un tel optimisme ? Après l'échec de son mariage, il aurait dû se sentir blasé. En définitive, pour une raison qu'il n'arrivait pas à s'expliquer, il avait davantage d'espoir qu'il n'en avait eu depuis des années.

Jenny enveloppait son père d'un regard plein d'affection.

— C'est l'amour qui fait ça. On se sent plus à l'aise au milieu des autres.

Elle reporta son attention sur Greg.

— Alors, et Nina ? lança-t-elle.

Puis elle éclata de rire en voyant son expression.

— Pourquoi me parles-tu de Nina ?

— N'est-ce pas la raison pour laquelle tu es venu me trouver ? Pour me poser des questions à son sujet ?

Il sourit.

— Piégé. Je la veux, dit-il.

Puis il rougit en se rendant compte que c'était un lapsus freudien.

— Disons plutôt que j'ai besoin d'elle.

— Certaines femmes attendent toute leur vie qu'un homme leur dise ça, fit remarquer Jenny.

— Pour l'auberge, je veux dire. Elle est le maillon manquant. Je ne vois personne d'autre qui connaisse aussi bien les lieux, qui ait ses talents de gestionnaire et qui soit tellement attaché à cet endroit.

— Tu le lui as dit ?

— Elle ne m'en a pas laissé l'occasion. J'ai eu un rendez-vous avec un consultant en gestion hôtelière de New York et j'ai senti que ça ne collait pas du tout. Ce n'est pas par hasard que la banque a choisi Nina pour gérer l'auberge. Personne ne peut s'en sortir aussi bien qu'elle.

— Dans ce cas, arrange-toi pour qu'elle accepte, dit simplement Jenny.

— Je suis bien d'accord avec toi, mais je ne vois pas ce que je peux lui proposer de plus pour la convaincre.

L'expression de Jenny l'intrigua, mais elle s'abstint d'en dire plus. Bon sang, autrefois il embauchait et licenciait des gens tous les jours. Il ne voyait pas pourquoi il y attachait tellement d'importance, cette fois-ci.

— Alors, as-tu pris une décision, maman ? Vas-tu accepter ce boulot à l'auberge ? demanda Sonnet.

Nina essayait d'imaginer sa fille dans ce village belge où elle passait l'été. Elle devait l'appeler d'une place pavée tout en regardant les villageois et les membres du personnel de SHAPE vaquer à leurs occupations. Ses coups de fil réguliers rendaient son absence plus supportable.

— Chaque fois que j'ai la conviction de savoir ce que je veux faire, je trouve une raison pour changer d'avis, avoua-t-elle. J'ai examiné la question sous tous les angles. J'ai essayé d'imaginer des solutions de repli, mais aucune ne me convient. L'auberge du lac des Saules est unique. J'ai toujours voulu m'y consacrer. Tu le sais.

— Alors, accepte. Tu feras le boulot dont tu rêves, avec un bon salaire. Et tu vivras dans un endroit fabuleux.

— Sous les ordres d'un patron père de deux enfants et infoutu de gérer cette affaire.

— Dans ce cas, il te cédera les rênes, et c'est précisément ce que tu veux. Alors, où est le problème ?

Nina sourit. Elle était fière de sa fille si mûre pour son âge, si franche et dotée d'un tel sens pratique.

Son sourire s'estompa quand elle se rendit compte qu'elle s'était posé la même question un nombre incalculable de fois au cours de la semaine. *Où était le problème ?* Le problème, c'est que Greg semblait avoir une vision idéalisée d'une affaire familiale alors qu'elle se réjouissait de connaître enfin, pour la première fois de sa vie, une indépendance totale. Leurs souhaits ne concordaient pas du tout.

Réussirait-elle à tenir le coup plus longtemps que lui ? C'est ce qu'elle pensait au départ. Elle aurait certainement tort de ne pas essayer. Seulement, cela comportait un risque indéniable. Si Greg ne parvenait pas à ses fins, il se pourrait qu'il vende l'auberge à quelqu'un d'autre.

— Tu vois, maman, tu ne trouves même pas d'objection… Bon, je ferais mieux d'y aller. J'ai rendez-vous au cinéma pour la séance de minuit.

Nina se redressa sur sa chaise.

— Un vrai rendez-vous ?

— Tu aimerais bien le savoir, hein ?

— Absolument. Laurence te laisse-t-il…

— Du calme, maman ! On est toute une bande à aller au cinéma sur la base. Laurence est d'accord, et il est nettement plus pointilleux que toi.

— Je suis extrêmement pointilleuse, affirma Nina.

— Certes, mais Laurence fait une enquête sur tous les gens que je rencontre, et il a les ressources de l'Armée américaine à sa disposition.

— Tant mieux. C'est parfait.

Nina jeta un coup d'œil à la pendule.

— Je ferais mieux d'y aller, moi aussi. Les Hornets jouent ce soir contre les County Cutters de New Haven.

— Tu sais, c'est vraiment cool que tu aies fait venir une équipe de base-ball à Avalon.

— C'est vrai que c'est cool, reconnut Nina sans fausse

modestie. C'est ce que j'ai légué à la ville en ma qualité de maire.

Elle avait quitté ses fonctions à la suite d'un scandale, mais aujourd'hui, dans la clarté de l'été, elle espérait voir briller les Hornets. Les négociations avec le club avaient requis force manœuvres politiques et transactions, sans parler d'innombrables nuits d'insomnie, mais le jeu en valait la chandelle.

— Angela était sceptique, la première fois que je lui en ai parlé. Elle trouvait qu'Avalon n'était pas une ville assez grande pour accueillir une équipe de base-ball professionnelle. Je lui ai parlé du base-ball indépendant et de la Ligue Can-Am, je lui ai montré le site Internet et tout. Elle était stupéfaite qu'il puisse exister quelque chose qu'elle ne connaissait pas.

Le scepticisme de la femme de Laurence ne surprenait pas le moins du monde Nina.

— En dehors de son scepticisme et de son omniscience, comment vous entendez-vous, toutes les deux ?

— Ça va, répondit Sonnet. Je suis tellement occupée qu'on ne passe pas beaucoup de temps ensemble.

— Scélérate ! lança Nina. Tu l'aimes bien.

— Ça te pose un problème ?

— Oui. J'ai honte de l'avouer, mais oui. Elle est tellement parfaite. Et moi si… imparfaite.

Sonnet éclata de rire.

— Parfaite ? Je ne manquerai pas d'en informer ses filles. Layla vient de se faire un piercing au sourcil et Kara veut fuguer pour faire partie d'un cirque, un truc de ce genre.

Nina éprouva un élan de gratitude envers sa fille.

— Je t'aime, ma chérie. Tu trouves toujours les mots qu'il faut.

— C'est peut-être parce que j'ai raison. Et je trouve sincèrement génial que tu aies fait venir les Hornets à Avalon.

114

— Je me suis toujours sentie coupable de t'avoir délaissée à l'époque où je m'occupais de cette transaction.

— Arrête tout de suite ! protesta Sonnet. Il s'agit d'une équipe de base-ball professionnelle, maman, et rien ne se serait fait sans toi. Chaque fois que j'en parle, les gens n'arrivent pas à le croire. Et je précise que tu as fait ça toute seule.

— Je n'ai pas fait ça toute seule, vraiment pas. En fait, les gars avec qui je vais au match ont joué un rôle clé. Wayne Dobbs et Darryl McNab.

— Ils sont canon, en plus !

Nina se mit à rire. Wayne et Darryl avaient été respectivement président et trésorier de l'Avalon Booster Club. Ils l'avaient soutenue tous les deux lorsqu'elle avait eu l'idée de faire venir une petite équipe de ligue en ville.

— Et ils étaient à la tête d'un budget colossal !

— Ma mère est une romantique, dit Sonnet. Ne t'attire pas d'ennuis, d'accord ?

— Avec Darryl et Wayne ? Ça m'étonnerait beaucoup.

— Au fait, je voulais te dire : Daisy et moi, on correspond par e-mail. Elle va t'envoyer une invitation pour le mariage.

Un mariage Bellamy. Au camp Kioga. Nina aurait préféré se faire arracher une dent.

— Je n'aime pas beaucoup les mariages. Je n'ai jamais aimé ça.

Pendant le trajet du retour, le regard de Greg fut attiré par une pâle lueur à l'horizon, à l'ouest de la ville. Il se décida sur un coup de tête. A un croisement au bout de la route de la côte, il bifurqua et s'engagea dans le sentier de gravier menant au grand stade inondé de lumières blafardes.

— Super ! lança Max. On va voir la fin du match.

Greg lui tendit son portable.

— Sois gentil, dit-il. Appelle ta sœur et dis-lui qu'on sera un peu en retard.

Il avait toujours pensé que ce serait une bonne idée d'emmener son fils à un match de base-ball, mais il n'avait jamais le temps. Il se répéta qu'il devait changer ses habitudes de vie. Dès à présent.

Les gradins, sur six rangs seulement, étaient remplis de spectateurs. Avec leurs polos aux couleurs de l'équipe, leurs visages peints et leurs cris de guerre, ils manifestaient un formidable enthousiasme pour leur petite équipe de ligue. Les affaires de la buvette marchaient bien ; des odeurs de pop-corn et de hot dogs emplissaient l'air. La musique était enregistrée, mais un commentateur annonçait le score avec la plus grande énergie. Certaines familles avaient résolu de tirer le meilleur parti de l'événement : ils dînaient gaiement sur des couvertures étalées dans l'herbe à proximité du terrain, en compagnie de leurs bambins à moitié endormis.

Ils avaient beau sortir de table, Max décréta qu'il avait faim. Greg acheta du pop-corn dans une boîte à rayures rouges et blanches et une boisson couleur néon appelée *Blue Crush*. Comme ils s'acheminaient vers les gradins, Greg constata que c'était la fin de la septième manche, que le score était de trois à deux, l'équipe en visite ayant l'avantage. Les Hornets étaient sur le point de lancer. Quelques minutes plus tard, ils marquèrent un troisième point, après quoi les joueurs gagnèrent le champ extérieur au petit trot.

Une place se libéra pour eux au premier rang. Greg murmura des remerciements, puis il s'aperçut que la personne qui s'était poussée était une femme. La trentaine, jolie. Pas d'alliance. Un sourire ravissant, un parfum franchement désagréable de tabac froid et une expression qui lui envoyait un message télégraphique on ne peut plus clair : elle était disponible.

Greg avait acquis un sixième sens à propos des femmes. Quand elles le draguaient, il s'en rendait parfaitement compte, et l'attention que lui accordait sa voisine fumeuse ne lui avait pas échappé. Feignant de l'ignorer, il bavardait avec Max qui paraissait nettement mieux informé sur les Hornets qu'il ne l'était lui-même.

— Le patron est un type du nom de Dino Carminucci, disait-il avec une forme d'autorité que Greg aurait souhaité le voir appliquer à ses devoirs. Avant, il était manager à Duluth mais il a grandi ici, à Avalon. Il a remporté deux championnats de ligue au cours des cinq dernières années. Du côté des Hornets, les performances n'ont pas été terribles jusqu'à présent parce qu'ils sont nouveaux, mais ils ont un super lanceur cette saison. Il est géant ! Bo Crutcher, un Texan.

La foule applaudit quand l'équipe revenue du champ extérieur se rassembla ; elle se mit à huer lorsque le batteur de New Haven s'avança sur la touche. Le premier lancer corrobora les informations de Max. La balle vola comme un obus, mais elle était tellement à côté que les spectateurs de l'équipe rivale hurlèrent « Dehors ! » bien avant que l'arbitre ne le confirme.

— C'est pas grave, Crutch : tu l'as eu ! cria quelqu'un.

Cette voix… Greg eut la sensation d'avoir reçu une claque. Il fit volte-face. Eh, oui, c'était bien elle. Nina Romano, flanquée de deux types qui arboraient des casquettes de base-ball à l'envers et tenaient des canettes de bière à la main. Elle le surprit en train de la dévisager et lui fit un petit signe agrémenté d'un sourire hésitant qu'il ne put interpréter. Mal à l'aise, il fit mine de reporter son attention sur les joueurs.

Pourquoi la vue de Nina avec deux hommes l'agaçait-elle autant ? Sans doute parce qu'elle aurait dû être chez elle en train de faire les cent pas pour tâcher de décider si elle allait accepter sa proposition.

Bon, se dit-il. Elle avait probablement résolu de refuser sans même se donner la peine de l'en avertir.

Pendant qu'il bouillonnait intérieurement, il se rendit à peine compte que sa voisine s'inclinait peu à peu vers lui jusqu'à ce que son épaule touche la sienne.

— Excusez-moi, dit-elle.

Il se contenta de hocher la tête et se déplaça légèrement avec l'espoir que son langage corporel lui ferait comprendre ce qu'il n'avait pas envie de lui dire à haute voix.

Le lanceur dégingandé se débrouilla pour rafler quelques coups. L'une des sentinelles de Nina mit ses deux mains en cornet autour de sa bouche et beugla comme une sirène de brume.

— Sortez-le de là ! Achevez-le ! C'est un *has been* !

L'arbitre annonça le troisième strike.

— Hé, le gamin ! brailla le type, tandis que les supporters des Hornets se déchaînaient. Empalez-le ! Il est foutu. Terminé. On n'en parle plus.

Boucle-la ! pensa Greg. *Boucle-la, espèce d'abruti !*

Les deux équipes s'affrontèrent sans marquer de points supplémentaires jusqu'à la fin, puis, au dernier tour de batte, les Hornets marquèrent deux fois. Les fans de l'équipe d'Avalon explosèrent et, l'espace d'un instant, Greg lui-même ressentit cette allégresse. Voilà pourquoi les gens adoraient le base-ball : à cause de cette soudaine montée d'adrénaline. Mais il savait aussi que ce sentiment était aussi fugace que le sourire d'une femme.

Il se retourna dans l'espoir de croiser le regard de Nina, mais elle se dirigeait déjà vers les vestiaires avec ses deux acolytes.

Elle le surprit pourtant lorsqu'elle s'écarta du groupe pour s'approcher de lui.

118

— Alors, vous êtes amateurs de base-ball ?

— Oui. Max est dans la petite Ligue, cet été.

— L'équipe de Jerry Broadbent ?

Elle sourit.

Nom d'un chien, fallait-il vraiment qu'elle connaisse tous les habitants de cette ville, à peu de choses près ?

Max hocha la tête.

Elle se caressait le menton comme un détective.

— Mes petits frères avaient cette tête-là quand ils rentraient de leur entraînement avec Broadbent.

Max la considéra avec intérêt.

— Il les détestait, eux aussi ?

— Peut-être bien. Ils sont jumeaux et très farceurs, ce qui devait le rendre dingue. Je crois qu'ils ont tenu le coup plusieurs semaines dans l'équipe avant que Broadbent se rende compte qu'ils étaient deux.

— Ah ouais ?

Elle hocha la tête.

— Un été, ils en ont eu assez de Broadbent. Ils ont quitté l'équipe. Ils ont fait de la voile, à la place.

Max écarquilla les yeux.

— Ils ont abandonné l'équipe ?

— Bien sûr ! Ce n'est qu'un jeu. Rien à voir avec l'école. A quoi bon insister si on ne s'amuse pas ?

— Max n'est pas du genre à baisser les bras, intervint Greg. N'est-ce pas, Max ?

Il croisa le regard de Nina.

— Il a toujours fait du sport. C'est bon pour lui physiquement, et le sport vous apprend à persévérer, ce qui me paraît très important.

— Il y a une différence entre la persévérance et se cogner la tête contre les murs, fit remarquer Nina en adressant un sourire à Max.

L'espace de quelques secondes, il eut l'air de meilleure humeur.

— C'est vrai.

Greg et Nina se regardèrent un moment, et les messages portés par la conversation devinrent tangibles. Il résolut de prendre le taureau par les cornes.

— J'attends toujours que tu me donnes ta réponse, tu sais ?

— Je sais.

— Et alors ?

— Alors…

— Eh, chérie !

Le lanceur de l'équipe surgit, inondé de sueur mais triomphant après leur succès.

— Bo, je te présente Greg Bellamy et son fils Max.

Nina recula d'un pas.

— Bo Crutcher, notre lanceur vedette.

Bon sang de bonsoir, elle connaissait vraiment tous les types de la ville… En voilà assez ! se dit-il. Si elle ne lui donnait pas sa réponse le lendemain, il laissait tomber.

— On s'en va, Max.

En regagnant la voiture, ils passèrent devant une famille. Le mari, petit, un peu bedonnant, prématurément dégarni. Pourtant, en couvant du regard sa femme en train de jouer avec leurs deux jeunes enfants, il avait ce drôle d'air dont Jenny avait parlé un peu plus tôt. *C'est l'amour qui fait ça.*

Greg se rendit compte que Max les observait lui aussi. Quand il était touché par quelque chose, il avait du mal à dissimuler ses sentiments.

— Je déteste le divorce. C'est monstrueux, marmonna-t-il quand ils montèrent dans la camionnette.

Déconcerté par le commentaire de son fils, Greg ne savait que faire. Fallait-il le laisser parler, le questionner, essayer de détourner son attention ?

— En effet, c'est monstrueux, dit-il, optant pour l'honnêteté.

— Alors, pourquoi est-ce que tu n'as rien fait pour empêcher ça ? demanda Max d'un ton impérieux. Tu as dit à Nina que je n'étais pas du genre à baisser les bras, comme s'il y avait de quoi en être fier. N'empêche que tu as laissé tomber maman.

— Ce n'était pas…

Ce n'était pas ma faute, aurait-il voulu dire.

Mais après tout, peut-être qu'il se trompait ? Se pouvait-il qu'il ait à lui seul ruiné son couple ? Aurait-il pu sauver la mise ? S'était-il donné suffisamment de mal ?

— Je ne peux pas t'expliquer pourquoi, Max. Je suis désolé.

— Je me rappelle comment c'était avant, reprit Max. Les anniversaires, les Noël, quand on riait tous les quatre, quand on était heureux. Comme des gens normaux. Maintenant, je me dis que tout ça, c'était un mensonge. Ou que c'est devenu un mensonge parce que vous vous êtes séparés.

— Ce n'était pas un mensonge, affirma Greg. L'amour, le bonheur, c'était bien réel.

— Alors, pourquoi ça n'a pas duré ?

Pourquoi ? Pourquoi ? Pourquoi ?

— Pour des tas de raisons. Et surtout parce que nous avons changé. Ta mère et moi, nous nous sommes éloignés l'un de l'autre et quand on s'en est rendu compte, il était trop tard.

— Trop tard pour quoi faire ? Pourquoi vous n'avez pas essayé d'arranger ça ? Vous nous avez tous obligés à voir un psy à cause du divorce. Pourquoi vous ne vous êtes pas donné autant de mal pour sauver votre couple ?

— Bonne question. Malheureusement, je n'ai pas de réponse à te donner.

Peut-être que si, en fait, mais il ne pouvait pas le dire à

son fils. En réalité, Sophie et lui n'étaient pas faits pour vivre ensemble. La seule chose parfaite entre eux, c'était qu'ils avaient fait des enfants. Daisy, une adorable petite fille qui avait illuminé leur monde, bannissant les zones sombres qui occultaient la réalité de leur incompatibilité. Quelques années plus tard, Max était arrivé, et Greg avait pensé que c'était le bonheur...

— Ecoute, Max, je veux que tu me croies quand je te dis que les choses vont s'arranger. En vérité, la chance ne passe pas qu'une fois dans une vie. Les opportunités sont multiples. Les deuxièmes chances surviennent souvent. Elles sont parfois meilleures que les premières parce qu'on a su tirer parti de ses erreurs. Fais-moi confiance.

— Si tu le dis ! N'empêche qu'il y a une chose que je ne pige pas, papa. Je ne vois vraiment pas pourquoi les gens se marient si c'est pour se séparer après.

— On ne pense pas comme ça quand on se marie. C'est difficile à expliquer.

Greg s'engagea dans l'allée qui menait à l'auberge.

— On fait ce qu'il faut faire et on espère que tout se passera bien.

QUATRIÈME PARTIE

Le passé

La suite Guenièvre est la préférée des couples en lune de miel et de ceux qui fêtent leur anniversaire de mariage. Située dans la tour du belvédère, c'est une oasis intime et luxueuse agrémentée d'un grand lit à baldaquin drapé de tulle blanc. Les fenêtres biseautées offrent une vue spectaculaire sur le lac. La salle de bains avec sa baignoire ancienne à pieds en forme de griffes, assez grande pour accueillir deux personnes, abonde en bougies, savons et lotions parfumés.

Les draps embaument la lavande, une herbe aromatique aux senteurs particulières et apaisantes. Un sachet de fleurs de lavande glissé sous l'oreiller est censé combattre l'insomnie. Pour imprégner les draps de ces délicieux effluves, mettez-les dans le séchoir avec un sachet de lavande.

7

Greg avait décidé de surveiller Nina Romano pour s'assurer qu'elle ne poursuivait pas ses exploits, comme celui qui avait consisté à s'immiscer dans un bal de cadets. Que lui avait-il dit, déjà, en la raccompagnant chez elle ? « Je te surprendrai peut-être. » Nom d'un chien, il n'aurait jamais dû dire un truc pareil ! La différence d'âge serait sans conséquence s'ils étaient plus vieux mais, pour le moment, c'était un mur impénétrable entre eux. Nina n'était qu'une gamine. Fin de l'histoire.

Le camp avait fermé ses portes la veille. La saison était finie, les enfants étaient repartis et il ne restait plus qu'à tout fermer jusqu'à l'année prochaine. Nina aidait sa mère à nettoyer la cuisine. Greg était censé vider les chauffe-eau des cabanes et des dortoirs, mais il était constamment distrait par sa présence et enrageait de nouveau à propos de cet imbécile de cadet au Country Club.

Il surprit une bande d'animateurs en train de la déshabiller du regard, et dut leur proférer des menaces pour qu'ils prennent le large. Il avait entendu dire qu'elle avait plusieurs frères. Où étaient-ils donc fourrés quand elle avait besoin d'eux ?

Nina se comportait pour sa part comme s'il n'existait pas.

Elle ne l'avait peut-être pas vu. A moins qu'elle soit gênée par toute cette histoire avec le cadet.

— Surprise !

Devant le pavillon principal, Sophie Lindstrom sortit de la camionnette conduite par Terry Davis, le responsable de la maintenance. Son sourire était hésitant. Compte tenu de leur pénible séparation après Noël, Greg comprenait aisément pourquoi.

Il s'était imaginé qu'ils étaient amoureux. Il l'avait rencontrée au cours d'économie, l'automne précédent. Au fil du semestre, ils avaient commencé par flirter, puis ils avaient fini par coucher ensemble et imaginer un avenir commun. Sophie était parfaite pour lui. Intelligente, drôle, gentille, belle et ambitieuse. Elle appartenait à une famille de juristes, de diplomates et de propriétaires de grands magasins de Seattle. Greg attendait Noël avec impatience pour la présenter à sa famille.

Mais ça ne s'était jamais fait. Pour des raisons qu'il ne s'expliquait pas très bien, leurs relations avaient pris des allures tumultueuses au point de devenir pénibles. Sophie l'avait informé que dans la mesure où ils passeraient tous les deux le semestre suivant à l'étranger, dans des pays différents, ils ne devaient pas se sentir freinés par « des liens émotionnels ». Il s'était demandé ce que cela pouvait bien vouloir dire.

Comme Nina Romano l'avait signalé fort justement l'autre soir dans la voiture, Sophie l'avait largué. Ils ne s'étaient pas vus ni parlé depuis cette pénible conversation avant Noël, et voilà qu'elle se pointait tout à coup. Il n'avait pas la moindre idée de ce que cela pouvait signifier — ni de la manière dont il devait l'accueillir. Il fallait qu'il change son fusil d'épaule. Il avait prévu d'aider ses parents et les employés du camp à effectuer les ultimes corvées — faire le ménage, éliminer les denrées périssables de la cuisine et du réfectoire, bien amarrer les bateaux et vérifier les équipements sportifs — après quoi il avait l'intention de retourner en ville pour se préparer à la rentrée universitaire. Il ne s'attendait certainement pas à une visite de son ex — de son premier amour.

— Pour une surprise, c'est une surprise ! dit-il.

Raide d'embarras, il la serra hâtivement dans ses bras. Ils se heurtèrent maladroitement, ne sachant plus trop comment s'y prendre pour s'étreindre alors que cela leur venait tout naturellement, jadis. Il la trouvait différente à tous égards. Même son odeur avait changé. Et il aurait juré qu'elle avait pris des rondeurs… Ça alors ! Etait-il possible qu'elle se soit fait refaire les seins ?

Il la lâcha et prit un peu de recul. Ils avaient été séparés pendant des mois et c'était comme s'ils ne se connaissaient plus. Il ne savait pas quoi dire non plus. Il était en train d'hésiter entre : « Ça fait plaisir de te voir » et : « Je croyais qu'on avait rompu » quand elle tendit les bras vers la banquette arrière. Impassible, Terry Davis alla chercher ses bagages à l'arrière de la camionnette.

Super ! pensa Greg. Elle a des bagages. De toute évidence, elle prévoyait de rester, au moins ce soir.

— Comment as-tu fait pour me trouver ? Pourquoi n'as-tu pas appelé d'abord ? demanda-t-il sans pouvoir s'empêcher d'admirer ses fesses alors qu'elle se penchait à l'intérieur du véhicule.

Il avait toujours aimé cette partie de son corps mais, à cet instant, il la trouvait particulièrement attirante. Elle avait peut-être pris un peu de poids pendant son séjour au Japon. Ça lui allait bien, en tout cas.

— Ton camarade de chambre m'a dit où tu étais. Et si j'ai décidé de ne pas t'appeler, c'est parce que je ne voulais pas me défiler.

Après cette explication, elle émergea de la camionnette, se redressa, fit volte-face.

L'espace de quelques secondes, Greg la dévisagea sans rien comprendre. Elle tenait à la main deux petites poignées en plastique gris rattachées à une sorte de panier à capuchon. Dans le panier, il aperçut un amas de couvertures claires et douces d'aspect.

Non, se dit-il. Pour l'amour du ciel... non ! Tel un torrent rugissant dans sa tête, le déni était si puissant qu'il n'entendait même plus Sophie parler. Il voyait ses lèvres bouger mais ne percevait aucun mot.

Bon, se dit-il. *Inspire à fond !*

— ... cette expression sur ton visage, disait-elle. C'est aussi la raison pour laquelle je ne t'ai pas prévenu que j'allais venir.

Elle s'interrompit un court instant pour remercier M. Davis de l'avoir accompagnée jusque-là, puis elle se tourna de nouveau vers Greg.

— Y a-t-il un endroit où nous pourrions parler ?

— Par là.

Il s'empara de sa valise à roulettes et la souleva pour franchir le sentier cahoteux qui menait au ponton face au pavillon principal. Après le départ des campeurs, il était désert. La nuit tombait et une brise chaude faisait onduler la surface de l'eau.

A cet instant, toutefois, la beauté paisible du soir le laissait totalement indifférent. Il n'avait que faire de la lumière qui nimbait le lac, des doux clapotis de l'eau contre les piliers du ponton. C'était juste un endroit où aller, un espace à l'écart où péter les plombs alors que tout ce qu'il considérait comme sa vie était mis sens dessus dessous pour devenir quelque chose qu'il ne reconnaissait pas.

Avec un soin méticuleux, Sophie posa le couffin par terre.

Greg n'arrivait toujours pas à parler. Il gardait les yeux rivés sur Sophie — tant qu'il ne regarderait pas la vérité en face, il ne serait pas obligé de l'admettre et elle resterait irréelle.

Elle le regardait avec insistance.

— Quand on a rompu à Noël, j'ignorais que j'étais enceinte, dit-elle. Je le jure. Ça ne m'est même pas venu à l'esprit…

Elle détourna le regard, s'éclaircit la voix.

— Entre les examens et le fait qu'on ne s'entendait plus, j'étais extrêmement stressée.

Oui, il s'en souvenait parfaitement. Le fait qu'il parte à Grenade, en Espagne, et elle à Nagoya, au Japon, pendant tout un semestre lui avait semblé une solution idéale pour panser leurs plaies. Il s'imaginait qu'à l'automne, ils entretiendraient une relation d'amitié et que les souvenirs s'estomperaient progressivement. Ils oublieraient ce qu'ils savaient l'un sur l'autre — les noms de leur chien ou de leur chat quand ils étaient petits, leurs couleurs préférées, la chanson qui passait la première fois qu'ils avaient fait l'amour. En définitive, ils en arriveraient à oublier ce qu'ils avaient représenté l'un pour l'autre ou, s'ils en gardaient le souvenir, cela ne ferait plus mal, en tout cas.

Il se rendait compte à présent qu'ils étaient loin d'en avoir terminé. C'était plutôt le commencement. Il n'arrivait toujours pas à regarder le couffin. Et il ne pouvait pas l'ignorer non plus.

— Il est de moi, alors, dit-il.

Ce n'était pas une question. Sophie était peut-être secrète, mais menteuse, non. Elle ne se serait pas imposé la souffrance de venir jusqu'ici si elle n'avait pas été sûre à cent pour cent de ce qu'elle faisait.

— C'est ta fille, dit-elle. Je veux qu'on prenne une décision ensemble, sans que personne d'autre ne s'en mêle.

— Je suppose que tu fais allusion à tes parents ? Ils constituent ton plan B, c'est ça ? Ce qui prouve que tu ne me connais vraiment pas.

A son grand étonnement, il s'aperçut qu'elle était au bord des larmes. La vulnérabilité adoucissait ses traits.

— Oh, Greg, je regrette de ne pas te l'avoir dit plus tôt, mais j'avais tellement peur.

Un son s'échappa du couffin. Un miaulement endormi, presque inaudible, mais il résonna comme un coup de tonnerre aux oreilles de Greg. Ce minuscule bruit métamorphosa Sophie. Son incertitude se changea en pure fierté quand elle déclara :

— Elle s'appelle Daisy.

Greg reçut comme une secousse, suivie d'une émotion qu'il n'arrivait pas à s'expliquer. Soudain, ce n'était plus simplement un bébé mais sa fille. Et elle avait un nom. Daisy.

Avec des gestes maladroits qui manquaient de naturel, il s'accroupit près du couffin. Il n'arrivait pas à replier le capuchon en accordéon, aussi Sophie se pencha-t-elle pour le faire à sa place. La lumière dorée du soir inonda le bébé. Avec un doigt tremblant, Greg écarta la couverture toute douce, et il regarda la minuscule enfant si fragile qui dormait à poings fermés comme une créature de conte de fées. Il scruta son petit visage rond, parfait, son poing incroyablement menu, calé contre une joue rose. Ses traits se crispèrent un instant dans le sommeil, puis se radoucirent.

Et tout à coup, le monde se métamorphosa. Greg avait l'impression que sa poitrine était sur le point d'exploser. Il commençait tout simplement à aimer ce tout petit enfant. L'amour s'était abattu sur lui brusquement, aussi intense et inattendu qu'une tornade qui change le paysage à jamais. Puis il leva les yeux vers Sophie et comprit qu'il avait sacrément intérêt à trouver le moyen de l'aimer, elle aussi.

8

L'été à Kioga s'achevait par un mariage imprévu, et Nina se rendit compte que cet événement l'intriguait particulièrement. Mme Romano et Mme Majesky avaient la charge du buffet pour cette réunion familiale restreinte qui n'en mit pas moins la famille Bellamy et le camp sens dessus dessous. Quelques parents et amis de Sophie Lindstrom étaient venus de Seattle ; ils logeaient à l'auberge du lac des Saules, ce qui avait permis à Nina d'être au courant. A force de travailler à l'auberge, elle était passée maître dans l'art d'écouter les conversations sans rien laisser paraître.

Les amis de Sophie étaient des gens distingués, qui avaient l'habitude de voyager. Il n'empêche qu'ils n'arrêtaient pas de se plaindre de la plomberie, de l'absence de climatisation et du manque de divertissements intolérable dans la petite ville d'Avalon. Ils débarquaient par paires, pareilles aux créatures de l'arche de Noé. Deux amies proches, Lucy Rosetta et Miranda Sweeney, deux parents et deux couples de grands-parents. C'était tout. Oh, et puis il y avait le bébé ! Ce petit ballot de couvertures roses était à l'origine de toute cette agitation.

Les familles restreintes intriguaient Nina. Ces gens-là lui semblaient toujours si discrets, si polis, si réservés. Elle les observait à l'une des tables de petit déjeuner, tandis qu'ils se passaient le pot de lait et qu'ils se partageaient le journal en parlant à mi-voix.

Rien à voir avec l'ambiance qui régnait chez les Romano. Les Romano ne sortaient jamais pour prendre le petit déjeuner, de toute façon. Ils n'en avaient pas les moyens. Chez Nina, le petit déjeuner était toujours une sorte de foire d'empoigne, chacun se battant pour avoir le prochain toast ou le dernier verre de jus de fruits. Cette frénésie alimentaire était suivie d'une quête frénétique de clés, d'équipement sportif, de livres de classe ou de cartes de transports. Tout cela s'achevait par un sauve-qui-peut en direction de la porte. Après, la cuisine ressemblait à une ville pillée par des hordes déchaînées.

Les petites familles étaient si discrètes qu'on entendait tinter les couverts contre les assiettes et les mamans dire : « Cesse de t'agiter » ou : « Passe-moi le sel, s'il te plaît. »

Le matin du mariage, par un merveilleux climat de fin d'été, Nina travaillait dans la salle à manger de l'auberge. Contrairement à la plupart des jeunes qui détestaient leur job d'été dans une station de lavage automatique de voitures ou à la piscine municipale, Nina adorait travailler à l'auberge. C'était une demeure élégante et paisible bien qu'un peu délabrée. Elle prenait plaisir à accueillir les clients et à leur rendre la vie agréable dans ce havre de paix au bord de l'idyllique lac des Saules.

Ce jour-là, cependant, elle devait partir aussitôt après le petit déjeuner. Sa mère l'avait embauchée avec Jenny pour donner un coup de main lors du mariage. Après la cérémonie, un dîner aurait lieu dans le pavillon principal du camp Kioga, et sa maman avait la charge du repas.

Jenny et elle montèrent au camp dans la camionnette de la boulangerie ; elles apportaient la splendide pièce montée à laquelle Mme Majesky venait de mettre la dernière touche en y ajoutant des feuilles dorées et de magnifiques perles argentées. Jenny était d'humeur maussade dans la mesure où ses principales raisons de rendre visite au camp — en l'occurrence, deux des jeunes campeurs — étaient parties pour l'été. Elle savait qu'elle ne les reverrait pas avant un an.

Nina aussi faisait la tête. Elle avait l'estomac barbouillé mais, contrairement à Jenny, elle n'attribuait pas ses maux au fait qu'elle se languissait d'amour. Les lacets de la route et les effluves doucereux qui flottaient dans la camionnette lui semblaient suffisants pour expliquer son état. Elle regrettait d'avoir sauté le petit déjeuner. Le personnel de l'auberge était autorisé à se servir, mais, ce matin-là, l'idée d'avaler quoi que ce soit lui faisait horreur. Elle avait terriblement envie de faire pipi, en plus. A peine arrivée au pavillon, elle fonça aux toilettes.

Elle fut trop occupée tout le reste de la journée pour se concentrer sur son estomac rebelle. Les deux sœurs de Greg et son frère avaient débarqué à la dernière minute, suivis de plusieurs copains de fac, et l'assemblée commença à prendre des allures de fête. Jenny et elle s'activèrent dans la cuisine. Quand les convives arrivèrent pour la réception, elles avaient pour tâche d'approvisionner les tables du buffet grâce au festin préparé par Mme Romano. Il y avait un orchestre et, au coucher du soleil, les gens commencèrent à danser. Nina n'arrêtait pas de jeter des coups d'œil à Greg Bellamy qui n'avait même pas l'air de remarquer sa présence. Sophie — sa femme ! — et lui étaient absorbés par les festivités. D'après les bruits qui couraient, ils étaient sortis ensemble à l'université. Ils avaient rompu plusieurs mois auparavant, et puis Sophie avait surgi de nulle part avec un bébé, et ils étaient de nouveau éperdument amoureux.

Pas étonnant que Greg regarde Nina comme si elle était transparente quand elle passa à côté de lui avec un plat de poulet *cacciatore*. Il ne devait même pas se rappeler cette nuit d'été embaumant les fleurs fraîches au cours de laquelle il l'avait raccompagnée chez elle en lui disant : « Qui sait, je te surprendrai peut-être un jour ! »

À son grand dam, Nina avait revécu cette soirée un nombre incalculable de fois dans son esprit — le soir où elle avait perdu sa virginité dans les bras d'un cadet de West Point. Pourtant, l'épisode qui l'avait le plus marquée, celui qu'elle repassait en boucle dans sa tête concernait moins Laurence Jeffries que Greg Bellamy. Ce qui était parfaitement idiot puisqu'à l'évidence, il se souciait fort peu d'elle. Il était totalement obnubilé par Sophie et le bébé qu'elle avait amené avec elle.

À la fin de la soirée, elle ne supportait plus son soutien-gorge qui la serrait horriblement. Peut-être son corps était-il en train de changer ? Elle posa son plateau et s'efforça de tirer discrètement sur l'élastique à travers son chemisier.

— C'est pour moi ? fit une voix.

Nina se redressa, tel un soldat. Mince ! Greg Bellamy.

— Quoi donc ? demanda-t-elle.

Mais ce n'était pas elle qu'il regardait : c'était le plateau couvert de coupes de champagne. Bien sûr.

Elle se trouvait à court de mots. Que dire à un type totalement, à cent pour cent indisponible ?

— Euh, salut ! fit-elle.

Bravo, Nina.

Il lui accorda à peine un coup d'œil.

— Bonjour, répondit-il.

Puis il sembla désemparé. Il prit la flûte qu'elle lui tendait et la vida d'un trait.

Génial ! pensa-t-elle. Il *ne se souvient même pas de moi*. Elle n'était qu'une employée, aussi intéressante que le papier peint. Bien sûr, elle portait un pantalon noir, des chaussures plates, un chemisier blanc amidonné, et ses cheveux étaient relevés en queue-de-cheval… Mais enfin, tout de même ! *Tout de même.*

Plusieurs copains de Greg firent cercle autour de lui et entreprirent de le mettre en boîte sous prétexte qu'il était le premier d'entre eux à se faire passer la bague au doigt.

— A ta santé, mon pote ! lança un garçon rougeaud. Tu entends ça ? C'est le bruit de la trappe qui se referme et de la clé qui tourne.

Ils s'esclaffèrent tous comme si c'était hilarant. Nina vit Greg avaler coup sur coup trois autres coupes de champagne. Le mariage n'était pas vraiment sa spécialité, mais elle était à peu près sûre qu'il n'était pas censé boire abusivement dans la mesure où cela risquait d'affecter la nuit de noces. Après la quatrième flûte, il s'éloigna à grandes enjambées et se glissa dehors.

Nina se sentit investie d'une mission. Qu'est-ce qu'il fabriquait ? En s'approchant discrètement de la porte par laquelle il s'était éclipsé, elle s'aperçut qu'elle donnait accès à un escalier extérieur menant à l'allée qui descendait vers le ponton. Elle sortit à son tour sans se faire remarquer et le vit s'arrêter dans l'allée jalonnée d'un assortiment de rames peintes et d'autres souvenirs que les campeurs avaient confectionnés durant l'été.

Là, il abattit son poing de toutes ses forces contre le mur. Le stuc céda avec un craquement sourd. Il marmonna un juron que même les frères de Nina refusaient de prononcer, et un nuage de gypse l'enveloppa.

Elle n'hésita pas une seconde. Elle descendit les marches d'un pas léger et se précipita vers lui au moment où il s'apprêtait à frapper de nouveau.

— Hé ! fit-elle sur un ton théâtral. Arrête !

Il pivota sur lui-même. Sa rage était presque palpable dans l'obscurité. Nina ne broncha pas. C'était une Romano. Elle avait des frères. Un gars en colère ne l'intimidait pas.

— J'ai dit : arrête !

A son grand étonnement, ses épaules s'affaissèrent et la fureur sembla l'abandonner.

— Qui êtes-vous ? marmonna-t-il en s'efforçant de percer les ténèbres.

Elle retint une remarque sarcastique. Il n'allait évidemment pas la reconnaître, surtout dans le noir, et compte tenu des circonstances. Elle tira un torchon de la ceinture de son pantalon.

— Il faut te reprendre, mon vieux. Donne-moi la main.

Il obéit sans poser de question, et elle s'efforça d'ignorer sa force et sa chaleur ainsi que le désespoir qui émanait de tout son être.

— Reste tranquille, d'accord ?

— D'accord.

Elle tamponna précautionneusement sa main ensanglantée.

— C'est pas très malin de faire ça le jour de ton mariage, dit-elle.

— Je n'étais pas censé me marier aujourd'hui.

— Tu aurais dû y penser avant.

Elle acheva de lui nettoyer la main, puis épousseta sa manche couverte de poussière de plâtre.

— Avant quoi ? Nom de Dieu, elle s'est pointée avec un môme. Qu'est-ce que je pouvais faire d'autre ?

— Tu me poses vraiment la question ? S'il te plaît, dis-moi que tu ne m'as pas demandé ça.

Il fourra sa main dans ses cheveux.

— Je l'aime. Je ne peux pas faire autrement. Je les aime toutes les deux.

Il parlait dans sa barbe, à présent, comme s'il essayait de se convaincre qu'il avait fait le bon choix.

— Elles font partie de ma vie, désormais. C'est peut-être pas la vie que j'avais imaginée, mais qu'est-ce que ça peut foutre ?

— Bon, je vais te dire ce que tu peux faire.

Elle lui prit le bras et l'entraîna vers l'escalier.

— Tu peux arrêter de geindre. Tu peux te comporter en homme et être aux côtés de la fille que tu viens d'épouser. Voilà ce que tu peux faire.

Il s'immobilisa et se tint très raide. L'espace d'un instant, elle pensa qu'il allait se dérober. Puis il la regarda. Les traits de son visage étaient indéchiffrables dans l'obscurité.

— Nina.

Elle l'entendit rire doucement.

— Je sais qui tu es. Je t'ai rangée dans la catégorie « intouchable ».

Il était ivre, se rappela-t-elle. Il ne garderait aucun souvenir de cette conversation.

— Vas-y ! lui conseilla-t-elle. Bois un café bien fort et rejoins ta femme.

Elle resta plantée là dans la nuit en le regardant regagner la salle de réception. Même s'il montait les marches deux par deux, avec détermination, il avait probablement compris que cette soirée ne serait pas la plus terrible de son mariage. Loin de là. Ce n'était que le début, et c'était probablement la raison pour laquelle il avait perdu les pédales. Il était piégé, purement et simplement. Nina avait déjà entendu parler de ce genre de situation, de filles qui tombaient enceintes pour se faire épouser. Etait-ce le cas de Sophie ? Nina n'en avait pas la moindre idée. N'empêche qu'elle lui prédisait un réveil difficile.

Ça ne te regarde pas, se dit-elle d'un ton de reproche.

Elle continuait à se demander pourquoi elle se sentait aussi patraque. Debout là dans l'obscurité, par cette magnifique nuit d'automne, elle fut prise de nausée tout à coup.

Les senteurs du lac mêlées aux gaz d'échappement venant du parking lui donnaient des haut-le-cœur.

In extremis, elle se rendit compte qu'elle allait vomir. Elle jeta des coups d'œil affolés autour d'elle. Les toilettes étaient près de l'entrée. Elle fonça vers l'escalier et arriva juste à temps. Il n'y avait personne chez les dames. Maigre consolation, pensa-t-elle.

Après avoir vomi, elle s'épongea le visage avec un essuie-main, puis s'appuya contre la porte, laissant le métal rafraîchir son front ruisselant de sueur. La fatigue s'abattit sur elle comme une chappe. Ces derniers temps, elle avait l'impression d'être continuellement fatiguée.

Elle entendit la porte donnant sur la salle s'ouvrir puis se refermer.

— C'est insensé ! disait une femme. Je me marie aujourd'hui et je dois m'éclipser en pleine réception pour allaiter mon bébé.

— Ça n'a rien de fou, répondit une voix. C'est une bénédiction.

Nina fit beaucoup de bruit en sortant des toilettes pour qu'elles sachent qu'elles n'étaient pas seules. Sophie, la jeune mariée, et sa meilleure amie Mirandi s'étaient installées dans le petit salon voisin meublé de simples bancs rustiques et d'une coiffeuse.

Nina ouvrit le robinet à fond pour qu'elles ne pensent pas qu'elle écoutait la conversation à leur insu. Elle surprit néanmoins quelques bribes.

— … personne. Juste une employée.

C'est tout à fait moi, pensa-t-elle amèrement en attendant que l'eau se réchauffe. Personne. Juste une employée. L'employée debout depuis cinq heures pour servir Sophie et sa bande.

Elle savait à quelle catégorie d'individus appartenaient ces filles — des richardes qui traitaient leurs chauffeurs et leurs gardiens comme des moins que rien, des meubles en présence desquels on pouvait dire n'importe quoi. Sophie et ses amies avaient cette manière faussement sincère, très « côte Ouest », de se comporter comme votre meilleure amie alors qu'elles n'en avaient strictement rien à faire de vous. Greg Bellamy pouvait la garder. Bon débarras !

Dans la glace au-dessus du lavabo, Nina apercevait leur reflet par la porte ouverte du petit salon. Sophie avait rabattu le corsage de sa robe de mariée et tenait un petit ballot enveloppé de rose contre sa poitrine.

— Je trouve ça incroyable, disait Miranda d'un ton plein d'admiration. Tu as tout — le mari, le bébé, tout !

— Répète-le-moi à 2 heures du matin, quand Daisy réclamera de nouveau à boire ! riposta Sophie.

Pauvre petite fille de riche ! pensa Nina. *Tu vas me faire pleurer !*

Miranda baissa la voix, mais Nina ne put s'empêcher d'entendre.

— Bon, alors dis-moi la vérité. Tu avais tout planifié ?

Nina était sur le point de sortir. Elle prit une serviette en papier et l'humidifia pour se tamponner le visage en prenant tout son temps. Elle ne put s'empêcher de tendre l'oreille.

— Pour qui me prends-tu ? répondit Sophie. Hester Prynne ? J'ai mis des semaines avant de me rendre compte que j'étais enceinte. J'avais des nausées, je me sentais mal et j'étais tout le temps fatiguée. J'ai cru que j'avais attrapé un microbe ou bien que j'étais allergique à la cuisine japonaise. En plus, je passais mon temps à aller faire pipi. Il ne m'est même pas venu à l'esprit que je pouvais être enceinte. Pour finir, ce qui m'a mis la puce à l'oreille, c'est que ma poitrine avait changé. Elle avait grossi, tu vois, et mes seins me faisaient un peu mal.

D'une main tremblante, Nina porta la main à sa poitrine, à l'élastique de son soutien-gorge qui la serrait. Ses seins étaient-ils différents ? Douloureux ? Elle n'arrêtait pas de se dire qu'elle avait dormi dans une mauvaise position.

— Là, j'ai essayé de me rappeler si j'avais eu mes règles normalement, avoua Sophie à son amie. En fait, ça faisait deux mois que…

Nina laissa tomber sa main et se figea, l'eau chaude lui dégoulinant sur les doigts. Elle essayait elle aussi de se souvenir. Oh, mon Dieu ! pensa-t-elle. Mon Dieu, *non* !

Nina ne parla plus jamais à Greg. Elle supposait qu'il l'avait oubliée. Il la connaissait à peine, de toute façon, et il ne la reconnaîtrait probablement pas s'il la croisait de nouveau.

Quoi qu'il en soit, elle n'avait pas de temps à perdre pour un être qui occupait un rôle aussi mineur dans sa vie. Sa vie avait changé le jour du mariage Bellamy, bien que cela n'ait rien à voir avec cette famille. Ni avec le mariage. C'était le jour où elle s'était rendu compte qu'elle était enceinte. En état de choc, horrifiée, elle avait nié la vérité aussi longtemps que possible, la cachant à tout le monde, hormis à elle-même.

C'était tout au moins ce qu'elle pensait. Un matin d'automne, sa mère expédia tout le monde à l'école de bonne heure. Alors que Nina fourrait ses affaires dans son sac à dos, la maison lui parut d'une tranquillité presque surnaturelle. Elle entendait carrément la radio, branchée sur les nouvelles préférées de son père sur NPR.

En fronçant les sourcils, elle s'approcha de la fenêtre et contempla le jardin jonché de feuilles d'automne.

— Hé, Pop est parti sans moi ! s'exclama-t-elle.

L'un des rares — très rares — avantages d'avoir un papa enseignant, c'est qu'ils n'étaient pas obligés de prendre le bus pour aller à l'école.

— Je leur ai dit de ne pas t'attendre, déclara Ma.

Nina remarqua alors que sa mère portait une tenue différente de celle qu'elle mettait d'habitude — un jean, un sweat-shirt et des baskets. Ce matin-là, elle avait revêtu une jupe et un chemisier ainsi que des mocassins.

La terreur envahit Nina. Quelque chose clochait.

— Qu'est-ce qu'il y a ?

En se penchant vers la glace de l'entrée, Ma mit du rouge à lèvres, puis elle referma énergiquement son sac à main.

— J'ai appelé l'école pour prévenir que tu serais en retard aujourd'hui. Je t'emmène chez le médecin.

— Je ne suis pas malade, bredouilla Nina.

Ma se contenta de hocher la tête.

— Je sais que tu n'es pas malade, dit-elle d'une voix très, très basse. Nous allons voir le Dr Osborne.

Oh ! Le Dr Osborne était gynécologue.

Nina serra son sac à dos contre sa poitrine.

— Ma…

— Il est temps, dit sa mère. Et même grand temps.

Nina ne savait plus que dire. Dans un tout petit coin de son esprit, elle se sentait vaguement soulagée. Son secret était enfin découvert. Elle avait songé à se confier à Jenny ou à l'une de ses sœurs, mais elle n'arrivait pas à trouver les mots justes. La peur et la culpabilité lui scellaient les lèvres. Et voilà que sa mère la forçait à mettre cartes sur table.

Marchant à grandes enjambées comme un prisonnier de guerre, elle gagna la voiture et s'y installa. Comme tout ce qui appartenait aux Romano, l'automobile était vieille et déglinguée, plus pratique qu'élégante — une Ford Taurus. Nina se demandait parfois si sa mère ne rêvait pas de posséder une Alfa Romeo, voire une Cadillac, quelque chose d'un peu plus distingué. Ce jour-là, toutefois, ces pensées ne suffiraient pas à la distraire.

Elles roulèrent un moment en silence. Nina regardait le

paysage défiler sous ses yeux en faisant de son mieux pour penser à autre chose qu'à sa terreur. Avalon était magnifique en automne. Les érables peignaient les collines de rose intense, d'orange, d'ambre. Les gens ratissaient les feuilles mortes devant leurs maisons de bois proprettes. Des asters et des chrysanthèmes ornaient les jardinières devant les boutiques de Main Street. Elle connaissait tout le monde dans cette ville, tous les petits commerces familiaux — la boutique de Zuzu's Petals, la librairie Camelot, la boulangerie Sky River des Majesky, la bijouterie Palmquist. Et tout le monde connaissait la famille Romano. Son père était le professeur le plus populaire du lycée : il remportait le titre d'« Enseignant de l'année » plus fréquemment que quiconque au sein du corps enseignant. Dans une ville comme celle-ci, cela voulait dire quelque chose. Et tout le monde admirait les enfants Romano qui savaient si bien se tenir. Aucun d'eux n'avait eu affaire à la police. En ville, tout le monde savait que les Romano ne partiraient jamais en vacances en Floride et qu'ils ne seraient pas membres du Country Club. Mais rien de tout cela ne paraissait important parce que cette famille avait quelque chose qui ne s'achetait pas : des enfants sérieux et honnêtes qui faisaient l'envie de tous.

Jusqu'à maintenant.

— Je suis désolée, Ma, murmura Nina.

Sa mère garda les yeux rivés sur la route.

— On va trouver une solution.

Du coup, Nina se sentit encore plus mal. Elle avait envie d'entendre « Je te pardonne », mais ce n'était pas du tout ce que sa mère lui avait dit. « On va trouver une solution » semblait difficile et pénible.

— Comment tu l'as su, Ma ?

— On ne peut pas cacher ça à une femme qui a été enceinte dix fois.

— Dix fois ?

— Sept grossesses normales, des jumeaux, plus deux fausses couches.

Une fausse couche, ça m'arrangerait bien, pensa Nina. Puis elle fut prise de remords. C'était probablement un péché d'avoir une pensée pareille.

— Pop est au courant ? A propos de moi, je veux dire.

— Pas encore.

— J'ai tellement peur de lui révéler la vérité, Ma. J'étais terrifiée à l'idée de vous l'avouer à tous les deux, c'est pour ça que je n'ai rien dit.

— On n'est pas des monstres, Nina.

— Je sais. C'est juste que… j'étais tellement angoissée à l'idée de vous décevoir.

— Tu n'as pas à avoir peur, ma chérie. Et ne t'inquiète pas pour ton père.

— Il va falloir que je parte ? demanda Nina.

Ma lui jeta un rapide coup d'œil.

— D'où est-ce que tu sors ça ?

— C'est ce que j'ai lu dans un magazine, au catéchisme.

Ma reporta son attention sur la route.

— De nos jours, les filles dans ta situation ne partent pas. Elles passent à la télé !

Nina ne savait pas quoi répondre. Ma avait-elle dit ça de manière sarcastique ?

Elles continuèrent à rouler en silence. La splendeur des couleurs d'automne se détachant sur le ciel bleu limpide était une vision douloureuse. Nina avait les larmes aux yeux. Elle concentra son attention sur le paysage jusqu'à l'arrivée chez le médecin. Sa mère se gara et éteignit le moteur, mais elle resta assise derrière le volant.

— Est-ce qu'on t'a forcée ?

Elle avait posé la question brutalement, d'une voix rauque de douleur.

Ainsi, elle souffrait depuis des jours en se demandant si sa fille avait été violée...

Mais au lieu d'éclater en sanglots, Nina se mit à rire.

— Non, maman, on ne m'a pas forcée. J'étais parfaitement consentante. Je le jure.

Et, en prononçant ces mots, elle prit totalement conscience de la situation. Elle allait avoir un enfant. Un vrai bébé. L'espace d'une seconde, elle ressentit un élan d'orgueil. Elle qui avait été médiocre toute sa vie, elle serait enfin la première à faire quelque chose. Ce sentiment céda rapidement le pas à une terreur glaciale qui lui transperça l'âme. *Un bébé*. Qu'allait-elle faire avec un bébé, pour l'amour du ciel ?

Ma serra le volant des deux mains et laissa échapper un soupir audible.

— Dans ce cas... Tu en as parlé au garçon ?

Le garçon. Laurence Jeffries. Elle n'avait pas échangé un seul mot avec lui depuis ce soir-là, et elle était certaine qu'il ne voudrait plus jamais la voir s'il apprenait la vérité. En toute honnêteté, elle ne pouvait le blâmer. D'après Legal Eagle — un présentateur radio qui répondait à des questions anonymes sur les ondes —, les répercussions risquaient d'être très graves pour une brillante recrue de West Point si la vérité venait à éclater. Nina avait téléphoné tous les jours jusqu'à ce qu'il réponde finalement à sa question en direct. Conclusion : cela pouvait totalement chambouler une vie, non seulement la sienne mais aussi celle de Laurence.

Ce serait la fin de sa formation à West Point et il pourrait dire adieu à sa prestigieuse carrière militaire. De plus, il risquait d'être poursuivi en justice parce qu'elle était mineure, même s'il était mineur lui aussi : dix-sept ans seulement au moment des faits. Son existence, tout comme celle de Nina, s'en trouverait altérée à jamais. Les cadets n'avaient pas le droit de se marier, et la naissance d'un enfant illégitime entraînerait immanquablement un renvoi et un redressement sévère.

Pour tout dire, Nina n'avait que faire de l'avenir de Laurence Jeffries, mais l'ampleur du pouvoir qu'elle avait sur lui l'effrayait. En un instant, elle pouvait bouleverser sa vie à jamais, tout comme sa grossesse bouleverserait la sienne, de même qu'elle avait vu Sophie Lindstrom chambouler celle de Greg Bellamy. Si elle décidait de parler, en l'espace de quelques heures, Laurence se verrait exclu de l'académie militaire la plus prisée du monde. Il ne serait plus qu'un voyou des cités, avec pour tout bagage un diplôme d'études secondaires. Sa carrière militaire s'arrêterait là, il devrait renoncer à cette éducation élitiste. Les entreprises prestigieuses et lucratives n'étaient pas du genre à embaucher des gars comme Laurence, ça ne faisait aucun doute.

Elle lui avait fait une promesse, ce soir-là : elle ne lui causerait pas d'ennuis. Evidemment, ils ne s'attendaient pas à ce qu'elle tombe enceinte. Elle n'allait pas changer d'avis pour autant. Elle repensait constamment à Greg Bellamy flanquant son poing dans le mur, le jour de son mariage. Ce n'était pas une bonne idée de vivre ensemble à cause d'un bébé.

— Je ne vais pas le mettre au courant, maman, dit-elle. Pas avant un bon bout de temps, c'est sûr.

— Il le faut. Il est impliqué…

— Il l'a été, l'espace de cinq minutes, répliqua Nina, résumant en peu de mots l'étendue de sa relation avec Laurence Jeffries.

CINQUIÈME PARTIE

Le présent

L'auberge du lac des Saules fut bâtie par Thaddeus Morton, un magnat des chemins de fer. Selon la légende, Morton dessina lui-même l'entrée principale surmontée d'une fenêtre en éventail représentant le soleil levant afin que sa jeune épouse puisse voir le jour se lever même par temps de pluie.

Lorsque le soleil brille à travers ce vantail, les biseaux en cristal créent un déploiement d'arcs-en-ciel délicats en perpétuel changement qui projettent des éclats de couleurs sur les plafonds, les murs et le sol. Bien entendu, la réfraction et la dispersion de la lumière se font d'autant mieux que chaque panneau de verre est impeccablement propre.

Pour nettoyer vos fenêtres à la perfection, versez une cuillerée à soupe de vinaigre blanc et d'alcool à 90° dans un flacon aérosol rempli d'eau. Ajoutez une goutte d'huile de clou de girofle pour que l'air sente bon le frais.

9

Nina prit une profonde inspiration et redressa les épaules. Elle s'attarda encore un instant dans l'allée pavée de briques afin de contempler la façade de l'auberge du lac des Saules. Elle se sentait en proie à un mélange de tendresse et d'appréhension. Les doubles portes s'ornaient de panneaux de verre biseautés dans le style Art Déco, surmontés d'un vantail en forme de soleil levant. Devant l'entrée, un ouvrier juché sur une échelle appliquait un apprêt sur le plafond du porche. Un autre équipé d'un masque et de lunettes de protection polissait le sol de bois avec une ponceuse électrique. Elle était censée superviser ces travaux de rénovation et, d'après Jenny et même Sonnet, elle pouvait encore prendre les choses en main. Il fallait juste qu'elle se fasse à l'idée que Greg Bellamy était propriétaire de l'auberge.

Ce n'était pas si simple. Elle en avait parlé à tous ceux qui voulaient bien l'écouter, et avait fini par se résoudre à un compromis. Elle avait travaillé pour la municipalité. Les compromis, elle connaissait !

Le gars juché sur l'échelle l'aperçut et commença à descendre.

— Attendez une minute, mademoiselle ! Je vais bouger ça.

— Ce n'est pas la peine, répondit-elle en se glissant sous l'échelle.

— Ça porte malheur, il paraît !

— Le malheur, la chance, c'est moi qui les provoque, répliqua-t-elle en ouvrant la porte.

A l'intérieur, on s'activait tout autant. Des ouvriers arborant des chemises pourvues du logo de Davis Construction appliquaient plâtre, apprêt, peinture avec détermination. Un électricien installait un éclairage au-dessus de la cheminée. Le hall prenait des allures de salon luxueux avec ses hauts plafonds agrémentés de moulures, sa cheminée en marbre nettoyée et polie, ses fenêtres neuves.

Nina aperçut Greg penché sur un plateau monté sur deux tréteaux. Il était en train d'étudier un plan. Un crayon derrière chaque oreille, une ceinture à outils pendant sur ses hanches, il semblait totalement absorbé.

Il n'a pas l'intention de lâcher le morceau, songea-t-elle. C'était évident et ça l'agaça. *C'est mon rêve*, avait-elle envie de lui dire. *Pas le tien*.

Pourtant, en jetant des coups d'œil autour d'elle dans la vaste pièce vide, elle discerna des manifestations de son bon goût dans certains détails du travail de restauration : le parquet, les lambris, la couche de peinture fraîche, le crépi blanc. Aurait-elle choisi cette nuance de gris tourterelle pour les murs, ce brun profond pour le parquet ?

Au moment où elle s'élançait dans la pièce, la plainte d'une scie emplit l'air, si bien qu'elle dut agiter la main pour attirer l'attention de Greg. Il leva les yeux, un sourire accueillant illumina son visage, et Nina sentit son cœur chavirer.

— J'ai pris ma décision, annonça-t-elle.

Elle devait se tenir tout près de lui pour qu'il l'entende, à cause du vacarme. Il était tellement grand qu'elle dut pencher la tête en arrière pour le regarder dans les yeux. Du coup, elle perdit un peu l'équilibre comme si elle vacillait au bord d'un précipice. Peut-être était-ce le cas. Ils semblaient se poser la question tous les deux.

Courage ! se dit-elle. *Tu fais ce qu'il faut.*

Elle déglutit avec peine, s'humecta les lèvres avant de parler.

— J'accepte, dit-elle.

En dépit du chaos qui les encerclait de toutes parts, elle avait la sensation bizarre qu'ils étaient totalement seuls sur une île. Greg lui adressa un sourire éblouissant, ce qui eut un effet ravageur sur elle. Elle essaya de faire comme si de rien n'était, mais il voyait sans doute clair en elle. Depuis l'époque malheureuse de son adolescence où les garçons la rendaient dingue, elle avait toujours craqué pour les beaux gosses.

Il essuya sur son pantalon sa main couverte de poussière de plâtre avant de la lui tendre.

— Super ! s'exclama-t-il. Parfait, Nina. Tu ne le regretteras pas.

On verra, pensa-t-elle. Il ne tarderait pas à découvrir à quel point c'était difficile de gérer une affaire tout en élevant seul ses enfants. Il ne tiendrait peut-être même pas jusqu'à la fin de l'été. En attendant, elle était étonnée par l'ampleur des rénovations effectuées jusque-là et par le fait qu'il n'avait apparemment pas peur de remonter ses manches et de se mettre au boulot. Son aplomb, en revanche, ne la surprenait en rien.

— Nom d'un chien, dit-il, tu sais faire durer le suspense !

— Ça n'était pas délibéré, affirma-t-elle. Je n'ai pas pour habitude de manipuler les gens, Greg.

— Hé, du calme ! fit-il en riant. Je ne t'accuse de rien.

Nina rougit. Après quatre années de réunions du conseil municipal, elle avait tendance à réagir au quart de tour.

— J'essaie juste de te dire que je n'ai pas pris cette décision à la légère.

— Loin de moi cette pensée ! Et sache que, de mon côté, je ne t'ai pas fait cette proposition à la légère.

— Je suis prête à commencer tout de suite, déclara-t-elle d'un ton très professionnel. Je peux m'installer ici dès ce soir. Toutes mes affaires sont dans le camion de mon frère.

— T'installer ?

— Dans le hangar à bateaux, précisa-t-elle en désignant l'enveloppe contenant le contrat. Ça fait partie de notre accord. Il va falloir que je vive sur place pour pouvoir faire mon travail correctement.

— Et tu veux habiter dans le hangar à bateaux ?

Il fronça les sourcils et elle crut qu'il allait se récrier.

Dis un mot, rien qu'un mot et je file d'ici !

Mais il l'entraîna vers une porte latérale et s'élança sur l'allée de gravier qui descendait vers le lac. Une équipe de jardiniers élaguait les arbres et chargeait les branches dans des brouettes.

— Tu ferais bien de jeter un coup d'œil dans ce hangar avant de t'y installer.

Sans le vouloir, elle jeta un coup d'œil ailleurs : sur le pantalon de peintre, bas sur les hanches, qui lui allait à la perfection et soulignait ses fesses…

— Tu auras peut-être envie d'y réfléchir à deux fois, ajouta-t-il.

Nina se fit violence pour revenir dans la conversation. Elle se rappela qu'il était son adversaire — son patron. Même s'il était terriblement séduisant dans son vieux pantalon de travail.

Tandis qu'ils descendaient la pelouse pentue en direction du hangar à bateaux, elle dut admettre qu'elle était impressionnée par le travail déjà accompli. Elle s'attendait à ce qu'il se comporte comme le maître des lieux, s'installant sur la terrasse pour siroter un verre pendant que les ouvriers se seraient acharnés à rénover l'auberge. Il semblait qu'au contraire, il s'y soit mis à fond, œuvrant aux côtés des ouvriers, s'attaquant aussi bien aux jardins qu'aux plâtres.

Max jouait au basket dans l'allée, à l'autre bout du domaine.

— L'essentiel des communs et six des chambres ont été rénovés, dit Greg. Le jour de l'ouverture… il va falloir que tu me dises ce que tu en penses.

Ce qu'elle pensait, c'est qu'elle aurait voulu que ce projet soit le sien. Et même s'il semblait impatient de l'intégrer dans le processus, elle n'avait pas oublié qui tenait les rênes… Mais ça ne servait à rien de s'appesantir sur ce que l'on ne pouvait pas changer.

Ils atteignirent le hangar situé un peu à l'écart et entouré sur trois côtés par le tapis vert émeraude de la pelouse frangée d'érables, la façade donnant, bien sûr, sur le lac lui-même.

Nina avait toujours trouvé que cet endroit avait quelque chose de magique. Installé entre l'eau et le ciel, le hangar semblait détaché du monde. L'étroite véranda à l'étage surplombait le lac. C'était si tranquille là-haut qu'on entendait les poissons sauter dans l'eau.

Ils commencèrent par faire le tour du bâtiment. Trois des cales au niveau de l'eau étaient vides. Une autre était occupée par un vieux Chris-Craft en acajou parfaitement conservé, qui étincelait sous une couche de vernis récente.

— Il appartenait à mon père, expliqua Greg. Il passait tous ses étés au lac des Saules quand il était petit. Nous avons apporté le bateau dès que j'ai pu prendre possession des lieux.

Ces mots — « il appartenait à mon père » — la frappèrent. Elle n'était pas la seule à avoir des attaches ici.

— Il est magnifique, dit-elle. Et celui-là ?

— C'est un optimiste. Je veux apprendre à Max à faire de la voile.

Elle avait du mal à admettre qu'il allait élever ses enfants dans cet environnement. Mais après tout, ça ne la regardait pas.

— … les cales ont besoin d'être réparées, disait-il. Il va falloir que je fasse venir un soudeur pour arranger ça. Quoique… je pourrais sans doute le faire moi-même.

— De la soudure ? On apprend ça à Harvard ?

— Si c'est une vanne, laisse tomber ! Je suis de trop bonne humeur pour me laisser démonter, même par ta langue de vipère.

— Je n'ai pas…

— Bon. Allons jeter un coup d'œil à ton nouveau logis.

Les gongs rouillés grincèrent quand il déverrouilla la porte. Nina se figea, réalisant qu'une fois de plus, elle se tenait trop près de lui. Il sentait le plâtre et la transpiration, et pour une raison inexplicable, elle trouva ça franchement sexy. C'était problématique à maints égards, de sorte qu'elle faillit faire volte-face et prendre la fuite. Puis elle se rappela qu'elle approchait de son rêve. Greg n'était qu'un obstacle mineur. Et comme Jenny le lui avait fait remarquer, c'était lui qui prenait tous les risques sur le plan financier.

Elle franchit le seuil et pénétra dans sa nouvelle demeure. Une odeur de renfermé flottait dans l'air. Elle ouvrit les fenêtres, dérangeant une bestiole solitaire dans les fragiles rideaux en dentelle. Les parquets craquaient, et la plomberie gémit quand elle tourna le robinet qui crachota de la rouille liquide. Des toiles d'araignées pendaient aux poutres. Le sol était encombré de cartons.

C'était un cauchemar. Mais lorsqu'elle ouvrit les volets et se retrouva face à la vue, toutes les défaillances des lieux s'estompèrent. Elle s'imagina vivant là, si près du lac qu'elle entendrait le clapotis de l'eau sur le rivage.

— C'est l'endroit que je préfère de toute la propriété, expliqua-t-elle. Quand je travaillais à l'auberge, je gardais le hangar pour la fin : je voulais terminer ma journée ici et contempler le lac. C'était ma manière à moi d'avoir quelques minutes de paix et de tranquillité avant de rentrer à la maison.

Il esquissa un sourire.

— J'ignorais qu'il existait des moments de paix dans le travail.

— C'est parfois moins chaotique que l'ambiance à la maison. Sonnet et moi habitions chez mes parents, à l'époque, parce que je travaillais tout en continuant mes études. Ne te méprends pas : je leur étais très reconnaissante du soutien qu'ils m'apportaient, mais la vie n'en était pas moins… survoltée.

Elle se souvenait encore du vacarme incessant, de l'activité ininterrompue chez les Romano, sans parler des besoins constants d'un enfant en bas âge. Le hangar était son oasis, un endroit où elle pouvait réfléchir, rêver, ne serait-ce que quelques instants.

Elle promena ses regards sur la propriété, le lac paisible, le ponton et l'architecture des bâtiments digne d'un conte de fées. Elle inspira l'air doux porteur de la promesse de l'été. *Me voilà de retour*, pensa-t-elle. *Enfin !*

10

Daisy se sentait affreusement mal. Elle en avait assez d'entendre les gens lui dire que c'était normal à ce stade avancé de sa grossesse. Dans le salon à l'ancienne de la maison où elle vivait désormais avec son père et son frère, elle s'agitait nerveusement sur le canapé tout en contemplant ses chevilles. Enfin, ce qu'il en restait ! Désormais elles étaient aussi gonflées et moches que le reste de sa personne.

Bon, se dit-elle en feuilletant un ouvrage destiné aux futures mamans, personne ne lui avait dit que c'était censé être une partie de plaisir. Que pouvait-il y avoir d'agréable dans le fait de prendre vingt kilos, de devoir faire pipi toutes les cinq minutes, de se réveiller au milieu de la nuit parce que le bébé lui donnait des coups de coude ?

Tout le monde lui rappelait qu'elle ne devait pas se comparer aux autres. Comme s'il avait été possible de l'éviter ! Ses amis avaient continué leur chemin après le lycée, ou bien ils s'apprêtaient à le faire. Certains d'entre eux voyageaient. Sonnet Romano, par exemple. D'autres avaient déjà trouvé un boulot et un appartement.

Sa famille la soutenait, et elle lui en était reconnaissante. Elle était contente que son père se soit enthousiasmé pour un projet. Elle ne voyait pas d'inconvénient à donner un coup de main, d'ailleurs.

Le problème, c'était qu'à ce stade de son existence, elle n'avait aucune envie de faire quelque chose d'utile. Elle voulait explorer, rêver, se sentir libre. Ce qui lui était désormais impossible.

Elle se demandait si la génétique ou le mimétisme avaient quelque chose à voir avec son état. Elle maintenait une tradition familiale. Elle avait été conçue de façon illégitime. Ses parents s'étaient mariés ensuite, mais ça ne les avait pas menés très loin… Elle ne commettrait pas la même erreur.

Elle entendait le séchoir dans la buanderie. Un fond sonore bizarrement apaisant. Elle se passa la main sur le ventre. La bonne nouvelle, c'est qu'elle était tellement ronde que d'ici peu, elle ne verrait même plus ses chevilles.

Elle posa son bouquin et s'approcha de la fenêtre grillagée donnant sur le lac. Elle passa en revue les innombrables manières dont sa vie avait changé depuis qu'elle avait découvert le lac des Saules, l'été dernier. Elle était en pleine rébellion à l'époque, remontée à bloc contre ses parents à cause du divorce et bien déterminée à les faire payer. Elle avait fait les frais de sa stupidité, ce qui n'avait rien d'étonnant a posteriori. C'était elle qui payait, à présent.

Sa mère l'avait suppliée de venir vivre à La Haye. Elle avait promis de trouver les gens les mieux qualifiés pour prendre soin d'elle et du bébé, et de la soutenir à fond. Daisy avait refusé : elle en voulait trop à sa mère. C'est ainsi qu'elle s'était retrouvée dans cette magnifique demeure, face à un avenir des plus incertains. C'était assez dingue de vivre dans la résidence de l'ancien propriétaire de l'auberge. Entre les jardins et les communs, on se serait cru dans un film.

De la fenêtre, elle aperçut son père sur la terrasse du hangar en compagnie de Nina Romano. Ils avaient l'air en plein conciliabule.

Sonnet, la fille de Nina, avait été sa première amie à

Avalon. Quant à Nina, elle l'avait toujours trouvée un peu mystérieuse. Maintenant que Sonnet s'apprêtait à aller à l'université, sa mère aurait pu ralentir un peu le mouvement, écrire un livre ou se trouver un passe-temps. Nina s'apprêtait au contraire à se jeter à corps perdu dans une nouvelle entreprise. En l'occurrence, l'auberge. Elles allaient donc se voir quotidiennement.

Daisy ne savait pas trop quoi en penser. Elle admirait Nina en un sens, et puis il y avait quelque chose de rassurant dans le fait qu'elle ait été maman très jeune elle aussi, et qu'elle ait parfaitement géré la situation. Daisy l'aimait bien et, en même temps, elle l'intimidait. Elle était la mère célibataire courageuse, zélée, que tout le monde portait aux nues. Elle avait si bien réussi qu'elle avait été le plus jeune maire de l'Etat de New York, ce qui lui avait valu un article dans un magazine. Bref, si l'on se comparait à Nina, on pouvait douter d'être soi-même à la hauteur.

Daisy ne pouvait pas en dire autant de son père. Vis-à-vis de lui, elle se sentait plutôt impuissante, dans le sens où elle ne savait pas comment l'aider. Il déambulait toute la journée comme une âme en peine, même si la plupart des gens ne s'en rendaient pas compte parce qu'il cachait bien son jeu. Daisy savait qu'il était rongé par la culpabilité à cause du divorce. Il se reprochait de ne pas avoir su sauver son couple. Il avait travaillé si dur pour lancer son entreprise qu'il avait négligé sa famille. Il s'efforçait à présent de prendre un nouveau départ — dans une petite ville, une entreprise familiale : la totale ! Mais il continuait à être triste la plupart du temps. Il souffrait toujours, et il se sentait à l'évidence vraiment, vraiment seul. C'était le plus jeune parmi ses frère et sœurs et, d'après la grand-mère de Daisy, il avait toujours été le boute-en-train de la famille. Peut-être était-ce la raison pour laquelle il détestait tant la solitude.

Daisy songeait souvent à vivre seule avec le bébé, comme

tant de mères célibataires le faisaient désormais. Elle rêvait d'indépendance. Et puis elle se rappelait à quel point son père se sentait seul, et l'idée de le quitter lui paraissait trop cruelle.

Un coup frappé à la porte la tira de ses pensées. L'un des ouvriers probablement. Avec tous les travaux de rénovation en cours, il y avait des ouvriers partout en train de prendre des mesures, de faire des réparations, de poser des questions. Même à elle. Et pourtant, elle n'y connaissait rien. Elle n'était même pas sûre d'avoir mis le séchoir en marche convenablement.

Elle se leva lourdement et alla ouvrir la porte.

— Salut, Daisy !

Elle resta plantée là à dévisager son visiteur. Julian Gastineaux, un garçon qu'elle avait rencontré l'été dernier, à l'époque où elle n'était encore qu'une lycéenne. Elle avait l'impression que ça faisait un siècle. Elle avait tellement changé ! Elle était même surprise qu'il la reconnaisse.

Julian était le mec le plus canon de la terre. Grand, mince, métisse, né d'un père afro-américain. Il avait les yeux clairs de sa mère et un sourire qui n'appartenait qu'à lui : le genre de sourire qui faisait retentir une chanson douce dans la tête de toutes les filles.

Daisy l'entendit à cet instant : de délicieuses notes de guitare acoustique qui la tirèrent de sa torpeur. Elle ne put s'empêcher de lui rendre son sourire et, l'espace d'une seconde, elle eut le sentiment d'être redevenue elle-même — jeune, insouciante, aguicheuse, comme n'importe quelle fille de son âge.

— Julian, dit-elle en se dressant sur la pointe des pieds pour l'embrasser.

Bien sûr, il y avait entre eux un ventre de la taille d'une Volkswagen. Pourtant, elle était loin de se sentir gênée par sa grossesse. Elle avait découvert que la plupart des gens l'acceptaient telle qu'elle était et que, de toute façon, elle ne pouvait strictement rien faire pour modifier leur attitude.

— Entre, dit-elle. Je savais que tu venais pour le mariage de ton frère mais je ne pensais pas que tu arriverais aussi vite.

— Connor m'a redonné du travail cet été. Il faut que je fasse des économies pour la fac.

— Il a dû t'annoncer la nouvelle à mon sujet, dit-elle, parce que tu réagis de façon drôlement cool.

— Oui, il me l'a dit. Mais je suis toujours cool, tu le sais bien.

En effet. Et c'était sans doute à cause des épreuves qu'il avait déjà subies. Sa jeunesse n'aurait pas pu être plus différente de celle de Daisy — un sinistre cauchemar pour l'essentiel. Il avait été élevé par son père, professeur à l'université de Tulane — un génie, à vrai dire. Ce dernier avait trouvé la mort dans un accident de voiture quand Julian était encore tout gamin. Julian avait dû aller vivre avec sa mère — qui était aussi celle de Connor Davis. Elle rêvait d'être actrice et négligeait totalement ses enfants. A côté d'elle, la mère de Daisy avait tout de Mary Poppins.

Le plus curieux, c'est que Julian n'avait pas été totalement détruit par cette déplorable situation. Il avait fait des études brillantes, raflant les meilleures notes apparemment sans effort. S'il y avait quelque chose de bizarre chez lui, une faille quelconque, c'était son goût immodéré du risque. Sa drogue à lui était l'adrénaline. Il était particulièrement attiré par la vitesse et les hauteurs vertigineuses. Daisy se rappelait le moment le plus exaltant de l'été dernier lorsqu'il avait escaladé une façade particulièrement ardue des Shawangunks, en amont du fleuve près de New Paltz.

Sa vie différait radicalement de la sienne. Avant de déménager à Avalon, elle avait fréquenté une école de Manhattan si sélect que les gens y inscrivaient leurs enfants sur les listes d'attente avant leur naissance. Julian, en revanche, avait vogué dans le sillage de sa mère, achevant ses études secondaires à Chino, en Californie, où il aurait probablement fini par faire un boulot minable s'il n'avait pas eu un atout majeur : son frère, Connor, qui croyait en lui. Grâce à son père, Daisy découvrait la force d'un tel avantage : quand une personne vous faisait entièrement confiance, on avait la sensation de pouvoir tout faire.

— Alors, tu vas être le témoin ?

Il déploya les bras comme une star.

— Il paraît, oui.

Bon sang ! Ces épaules. Ces pommettes. La petite chanson tinta de nouveau à ses oreilles.

— Tu sais, l'été dernier, si quelqu'un avait prédit que ta cousine et mon frère se marieraient, je l'aurais pris pour un fou.

Julian hocha la tête.

— Moi aussi.

Olivia était new-yorkaise jusqu'au bout des ongles, et Connor un manuel issu d'une petite bourgade. Ils n'en formaient pas moins un couple parfait.

— Il s'est produit des choses encore plus étranges, comme tu peux le constater, dit-elle.

— Tu veux en parler ?

Il était inutile de mettre les points sur les i. Elle se laissa tomber sur le canapé, tira sa chemise informe sur son ventre. Depuis qu'elle avait révélé son état à son père, l'hiver dernier, d'un ton plein de défi malgré ses larmes, elle en avait beaucoup parlé : à sa famille, à ses collègues de la boulangerie Sky River où elle travaillait auparavant après l'école, à ses professeurs, à des conseillers, à des médecins. Elle en avait parlé, parlé au point d'en avoir par-dessus la tête, mais certaines choses étaient immuables. Elle était toujours enceinte, confuse, indécise.

— Comme tu vois, j'ai foiré, dit-elle. Je ne peux même pas prétendre que c'était un accident.

Se sentant rougir, elle s'empara de la chemise qu'elle était en train de raccommoder pour Max. Il s'était débrouillé pour perdre trois boutons et elle avait dû les changer tous. Le travail manuel l'aidait à mettre de l'ordre dans ses pensées. Elle cousait très mal, et le fil n'arrêtait pas de faire des nœuds, mais elle s'obstinait.

— C'est un garçon, au fait, dit-elle. Il devrait naître au moment du mariage. Je suis demoiselle d'honneur, mais Olivia sait que je risque de ne pas être là.

Julian hocha la tête, pressa ses mains l'une contre l'autre.

— C'est dingue.

— Tu ne te rends pas compte à quel point.

— Je crois que si. C'est arrivé à des tas de filles dans mon école. Il y avait une nursery dans les locaux.

Il toussota d'un air gêné.

— Euh… tu es avec le père ?

Ça la fit rire.

— Ce serait absurde, tu ne peux pas savoir à quel point. C'est un type de mon ancienne école. Logan O'Donnell. La dernière fois que je l'ai vu, il dansait sur une table après avoir sniffé un millier de dollars de cocaïne.

— Mais que pense-t-il de…

Julian esquissa un geste vague

— … tout ça ?

— Il n'est pas encore au courant mais je vais le lui dire.

Ce qu'elle s'abstint de confier à Julian, c'est qu'après ce week-end, Logan avait perdu les pédales, en quelque sorte. Chaque fois qu'il la voyait, il répétait « Je t'aime pour de bon, restons ensemble », mais elle n'y croyait pas un instant. Elle lui avait donc expliqué qu'elle ne voulait plus le voir.

A en croire ses amis new-yorkais, les parents de Logan l'avaient envoyé faire une cure de désintoxication dans une clinique très onéreuse afin de venir à bout de son problème de drogue.

Elle finit de coudre ses boutons. Ils étaient un peu de travers, mais au moins ils tenaient bon.

— C'est juste que… avant d'avouer la vérité à Logan, il faut que je m'organise.

Que je prenne le contrôle de la situation, se corrigea-t-elle en silence.

Décidément, elle était bien la fille de sa mère !

— Je ne veux rien de lui, en fait, tu comprends ? Mais, un jour, le bébé me posera des questions. J'ai décidé de lui écrire une lettre. Maman m'a expliqué que je devais la faire certifier devant notaire et l'envoyer en recommandé pour qu'il sache qu'elle vient de moi et que, de mon côté, je sache qu'il l'a bien reçue. Je ne l'ai pas encore écrite. C'est difficile de trouver les mots justes.

— Ne précipite pas les choses, dit Julian. Ça viendra tout seul.

Sa décontraction la fit sourire. Dieu merci, il n'était pas comme certaines de ses copines qui pensaient qu'elle était cinglée de ne pas tenter d'extorquer un maximum d'argent à Logan pour subvenir aux besoins de l'enfant. Ce qui était bien la dernière chose qu'elle souhaitait. Daisy suspectait que Julian n'y avait même pas songé. C'était ce qu'elle aimait chez lui — enfin, l'un des nombreux aspects de sa personnalité qu'elle appréciait. Il était cool, il ne portait pas de jugement et il la comprenait. Même maintenant, alors qu'elle avait l'impression d'être enceinte de onze ans, elle n'avait pas besoin de jouer la comédie avec lui.

Comme le séchoir s'était arrêté, elle alla le vider tout en continuant à parler. Elle plia méthodiquement serviettes de bain et vêtements en racontant à son ami le reste de son année. Elle avait achevé ses études au lycée d'Avalon et avait arrêté de travailler à la boulangerie tout récemment pour se concentrer sur la préparation à l'accouchement. Elle continuait à se passionner pour la photographie et, d'ailleurs, elle était chargée de l'iconographie pour les brochures et le site Internet de l'auberge.

— Et toi ? demanda-t-elle à Julian.

— Je veux devenir pilote de chasse.

— J'ai entendu dire que c'était l'un des trucs les plus dangereux qui soient.

— Seulement si on est imprudent. J'ai l'intention d'être prudent.

— Ça ne va pas être facile.

Il lui lança un regard qui en disait long.

— Pas aussi dur que ça, dit-il en désignant son ventre. La peur n'est pas toujours un mal. Ça vous incite à la prudence. Je suppose que quand on a un bébé, c'est essentiel.

— Peut-être, mais je n'ai jamais eu à prendre soin de qui que ce soit jusqu'ici. Pas même un chien ni un hamster. Pas même un philodendron ou une saintpaulia.

Il considéra la pile de linge plié, la chemise qu'elle venait de raccommoder.

— Je vois.

— Je n'ai pas encore éliminé toutes les options, avoua-t-elle d'une voix faible. Je me demande parfois l'effet que ça me ferait de confier le bébé à quelqu'un d'autre. Il y a des moments où je me dis que ce ne serait peut-être pas si terrible.

— Tu ne dois pas être la première à le penser.

Elle avait passé des heures à imaginer son avenir sous différents angles. Elle pourrait être cette jeune maman célibataire dévouée à son enfant, comme Nina Romano en son temps. Ou bien confier le bébé à une famille qui en avait terriblement envie. Dans ce cas-là, elle reprendrait le cours de sa vie : elle irait à la fac, elle travaillerait, elle aurait le choix.

— J'aimerais bien savoir ce que je dois faire.

— Il y a plusieurs solutions possibles, déclara Julian d'un ton neutre. Ma mère m'aurait confié à l'adoption si mon père n'avait pas tenu à m'élever. Je me demande parfois quelle aurait été ma vie si j'avais eu des parents normaux.

— J'ai une grande nouvelle à t'annoncer. Les parents normaux, ça n'existe pas.

Sa thérapeute l'avait exhortée à réfléchir à l'éventualité d'une adoption et même à se renseigner. Elle avait appris que les familles d'adoption offraient généralement un merveilleux avenir aux enfants qu'ils accueillaient. Un coup de fil, et des rendez-vous seraient pris avec des couples et des célibataires en tous genres — jeunes, mûrs, hétéros, homos, riches, pauvres… Il y avait des tas de familles prêtes à ouvrir leur cœur et leur maison à un nouveau-né.

— Ecoute, mon père n'était pas parfait mais pour rien au monde je ne l'aurais échangé contre quelqu'un d'autre, déclara Julian.

Une émotion douce-amère émanait de lui. D'une manière ou d'une autre, il avait fait son deuil.

— A propos, monsieur le crack, dans quelle fac as-tu l'intention de t'inscrire avant de devenir pilote de chasse ?

— L'université de Cornell. Je commence à l'automne.

— A Ithaca ? Ce n'est pas très loin d'ici ! s'exclama-t-elle avec enthousiasme.

— J'y ai pensé, reconnut-il. Mon frère et moi avons grandi séparés l'un de l'autre. Je vais enfin pouvoir le voir un peu plus.

Il marqua une pause et plongea son regard dans le sien avant d'ajouter :

— Et toi aussi.

Elle rougit. Elle trouvait drôle d'avoir encore envie de flirter dans l'état où elle était. Puis elle se força à être réaliste.

— Cornell est l'une des universités les plus difficiles qui soient. Tu vas être très occupé à bûcher comme un dingue.

Sans parler des quelque cinq mille étudiantes disponibles qui n'étaient pas enceintes, mais elle se dit qu'il découvrirait ça tout seul.

— Et toi ?

— Comment ça, moi ? Je te rappelle que je suis enceinte !

— La loi n'interdit pas de faire autre chose que pouponner quand on a un bébé.

Elle lui fit signe de s'approcher de l'ordinateur et entreprit de lui montrer ses photos.

— Je prends des cours de photographie sur Internet.

Julian regarda défiler les clichés d'un air appréciateur.

— Elles sont belles.

Daisy avait toujours aimé la photo. Petite fille, elle faisait déjà des instantanés de tout : des membres de sa famille, des arbres, des fleurs, des gens du quartier de l'Upper East Side où elle avait grandi. Plus tard, elle avait expérimenté différents styles et méthodes. Elle avait tendance à se concentrer sur les petits détails au demeurant significatifs qui échappaient à la plupart des gens. A ses yeux, un gond rouillé sur la porte d'une grange racontait une histoire. Elle pouvait aussi suggérer toute une saison dans un flot de feuilles d'automne dérivant sur l'eau, un monde de souffrance sur le visage de son père penché sur sa table à dessin ou les rêves et les espoirs de son frère dans la manière dont ses mains sales agrippaient une batte de base-ball.

Sous le coup de l'inspiration, elle alla chercher son appareil pour prendre quelques clichés de Julian. Elle concentra son attention sur les lignes nettes de son profil, puis sur ses longs doigts reposant sur le dossier de la chaise tandis qu'il se penchait sur l'écran de l'ordinateur. Il émanait de lui une grande énergie, une vigueur athlétique, même lorsqu'il ne faisait rien de spécial. Elle ne le lui avait jamais dit, mais elle le trouvait beau à vous couper le souffle. Comment pouvait-on être à la fois si séduisant et si meurtri ?

Les photos apparaissaient dans le désordre. Des images de l'hiver précédent surgirent. Elle avait fait toute une série de photos de Sonnet. Julian ne réagit pas vraiment. Pourtant à travers l'objectif de son appareil, Daisy perçut un changement dans son attitude. Sonnet était adorable. Et métisse, comme lui.

— Ma meilleure amie, lui expliqua-t-elle. Elle passe l'été chez son père, mais elle sera là pour le mariage. Je suis impatiente que tu fasses sa connaissance. Tu vas probablement tomber raide dingue amoureux d'elle. Comme tout le monde.

Il s'assit et s'adossa à la chaise.

— Je ne suis pas comme tout le monde. Et ça, qui est-ce ?

Il cliqua sur l'image saisissante d'un jeune homme dans la neige. C'était l'une des photos les plus réussies de Daisy. Le sujet avait un physique digne d'un conte de fées : des cheveux raides, blond-blanc, des traits ciselés, des yeux bleus comme la banquise. Il se trouvait dans un parc tapissé de neige, et des arbres dépouillés se détachaient en arrière-plan. Un ruban de fumée translucide s'échappant d'une cigarette invisible formait un halo imparfait autour de sa tête.

— C'est Zach, répondit-elle. Zach Alger. Un autre ami que je me suis fait quand on a emménagé ici.

Elle aurait pu dire beaucoup d'autres choses à propos de Zach, mais elle s'en abstint parce qu'elle se serait probablement mise à pleurer. A la différence de Sonnet, Zach n'avait pas évolué dans le bon sens après le lycée.

— Où est-il maintenant ? Vais-je le rencontrer ? demanda Julian.

Elle secoua la tête.

— Il a eu… euh, des ennuis, et il est parti. Je crois qu'il travaille au champ de courses de Saratoga.

— Quel genre d'ennuis ?

— C'est compliqué. Il n'y est pour rien. Son père jouait à des jeux de hasard en ligne, et Zach était le seul à le savoir. Il a volé de l'argent pour couvrir les dettes. Son père est en prison, maintenant, et lui, il se retrouve tout seul. C'est surprenant ce qu'un gosse est capable de faire pour ses parents. Jamais je ne mettrai mon enfant dans une telle situation.

A cet instant, une série de photos de la mère de Daisy apparut sur l'écran. Sophie Bellamy — elle avait conservé son nom d'épouse pour des raisons professionnelles, disait-elle — était jolie, tirée à quatre épingles, et elle avait l'air sérieux. Daisy sentit le regard de Julian posé sur elle et non pas sur les clichés.

— Ma mère a décroché un boulot en or à la Cour pénale internationale de La Haye. Elle travaille sur une grosse affaire en rapport avec les droits de l'homme.

Comme chaque fois qu'elle pensait à sa mère, Daisy éprouvait un mélange de tendresse, de fierté, de frustration et de colère. Parfois, elle avait juste envie de s'asseoir sur ses genoux et de pleurer, et puis elle se sentait terriblement égoïste de désirer une chose pareille. Sa mère trimait pour sauver des enfants sans défense de la torture et de la famine. De quel droit Daisy l'aurait-elle assommée avec ses problèmes personnels ?

Elle s'empara de son appareil photo et se leva.

— On a besoin d'un changement de paysage, dit-elle. Que dirais-tu d'aller faire un tour ?

— D'accord.

Julian se leva et lui ouvrit la porte.

— Tu vois, je suis censé remplacer une gouttière, dit-il, mais je dois attendre que le contremaître apporte une échelle plus haute.

Il désigna une gouttière rouillée qui pendait de l'auvent, au-dessus du quatrième étage.

— J'ai proposé de grimper, mais Connor est à cheval sur les questions de sécurité.

— Il ne peut pas prendre de risques en ce moment, lui rappela Daisy en s'engageant sur l'allée de gravier qui conduisait au lac.

— Qui est-ce ? demanda Julian en mettant sa main en visière.

— Nina Romano, la mère de mon amie Sonnet, répondit Daisy.

Elle agita la main, mais Nina ne l'avait pas vue. Ils poursuivirent leur chemin en silence mais, pour finir, Daisy se hasarda à poser la question qui lui brûlait les lèvres.

— Tu as une petite amie ?

— Non. A moins que tu aies changé d'avis depuis l'été dernier, répondit-il en lui adressant un sourire rayonnant.

L'été dernier, il lui avait clairement fait comprendre qu'elle lui plaisait, mais le divorce de ses parents l'avait mise dans un tel état qu'elle refusait de s'attacher à qui que ce soit. Elle le regrettait amèrement aujourd'hui.

— Très drôle ! grommela-t-elle en se détournant pour qu'il ne la voie pas rougir.

— Je ne cherche pas à être drôle, répliqua-t-il. J'avais vraiment envie de sortir avec toi.

Il n'était pas le seul, se rappela-t-elle sans en tirer la moindre fierté. Elle aimait bien faire la fête, à cette époque-là.

— Je ne suis plus la même, dit-elle à voix basse.

— Tu es toujours toi, lui rappela-t-il. Avec un petit quelque chose en plus.

Il arrivait toujours à la faire sourire.

Elle lui fit faire le tour du propriétaire. Courts de tennis et de pickle-ball, terrains de boules et de croquet, sans oublier la structure invraisemblablement élevée baptisée le belvédère. Du bout du ponton, on distinguait divers sites locaux : le Club de voile d'Avalon dans le parc Blanchard, les maisons de vacances disséminées le long du rivage.

— C'est vraiment super !

— Ouais. Je suis contente que mon père ait décidé d'acheter cette propriété.

— Tu prévois de rester ici ?

Il laissa sa question en suspens.

— Je prévois de vivre au jour le jour, le mieux possible.

Elle se décida brusquement à jouer franc jeu avec lui.

— En outre, même si tout porte à croire que c'est moi qui suis dans le pétrin, mon père et mon frère sont… un peu perdus. J'ai le sentiment qu'ils ont besoin que je reste dans les parages.

— Ils te surprendront peut-être.

Daisy essaya d'imaginer son père et Max se débrouillant tout seuls.

— Peut-être. En tout cas, pas question que je bouge d'ici pour le moment.

Elle prit quelques photos, saisissant les scintillements de la lumière sur l'eau.

— Ce que j'aimerais vraiment faire, avoua-t-elle, c'est étudier la photo, et pas seulement sur Internet. Je voudrais en faire ma profession.

— Alors, lance-toi !

— Tu as raison.

Elle hocha la tête.

— C'est drôle : j'ai finalement trouvé quelque chose que j'aime au moment le moins opportun.

Elle prit une photo d'un huart en train de se poser sur l'eau.

— Je donnerais cher pour revenir en arrière, tu sais ? Pour faire de meilleurs choix.

— C'est le cas de tout le monde.

Il mit de nouveau sa main en visière pour contempler le lac.

— C'est sacrément beau.

— Je suppose. Il y a des moments où je panique à l'idée de passer ma vie ici.

— Personne ne t'oblige à rester.

Elle pensa à son père, à Max, à leur désarroi s'ils se retrouvaient seuls tous les deux.

Pour le moment, je suis obligée de rester, se dit-elle.

11

Le lendemain de la signature du contrat avec Greg Bellamy, Nina débarqua avec le reste de ses affaires et un paquet de doutes. Elle n'avait pas fermé l'œil de la nuit, à force de se demander si elle avait fait le bon choix, si elle était passée à l'ennemi. La propriété était une vraie ruche : des ouvriers sillonnaient la pelouse, d'autres étaient juchés sur des échelles pendant que des jardiniers s'activaient de leur côté. Elle jeta un coup d'œil à l'imposante demeure victorienne à l'extrémité du domaine où Greg habitait à présent, puis porta son attention sur le hangar à bateaux, à quelques centaines de mètres de là, en se prenant à espérer que ce ne serait pas trop près. Jadis, quand elle s'imaginait vivant à l'auberge du lac des Saules, elle n'incluait pas dans ses rêves un homme divorcé avec deux enfants. Sans parler d'un petit-fils dans quelques semaines. Cela dit, elle avait l'habitude des compromis. Et ce n'était peut-être pas une si mauvaise chose, au fond.

Quand elle eut gravi les marches du hangar à bateaux, elle se retrouva face à une vision de rêve. Debout sur une échelle dans la véranda, Greg était en train de nettoyer les vitres. Il avait ôté sa chemise, dévoilant ses épaules brunies par le soleil, et il portait une casquette des Yankees à l'envers.

Chaque coup méthodique de la raclette à bord de caoutchouc était un acte de poésie.

— A quoi dois-je cet honneur ? demanda-t-elle. Le propriétaire en personne en train de laver mes carreaux ?

Il descendit de l'échelle. Sa poitrine étincelait de sueur, et elle dut se faire violence pour ne pas le dévorer des yeux.

— Les ouvriers de Connor sont payés à l'heure, dit-il. Je ne veux pas gaspiller leurs talents pour des travaux aussi triviaux.

— Ah ! Du coup, c'est le patron qui s'y colle !

— Je vais t'aider à porter tes affaires.

Il traversa la véranda et, l'espace d'un instant, elle se trouva tout près de lui. A quelques centimètres de son torse hâlé, ruisselant de sueur. Elle réagit comme d'habitude : ses joues s'enflammèrent et elle se sentit piégée.

— Euh, Greg…

Elle ne savait pas du tout quoi dire. Merci d'avoir nettoyé mes vitres ?

— Je peux me débrouiller.

— Certainement, mais je tenais à te prouver que je sais me conduire en bon voisin. Or, c'est ce que nous allons être. Voisins. En outre, plus vite tu seras installée, plus vite nous pourrons nous mettre au travail.

— Je vois. Eh bien, merci.

— Je t'en prie.

Il s'empara de sa chemise et l'enfila. Nina se sentit un peu déçue. Elle l'observait d'un air inquisiteur en s'efforçant de déterminer pourquoi il se montrait si ouvertement sensuel à un moment, si courtois et serviable l'instant d'après. Les hommes ne la traitaient pas comme ça, d'habitude. Les courtois étaient rarement serviables, et les serviables rarement courtois.

— Merci, répéta-t-elle.

Comme un silence gêné semblait vouloir s'installer, elle ajouta :

— Alors, le match vous a-t-il plu, à Max et à toi ?

— Nous aimons tous les deux le base-ball. Surtout Max. Il fait du hockey l'hiver et du base-ball l'été. Je l'ai inscrit dans la petite Ligue.

— Et ça marche bien ?

Il parut sur ses gardes un instant.

— Bien sûr.

— En tout cas, je suis contente que vous soyez venus pour le match.

— Tu avais l'air... occupée.

Seigneur, s'imaginait-il qu'elle flirtait avec Darryl ou Wayne ? Ou les deux ? Cette idée la fit rire.

— Mais certainement.

Il s'approcha de l'évier, retira sa casquette et s'aspergea le visage et la tête.

— Bon, par où on commence, patronne ?

— Par les cartons, je suppose, répondit-elle, toujours sous le coup d'une attirance fort malvenue.

Et les choses allèrent en empirant. Une curieuse intimité semblait flotter entre eux pendant qu'il l'aidait à ranger ses affaires. Elle avait passé la journée de la veille à faire le ménage et à aérer les pièces, et de bonne heure ce matin-là, deux de ses frères avaient apporté son grand lit que Greg disposait maintenant face à la baie vitrée. Cela faisait partie de son rêve : voir le lac des Saules chaque matin en se réveillant.

Tandis qu'ils vidaient ses cartons, elle se sentait écartelée entre l'attirance et la rivalité. Elle ne lui avait pas demandé de l'aider, mais il le faisait spontanément. En lui prêtant main-forte, il se donnait la possibilité de fouiner dans sa vie, de découvrir les choses qui lui tenaient à cœur. Ne

174

devrait-elle pas lui en vouloir ? Lui en voulait-elle ? Et si ce n'était pas le cas, pourquoi ?

Il venait d'ouvrir un grand carton contenant des photos encadrées et d'autres souvenirs. Elle retint son souffle. Y avait-il quelque chose de trop personnel sur lequel elle ne voulait pas qu'il tombe ?

— Euh, Greg…

Sa voix sonnait creux dans l'espace presque vide.

— A propos de notre arrangement… je pense que nous devrions mettre certaines barrières.

Il rit. Elle ne s'attendait pas du tout à ça.

— Des barrières ? Pour quoi faire, Nina ? Pour t'empêcher de fuir ou pour m'empêcher de t'approcher ?

— Sérieusement, quand les gens travaillent ensemble, ils ont besoin de barrières.

— Bon, d'accord. Comme tu veux. Je présume que tu me préviendras si je dépasse les limites. Evidemment, il va falloir que tu m'expliques où se trouve la ligne.

Elle perçut une nuance de colère sous son ton amusé, et frémit en réalisant que ça le rendait encore plus intéressant à ses yeux.

— Il faut qu'on en parle, dit-elle. De ces limites, je veux dire. En attendant, je te suis reconnaissante de m'aider à emménager.

— Mais tu ne tiens pas à voir mon torse moite pendant que je m'active.

— Ce n'est pas ça…

— Alors, tu préfères le voir ?

Oui.

— Non.

Elle croisa les bras autour de sa taille.

— Ecoute, nous ne sommes pas nés de la dernière pluie ni l'un ni l'autre. Nous sommes tous les deux capables de faire preuve de professionnalisme. C'est tout ce que je voulais dire.

— Compris. Je garderai ma chemise.

— Moi aussi, rétorqua-t-elle. Bon, je ferais mieux de me remettre au travail.

Pendant qu'elle essayait de se rappeler ce qu'elle avait rangé dans la boîte qu'il venait d'ouvrir, il en sortit une photographie encadrée enveloppée dans une couverture. Elle la représentait à quinze ans — quelques semaines avant que sa vie bascule. Peut-être était-ce la raison pour laquelle elle tenait à ce cliché. Elle était encore si jeune, si innocente. Elle était sur la jetée, en compagnie de Jenny. Elles se tenaient par les épaules. Elles souriaient.

— Tu étais mignonne, dit-il.

Elle se mordit la lèvre en levant les yeux vers lui, puis reporta son attention sur la photo. Qui aurait pensé que quelques semaines plus tard, elle ferait l'amour sans protection avec un cadet de West Point et se retrouverait enceinte ?

— Tu ne te souviens même pas de moi, hein ? lui demanda-t-elle.

— De quoi suis-je censé me souvenir ?

Seigneur, feignait-il l'ignorance ? Essayait-il de se protéger.

— Du passé, répondit-elle. Nos chemins se sont croisés plusieurs fois. Ma mère travaillait à Kioga pendant l'été. J'y étais tout le temps fourrée.

Elle s'abstint de lui parler du mariage. Il avait beau être son rival, elle ne voulait pas l'humilier ni lui faire mal.

— Tu crois vraiment que je ne me souviens pas de toi ?

— Tu m'aurais dit quelque chose !

Elle s'efforçait de ne pas penser à toutes les fois où elle avait fantasmé sur lui tout en étant certaine qu'il l'avait totalement oubliée. Elle aurait dû se sentir insultée, mais elle n'éprouvait que des regrets.

— Nom d'un chien, Nina ! Tu sais très bien que je n'ai pas oublié ! lança-t-il avec une intensité soudaine. Tu te doutes bien que je me souviens de tout, y compris de ce soir-là au Country Club. Je peux te garantir que ce cadet de West Point est le seul type que j'aie jamais frappé à cause d'une fille.

Ça, alors !

— Désolée, dit-elle. Tu n'as rien dit, alors j'ai supposé…

Qu'avait-elle supposé au juste ? Pour une raison quelconque, elle avait toutes les peines du monde à être cohérente en sa présence.

— Ce n'est pas parce qu'il se passait d'autres choses dans ma vie que je suis devenu amnésique.

— Moi non plus, avoua-t-elle.

C'était un soulagement de mettre cartes sur table.

— Je me rappelle avoir logé ici, à l'auberge, reprit-il. Nous étions venus pour une réunion de famille. Les enfants étaient petits, et ma femme ne voulait pas dormir au camp. Un peu trop rustique pour elle, je suppose. Elle craignait qu'on ne puisse pas nous venir en aide assez vite s'il arrivait quelque chose.

Il secoua la tête.

— Nous sommes restés moins d'une semaine parce que nous n'avions pas beaucoup de temps libre. J'étais très occupé par ma société, et Sophie avait un emploi du temps chargé au cabinet. Je regrette de ne pas avoir mis la pédale douce. J'ai perdu des années de ma vie sans même m'en rendre compte.

— Cela sert-il à quelque chose d'avoir des regrets ? demanda Nina.

— Absolument à rien.

— Alors, évite de le faire, Greg. Regarde plutôt devant toi.

Elle se pencha pour saisir plusieurs photos de Sonnet à différents âges. Elle sourit.

— L'avantage du passé, c'est qu'on peut choisir les souvenirs auxquels on s'attache. Les autres, il suffit de les oublier.

Son sourire s'estompa.

— Merci, Nina, dit-il d'une voix grave.

— Ne me remercie pas.

— Pourquoi ?

— Je n'ai rien fait.

Elle s'absorba dans la recherche de crochets X, et en se tournant pour lui demander de lui passer un marteau, elle le vit debout devant la fenêtre. Sa fille Daisy était assise dans un fauteuil Adirondack, face au lac. En dépit de l'activité frénétique qui se déployait autour d'elle, elle paraissait bien seule.

Comme s'il avait senti le regard de Nina posé sur lui, Greg parut se secouer mentalement.

— Désolé. Je m'assurais juste que Daisy allait bien.

— Ne t'excuse pas pour ça.

— C'est frustrant, tu sais, d'essayer de parler avec elle. La moitié du temps, j'ai l'impression de marcher sur des œufs.

— Tâche de ne pas le prendre pour toi. Les enfants les plus bavards du monde ont tendance à la boucler avec leurs parents.

Elle marqua un temps d'arrêt avant d'ajouter :

— Elle essaie peut-être de te protéger.

— De quoi ?

Elle ne tenait pas à lui préciser que comme beaucoup d'hommes qui se retrouvaient seuls brusquement, il avait quelque chose de vulnérable.

— On dit qu'une grossesse peut faire ressortir l'instinct

protecteur d'une femme. C'est peut-être tout simplement dans sa nature. A moins que cela ne tienne à la manière dont elle a été élevée. Il n'y a rien de mal à vouloir protéger les gens qu'on aime.

— Je te l'accorde.

Il l'observait d'un drôle d'air.

Pour une raison qu'elle ne s'expliquait pas, elle éprouva un élan de compassion envers lui, même si elle s'ingénia aussitôt à le nier. *Ne me refile pas tes problèmes,* pensa-t-elle.

Mais sans doute était-il déjà trop tard. Elle n'avait pas encore passé une seule nuit sur place, et elle avait le sentiment que leurs vies étaient imbriquées d'une manière à laquelle elle ne s'était pas du tout attendue. Elle aurait dû s'en douter, pourtant, et se rendre compte que ce n'était tout bonnement pas dans sa nature d'ignorer les soucis de Greg. Lorsqu'elle était maire, elle prenait sur elle les problèmes de toute une ville. Pas étonnant qu'elle se sente impliquée.

En pensant à Daisy, Nina replongea mentalement dans sa jeunesse. Bien que sa situation ait provoqué toutes les réactions auxquelles on pouvait s'attendre — honte, inquiétude, chagrin —, elle l'avait également poussée à puiser en elle.

Au lieu de baisser les bras, elle avait entrepris de prouver son indépendance. Le bébé était la motivation qu'il lui fallait pour faire des progrès en classe. Elle améliora considérablement sa moyenne dans toutes les matières. Elle se fit élire au comité des délégués de classe parce qu'elle voulait avoir son mot à dire sur la manière dont la garderie du campus était gérée. Elle se rendait consciencieusement à ses rendez-vous chez le médecin, mémorisant tous les aspects du développement fœtal. Elle écouta avec une patience d'ange le père Reilly qui la mit en garde contre une éventuelle adoption de l'enfant, même si cette solution ne la tentait nullement. Elle éprouvait un sentiment de possession presque spirituel envers son enfant. Elle l'aimait. Elle ne renoncerait jamais à lui. Elle n'en accorda pas moins une sérieuse attention à la conseillère de l'école, Mme Jarvis, qui lui parla de budgets, d'horaires, ainsi que de la responsabilité phénoménale qu'imposait la charge d'un être humain.

Bien qu'elle se soit épanouie, Nina n'en souffrait pas moins des incroyables sacrifices qu'elle avait dû s'imposer en faisant une croix sur les sorties avec les garçons, les fêtes, le voyage scolaire, sans parler de la cérémonie de remise des diplômes.

Elle s'était efforcée de faire la sourde oreille aux commérages et d'ignorer les suppositions qui circulaient à propos du père de l'enfant. Elle avait refusé d'ajouter foi aux sceptiques qui s'ingéniaient à lui rappeler à quel point c'était difficile d'élever un enfant, même pour des adultes mariés. Pour une adolescente seule, c'était impossible, selon certains.

Ce bébé était devenu son objectif, sa mission, sa raison d'être. Bien sûr, elle avait un pincement au cœur quand elle voyait ses amis partir au bal de l'école ou au cinéma, mais elle surmontait ces instants de nostalgie en apprenant quelque chose d'utile : le programme de vaccination des nouveau-nés, par exemple. Elle avait fabriqué elle-même un berceau. Elle apprit à installer un siège de bébé dans une voiture avant même d'avoir décroché son permis. Elle avait étudié la comptabilité et la politique sociale parce que, tout à coup, ces choses avaient de l'importance à ses yeux. Elle allait mettre au monde un enfant, alors elle souhaitait que le monde soit meilleur.

Elle essaya d'expliquer ces choses-là à Greg dans l'espoir de le rassurer. Et pour quelle raison voulait-elle le rassurer ? Parce qu'en dépit de la situation dans laquelle ils se trouvaient, elle ne pouvait pas s'empêcher de l'apprécier.

— Je suppose que Daisy passe par une phase similaire, conclut-elle. Certaines choses ne changent jamais. Elle a vu tous ses amis partir à la fac, travailler, voyager alors qu'elle continue à vivre à la maison.

— Il n'y a pas d'alternative raisonnable pour le moment, dit-il.

— Je sais, mais elle se sent sans doute nerveuse. Je peux t'assurer que je l'étais. Ma famille m'a soutenue dès le départ. Ils auraient fait n'importe quoi pour moi. Du coup, j'étais encore plus déterminée à me débrouiller toute seule.

Elle se doutait que Greg n'était pas encore prêt à entendre que Daisy n'aurait peut-être pas envie de rester à la maison, comme il le souhaitait.

Elle se dirigea vers le réfrigérateur et en sortit deux bouteilles d'eau.

— J'ai une suggestion à te faire, dit-elle en lui tendant une bouteille, et je dis ça avec les meilleures intentions du monde. Fais confiance à Daisy.

— Je lui fais confiance, mais…

— C'est ce que tu dis, et, en même temps, tu élabores tous ces plans d'urgence au cas où elle échouerait. Tu lui procures un toit, un travail, et je suis sûre qu'elle t'en est reconnaissante, mais elle a besoin de vivre sa vie. Sonnet a fait de moi une personne meilleure. Il faut que tu te persuades que le bébé de Daisy aura le même impact sur elle. C'est grâce à Sonnet que j'ai fini par devenir le maire de cette ville.

— Pour faire d'Avalon un endroit meilleur ?

— Exactement. Tout a commencé avant sa naissance, quand j'ai entendu dire que le budget du parc Blanchard avait été considérablement réduit. Je suis allée déposer une requête directement auprès du conseil municipal et du maire, McKittrick. Je suis la fille de mon père, après tout, et c'est un activiste accompli. J'ai proposé une solution pratique, un moyen de financer le terrain de jeu destiné à disparaître.

Même si elle avait une allure grotesque avec son gros

ventre, elle était montée sur l'estrade dans la salle du conseil muncipal et elle avait plaidé sa cause avec clarté et assurance. A la fin de la réunion, son père rayonnait de fierté, et le maire lui avait proposé un stage rémunéré assorti d'une session d'études gratuite à l'université publique locale.

— Je savais que j'avais tout intérêt à accepter l'offre du maire. C'était un travail d'avenir et le moyen de faire des études.

A ce stade, l'auberge était passée entre les mains du neveu des Wellers, un propriétaire absent qui n'était même pas venu jeter un coup d'œil à son bien. Elle rêvait toujours d'acquérir l'auberge. Mais avec le bébé, ses projets étaient passés au deuxième plan, comme c'est le cas de bien des rêves qui s'estompent au loin avant de disparaître.

Certaines rumeurs locales dénonçaient la nomination d'une mère célibataire au poste de maire. Les protestataires étaient peu nombreux, cependant, et aisément muselés par ceux qui faisaient l'éloge de McKittrick pour avoir donné sa chance à une personne jeune. Les gens d'Avalon n'avaient rien de cruel, même lorsque Nina donna naissance à un enfant métisse. C'étaient les années quatre-vingt-dix, après tout, et ces choses-là ne provoquaient plus de scandale. L'apparence du bébé changea néanmoins le cours des conjectures relatives à l'identité du père. Divers jeunes gens furent éliminés de la liste, et plusieurs noms nouveaux y firent leur apparition.

Nina ignorait les commérages. Elle se concentrait sur la construction de sa vie et celle de son bébé. Conformément aux prédictions, le statut de mère célibataire était incroyablement difficile, parfois. Elle se rappelait encore ces nuits interminables quand Sonnet se livrait à d'interminables crises de larmes, à croire qu'elle s'efforçait de tenir la dragée haute à sa mère. Nina arpentait la pièce en redoutant le matin qui la verrait totalement épuisée.

Elle résolut de garder ça pour elle. Greg le découvrirait bien assez tôt par l'intermédiaire de Daisy.

— Pendant que je travaillais pour la municipalité, poursuivit-elle, j'ai décroché mon diplôme d'adjoint, et pour finir, une maîtrise de l'université de SUNY, à New Paltz.

— Les gens disent que tu as été le meilleur maire que la ville ait jamais eu.

— Tout dépend à qui tu poses la question.

— A des amateurs de base-ball, principalement, répondit-il en riant.

Il avait un rire sexy. Elle se demandait s'il en était conscient.

— Alors, le père de Sonnet…, commença-t-il.

— Que veux-tu savoir à son sujet ?

— C'est un fan de base-ball ?

Elle voyait bien qu'il avait envie d'en savoir plus. Elle ne s'en offusqua pas. Elle n'avait rien à cacher.

— Aucune idée.

— Daisy n'a toujours pas contacté le père du bébé, marmonna-t-il comme si c'était quelque chose de pénible dont il voulait soulager sa conscience.

— C'est normal de repousser les démarches difficiles, répondit-elle. Sonnet avait trois ans quand j'ai informé son père de son existence.

Il paraissait sidéré.

— Non ?

— J'avais mes raisons.

— Qu'est-ce qui t'a décidée à le lui dire ?

Elle se mit à empiler fébrilement les cartons vides près de la porte. Elle ne voulait pas qu'il voie son expression ironique. Car en réalité, et sans qu'il le sache, c'était lui qui l'avait incitée à avouer la vérité à Laurence.

SIXIÈME PARTIE

Le passé

L'auberge du lac des Saules s'enorgueillit de préserver et d'entretenir une plage privée le long du rivage. Les clients ont la jouissance d'un parc naturel peuplé d'espèces animales et végétales locales. Ouvrez grand les yeux en quête de renoncules des marais, de benjoins odoriférants : demeure du machaon, un splendide papillon, et des viburnum qui fleurissent au printemps, se chargent de baies rouges en été et flamboient à l'automne. Le lac des Saules est le repaire de toute une faune ; on aperçoit souvent des hérons bleus, des cuoras ou tortues boîtes, des loutres des rivières, des castors et des cerfs. Il arrive même que l'on tombe sur un orignal.

Le rivage incite à se promener, à méditer au bord de l'eau, à patauger ou à admirer tout bonnement le paysage en rêvassant. Les hôtes de l'auberge viennent de tous les coins du monde, de New York jusqu'au Japon. On ne sait jamais qui l'on est susceptible de rencontrer sur le rivage par un beau jour d'été ensoleillé — un vieil ami, une nouvelle connaissance ou simplement une personne avec laquelle on souhaite renouer des liens.

12

Sonnet avait presque trois ans quand Nina s'était installée dans une petite maison en bardeaux qu'elle louait à l'un de ses oncles. Ses parents avaient protesté — c'était trop tôt, elle était trop jeune, Sonnet avait besoin d'eux —, mais Nina savait qu'il était temps. Plus que temps.

Il y avait quelque chose de satisfaisant et d'éprouvant à la fois dans le fait de vivre seule. Elle se sentait adulte et totalement isolée en même temps.

Un matin d'été, alors qu'elle achevait un devoir de macroéconomie, son regard se posa sur Sonnet qui jouait tranquillement à ses pieds. La petite fille avait appris à tenir l'ennui et l'impatience en échec. Quand était-ce arrivé ? se demanda Nina. Où était passé son bébé turbulent ?

Et soudain, elle comprit : Sonnet n'était plus un bébé, et elle avait pour ainsi dire raté la transition. En dépit des nuits passées à la bercer, à bûcher ses examens ou à rattraper le travail en retard, le temps avait filé presque sans qu'elle s'en aperçoive. Cette pensée l'attrista, et elle prit aussitôt Sonnet dans ses bras.

— J'ai fini mon devoir et tu as été très sage, dit-elle. Si on faisait quelque chose de sympa ?

— On va voir Nona, déclara Sonnet.

Sa grand-mère était la personne au monde qu'elle préférait.

— Elle travaille au camp Kioga aujourd'hui, expliqua Nina. Comme chaque été.

Sa mère affirmait qu'elle aimait ce travail, et les Bellamy la payaient bien, incontestablement. Il n'empêche que Nina aurait bien voulu que Ma s'accorde un peu de répit. Bien évidemment, elle rétorquerait à cette suggestion : « Dans cette famille, les femmes travaillent. Elles sont comme ça. »

— Et les hommes, Ma ? demandait parfois Nina.

— Les hommes ? Ils rêvent.

— Il faut bien que quelqu'un s'y colle, je suppose.

Les traits de Sonnet se décomposèrent tragiquement.

— Nona ! gémit-elle.

Nina jeta un coup d'œil à la pendule.

— J'ai une idée. Je vais t'emmener te baigner au lac.

Il n'en fallut pas plus. Sonnet tapa dans ses mains avec ravissement.

Au fil des années, l'auberge du lac des Saules n'avait rien perdu de sa magie aux yeux de Nina. Même si elle n'y travaillait plus, le gérant la connaissait, il l'aimait bien, et elle avait accès à la plage — un grand sourire de sable sur le rivage — quand ça lui chantait. En dépit de son élégance un peu délabrée, l'auberge attirait toujours autant de visiteurs qui savouraient la solitude et la tranquillité des lieux. Nina pensait que les gens venaient y chercher un mode de vie différent, plus simple. L'auberge était une oasis, loin des sonneries de téléphone, des bips des ordinateurs, des embouteillages et des impératifs du quotidien. Les clients passaient des après-midi entiers à se balancer dans un rocking-chair sur la terrasse qui faisait tout le tour de la maison ; ils jouaient au tennis, au pickle-ball, ou bien ils empruntaient un bateau à voile pour voguer sur le lac à la tombée de la nuit.

Sonnet était adorable dans son maillot de bain jaune agrémenté d'un volant de danseuse. Elle pataugeait au bord du lac qui clapotait sur la plage de sable épais, poussant des cris de joie chaque fois que l'eau froide lui chatouillait les doigts de pied. Le temps magnifique avait attiré clients et riverains. Il y avait un match de volley en cours — des étudiants de Colgate ou de Skidmore, probablement, ou bien de l'université voisine de New Paltz. Nina remarqua que les garçons lui jetaient des coups d'œil intéressés. Elle savait qu'elle était jolie en Bikini, et qu'elle avait même tendance à faire tourner les têtes.

Elle rêvait parfois qu'un garçon l'invite à sortir, mais cela n'arrivait jamais. Les hommes avaient beau apprécier son physique, dès qu'ils découvraient Sonnet, ils prenaient la direction opposée. Elle ne les blâmait pas. Elle aimait sa fille de tout son cœur et de toute son âme, mais ça ne voulait pas dire que c'était facile. Il y avait des crises de larmes, des couches à changer, des nuits d'insomnie. C'était difficile d'imaginer un garçon prêt à accepter ça.

Nina s'évertuait à être heureuse du sort que la vie lui avait réservé. Jenny Majesky et elle étaient toujours très liées. Jenny avait des problèmes, elle aussi : à la mort de son grand-père, elle s'était vue contrainte de laisser tomber tous ses projets pour aider sa grand-mère à la boulangerie. En été, Nina ne la voyait pas beaucoup. Jenny avait deux amoureux, et le choix qu'elle avait à faire lui tournait la tête. Nina ne lui avait jamais avoué qu'elle éprouvait un pincement d'envie quand elle voyait ses copains aller au cinéma, faire la fête jusqu'au petit matin, sauter dans le train pour aller en ville, partir à l'université ou vers des aventures qu'elle n'arrivait même pas à imaginer.

Elle se consolait en se disant que Sonnet représentait l'aventure par excellence. Sa petite fille était à n'en pas douter l'enfant la plus belle, la plus intelligente et la plus douée.

Bien évidemment, les autres parents avaient le même point de vue sur leur progéniture mais dans le cas de Sonnet, cela se justifiait. Nina ne se racontait pas d'histoires. C'était une vérité qu'elle se remémorait dans les heures les plus profondes et les plus silencieuses de la nuit, lorsqu'elle se sentait si seule qu'elle tremblait comme une feuille tant elle avait envie que quelqu'un la prenne dans ses bras, la touche. Pas des mains collantes de beurre de cacahuètes. Des bras d'homme. Ce manque provoquait une douleur presque physique en elle, mais il ne s'agissait pas seulement d'un désir sexuel. Sinon, rien ne l'aurait empêchée de sortir avec un garçon et de faire l'amour pour que ce malaise disparaisse. Non, c'était bien plus compliqué.

Sonnet avait trouvé des copines avec qui jouer sur la plage. Les enfants avaient un don pour ça : ils se plantaient près d'un autre gamin et puis ils se mettaient tout naturellement à jouer ensemble. Sonnet s'était approchée d'une petite fille blonde occupée à remplir consciencieusement son seau de sable mouillé avec une pelle. Elles ne tardèrent pas à se perdre dans un autre monde, jacassant à qui mieux mieux et riant de choses que seuls les enfants trouvent drôles. En gardant un regard protecteur sur sa fille, Nina décida d'aller s'asseoir sur un banc sans remarquer qu'il était déjà occupé.

— Désolée, dit-elle. Je ne vous avais pas vu.

Le type s'écarta un peu.

— Pas de problème. Il y a assez de place pour nous deux.

Nina fronça les sourcils, sentant quelque chose de vaguement familier. Elle jeta un bref coup d'œil à son voisin et s'aperçut qu'il la dévisageait.

— Oh ! fit-elle. Salut !

L'avait-il reconnue ou non ? En tout état de cause, elle feignit d'ignorer qui il était. Mais elle le savait parfaitement, bien sûr. Comment aurait-il pu en être autrement ? C'était

Greg Bellamy, l'homme au regard incroyablement rêveur, à la carrure d'athlète, à la mâchoire carrée… avec cette alliance en or toute simple.

Il était de retour à Avalon. C'était inattendu dans la mesure où les Bellamy se faisaient rares après la fermeture du camp. La famille profitait de temps en temps des lieux pour se réunir mais, la plupart du temps, le camp somnolait, telle une ville fantôme issue du passé.

— Tu es cliente de l'auberge ? s'enquit-il.

Essayait-il de jouer les jolis cœurs ? Il avait une alliance et il flirtait avec elle ?

— Non, répondit-elle sans quitter Sonnet des yeux.

Se moquait-il d'elle ou avait-il vraiment oublié ?

— Laisse-moi deviner, dit-il. Tu es en train de te demander si c'est plus difficile de faire comme si on ne s'était jamais rencontrés ou de me rappeler que nous nous connaissons.

Son regard resta fixé sur le rivage, mais un petit sourire apparut sur ses lèvres.

— C'est à peu près ça, dit-elle.

— C'est bien ce que je pensais. Nous sommes venus pour le pique-nique familial annuel à Kioga, mais ma femme préfère loger à l'auberge, expliqua-t-il. Le camp est un peu trop rustique pour elle.

Il s'empara de son appareil photo sur le banc à côté de lui et prit les enfants en train de jouer sur la plage.

Nina revit en esprit la blonde élancée, distinguée qui était apparue avec le bébé de Greg. C'était peu de temps après cette nuit avec Laurence. Cette nuit qui avait chamboulé sa vie en un moment d'inconscience. Et Greg était là. Il lui avait dit quelque chose qu'elle n'avait jamais oublié : « Si tu étais plus grande, on pourrait… ».

Eh bien, elle était plus grande, maintenant, mais elle priait pour qu'il ait oublié ce message ambigu. Il était marié. Père de famille.

En s'efforçant de dissimuler sa nervosité, elle se concentra sur les enfants qui jouaient au bord de l'eau. La fille de Greg n'était pas difficile à repérer. C'était la gamine toute blonde avec laquelle jouait Sonnet. Même à cet âge si tendre, elle semblait posséder la beauté et la classe propres aux Bellamy. Sans parler du charme. Ne pas oublier le charme ! Tel un colibri butinant de fleur en fleur, elle semblait attirer tous les enfants avec un sourire. Sonnet s'empressait d'imiter ses moindres attitudes. Lorsque sa nouvelle amie lui tendit un gros galet brillant, elle prit ce trésor comme s'il s'agissait du diamant Hope.

— R'garde, maman ! cria-t-elle en serrant le caillou dans sa main potelée.

— Magnifique ! dit Nina. Tu veux que je te le garde ?

— D'accord.

Sonnet le déposa dans la main de sa mère et retourna jouer.

Nina n'avait pas besoin de regarder Greg pour savoir qu'il était en train de reconsidérer son point de vue sur elle. Elle avait l'habitude. Les hommes étaient sidérés de constater qu'elle était la mère d'une petite fille qui marchait, qui parlait et qui était résolument métisse.

— Ta fille est adorable, dit-il.

C'était la pure vérité, songea Nina. « Adorable » ne suffisait même pas à décrire Sonnet... Puis une pensée alarmante lui traversa l'esprit. Greg savait avec qui elle était ce fameux soir. Il n'aurait aucun mal à deviner qui était le père.

— Comment s'appelle-t-elle ?

— Sonnet.

Comme d'habitude, il y eut un silence. Sonnet était un nom peu courant, si bien que les gens s'imaginaient qu'il avait une histoire. Il n'en était rien. C'était juste que les Romano avaient tous des noms italiens traditionnels, et Nina avait voulu éviter ça à tout prix.

— Le jour où elle est née, je révisais un examen d'anglais, expliqua-t-elle.

— Laisse-moi deviner. La structure du sonnet ?

— ABBA, ABBA, CDE, CDE, GG. C'est imprimé dans mon esprit pour toujours. J'étais au milieu du verset : « Mais qu'entre-temps je pense à toi, ô cher ami, la perte est réparée et le chagrin fini » quand j'ai perdu les eaux. Tu aurais sans doute préféré que je t'épargne ce détail.

— Heureusement que tu n'étais pas en train de réviser les limericks ou les épitaphes.

Au cours de préparation à l'accouchement, on lui avait suggéré d'avoir un mantra à répéter entre les contractions, et sans vraiment y penser, elle avait choisi la structure du poème. Bébé ou pas, elle était déterminée à réussir son examen. Elle voulait décrocher toutes les unités de valeur possibles. Elle en avait besoin.

Au moment de la naissance, elle n'avait pas vécu cet instant sacré de spiritualité qu'évoquent certaines femmes. Elle ne s'était pas sentie particulièrement en harmonie avec l'univers ni liée à la terre, à l'humanité ou à quoi que ce soit. La seule chose qui résonnait dans sa tête, c'était la structure du sonnet. Elle avait donc pensé que ce serait un nom idéal pour son enfant.

— Ma fille s'appelle Daisy, lui annonça Greg avec une évidente fierté. Elle est super, non ?

Comme si elle l'avait entendu, Daisy leva les yeux et le gratifia d'un sourire aussi rayonnant que son nom en agitant les deux mains.

— On y va, papou ? lança-t-elle.

— Entendu, Daisyou, répondit-il. Content de t'avoir vue, ajouta-t-il à l'adresse de Nina en fourrant son appareil photo dans un grand cabas en plastique.

Il gagna le rivage en retirant sa chemise d'une main, révélant un buste musclé et bronzé. Puis il prit la main de la petite fille dans la sienne et ils s'élancèrent tous les deux vers l'eau.

Nina les suivit des yeux un moment. Elle se sentait bizarrement mal à l'aise sans trop savoir pourquoi. Elle n'avait que faire de Greg Bellamy — ce n'était pas un ami ni un ancien béguin, et elle n'était certainement pas amoureuse de lui. C'était juste un type dont le chemin croisait le sien de temps à autre, en un moment qui se dissipait comme une bulle de savon colorée, brillante, fragile, avant de passer. Ils étaient étrangers l'un à l'autre. Mieux valait qu'il en soit ainsi.

Quelqu'un d'autre observait Greg Bellamy et sa petite Daisy : Sonnet. Elle avait un air pensif, une lueur de regret dans le regard.

Nina éprouva une pointe de culpabilité en songeant que sa petite fille ne connaissait pas son père. L'amour d'un père était important, cela ne faisait aucun doute. A la vue d'un homme fort et sûr de lui avec son enfant, au souvenir de ce que Pop représentait pour toute sa progéniture, Nina ne pouvait se masquer la vérité. Quoi qu'elle donne à Sonnet, elle ne pourrait jamais compenser l'absence d'un père. D'ailleurs, en grandissant, la fillette commençait à se poser des questions. Elle voyait d'autres enfants avec leur père et elle se demandait où était le sien. Nina comprit que le moment était venu de lui parler. Elle ne cacherait rien à sa fille.

SEPTIÈME PARTIE

Le présent

Chaque chambre de l'auberge est meublée avec soin dans un style spécifique. La chambre du Scribe est une pièce confortable agrémentée de moulures restaurées et de poutres à nu ; on y trouvera une table de toilette ancienne ainsi qu'une salle de bains privée. Située du côté ouest, elle bénéficie des derniers rayons du soleil et donne sur les saules en bordure du lac. Elle comporte un grand lit ancien à baldaquin recouvert d'un édredon des temps jadis et garni d'oreillers aux taies délicatement brodées. Conçue pour la contemplation solitaire, cette pièce inclut un petit secrétaire et un fauteuil à dos ovale qui appartenait autrefois à l'écrivain James Fenimore Cooper.

A l'auberge du lac des Saules, on évite d'utiliser les cires en vente dans le commerce qui contiennent des produits à base de pétrole et d'autres solvants neurotoxiques. On peut préparer soi-même une encaustique beaucoup plus agréable en mélangeant de l'huile de jojoba — disponible dans la plupart des pharmacies — à de l'huile de citron.

13

A peine sortis du parking, Greg et Nina commencèrent à se chamailler dans la camionnette.

— On va à New Paltz, lui annonça-t-il. C'est plus près.

— Mais il y a un grand entrepôt à Rhinebeck. On trouvera tout au même endroit, comme ça.

— Pas ce que j'ai l'intention d'acheter, déclara-t-il en s'engageant sur la route 28. Tu viens d'embaucher un assistant. Walter peut se charger du matériel.

— Mais…

— De toute façon, c'est moi qui conduis.

Il avait remarqué sa tenue un peu particulière pour faire des courses. Elle portait une robe en coton rouge vaporeuse, échancrée, assez courte, et des sandales. Cet effort vestimentaire lui était-il destiné, ou était-ce simplement son style ? Peu importe, se dit-il. Au bout de trois semaines de partenariat, il n'avait pas à se plaindre de sa collaboration, même quand elle lui tenait tête, à savoir la plupart du temps. Elle était à mille lieues des ronds-de-cuir près de leurs sous et sans une once d'humour avec lesquels ils travaillaient en ville. En dépit de la robe et du décolleté, il n'avait jamais vu une femme travailler aussi dur. Elle s'était jetée à corps perdu dans le boulot et ne pensait qu'à la réouverture prochaine de l'auberge.

Il la regarda à la dérobée pendant qu'elle passait en revue une liste de choses à faire, rédigée à la main, en fronçant les sourcils.

— Nous avons besoin de matériel. En plus, on est censés aller à la carrière de Marbletown pour passer une commande de gravier et de dalles.

— Ainsi que des pierres pour le jardin paysagé. Ne l'oublie pas !

— On n'arrivera jamais à tout faire aujourd'hui.

— Personne ne nous y oblige.

— Comme tu veux. Après tout, c'est ton affaire ! Tu peux prolonger la fermeture pour rénovations aussi longtemps que tu le souhaites. Ça m'est égal.

— Je ne te crois pas.

— C'est pourtant la réalité.

Greg savait pertinemment qu'il pouvait mettre un terme à cette querelle en lui fournissant une explication rapide. Il avait délégué l'ensemble des achats à Walter et Anita, les deux personnes embauchées le plus récemment. Par ailleurs, Olivia avait pris un rendez-vous pour lui avec un brocanteur afin qu'il choisisse des meubles. Il résolut d'entretenir le suspense un peu plus longtemps. Il s'amusait trop à taquiner sa collaboratrice.

— Ça te préoccupe, je le vois bien, reprit-il.

S'amuser au travail — c'était une nouveauté pour lui. Avant Nina, il ne s'était même pas rendu compte que c'était possible. Elle avait le don de rendre tout plus léger, et il en tirait une étrange sensation de soulagement. Il ne courait aucun risque en se comportant ainsi avec elle alors que dans tous les autres domaines de sa vie, il n'avait pas cette liberté. Avec ses enfants surtout, il ressentait une énorme pression, accablante parfois. Il se devait d'être responsable, adulte en toutes circonstances. Avec Nina, en revanche, il relâchait la pression.

— Tu m'as engagée pour faire un travail, dit-elle, et maintenant tu m'empêches de le faire.

— Mais non ! C'est juste qu'on ne s'y prend pas comme tu voudrais, et ça te rend dingo.

— Pas du tout ! riposta-t-elle en redressant le menton dans un geste défensif.

— Alors, pourquoi on se dispute ?

— Tu appelles ça une dispute ?

Elle éclata de rire.

— Ça n'a rien d'une dispute, crois-moi. Tu le sauras quand on se disputera *vraiment*.

— J'attends ça avec impatience. Bon alors, si tu n'es pas en train de te quereller avec moi, tu… euh… fais quoi ? Tu contestes ?

— Je t'explique mon point de vue mais apparemment, ça ne t'intéresse pas le moins du monde. Tu veux une associée ? Alors, traite-moi comme telle, et non pas comme un larbin. Cette manière que tu as de m'imposer tes conditions ne me convient pas du tout.

— Bon, écoute : tu dictes ta liste à Walter et tu lui demandes d'aller tout chercher cet après-midi.

Il lui passa son portable.

Elle le prit, mais s'abstint de composer le numéro.

— On devrait se séparer, toi et moi. Tu vas faire tes courses à New Paltz et je m'occupe du matériel à l'entrepôt.

Se séparer ? Hors de question ! pensa-t-il.

— Ma foi, je t'avoue que je me sens flatté que tu m'accordes ta confiance pour acheter le mobilier destiné aux chambres.

Du coin de l'œil, il la vit se raidir sous l'effet de la surprise.

— C'est *ça* que tu vas faire à New Paltz ? Acheter…

Il joua son atout.

— Des meubles, des lampes anciennes, des draps…

199

Il se creusa la cervelle pour essayer de se rappeler les consignes d'Olivia. Il y avait une demi-douzaine de chambres à aménager, et elle lui avait donné des instructions précises pour préserver une ambiance authentique.

— Des accessoires, des tableaux, conclut-il, se rappelant les termes précis.

— Je croyais que tu allais à la carrière pour chercher du gros matériel : du gravier, des cailloux.

— Si tu m'avais posé quelques questions, je t'aurais dit que j'avais aussi un rendez-vous avec un brocanteur.

En lui jetant un rapide coup d'œil, il vit qu'elle avait mordu à l'hameçon et que cela avait produit l'effet escompté. Une excitation pure, débridée faisait briller son regard. Il était incontestable qu'aucune femme ne résistait à des antiquités.

— Alors, qu'en dis-tu ?

— Je cède, répondit-elle. On y va tous les deux.

Curieusement, au lieu de se sentir satisfait, il la soupçonna de quelque manœuvre diabolique. Mais pendant qu'elle appelait Walter, il décida de ne pas s'en soucier. Le cœur d'une femme était aussi mystérieux qu'un pays inexploré. Il y avait une chose dont il était sûr et certain, néanmoins. En matière de décoration, aucune femme ne laisserait un homme prendre les décisions à sa place. Nina ne faisait pas exception à la règle.

Il tourna le bouton de l'autoradio et eut un sourire de satisfaction en entendant Led Zeppelin. C'était un rare moment de répit pour lui de rouler ainsi, fenêtres ouvertes, la musique à fond par une magnifique journée d'été. Pendant ces instants fugaces, il cessait de se faire du souci pour ses enfants.

— Tu es de bonne humeur, nota Nina d'un ton soupçonneux, tandis qu'il se garait dans le parking de l'entrepôt.

Elle sauta au bas de la camionnette avant qu'il ait le temps de lui ouvrir la portière, le privant ainsi d'une perspective intéressante sur ses jambes nues.

— Tu dis ça sur un ton de reproche !

— Pas du tout.

— Je suis toujours de bonne humeur. A quoi ça sert d'être de mauvaise humeur ?

Il s'aperçut que s'il se tenait suffisamment près d'elle, il avait une vue d'enfer sur son décolleté.

Elle se rendit compte de son manège et lança :

— Arrête !

— Arrête quoi ?

— Tu sais très bien de quoi je parle.

— Ah bon ?

— Je n'ai jamais rencontré un homme qui aimait faire les brocantes.

— Je n'aime pas ça.

— Alors pourquoi…

— A toi de le déterminer.

Il la laissa gamberger, pénétra dans l'entrepôt et se présenta au patron. En toute sincérité, il ne se réjouissait guère à la perspective de choisir des meubles. Mais il n'avait pas vraiment le choix. Il restait plusieurs chambres à aménager. Il était content que Nina soit là pour l'aider.

Comme la plupart des femmes, elle avait un don pour ça. En regardant autour de lui, il ne voyait rien que des vieux trucs. Elle avait pourtant l'air de considérer l'énorme grange comme une caverne d'Ali Baba. Dans un coin sombre, elle repéra un lit de style Adirondack, en rondins de bouleau, et une lampe surmontée d'un abat-jour cousu main. En un rien de temps, elle avait choisi les lits, les tables de toilette, des lampes et des draps ainsi que des coussins décoratifs.

Le triomphe rosissait ses joues.

— Quoi d'autre ? Encore quelques accessoires ?

Ne voulant pas être en reste, il s'empara d'un objet qu'il lui tendit.

— Que dis-tu de ça ?

— C'est une boîte à hameçons en aluminium, dit-elle.

— Absolument.

C'était une boîte ancienne toute simple, avec une manivelle sur le côté accompagnée des instructions suivantes : « Un demi-tour et votre ver apparaît. »

Elle le gratifia d'un grand sourire.

— C'est génial !

Il ne savait pas trop ce qui le déboussolait le plus — son sourire éblouissant ou le fait qu'elle qualifie de « géniale » une boîte à hameçons.

— Super ! dit-il.

Puis il aperçut un tableau encadré adossé à un mur.

— On devrait prendre ça aussi.

C'était l'une de ces gravures emblématiques de Maxfield Parrish représentant une muse au coucher du soleil en train de contempler rêveusement un paysage glorieux d'un autre monde.

A l'évidence, ce tableau plaisait moins à Nina que la boîte à hameçons, même si elle hocha la tête avec approbation.

— Ça devrait séduire les clients.

— Allons-y, Martha Stewart ! lança-t-il après avoir payé et organisé la livraison.

Une fois dans la voiture, il parcourut quelques centaines de mètres, puis s'engagea dans un autre parking.

— Qu'est-ce qu'on fait maintenant ? demanda-t-elle.

— A ton avis ?

— Chez Matt, le ranch aux Matelas ?

— Il nous en faut des neufs. Et on va les choisir ensemble, toi et moi. J'ai pris rendez-vous : on est attendus.

— Mais…

— Il n'y a pas de mais. Je n'abandonnerai cette tâche

à personne d'autre. Si nos hôtes ne passent pas une bonne nuit, on ne les reverra jamais. Il faut qu'on s'en charge nous-mêmes.

— Bonne idée ! dit-elle en sortant de la camionnette.

Matt était un homme jovial, au crâne dégarni. Il portait une cravate lacet, sans doute pour aller avec le thème du ranch, songea Greg.

— Salut, les jeunes ! Bienvenue au Ranch de Matt !

— Euh… salut ! fit Greg.

— Opal, apporte quelque chose à boire à M. et Mme Bellamy, lança Matt à l'adresse de son assistant.

— Oh ! s'exclama Nina, les joues en feu. Nous ne sommes pas…

— Mariés, acheva Greg à sa place. Je vous présente Nina Romano. Nous voudrions passer une commande en gros.

Opal leur apporta des bouteilles d'eau fraîche et Matt les invita à jeter un coup d'œil dans la salle d'exposition en leur recommandant de faire des essais.

— Tu entends ça, madame Bellamy ? chuchota Greg à l'oreille de Nina.

— La ferme ! répliqua-t-elle.

Elle s'arrêta devant plusieurs modèles, pressant sa paume sur le matelas, se ravisant chaque fois.

— C'est le bon, dit-elle finalement en ôtant ses sandales.

Elle s'allongea sur le lit.

L'espace d'une seconde, Greg en fut réduit à contempler ses jambes et ses pieds nus. Allongée, elle était terriblement sexy.

— C'est ce qu'il nous faut, Greg ! lança-t-elle. Essaie.

Il s'allongea à côté d'elle en s'enfonçant si bien qu'ils basculèrent l'un vers l'autre au point de se toucher pratiquement.

Il réagit au quart de tour, comme un ado excité, et pria le ciel pour qu'elle ne s'en aperçoive pas.

— Oh, d'accord ! dit-il. Je comprends pourquoi ce modèle te plaît tant.

Elle fit mine de se redresser.

Il la retint. Il aurait voulu que cet instant dure toujours.

Elle se tourna vers lui en glissant un bras sous sa tête.

— Passons commande, alors.

— Dans une minute.

Il vit qu'elle se faisait violence pour ne pas sourire.

— Il y a des hommes qui sont prêts à n'importe quoi pour attirer une fille dans leur lit.

— Je suis prêt à tout pour t'attirer, toi. Il y a une différence.

Cette déclaration la rendit muette, mais pas pour longtemps.

— Je m'en vais ! annonça-t-elle en se levant pour enfiler ses sandales. Tu viens ?

Ce n'est pas pour aujourd'hui, pensa-t-il. A contrecœur, il s'extirpa péniblement de ce nid douillet qui ne demandait qu'à accueillir ses fantasmes.

— Comme vous voudrez, patronne. Viens, je t'invite à déjeuner.

— On n'a pas le temps.

Elle était aussi contrariante que sexy.

— Entendu, dit-il. Je vais prendre quelque chose pour moi et tu n'auras qu'à me regarder manger en t'inquiétant de savoir si on est dans les temps.

— Ça, ça m'étonnerait.

Elle se faufila à côté de lui et sortit du magasin à grandes enjambées pour se diriger vers le *Starlight Diner*, de l'autre côté de la rue.

Nina s'efforçait de déterminer si c'était une bonne ou une mauvaise journée. Elle passait un moment beaucoup trop agréable avec Greg Bellamy. Même le choix des matelas lui avait procuré un plaisir inattendu. Elle n'allait pas s'en plaindre, mais cette situation présentait certains inconvénients. Quand il était près d'elle, elle avait du mal à se concentrer sur le travail. Il la… distrayait. C'était la raison pour laquelle elle ne voulait pas s'arrêter pour déjeuner avec lui. Elle savait qu'elle serait distraite.

Elle n'avait pas tort. Il avait un charmant côté petit garçon avec son short kaki, sa chemise hawaïenne et ses chaussures de marin. N'empêche qu'avec le brocanteur, il s'était comporté en homme d'affaires, négociant pour obtenir exactement le prix qu'il voulait…

En mangeant des sandwichs au fromage grillé et de la *coleslaw*, ils revirent leur planning. Nina buvait son Coca à la cerise à petites gorgées en étudiant ses notes, la mine renfrognée.

— Je me demande comment faire pour que tout soit prêt à temps.

— On n'a pas le choix.

— C'est vrai. Toutes les chambres sont réservées.

— Toutes les chambres ? Je pensais qu'il en restait une.

— On a eu la dernière confirmation ce matin, répondit-elle. J'ai reçu un mail du service de réservations.

Il s'adossa dans le box et croisa les mains derrière la tête.

— Fantastique, Nina ! Le concours était une excellente idée, ajouta-t-il en déposant une grosse enveloppe kraft sur la table. On a été submergés de messages.

Elle s'abstint de lui dire que cette grandiose réouverture avait pris forme dans son esprit depuis belle lurette. Pour dresser un fichier d'adresses, ils avaient lancé un concours de dessin avec à la clé un séjour gratuit à l'auberge. Tous les messages étaient regroupés dans une base de données destinée au marketing.

Il lui adressa un grand sourire.

— Tu as vraiment un don, comme je m'y attendais.

Nina se sentit rougir. Quelque chose — auquel elle ne voulait pas attribuer de nom — vibrait entre eux.

— Ah oui ?

Il s'éclaircit la voix, détourna le regard.

— Je te remercie de ta confiance.

Elle se sentit gênée. Elle avait l'impression d'avoir de nouveau treize ans, d'être naïve, émerveillée.

— Ecoute, je sais que ce n'est pas l'arrangement que tu espérais, ajouta-t-il. Tu prends ça bien, d'ailleurs.

Elle avait le sentiment qu'il cherchait à lui dire ça depuis un moment.

— Bien sûr.

— Sérieusement. Je me rends compte que tu voulais faire cavalier seul, et maintenant tu dois me supporter, avec mes gosses.

Elle s'abstint de répondre. A ce stade, la vie aurait dû lui apprendre à ne jamais rien planifier parce qu'il y avait apparemment un détour inattendu sur chaque route. Elle se trouvait dans une position très étrange. Greg possédait ce qu'elle voulait : l'auberge. Elle avait toutes les raisons de lui en vouloir, mais paradoxalement, elle se sentait follement attirée par lui.

Elle passa en revue le courrier qu'ils avaient pris à la poste, un peu plus tôt.

— Je suis contente que le concours ait eu du succès, mais c'est grâce à Daisy qu'on a eu autant de réservations, souligna-t-elle. Ses photos ont rendu la brochure et le site Internet irrésistibles.

— Tu crois ?

— J'en suis sûre.

206

— Ça me fait plaisir de t'entendre dire ça. Je m'inquiète beaucoup pour Daisy. J'ai besoin qu'on me rappelle de temps en temps que c'est une fille étonnante.

Son commentaire toucha Nina. Elle se souvenait si bien des hauts et des bas de Sonnet.

— Chaque enfant apporte son lot d'inquiétudes.

— J'en trouve de nouveaux tous les jours, dit-il en hochant la tête.

Le Greg rouleur de mécanique avait laissé la place à un être vulnérable, songea-t-elle avec un mélange d'étonnement et d'émotion.

— Max a des problèmes auxquels je ne m'attendais pas du tout, poursuivit-il. Je suis parfois sidéré par la rage qu'il refoule. Je me demande si j'ai sacrifié le bonheur de mon gamin. Aurait-il mieux valu que je reste avec Sophie, que je travaille plus dur…

— Je vais te dire une bonne chose, Greg. Les enfants ont des problèmes, des angoisses, des moments de rage, quoi qu'il arrive. Et de toute façon, ce n'est pas bon pour eux de vivre dans une maison où les gens sont malheureux. C'est un poison à action lente. On ne peut rien cacher à ses enfants. Ils voient tout. Et même s'ils ne sont pas en âge de comprendre, ils savent reconnaître la tristesse quand ils l'ont sous les yeux, quels que soient les efforts que l'on déploie pour la dissimuler… J'essaie juste de te dire de ne pas te faire de reproches à propos du divorce. Offre-lui un cadre de vie stable, chaleureux, et prie pour que tout se passe au mieux. Et s'il a envie d'arrêter le base-ball, pour l'amour du ciel, laisse-le faire ! Il n'y a pas de honte à lui montrer que parfois, la meilleure chose à faire, c'est de reconnaître son erreur et d'aller de l'avant.

— Et tu parles d'expérience ?

— Avec huit frères et sœurs, j'ai assisté à toutes les querelles familiales possibles et imaginables. Je suis la seule à ne pas m'être mariée. Je n'avais même pas de petit copain quand Sonnet était petite. Ça me paraissait trop compliqué.

— Et maintenant qu'elle est partie…

— J'ai des opportunités, répondit-elle.

Elle ne voulait pas qu'il s'imagine qu'elle essayait de se caser, alors elle changea de sujet.

— Comment va Daisy ?

— Elle m'a demandé d'être son coach à l'accouchement.

Il eut l'air étonné tout à coup, comme si quelqu'un d'autre avait prononcé cette phrase à sa place.

Une minute, pensa Nina. Ils étaient associés dans une affaire et voilà qu'ils parlaient de leurs enfants. Il fallait qu'elle trouve le moyen d'éviter ces sujets, de rester de marbre face à ces sujets d'attendrissement.

Elle écarta son verre et le dévisagea en se demandant ce qu'il fallait dire. *Et ton ex ?* Elle faillit poser la question à haute voix, mais ça ne la regardait pas. N'empêche que la maman de Daisy l'intriguait. Comment pouvait-elle rester éloignée de sa fille ? Bien sûr, chaque famille était un cas unique. Chacune avait son paysage émotionnel particulier, sa propre géographie.

— Alors… euh, comment as-tu réagi ? demanda-t-elle, se doutant qu'il avait abordé le sujet non pas parce qu'il souhaitait avoir son opinion mais parce qu'il avait besoin d'en parler, tout simplement.

— Je trouve ça dingue. Franchement, comment ne pas perdre la tête quand ta propre fille te demande de l'aider à accoucher ? Je ne sais plus du tout où j'en suis. Mes pires problèmes consistaient jadis à finir des charrettes à temps, à obtenir de Max qu'il fasse ses devoirs de vocabulaire, à convaincre Daisy de ne pas se teindre les cheveux en bleu. Tout ça me paraît bien trivial, maintenant que je dois aller à des cours d'accouchement où on me parle de cordon ombilical et d'allaitement.

Il lui adressa un regard qui eut un drôle d'effet sur elle. Elle s'éclaircit la gorge.

— Comment as-tu fait pour la naissance de Max ? Tu devais bien être là !

— Oui, mais c'était différent. Daisy est ma fille. Je me sens affreusement coupable, tu comprends ? C'est moi qui l'ai laissée partir à Long Island ce week-end-là avec ses copains…

— Oh non ! protesta-t-elle. Tu ne vas pas me faire ce plan-là. Personne n'est coupable. Tu peux accuser qui tu veux, mais tout le monde sait qu'il y a peu de choses aussi puissantes que les pulsions sexuelles des adolescents. Aucune lycéenne ne souhaite tomber enceinte. Alors, oublie les blâmes et la culpabilité.

— Je pensais l'avoir fait. Je ne sais pas quoi lui dire à part que je l'aime et que je veux que tout aille pour le mieux pour elle.

— Tu le lui as dit ?

— Evidemment !

— Tu lui as parlé de ça sincèrement ou bien à la légère ?

— J'étais sincère, bien entendu.

— Mais tu as certainement un point de vue précis sur la manière dont tu voudrais qu'elle gère la situation.

Elle ne pouvait s'empêcher de repenser à l'effet que sa grossesse avait eu sur sa famille — blessée, effrayée, fâchée et si profondément déçue par elle. Elle se rappelait aussi sa propre réaction : une détermination farouche à faire ses preuves. Elle ne doutait pas un instant que Daisy passait par la même épreuve.

— Je sais que tu n'as probablement pas envie de l'entendre,

mais ta fille saura se débrouiller toute seule, à sa manière. Elle ira probablement vivre…

— Elle ne partira pas d'ici.

— Eh bien, figure-toi que ça ne dépend pas de toi, Greg. Chez moi, tout le monde voulait m'aider. Mon frère m'a proposé de travailler dans son garage, mon père voulait me prendre comme assistante, ma sœur avait besoin de moi dans son salon de coiffure… Je leur étais infiniment reconnaissante mais, en définitive, il a fallu que je choisisse mon propre chemin. Ce sera peut-être aussi le cas pour Daisy.

— Elle adore l'auberge.

— Elle t'adore, corrigea Nina. Mais ne sois pas surpris si elle t'annonce un jour qu'elle a besoin de trouver sa voie.

— Comment ça, trouver sa voie ? Elle restera ici.

— C'est ce qu'elle veut ?

— Evidemment !

— Tu lui as posé la question ?

— C'est inutile. Je sais ce qui lui convient le mieux.

— Si tu le dis !

Nina tenait absolument à changer de sujet. Tout cela ne la regardait pas, et elle ne se sentait pas du tout à l'aise dans ce rôle de conseillère s'agissant de la fille de Greg. En outre, elle savait quelque chose qu'il refusait d'admettre. Daisy n'avait aucune envie de passer sa vie ni même les années à venir à travailler à l'auberge du lac des Saules. Mais elle n'allait sûrement pas le lui préciser. Ce n'était pas son rôle.

— Je continue à considérer Daisy comme une petite fille, avoua Greg. Je la vois encore avec ses tresses, en train de sauter à la corde. Son enfance est passée à la vitesse de l'éclair, et soudain elle est sur le point d'avoir un bébé. Je ne suis pas prêt pour ça.

Nina avait de la peine pour lui et elle ne voyait pas l'intérêt d'enfoncer le clou.

— Elle sera toujours ta petite fille, dit-elle en pensant à

son père. Quand j'ai dit à Pop que j'étais enceinte, il est passé par toute la gamme de réactions émotionnelles possibles : choc, rage, chagrin, déception.

Aujourd'hui encore, elle sentait l'écho de sa tristesse résonner en elle.

— Le pire pour moi, c'était de le décevoir. Je me suis dit que j'avais tout gâché, que ce ne serait plus jamais la même chose entre Pop et moi.

— Super !

Nina prit une profonde inspiration.

— Non, écoute-moi, reprit-elle. Je pourrais te dire que tout se passera bien mais, honnêtement, il y aura des tas de moments où ça n'ira pas si bien que ça. Des moments où Daisy perdra pied, où le bébé n'arrêtera pas de pleurer et où tout cela te paraîtra insoutenable.

Il voulut l'interrompre, mais elle leva la main pour l'arrêter.

— J'essaie de t'expliquer que vous vous en tirerez très bien, Daisy et toi. Fais-moi confiance. Quand Sonnet est née, Pop est tombé amoureux d'elle dès l'instant où il l'a prise dans ses bras. Soudain, il ne pensait plus du tout à ce que les gens pouvaient dire ou à la vie que je réserverais à mon enfant. Il l'aimait, tout simplement, et il a compris que c'était suffisant. Depuis ce jour, un lien particulier les unit tous les deux. Sonnet lui apporte... une sorte de joie tranquille qu'aucun de ses enfants ne lui procure. J'espère que tu te souviendras que même quand les choses se désintègrent, elles finissent par se recoller. Inexplicablement, la crise passe et on se remet à sourire... Il s'agit d'un bébé, Greg, pas d'un boulet ! Je suis passée par là. Je ne dis pas que c'était facile, mais je ne regrette absolument rien.

Il savait écouter, il fallait le reconnaître. Il avait une manière déconcertante d'être attentif avec tout son corps : ses yeux, son visage, sa posture en témoignaient.

— De temps à autre, dit-il, je suis excité à la perspective d'avoir un enfant dans la maison. Un bambin qui m'appellera grand-père avant que j'atteigne l'âge de quarante ans.

Il frémit.

— Bon, voilà que je me fais peur à moi-même.

Elle comprenait parfaitement ce qu'il voulait dire. Ses années de maternité étaient derrière elle et elle s'en réjouissait. En songeant à ce qui les attendait, lui et sa famille, elle n'éprouvait pas de compassion. Au contraire, à sa grande surprise, elle éprouvait un sentiment d'envie.

Non, ce n'était pas possible. Aucune personne saine d'esprit ne pouvait envier la situation de Greg. Il était sur le point d'être grand-père alors qu'il n'en avait même pas fini d'être père. Cela n'avait rien de réjouissant. Et pourtant...

— Ce qui me fiche la trouille, je crois, c'est la perspective de voir Daisy confrontée à une souffrance contre laquelle je ne pourrai rien, dit-il.

— Elle a probablement juste besoin que tu sois là et que tu lui tiennes la main.

— A trois reprises dans sa vie, elle s'est retrouvée aux urgences, et je n'étais pas là. Je n'ai aucune idée de la manière dont je réagirai dans la précipitation.

— L'accouchement ne se fera sans doute pas dans l'urgence. Et même si c'était le cas, on ne sait jamais comment on réagira. Tu focalises peut-être trop sur la salle d'accouchement. Ce n'est qu'un maillon du processus. Les cours ne sont-ils pas échelonnés sur plusieurs semaines ?

Il hocha la tête.

— Je vais m'en sortir. Il le faut. Ecoute, euh... je n'aurais pas dû t'embêter avec ça.

— Ne te fais pas de souci.

— Je ne m'attendais pas à ce que tu me fasses toi-même des confidences. Je sais que certaines étaient... très personnelles.

Elle se sentit rougir. La manière dont il la dévisageait à cet instant lui faisait un peu peur. On aurait dit qu'il était sur le point d'exploser. Elle l'avait probablement offensé. *Voilà comment j'ai foiré. Peut-être que Daisy foirera encore mieux.*

Elle ne savait pas trop comment réagir. Il l'avait désarçonnée. Elle se sentait… nue ! Impossible de résister à son charme, de toute façon.

— Je voulais juste te faire comprendre que cette situation aurait des retombées positives, dit-elle.

— Je l'espère bien.

Son sourire était aussi sexy et indolent qu'une caresse.

Nina s'empara du menu.

— Tu prends un dessert ?

— C'est ce que je préfère.

Ils réfléchirent un instant, puis Greg reprit la parole.

— Tu sais ce qui me tracasse aussi ?

— Je n'en ai pas la moindre idée, répondit-elle d'une voix faible.

— Elle ne veut pas du père de l'enfant dans sa vie. Il faut pourtant le mettre au courant !

— Oui.

Un souvenir lointain s'immisça dans son esprit.

Il faut qu'il le sache.

— Comprends-moi bien : je n'éprouve pas une once de compassion pour ce salopard. Je n'en ai strictement rien à foutre de lui. Mais je me dis… je me souviens… Et si Sophie n'avait jamais rien dit à Daisy ? Si je n'avais jamais eu l'occasion d'être un père pour elle ? Et si un jour, cet enfant a besoin d'un père comme Daisy a besoin de moi ? Je n'arrive même pas à l'imaginer.

La serveuse vint prendre leur commande : une grosse tranche de tarte aux fruits pour Greg, un sorbet au melon pour Nina.

— Ne te méprends pas, je ne tiens pas à ce qu'elle épouse ce type juste à cause du bébé, reprit-il. On peut faire semblant un moment, mais au final, la détresse vous rattrape.

Nina se demandait s'il ne venait pas de lui raconter l'histoire de son mariage.

— Tu devrais peut-être expliquer ça à Daisy.

— Non. Ce ne serait pas juste. Il faut qu'elle prenne sa décision toute seule.

— Ça sera plus facile pour elle si tu lui dis ce que tu penses.

— Je n'en suis pas sûr. Au cours de l'année dernière, nos relations ont été de vraies montagnes russes… Puis-je te poser une question personnelle ?

Elle leva les sourcils.

— Je ne peux pas te promettre que je répondrai, mais comme je viens de te raconter ma vie, autant que tu me la poses.

— Qu'en est-il du père de Sonnet ? Je veux dire, je sais qu'elle est avec lui maintenant, mais…

Elle aurait dû s'y attendre ! Elle était fautive. Elle avait plongé à pieds joints dans cette conversation.

— En quoi cela te concerne-t-il ?

— Je me demandais juste comment tu avais fait face à la situation. Avec le père de Sonnet, je veux dire.

Elle croisa les bras sur la table en Formica et plongea son regard dans le sien.

— C'est une assez longue histoire.

HUITIÈME PARTIE

Le passé

Certains hôtels affichent « aucune surprise ». Vous vous apercevrez que l'auberge du lac des Saules en recèle des quantités. La bibliothèque aux lambris en noyer est tapissée d'étagères provenant de Hay-on-Wye, une ville du pays de Galles célèbre pour ses librairies. En plus des surprises que vous découvrirez sur les rayonnages, l'une des bibliothèques est dotée d'un mécanisme à pivots, de sorte qu'elle s'ouvre comme une porte, révélant une niche ! Elle abrite une remarquable collection de livres et de souvenirs datant des premiers temps d'Avalon. Quand un ouvrage ancien illustré se désagrège sans espoir de restauration, on peut encadrer les pages et les exposer en guise de gravures. Si la forme change, la beauté perdure.

14

Une remise de diplômes à l'Académie militaire américaine était une cérémonie particulièrement festive. Nina n'était pas présente, bien sûr, mais pendant qu'elle feuilletait nerveusement le programme des activités dans le journal local en attendant dans le parc commémoratif des anciens combattants, elle eut l'impression que les réunions, les réceptions, les célébrations, les galas se succédaient continuellement. Sans parler de la cérémonie elle-même. La photo emblématique figurait en première page du journal — un millier de chapeaux volant en l'air, se détachant sur le bleu vif du ciel.

Nina était venue avec Sonnet et Jenny. La petite avait dormi pendant tout le trajet. Elle n'avait jamais été aussi heureuse d'avoir Jenny comme amie. Elle s'apprêtait sans doute à vivre l'une des journées les plus pénibles de sa vie, et Jenny avait insisté pour l'accompagner et surveiller Sonnet pendant qu'elle parlerait avec Laurence. Ils s'étaient donné rendez-vous dans le parc voisin ombragé d'arbres majestueux. Il y avait une pelouse magnifiquement entretenue et un terrain de jeux bien équipé. Comme l'heure de la rencontre approchait, Nina avait les nerfs à vif. Elle s'était installée sur un banc près de la statue de George Washington Goethals, de la promotion 1880 de West Point.

Il avait notamment dessiné et construit le canal de Panama. Nina avait lu la plaque commémorative une bonne douzaine de fois, et elle en savait déjà beaucoup trop long à propos du colonel Goethals.

— Regarde-moi, maman, regarde-moi ! hurla Sonnet qui se balançait sur un cheval à ressort, sous l'œil attentif de Jenny.

— Magnifique ! s'exclama Nina.

Elle s'efforçait de ne pas paraître trop distraite, mais comment aurait-il pu en être autrement ? C'était sa dernière chance de rencontrer le père de son enfant avant qu'il reçoive son ordre de mission et prenne son premier commandement, peut-être à l'étranger. Elle s'agrippa au bord du banc pour éviter de se lever d'un bond. Son instinct lui hurlait de fuir, de prendre Sonnet au vol, de l'attacher sur son siège rehausseur à l'arrière de la Ford LTD d'occasion et de démarrer sur les chapeaux de roues.

Non. Elle s'obligea à rester où elle était. Il fallait qu'elle aille jusqu'au bout, pour Sonnet. Un enfant ne devrait jamais être privé de son père. Sonnet approchait à grands pas de l'âge où elle commencerait à se poser des questions, et Nina ne voulait pas lui mentir.

Trop énervée pour rester assise, elle se leva et s'approcha de Jenny et Sonnet.

— Je ne peux pas te dire à quel point je te suis reconnaissante, dit-elle à son amie.

Jenny pressa rapidement sa main dans la sienne en prenant un air faussement tragique.

— Quand je pense que j'ai renoncé à toute une journée de comptabilité à la boulangerie pour t'accompagner !

Elle enveloppa Sonnet d'un regard plein de tendresse.

— Elle te remerciera un jour. Elle mérite de savoir qui est son père.

Nina déglutit avec peine et hocha brièvement la tête.

— Je... euh... je ne sais pas très bien l'effet que mon coup de fil a eu sur lui. En dehors d'un choc énorme, évidemment. Je ne le connais pas vraiment. Et pourtant, il a chamboulé ma vie.

— Je présume que tu ne vas pas tarder à savoir ce qu'il pense, dit Jenny. Tu fais un grand cadeau à Sonnet. Elle saura à quoi s'en tenir, au moins. J'ai passé ma vie à me demander qui était mon père. Chaque jour, je me regardais dans la glace en essayant de le voir. J'observais les hommes qui auraient pu connaître ma mère, et ça me rendait folle. Je vais te dire une chose : ma mère avait sans doute ses raisons pour m'abandonner, mais s'il y a une chose que je n'arrive pas à avaler, c'est qu'elle ne m'ait jamais dit qui était mon père.

Nina était la seule à savoir combien Jenny avait souffert de ce mystère. C'était l'une des raisons pour lesquelles elle avait fini par appeler Laurence Jeffries en lui demandant un rendez-vous. L'autre motivation émanait d'un autre homme qu'elle connaissait à peine : Greg Bellamy. En le voyant avec sa petite fille au lac des Saules, elle avait compris qu'en dépit de tous les efforts qu'elle pouvait déployer et de l'amour qu'elle portait à Sonnet, elle ne pourrait jamais combler l'absence d'un père dans sa vie.

Un claquement de portière la fit sursauter.

— Bon ! lança Jenny avec un grand sourire. On sera sur la bascule, Sonnet et moi.

Elle jeta un coup d'œil lourd de sens par-dessus l'épaule de Nina, puis s'éloigna rapidement en entraînant Sonnet dans son sillage. Elles rejoignirent une bande de gamins qui riaient et poussaient des cris autour du portique.

Nina savait ce que ce regard voulait dire. Elle se retourna et...

Oh, mon Dieu !

Etait-ce vraiment ce garçon timide, maladroit qu'elle

avait connu si brièvement — mais si intimement — quatre ans plus tôt ?

Un homme en uniforme immaculé s'avançait vers elle à grandes enjambées. Sa posture était impeccable, sa démarche résolue. Il avait quelque chose d'imposant, d'intimidant, de séduisant aussi — un prince de contes de fées en chair et en os.

Sous son regard intense et dur, le discours qu'elle avait mûrement préparé s'évapora.

— Merci d'être venu, dit-elle.

— Il n'était pas question que je ne vienne pas.

Il se planta devant elle. Il mesurait bien un mètre quatre-vingt-cinq.

Nina n'arrivait pas à interpréter son attitude dominatrice. Etait-ce un aplomb de façade, une manière de dissimuler sa peur ? Elle remarqua qu'il jetait des coups d'œil alentour, son regard de Terminator cherchant une cible sans en trouver aucune pour la bonne raison que le terrain de jeux était envahi de bambins de toutes les tailles.

— Où est l'enfant ?

Cette question aboyée résonna comme un ordre destiné à intimider des subalternes.

Nina émit un petit rire.

— Tu n'y arriveras pas, dit-elle.

— A quoi ?

— A m'intimider.

— Je ne…

— J'ai accouché dans une ambulance, sans anesthésie. J'ai élevé un enfant toute seule pendant trois ans tout en travaillant et en suivant des cours, alors à ce stade, rien ne m'intimide. Certainement pas toi.

Il la fusilla du regard, la mine impassible.

Mais Nina n'avait pas l'intention de se laisser démonter.

— Je fais ça par courtoisie envers toi et parce que j'estime que Sonnet en a besoin pour mieux se connaître. Mais si tu t'imagines que je tolérerai que tu te comportes comme un GI en sa présence, tu te mets le doigt dans l'œil.

— Mais je…

— Rompez, soldat, ou la rencontre n'aura pas lieu !

Il fut le premier à baisser les yeux. Ses traits tendus s'adoucirent, et il se détendit visiblement.

Nina désigna le groupe d'enfants.

— Ma fille Sonnet est là-bas sur la deuxième balançoire avec mon amie Jenny. Je vais te présenter dans une minute. Mais elle est si petite. Tu dois me promettre…

— Je t'ai donné ma parole au téléphone.

Et la parole d'honneur d'un diplômé de West Point était légendaire. Elle devait s'y fier. Il avait admis qu'il était un parfait inconnu pour Sonnet et qu'elle devrait apprendre à le connaître petit à petit. A son âge, elle n'avait qu'une notion assez vague du concept de papa. Elle comprendrait mieux en grandissant. Nina espérait que Sonnet en viendrait à considérer son père comme un homme bon qui habitait tout bonnement loin de chez elle.

Comme le regard de Laurence se posait sur Sonnet, Nina vit son masque tomber. Une lueur de souffrance passa dans ses yeux et, pendant quelques secondes, elle revit le garçon timide qu'elle avait connu, et réalisa précisément d'où Sonnet tenait sa beauté royale. Elle avait les pommettes hautes de son père, ses magnifiques yeux noirs. Elle avait même sa présence physique — celle d'un athlète bien dans sa peau. Au téléphone, elle lui avait assuré que cette rencontre concernait exclusivement Sonnet, qu'elle était destinée à écarter ses doutes sur sa propre identité, et cela pour son bien. Il ne s'agissait pas d'essayer de le piéger ou de lui extorquer une pension alimentaire. Nina lui avait dit plus tôt qu'elle était d'accord pour une analyse de sang. Mais dès l'instant où elle les avait vus l'un près de l'autre, elle avait compris que leur ressemblance sautait aux yeux.

— Elle… Oh, doux Jésus !

Il s'interrompit, s'éclaircit la voix, puis se tourna vers Nina.

— Tu aurais dû me parler d'elle il y a longtemps.

— J'y ai pensé. J'ai failli le faire des tas de fois. Mais cela aurait ruiné ta carrière à West Point. A quoi bon ? Je ne voulais pas que tu m'épouses ni que tu m'aides à l'élever. J'avais ma famille pour me soutenir. T'avouer la vérité n'aurait servi à rien, hormis à faire dérailler tous tes projets d'avenir.

Il ne le nia pas.

— D'un côté, je te suis reconnaissant. D'un autre côté…

Il reporta son attention sur Sonnet, et parut perdre l'usage de la parole.

Nina refusait de lui faire des excuses. Elle ne voulait pas qu'ils regrettent une chose à laquelle ils ne pouvaient rien changer.

— Il faut qu'on trouve une solution, reprit-elle en faisant signe à Jenny de venir. Pense à ce qu'il y a de mieux pour Sonnet.

— Bien sûr.

Il se leva et attendit que Jenny et Sonnet approchent, main dans la main. Il était à l'évidence désemparé. Il dévorait la petite des yeux.

— Ne lui fais pas peur, dit Nina, consciente qu'il n'avait strictement aucune expérience des enfants. Souris, accroupis-toi pour te mettre à sa hauteur et laisse-la venir.

Elle lui fit la démonstration en ouvrant les bras à Sonnet.

— Salut, chérie ! Tu t'es bien amusée sur la balançoire ?

222

— Oui. Je suis allée tout en haut, répondit Sonnet de sa voix de Minnie Mouse en se jetant dans les bras de sa mère.

Son odeur de barbe à papa submergea Nina et la fit sourire comme presque chaque fois.

Jenny se présenta discrètement à Laurence, puis elle s'excusa et s'éloigna pour les laisser tranquilles.

— Chérie, je veux que tu fasses la connaissance de… mon ami, dit Nina d'un ton prudent. Il s'appelle Laurence Jeffries.

— Salut !

Sonnet se serra contre sa mère en levant les yeux vers l'inconnu.

— Salut.

Suivant le conseil de Nina, il mit un genou à terre, comme s'il faisait une génuflexion. Il n'en restait pas moins grand et imposant.

— Je suis ravi de te rencontrer, Sonnet.

— Sonnet Maria Romano, énonça-t-elle consciencieusement.

Nina lui avait appris à se présenter.

— J'ai trouvé un grenat.

Elle fouilla dans sa poche et brandit la pierre dans sa petite main potelée. Les grenats bruts étaient courants dans la région, et l'un de ses oncles lui avait appris à les dénicher. Si elle tendait son trophée avec empressement, elle n'en continuait pas moins de se cramponner à sa mère.

Nina était fière de l'intelligence précoce de sa petite fille. Elle avait parfois tendance à oublier que Sonnet était trop jeune pour comprendre les choses compliquées. En dépit de son vocabulaire sophistiqué, on ne pouvait pas lui demander de comprendre que le beau soldat qui se tenait devant elle était son père.

— Tu as raison, c'est un grenat, dit Laurence. Tu as eu de la chance de le trouver.

— Garde-le, dit Sonnet. Je te le donne.

Ce cadeau fit apparaître sur le visage de Laurence un sourire authentique, tandis qu'il tendait la main à son tour.

— C'est très gentil, répondit-il. Merci, Sonnet. Je le garderai toujours. Je ne le perdrai jamais.

Elle lui fit un grand sourire.

— D'accord.

L'espace d'une seconde, sa petite main disparut dans la sienne et ils furent liés tous les trois — Nina, Sonnet et Laurence : une sorte de famille. Cette pensée donna le vertige à Nina qui se sentait en proie à une sorte d'euphorie. Peut-être que…

Une portière de voiture claqua, et ils se retournèrent. Laurence reprit sa posture militaire, raide comme une lame d'épée. Nina prit Sonnet dans ses bras.

— Je vous présente Angela Hancock, dit Laurence alors qu'une femme très belle, vêtue à la perfection, les rejoignait. Angela, voici Nina et Sonnet Romano.

Elle était extrêmement sûre d'elle et presque effrayante.

— Comment allez-vous ? dit Nina.

— Angela est ma fiancée, expliqua Laurence. Nous nous marions dans une semaine.

Ah ! pensa Nina. Pas étonnant qu'il soit nerveux. Cela n'avait rien à voir avec elle ni même avec Sonnet.

Elle parvint à sourire et balbutia :

— Félicitations !

— Merci, répondit Angela.

Nina reposa Sonnet par terre.

— Va jouer avec Jenny sur les balançoires, mon cœur.

Comme la petite fille s'éloignait à toutes jambes, Nina se tourna vers Angela.

— Je me rends compte que la situation est délicate. J'ai expliqué à Laurence que je n'avais pas l'intention de lui causer le moindre souci, affirma-t-elle. Je veux simplement que ma fille sache qui est son père.

— Bien sûr.

Angela avait une ravissante voix sonore digne d'une actrice de théâtre. Et elle était remarquablement calme.

Nina se dit que Laurence avait dû la préparer à cette rencontre dans la mesure du possible.

— La manière dont Laurence et vous gérez cette affaire vous regarde. Je n'ai aucune exigence.

— C'est parfait. J'ai l'impression que nous nous sommes déjà rencontrées, ajouta Nina. Est-ce le cas ?

— Le père d'Angela est le révérend George Simon Hancock, intervint Laurence d'un air plein de fierté. Elle fait partie de son ministère : tu l'as peut-être vue à la télévision.

— Peut-être, répondit Nina. En tout cas, j'espère sincèrement que vous serez heureux ensemble, ajouta-t-elle.

Après quoi elle se tourna vers Laurence.

— J'étais tout à fait sincère quand je t'ai dit que je n'avais rien à te demander. A toi de décider ce que tu diras aux gens.

Pourtant, en son for intérieur, elle devait admettre qu'elle aurait trouvé très intéressant de le voir avouer au célèbre révérend Hancock qu'il avait eu un enfant avec une femme blanche.

— J'ai pensé que tu pourrais peut-être lui écrire une lettre qu'elle lira quand elle sera assez grande pour comprendre, suggéra-t-elle. Et puis, si tu veux, tu lui rendras visite de temps en temps. Ce sera suffisant.

Elle vit son poing se serrer. Celui qui tenait le grenat. Il se tourna vers Sonnet et ses yeux se remplirent de larmes, mais elles ne coulèrent pas. Nina se dit que cela devait être pénible de les retenir ainsi.

— Ce ne sera jamais assez, fit-il à voix basse.

— Mais si ! riposta Angela en passant un bras sous le sien. Ça suffira.

NEUVIÈME PARTIE

Le présent

Les visiteurs réguliers assisteront aux changements de saisons. A tout moment de l'année, le paysage en perpétuelle évolution s'orne de différents atours — les tendres bourgeons du printemps, les fleurs épanouies de l'été, les nuances extravagantes de l'automne, le tapis paisible de la neige en hiver. La Suite du Roi Arthur est très prisée avec son immense baie vitrée encadrant le paysage. Elle est meublée d'un grand lit en fer blanc recouvert d'un édredon en patchwork fait main et d'oreillers assortis. Une commode imposante dissimule le bar recélant un remarquable porto et une sélection de whisky de toute première qualité.

La salle de bains est équipée d'un Jacuzzi profond destiné à de longs bains paisibles. Pour mieux vous détendre, versez trois gouttes de lavande, deux gouttes d'encens et deux gouttes d'huile essentielle citronnée dans l'eau du bain.

15

— Tu es sûr que c'est ça qu'il faut faire, papa ? demanda Daisy en relisant la lettre adressée à Logan O'Donnell.

Greg sentit le silence presque religieux de la banque peser sur lui. Le vieux bâtiment gothique aux plafonds hauts et aux sols en marbre offrait un refuge salutaire contre la chaleur estivale, mais il transpirait quand même tant il était nerveux. Et puis, il avait mis un costume pour l'occasion. Daisy avait écrit une lettre à O'Donnell pour l'informer qu'il était le père de son enfant et qu'il pouvait effectuer une analyse d'ADN, s'il le souhaitait. Elle le déchargeait de toute obligation légale et financière dans l'espoir d'éviter une bataille pour la garde. Il serait bien bête de ne pas accepter les conditions de Daisy qui lui permettaient de s'en tirer à bon compte. Certes, il avait déjà prouvé qu'il était un imbécile, de sorte que Greg ignorait comment il réagirait en apprenant la nouvelle.

Il jeta des coups d'œil autour de lui sans trop savoir ce qu'il cherchait. Un signe ? Quelqu'un pour le conseiller ? Shane Gilmore, le président de la banque, était au téléphone dans son cube vitré. Brooke Harlow, la responsable des actifs, avait déserté son poste. De l'autre côté du comptoir, le notaire, qui était une femme, attendait, l'air désapprobateur, tout en remplissant un formulaire. Elle avait les cheveux bleu acier et cet air supérieur que Greg en était venu à mépriser. Il en avait par-dessus la tête que l'on imagine le pire en voyant Daisy.

— Allons nous asseoir, dit-il en entraînant sa fille à l'écart.

Cette fichue bonne femme n'avait qu'à poireauter.

Sophie leur avait recommandé de faire authentifier la lettre et de l'envoyer en recommandé avec accusé de réception. Daisy s'installa sur un banc dans le hall, les papiers sur ses genoux.

Greg songea à ce que Nina lui avait dit à propos de son expérience avec le père de Sonnet. Un jeune homme, même insouciant et mû par ses pulsions sexuelles, devait au moins être mis au courant qu'il était père. Nina ne regrettait pas d'avoir informé le père de Sonnet, même si elle avait attendu pour cela qu'il ait achevé ses études à West Point et qu'il soit fiancé à une autre femme. Cela correspondait bien à sa nature foncièrement indépendante, se dit-il. Une manière de garantir son rôle d'unique parent. Daisy souhaitait-elle faire cavalier seul ? La douloureuse indécision dont témoignait son expression prouvait qu'elle n'en était pas si sûre.

— Maman dit que c'est à moi de décider et à personne d'autre, déclara-t-elle en tripotant son stylo.

Elles avaient donc communiqué, sa mère et elle. Cela prouvait au moins qu'il y avait du progrès.

— Ta mère a raison.

— Vous en avez discuté tous les deux ?

Il hocha la tête, heureux, paradoxalement, que Sophie et lui soient sur la même longueur d'onde, pour une fois. Ils s'entendaient plutôt bien, au fond, depuis qu'un océan les séparait et qu'ils ne se parlaient qu'à de rares occasions.

Bien sûr, ils n'avaient pas été de bons exemples pour Daisy. Eux-mêmes jeunes parents avec un enfant qui n'était pas prévu au programme, ils s'étaient débrouillés comme ils pouvaient, ce qui avait fait l'affaire un bout de temps, mais pas éternellement. Quand Sophie lui avait présenté sa fille toute petite, il avait éprouvé un amour si intense qu'il avait voulu fonder une famille.

— Nous tenons à ce que tu prennes ta décision toi-même, dit-il.

— Comme ça, si je me plante, je ne pourrai m'en prendre qu'à moi-même.

— Daisy…

— J'ai compris, papa. Crois-moi, j'ai compris.

Puis, comme si quelque chose l'avait aiguillonnée, elle se dirigea d'un pas décidé vers le notaire et signa le formulaire en plusieurs exemplaires.

Ne te laisse pas marcher sur les pieds ! pensa Greg. L'orgueil inébranlable de sa fille était manifeste dans sa posture et son menton levé lorsqu'elle glissa les documents dans une longue enveloppe kraft.

— Greg !

Brooke Harlow sortait de son bureau à cet instant.

— Ça fait plaisir de vous voir ! dit-elle avec un sourire poli.

Ils ne s'étaient pas parlé depuis leur pseudo rendez-vous au lac, mais Greg n'avait pas oublié à quel point elle était séduisante. Impeccablement coiffée, elle portait une jupe droite et des talons aiguilles qui mettaient ses jambes en valeur. Greg se rappela inopinément qu'il n'avait pas fait l'amour depuis longtemps. Partout où il allait, il tombait sur de jolies femmes souriantes et complaisantes. Il les repérait dans la file d'attente à la poste, en train d'explorer les allées à la quincaillerie, faisant le plein à la station-service… Elles hantaient ses rêves. Elles avaient toujours été là, bien sûr, mais l'abstinence lui faisait prendre plus vivement conscience de leur présence. Il se demandait si cela sautait aux yeux.

— Vous étiez occupé, je suppose, dit Brooke d'un ton plein de sous-entendus.

Elle le jaugea d'un coup d'œil, son regard s'attardant tout de même sur son costume sur mesure.

Une telle attitude le surprenait. Il avait renoncé à elle après ce premier rendez-vous désastreux. Voilà qu'elle lui envoyait des signaux l'incitant apparemment à renouveler son invitation.

— J'ai été très occupé, effectivement, mais il faut prendre le temps de manger, tout de même ! répondit-il. On pourrait peut-être aller dîner quelque part, un de ces soirs.

Le visage de Brooke s'illumina. « Mission accomplie » semblait dire son regard.

— Cela me paraît…

— C'est réglé, papa.

Daisy les avait rejoints.

— Bonjour ! dit-elle en enveloppant Brooke d'un regard circonspect.

Elle prétendait se moquer que son père ait envie de sortir avec des femmes. Il n'empêche qu'elle avait des opinions très nettes sur les choix qu'il était censé faire en la matière. Les banquières juchées sur des talons aiguilles ne l'impressionnaient pas autant que lui.

Greg les présenta.

— Enchantée, mademoiselle Harlow. Je suis venue faire authentifier un document.

Elle tapota la grosse enveloppe et sourit, manifestement consciente de l'effet qu'elle produisait sur Brooke.

L'expression de cette dernière était presque comique. Ma foi, la situation ne manquait pas de piquant. Greg vit la surprise effleurer ses traits de reine du bal, bien qu'elle parvienne à conserver un sourire figé.

S'abstenant de tout commentaire, il promena ses regards dans le hall de la banque, se comportant comme s'il n'avait que faire de l'attention soutenue dont il faisait l'objet. Il la sentait, néanmoins, qui s'insinuait à travers l'étoffe de son costume comme la chaleur estivale. Dans une ville comme celle-là, personne ne pouvait rester anonyme. Impossible de garder des secrets. Pas longtemps, en tout cas. En l'espace de quelques heures, tout le monde saurait que la nouvelle responsable des actifs à la banque avait été choquée par l'état de Daisy Bellamy.

Brooke s'éclaircit la voix.

— Ravie d'avoir fait votre connaissance, dit-elle à Daisy.

Puis elle gratifia Greg d'un sourire gêné.

— Je ferais bien de retourner travailler. Ça m'a fait plaisir de vous voir, Greg. Bonne chance pour votre nouvelle entreprise.

— Je crois que je l'ai un peu désarçonnée, dit Daisy en souriant à son père d'un air contrit. Ce n'est pas évident pour tout le monde de penser que tu seras bientôt grand-père.

— Je venais de l'inviter à dîner !

Il ouvrit la porte à Daisy et ils sortirent dans la rue baignée de soleil.

— Désolée, papa.

Un silence gêné s'ensuivit. La dynamique familiale avait incontestablement changé : Daisy était désormais une grande fille consciente que son père voulait sortir avec des femmes.

— Retourne lui parler. Je t'attends ici.

— Non. Pas de problème. J'ai changé d'avis.

Il ne mentait pas. Dès qu'il avait vu la manière dont Brooke regardait Daisy, il ne lui avait plus trouvé aucun charme. Cela dit, il comprenait sa répugnance. Elle avait à peine trente ans. La perspective de sortir avec un grand-père devait lui paraître extravagante.

Et puis flûte ! Il avait des enfants à élever, une entreprise à lancer. Il avait mieux à faire que draguer.

La chaleur montait du trottoir. Il s'empressa d'enlever sa

veste et sa cravate. Etait-il possible qu'il s'habille ainsi tous les jours pour aller au travail ?

— Je suis sérieuse, papa, reprit Daisy tandis qu'ils se dirigeaient vers la voiture. Je ne veux pas que les femmes te fuient à cause de moi.

— Celles qui font ça n'ont aucun intérêt pour moi, déclarat-il en démarrant pour lancer l'air climatisé.

— Super ! Tu viens d'en éliminer environ quatre-vingt-dix pour cent.

— Je te remercie.

— A cause de moi, pas à cause de toi. J'aimerais vraiment que tu trouves une copine, papa. Mais pas un clone de maman.

— Est-ce vraiment comme ça que tu vois Brooke ?

— Papa… on dirait la petite sœur de maman !

— Ta mère n'a pas de sœur.

— Si elle en avait une, elle ressemblerait à cette caissière.

— Responsable des actifs.

— D'accord. Comme tu veux.

Elle les connaissait bien, Sophie et lui. Il est vrai qu'elle avait été aux premières loges pour les observer. Il remarqua qu'elle avait glissé l'enveloppe sous son siège.

— Tu veux poster ça ?

— Je m'en occuperai plus tard.

Il n'insista pas. C'était un grand pas, et il tenait à ce qu'elle prenne tout le temps nécessaire. *Comme sa mère l'avait fait.* Cette pensée le glaça. Sophie avait attendu la naissance de Daisy pour le mettre au courant. Les choses se seraient-elles déroulées autrement s'il avait été à ses côtés dès le départ ?

Il déboutonna le col de sa chemise.

Ils allèrent chez l'imprimeur chercher les épreuves de la nouvelle brochure pour l'auberge. L'iconographie et la mise en

234

page évoquaient un autre temps — une époque romantique, plus simple quand le seul impératif de la journée consistait peut-être à faire une partie de golf à l'Avalon Meadows. Il y avait des photographies du lac des Saules dans sa splendeur estivale, miroir du ciel bleu entouré de collines boisées et de pics montagneux. Il y avait aussi des slogans : « Echappez-vous, retrouvez-vous », « Détendez-vous, renouvelez-vous, reconnectez-vous », et la promesse solennelle que les hôtes de l'auberge bénéficieraient de ce qui se faisait de mieux en matière de service et de confort. Les photos de Daisy mettaient chaque page en valeur, et la jeune graphiste fit l'éloge de son travail.

— Où avez-vous étudié ? lui demanda-t-elle.

— J'ai pris des cours de photo au lycée, répondit Daisy, mais je suis surtout autodidacte.

— Vous travaillez en free lance ?

Greg s'écarta pour les laisser bavarder et échanger leurs cartes de visite. La dernière fois qu'elle était venue, au début de l'été, Sophie avait offert à Daisy une boîte de cartes de visite imprimées. Greg n'y aurait jamais pensé. Il était content que Sophie ait eu cette idée.

— Je suis fière de toi, Daze, dit-il quand ils remontèrent en voiture. Et je suis heureux que les gens reconnaissent ton talent.

— J'ai encore beaucoup de choses à apprendre, répliqua-t-elle.

Greg attendit, sentant qu'elle allait ajouter quelque chose.

— Je n'étais pas très bosseuse à l'école, mais à présent, je pense que je devrais prendre des cours. D'ailleurs, si je pars vivre à New Paltz, je pourrai m'inscrire à l'université.

— Tu ne vas nulle part ! lança Greg. New Paltz est à des kilomètres.

— Je sais où c'est, papa, et sans vouloir t'offenser, j'irai où j'ai envie d'aller.

Il serra les dents pour s'empêcher de riposter.

— Je croyais que c'était réglé : que tu devais rester à la maison, lâcha-t-il malgré lui.

— *Tu* as décidé, papa. J'ai dit que je verrais.

Il serra les dents et cette fois-ci, il tint bon. Il savait qu'il n'avait pas intérêt à se quereller avec elle. De toute façon, elle allait rester avec lui, un point c'est tout. Elle n'avait pas d'autre solution. Mais il n'allait pas la blesser en le lui faisant remarquer. Elle avait besoin de son soutien.

Bon sang, que s'imaginait-il ? Sa fille avait dix-huit ans. Elle avait un compte en fidéicommis — comme tous les petits-enfants Bellamy. Il était mort de trouille à l'idée qu'elle fiche le camp et qu'il ne puisse plus la protéger. Nina l'avait mis en garde à ce sujet. Ou plutôt, elle l'avait… averti. Soit elle avait deviné l'état d'esprit de Daisy, soit elles en avaient parlé toutes les deux. Greg chassa aussitôt cette pensée de son esprit. Nina ne se serait jamais permis d'inciter Daisy à quitter la maison.

Elle orienta le ventilateur vers son visage.

— Il y a des tas de choses que j'ai envie de faire. Il va falloir que je trouve le moyen de tout concilier, et ce ne sera pas facile, avec le bébé.

Il ne savait jamais quoi dire quand elle parlait de son enfant en termes concrets. C'était une abstraction pour lui. Il ne s'était pas encore fait à l'idée qu'effectivement, il serait grand-père avant la fin de l'été. Déconcerté, il trouva une station de radio qu'ils aimaient bien tous les deux, et monta le son.

— Je meurs de faim ! lança Daisy au bout d'un moment.

Au grand soulagement de son père, elle ne semblait pas avoir remarqué son trouble.

— C'est l'heure de retrouver Nina, de toute façon, ajouta-t-elle.

Greg se retint d'accélérer. C'est un rendez-vous d'affaires, se rappela-t-il. Pourtant, il ne pouvait nier que c'était un plaisir de travailler avec elle. Il n'en avait d'ailleurs jamais douté. C'était drôle. Il avait parfois l'impression de la connaître mieux que la plupart des gens qui faisaient partie de sa vie.

Ils avaient décidé de se retrouver à la boulangerie Sky River. Nina était déjà là quand ils arrivèrent. Elle avait réquisitionné un siège à l'extérieur, à une table de café en acier émaillé sous un grand parasol. Elle leur fit signe dès qu'elle les aperçut. Greg remarqua que Daisy avait emporté avec elle l'enveloppe de la banque, comme si elle redoutait de la laisser dans la voiture.

Nina était en compagnie de Connor Davis avec lequel elle discutait, penchée sur un dossier.

Quand Greg s'assit à côté d'elle, il ressentit une attirance désormais familière, assez puissante pour dissiper l'écho des talons aiguilles de Brooke Harlow. Ce qui lui parut intéressant dans la mesure où Nina semblait avoir une préférence pour les shorts, les tongs, les cheveux courts et l'absence de maquillage. Elle n'était pas du tout son type, se rappela-t-il. Sauf que… si, en fait.

— Papa ! Je t'ai posé une question ! La même chose que d'habitude ? Je vais commander.

— D'accord. Ce sera parfait.

Il ne s'était pas rendu compte qu'il avait « ses habitudes ».

En entrant dans la boulangerie, Daisy croisa Olivia qui apportait de l'eau fraîche et des verres. L'omniprésent Barkis trottait dans son sillage.

— Salut, Greg ! Tu es drôlement élégant, dis-moi !

Olivia s'assit à côté de Connor et lui pressa le bras.

— Peut-être que Greg t'emmènera faire du shopping quand on sera mariés ? lui dit-elle.

Connor éclata de rire.

— Pourquoi ? Je ne suis pas assez élégant pour toi ?

— Bien sûr que si ! Mais il faut reconnaître qu'un homme dans un costume bien coupé…

Nina observa Greg et remarqua sa tenue pour la première fois.

— En quel honneur ?

— Daisy et moi avions un rendez-vous.

Il s'abstint de donner des précisions, veillant à protéger l'intimité de Daisy. Il avait le sentiment que la banque n'était pas le lieu préféré de Nina, ces temps-ci, bien qu'elle ne lui en ait pas précisé les raisons.

— As-tu reçu ton invitation, Nina ?

Greg jeta un coup d'œil à Connor qui tendit les deux paumes.

— Qu'est-ce que tu veux que je te dise ? Le mariage, elle n'a que ça en tête !

Nina et Olivia l'ignorèrent.

— Oui, merci, répondit Nina. C'est gentil à vous de nous inclure, Sonnet et moi. Vous n'étiez pas obligés.

— Ne dis pas de bêtises ! Tu es la meilleure amie de ma sœur. J'espère que tu vas venir.

Nina semblait mal à l'aise, bizarrement. En l'observant, Greg se rendit compte qu'il ne cessait de découvrir les différentes facettes de sa personnalité.

En faisant tourner une mèche de cheveux autour de son doigt, elle sourit à Olivia.

— Je vais t'envoyer ma réponse sur-le-champ.

— Mission accomplie ! lança Connor, percevant le malaise ambiant.

Il tendit à Greg une grosse chemise remplie de permis.

— Tout devrait être en ordre. L'équipe aura fini à la fin de la semaine.

— Je te rappelle que nous devons aller choisir la pièce montée ! dit Olivia.

Elle prit la main de son fiancé et l'entraîna vers la boulangerie.

— Ne me regarde pas de cet air désespéré ! Viens, Barkis, ajouta-t-elle en se tapotant la cuisse.

Après leur départ, Nina lui expliqua la stratégie qu'elle avait mise au point afin d'obtenir une plus grande couverture médiatique pour l'auberge. Si les chambres étaient toutes réservées pendant le week-end de la réouverture, la promotion n'en était pas moins un combat incessant. Elle lui montra la liste des gens auxquels elle avait l'intention d'envoyer des brochures de presse. Elle avait ciblé toute une gamme de médias, des petits organes de presse locaux au *New York Times*.

Tout en écoutant son speech, Greg sentait la chaleur du soleil sur son dos. Il la regardait grignoter son donut. Elle mangeait méthodiquement, par petites bouchées.

— Pourquoi ce sourire ? demanda-t-elle en le regardant d'un drôle d'air.

— Je viens de revivre mentalement la manière dont les réunions d'affaires se déroulaient en ville. Il n'était pas question de pâtisseries. Rien que de la caféine et de la testostérone.

— Ça ne te manque pas trop, on dirait.

— Non. Je me demande même comment j'ai pu supporter ça aussi longtemps.

— Pourquoi l'as-tu fait ?

— Bonne question. Je regrette de ne pas me l'être posée il y a quinze ans. Je me sentais… motivé, reconnut-il. Personne ne m'obligeait à trimer aussi dur, mais c'est ce que faisaient les gens dans ma position.

Ça lui paraissait dingue quand il y repensait. Il y avait quelque chose dans l'atmosphère de la ville — un sens intense de la compétition, une sorte d'urgence. De plus, entre les enfants, les emprunts et Sophie qui entamait à peine sa carrière juridique, il estimait devoir gagner copieusement sa vie.

Puis il eut une révélation. Au fond, s'il avait travaillé si dur, passé tant d'heures à la boîte sans jamais ralentir le rythme, c'est parce qu'il était malheureux. Il ne s'en était pas vraiment rendu compte sur le moment. La concurrence et le chaos du travail dressaient une barrière qui lui masquait la vérité. Il voyait clairement les choses, à présent. En s'affairant ainsi, il évitait d'être confronté à une situation tendue avec Sophie, à l'insatisfaction subtile, sous-jacente, qui flottait entre eux, tellement en profondeur qu'il arrivait à l'ignorer dès lors qu'il avait des tonnes de choses à faire.

— Tiens, papa.

Daisy lui avait rapporté un kolache au fromage et un verre de limonade.

— Merci.

Elle étudiait ses ongles rouge foncé. Une couleur que Greg avait en horreur.

— Joli, ton vernis, dit Nina. C'est quoi comme couleur ?

— Rubis, je crois. Tu peux me l'emprunter, si tu veux.

Nina sourit.

— Merci. Peut-être un de ces jours.

Une conversation de nanas, pensa Greg. Il se rendit compte soudain que Daisy n'en avait sûrement pas eu depuis un bout de temps.

D'un geste presque timide, elle posa l'enveloppe sur la table.

— Alors voilà, dit-elle à Nina. C'est la lettre pour Logan.

Greg était sidéré de l'entendre aborder le sujet avec Nina. Elles en avaient déjà discuté, à l'évidence. *Tu parles d'un secret !*

Le regard de Nina passa de Daisy à Greg avant de revenir se poser sur Daisy.

— Qu'en penses-tu ?

— Ça me paraît pas mal. Je suis contente de l'avoir fait. Je ne sais pas du tout comment il va réagir.

Greg était partagé entre l'agacement — c'était une histoire de famille, après tout — et la reconnaissance, dans la mesure où il était bien obligé d'admettre qu'il avait besoin d'aide. La plupart du temps, avec Daisy, il n'avait pas la moindre idée de ce qu'il faisait. Il y avait des moments où il était en proie à une solitude telle qu'il paniquait, alors le fait que Nina soit au courant était plutôt rassurant, au fond. Elle était passée par là, elle aussi, et elle semblait ne voir aucun inconvénient à partager son expérience avec Daisy.

— En tout cas, je te remercie de m'avoir écoutée, dit la jeune fille. Hé, papa, est-ce que je peux prendre la voiture ? Tu rentreras à l'auberge avec Nina, d'accord ? Je… euh… J'ai une sorte de… enfin bref, de rendez-vous. Enfin, pas vraiment, mais j'ai demandé à Julian si je pouvais faire des photos de lui aux Shawangunks.

Cette Mecque de la varappe était légendaire, et Julian Gastineaux était vite devenu l'un des modèles favoris de Daisy. Pour une raison inexplicable, Greg jeta impulsivement un coup d'œil à Nina afin de savoir ce qu'elle pensait de cette requête. Puis il se ressaisit.

— Tu n'as pas l'intention de faire de l'escalade, au moins ?

— Papa !

— D'accord, d'accord, fit-il en cherchant ses clés dans sa poche. C'est entendu. Mais rentre avant la nuit !

— Merci, papa. Salut, tout le monde !

Après le départ de Daisy, Greg se tourna vers Nina.

— Si je comprends bien, vous avez parlé de… la situation toutes les deux.

— Effectivement. Tu trouves sans doute que je me mêle de ce qui ne me regarde pas ? En fait, c'est exactement ce que je fais.

— J'ai remarqué.

— Je me considère plutôt comme une bonne amie, une confidente. Pas comme une fouineuse — ce qui voudrait dire que mes intentions sont mauvaises. Daisy sait que je comprends sa situation, c'est la raison pour laquelle elle me fait confiance, je crois.

Greg regarda ses mains pendant un moment.

— Alors, quand tu as annoncé la nouvelle au père de Sonnet…

— Ce n'était pas facile, répondit-elle. Découvrir l'existence de Sonnet a été un choc pour Laurence. Il avait bâti sa vie selon une stratégie toute militaire, et il y avait remarquablement bien réussi, de sorte qu'il avait devant lui un brillant avenir. Son mariage avec Angela Hancock était peut-être une histoire d'amour, mais cela faisait aussi partie de son plan. Ils faisaient figure de couple idéal à Washington — jeunes, brillants, cultivés, afro-américains et résolus à servir leur pays. Il s'élevait d'un cran chaque année, semblait-il. Il n'y avait pas de limite à part le ciel. Restait toutefois cette petite bévue issue de son passé.

— Sonnet.

— Oui. Je m'étais imaginé qu'il se défilerait, mais je dois reconnaître que je me trompais. Depuis lors, il s'acquitte d'une pension alimentaire. Il m'a aussi envoyé une lettre en me demandant de la remettre à Sonnet le jour où, de mon point de vue, elle serait assez grande pour comprendre. Il m'a spécifié que je pouvais la lire d'abord, ce que j'ai fait, pour m'assurer que ça ne la perturberait pas. J'ai donné cette lettre à Sonnet quand elle a eu huit ans. Elle a disparu dans sa chambre avec. Quand elle est revenue, une heure plus tard, elle m'a demandé si elle pouvait passer un coup de fil à l'étranger. Ils communiquent régulièrement, désormais, et il s'implique à sa façon. Il a fait une autre chose aussi : il lui a ouvert un compte pour ses études. Il a pris cette initiative d'emblée, dès l'instant où il a fait sa connaissance.

— Alors, tu as bien fait de le lui dire.

— Oui. Et je pense que Daisy a pris la bonne décision, elle aussi. A mon avis, elle s'en sortira très bien, de toute façon.

— Je sais, répondit Greg, quelque peu apaisé. Je sais aussi que l'avenir ne sera pas toujours rose pour elle. Ça ne peut lui faire que du bien d'avoir des gens à qui parler… Bon sang !

Il se passa une main dans les cheveux en s'obligeant à arrêter de blablater.

— On peut foirer de tellement de manières. Nom d'un chien ! C'est… on est incorrigibles. On devrait au moins pouvoir empêcher nos enfants de faire des bêtises.

— Ça ne fonctionne pas comme ça, tu le sais bien.

— C'est vrai, je le sais. Je vais essayer de dédramatiser.

Il y arrivait lorsqu'il était avec elle. Le simple fait d'être assis là au soleil en face d'elle l'emplissait d'une agréable sensation de calme qu'il ne s'expliquait pas.

Bon, se dit-il en la regardant siroter son thé glacé, *jette-toi à l'eau ! Ça fait des jours que tu as envie de sortir avec elle au lieu de te limiter à des relations strictement professionnelles…*

Il était resté éveillé une partie de la nuit et finalement, un sentiment de solitude insoutenable l'avait tiré de son lit. Il s'était glissé dehors dans la nuit chaude vibrant des grésillements des grillons et des coassements des grenouilles.

En promenant son regard sur la propriété, il avait repéré une lumière dans le hangar à bateaux. L'idée que Nina soit debout elle aussi l'avait séduit. Il la connaissait depuis des années, et leurs chemins s'étaient finalement croisés. Et pourquoi pas ?

Il se redressa sur sa chaise, s'éclaircit la voix.

— Ecoute, je me demandais…

— Oui ?

Penchée en avant, elle l'observait avec une intensité particulière. Elle avait réagi au quart de tour, presque comme si elle s'attendait à sa question. Elle parut s'en rendre compte et émit un petit rire.

— Désolée. Tu disais ?

— Je pensais que toi et moi, on…

— Salut, Romano ! J'espérais bien te trouver ici.

Un grand gaillard en jean et bottes de travail s'approchait de leur table.

— Salut, Nils ! s'exclama la jeune femme avec un grand sourire. Je te présente Greg Bellamy, le propriétaire de l'auberge du lac des Saules. Greg… Nils Jensen, de la bijouterie.

Ils se serrèrent la main en se toisant du regard. Le type n'avait pas du tout le look d'un bijoutier.

— Ravi de vous rencontrer, dit Greg en cachant le mieux possible sa contrariété.

— C'est réciproque, affirma Nils.

Puis il se tourna vers Nina.

— Alors, on se voit toujours ce soir ?

— Absolument.

On se voit ? Pour quoi faire ?

Greg s'interdit de réagir. Après tout, Nina était son associée, pas sa petite amie. Il n'empêche qu'il n'appréciait guère le ton possessif sur lequel Jensen avait confirmé leur rendez-vous avant de s'éloigner d'une démarche chaloupée.

Après son départ, Nina s'empressa de reporter son attention sur leur programme.

— Bon, dit-elle, j'ai dressé un tableau chronologique de tout ce qui doit être fait avant l'ouverture. En voici une copie.

Elle la lui tendit d'un geste théâtral.

— Au fait, tu as eu le temps de faire réparer la cale à bateaux ?

— Il faut faire une soudure.

Il s'empara de la feuille et la fourra dans sa poche sans la regarder.

— Je vais m'en occuper.

Sans se rendre compte de son agacement, elle acheva de manger son donut.

— Merci… Tu voulais me demander quelque chose ?

Ben voyons !

— Comment ça ? Non.

— Oh, je croyais ! Avant que Nils arrive, tu étais sur le point de me poser une question.

— Je ne sais plus ce que c'était. Ça ne devait pas être très important.

— Probablement pas, dit-elle. Tu es prêt ? Je suis garée dans la rue.

Sa voiture était à la mesure du personnage — petite, mignonne, gaie. Une Fiat jaune bouton d'or. La radio était calée sur la station qu'il préférait — une coïncidence, se dit-il —, et la banquette arrière disparaissait sous un fouillis indescriptible.

— C'est un vrai bureau ambulant, dit-il.

— Je n'ai pas encore trouvé le bon système de classement.

— Je te signale que Connor a embauché un expert super efficace, à l'auberge.

— J'ai ma propre organisation : une logique personnelle

que j'aurais du mal à communiquer, même au plus expert des experts, dit-elle.

Il ne releva pas. D'après lui, si elle n'avait pas encore investi le bureau de l'auberge, c'est qu'elle avait une raison précise. Mais il s'interdit d'y réfléchir. *Rappelle-toi. Vous êtes associés, point barre.*

Nina se sentait en porte-à-faux avec Greg, et elle ne savait pas pourquoi. Avant que Nils se soit arrêté pour lui rappeler leur rendez-vous à la ligue de bowling, elle avait eu le sentiment qu'il voulait lui demander quelque chose. Peut-être l'inviter à sortir.

Non, probablement pas. Elle prenait sûrement ses désirs pour la réalité. Et c'était mieux ainsi parce que, s'il l'avait invitée, elle aurait été confrontée à un choix qu'elle n'avait pas envie de faire.

Elle était censée avoir établi des barrières pour ménager une distance entre les affaires et sa vie privée. Pourtant, il lui arrivait parfois de se sentir attirée vers le précipice, et pas seulement avec Greg. Ses enfants aussi l'avaient séduite : Max, qui était tellement attendrissant, et Daisy, dont elle comprenait si bien la vulnérabilité. Avait-elle franchi la limite en parlant avec la jeune femme ? Elle n'en savait rien. Daisy lui avait fait des confidences, elle l'avait écoutée. Et elle n'avait pas pu s'empêcher de glisser dans la conversation un avis ou un conseil, ici et là. Cela lui était venu naturellement.

Elle se sentait toujours mal à l'aise quand ils montèrent travailler au grenier. Cela faisait des jours qu'ils s'attelaient à cette tâche. Le grenier était un fatras labyrinthique rempli d'un bric-à-brac auquel personne n'avait probablement touché depuis des années. Ils avaient trié les meubles cassés, les livres moisis, les outils rouillés, les jouets désuets, les draps infestés d'araignées. La plus grande partie allait directement dans la benne mais, de temps à autre, ils dénichaient un petit trésor, tel un vase clouté blanc ou un plateau en tôle peinte.

Greg avait troqué son beau costume et sa chemise blanche contre une tenue plus adéquate. Tant mieux, pensa-t-elle. Dans ce costume à l'évidence onéreux et fait sur mesure, il avait quelque chose d'exotique et de terriblement séduisant. En short et T-shirt, il était… encore attirant, certes, mais d'une manière moins redoutable.

— On garde ou on jette ? demanda-t-il en brandissant un abat-jour mangé par les mites.

— On jette. Plus on avance, plus je deviens impitoyable.

— Moi aussi, dit-il en jetant l'objet sur le tas de rebus. Et ça ?

— Qu'est-ce que c'est ?

— Je ne sais pas très bien. On dirait une pierre à aiguiser. C'était dans une caisse avec… Ça alors !

Il se pencha et sortit de la caisse une grande lame rouillée. Il prit la pose, les poings sur les hanches.

— Vise un peu ça !

— Très « Pirates des Caraïbes », commenta-t-elle.

— C'est une machette, déclara-t-il. Il y a une hache aussi et… ouah ! Je crois que j'ai trouvé l'arsenal de la famille.

En chassant un nuage de poussière de son visage, il souleva le couvercle d'une autre caisse.

— De vieux fusils de chasse à poudre et des munitions. On les garde !

— Je suis tout à fait de ton avis, répondit Nina.

— Je me réjouis qu'on soit sur la même longueur d'ondes.

Il remit les armes dans leurs caisses respectives avec soin.

Il ne s'était apparemment pas rendu compte qu'elle ironisait.

Elle porta son attention sur une caisse de livres. Les volumes anciens seraient du plus bel effet dans les chambres et dans la bibliothèque : ils ajouteraient une touche particulière à l'atmosphère. Elle lut à haute voix les titres pittoresques — *Tout sur les chiens, L'Ecuyer du chevet, Le Compagnon de la ménagère… L'Hygiène du mariage*. Fascinant !

— Hors de question qu'on mette ça dans une chambre.

— Nous ne voulons pas que les mariages de nos clients soient hygiéniques ?

— On ne veut pas qu'ils pensent à ça.

Un vieux cliché glissa des pages du livre sur les chiens. Non daté. Il devait remonter aux années vingt à en juger d'après la tenue des personnages. Il représentait une famille en compagnie de trois labradors. Ils posaient tous avec raideur, mais le chien du milieu avait bougé la tête, créant un flou au centre de la photographie. Cette imperfection rendait l'image plus humaine. Nina la tendit à Greg.

— Regarde ça. Des fantômes dans le grenier.

Il admira la photo et la mit dans la pile des choses à conserver.

— Tu as peur des fantômes ?

— Pas du tout. On devrait faire courir le bruit que l'auberge est hantée. Ce serait peut-être bon pour les affaires. Cet endroit a une histoire et je me réjouis qu'on n'en ait pas fait un immeuble en copropriété ou quelque chose comme ça.

Elle avait parlé sans réfléchir. Elle baissa la tête, déconcertée par l'émotion qui l'avait envahie.

— Je n'aurais jamais fait une chose pareille, affirmat-il.

Elle mit de côté le livre sur l'hygiène.

— Je vais le garder pour Sonnet si ça ne t'ennuie pas. Ça l'amusera.

— Elle te manque beaucoup, je suppose.

— Plus que je ne l'imaginais.

— Tu dois être drôlement fière de ta fille.

Etait-ce de l'envie qu'elle percevait dans sa voix ?

— Je me demande chaque jour comment j'ai fait pour mériter une fille pareille, répondit-elle.

C'était vrai. Comme tous les enfants, Sonnet avait défié sa mère en grandissant, mais c'était une fille affectueuse et bourrée de talents. Meilleure élève de sa classe, elle avait obtenu une bourse d'études et passait l'été en Europe.

— Elle me manque terriblement, en effet.

— C'est paradoxal, hein ? La tienne a quitté le nid et la mienne est sur le point de pondre.

Nina marqua un temps d'arrêt et observa le visage de son compagnon à travers la lumière poussiéreuse venant de la lucarne.

— Ça fait peur.

— Oui.

Nina se sentit proche de lui un instant, et se demanda si elle était la seule à avoir cette impression. Elle songea que si elle poussait les choses, rien qu'un peu, elle en aurait le cœur net. En avait-elle envie ?

— Je pense qu'elles s'en sortiront très bien toutes les deux, dit-elle, laissant se dissiper l'instant sans relever. Vraiment très bien.

— J'espère que tu as raison.

— C'est pour ça que tu me paies grassement.

Elle hésita un instant. Elle était un peu nerveuse. Non pas à cause de ce qu'elle éprouvait à l'égard de Greg, mais pour une autre chose qu'elle devait élucider.

— J'ai une petite question à te poser. Que dirais-tu si Sonnet faisait halte à La Haye ?

La Haye se trouvait à deux heures de train de Bruxelles. C'était le siège de plusieurs tribunaux internationaux, y compris la Cour pénale internationale. C'était aussi là que vivait et travaillait Sophie.

Il entassa les livres de rebut dans une vieille caisse.

— Quel est l'objet de ta question ?

— Je voulais juste que tu le saches. Daisy a suggéré à Sonnet d'appeler sa mère quand elle arriverait en ville. Sonnet compte aller la voir.

— Sophie est mon ex, pas un monument national. J'espère que Sonnet fera plus qu'aller la voir. Sophie lui montrera des choses incroyables, je n'en doute pas. Ta fille a bien raison d'en profiter.

— Bon. Je voulais juste être sûre que tu n'y voyais pas d'inconvénient.

— Ce n'est pas à moi d'en décider, dit-il. Mais sache que ça ne me pose pas de problème.

Il porta la caisse en haut de l'escalier et la posa sans ménagement, de sorte qu'elle souleva un nuage de poussière.

— Sophie lui fera découvrir la ville mieux qu'un enfant du pays, je te le garantis, ajouta-t-il en s'essuyant les mains sur son short.

— Tant mieux. J'étais un peu mal à l'aise à l'idée d'aborder la question avec toi.

— Pas de souci. Ecoute, je pense que je peux jouer franc jeu avec toi puisque nous sommes amis.

— Amis. C'est ça.

— Sophie et moi sommes restés mariés dix-sept ans. Ça fait une sacrée portion de ma vie. Nous sommes liés par toute une histoire. Je ne te mentirai pas en te disant que ça n'a pas été qu'une longue période malheureuse. Nous avons vécu des bons moments et nous avons élevé deux enfants.

— Je sais. Pour les enfants, je veux dire. Ils sont super.

En ce qui concernait les bons moments, elle devait le croire sur parole.

— Sophie et moi nous sommes mariés… dans des circonstances difficiles, reprit-il.

— Je sais, répéta-t-elle.

Se rappelait-il qu'il lui avait parlé à son mariage quand il avait flanqué son poing dans le mur ?

— Ce n'était pas prévu, précisa-t-il. Nous l'avons fait pour Daisy, et ça a longtemps marché parce que nous nous sommes donné du mal l'un et l'autre. En définitive, nos chemins se sont éloignés. On ne s'en est pas rendu compte, au début : on était trop obnubilés par nos carrières respectives.

Nina se sentit rougir.

— Et tu me racontes ça parce que…

Il rit.

— Je ne sais vraiment pas pourquoi. Désolé.

Son rire léger et l'émotion inévitable qu'il provoqua en elle la déboussolèrent.

— Il faut que j'y aille, dit-elle, sachant qu'elle devait se hâter de prendre une douche si elle voulait être prête à temps.

— Ah oui, c'est vrai, tu sors avec… comment s'appelle-t-il, déjà ?

— Nils.

Elle était surprise par sa nervosité soudaine.

— Je suis désolée de t'abandonner, mais…

— Ne t'inquiète pas pour moi. Tu m'as donné une liste, tu te souviens ?

Une liste de choses à faire.

— Ecoute, si tu préfères que je reste…

— Je t'ai dit de ne pas t'inquiéter.

Il lui fit signe de partir.

— Ça ira.

16

— Tu es bien plus douée que je ne le pensais, déclara Nils alors qu'il raccompagnait Nina chez elle après la soirée aux *Fast Lanes*.

— Ah bon ?

Elle lui jeta un rapide coup d'œil.

— Je suis rouillée, pourtant. Ça fait des années que je n'avais pas joué.

— On ne croirait pas, vu ton score.

Ils étaient allés au bowling avec toute une bande de copains. C'était sympa de se retrouver avec une partie de son ancienne équipe, mais ça faisait bizarre en même temps. Ils se connaissaient depuis toujours. Ils avaient le même âge, mais elle avait l'impression d'appartenir à un autre monde. Sa fille était sur le point d'entrer à l'université alors que la plupart de ses amies venaient de se marier ou d'avoir un bébé : elles échangeaient des conseils en matière de décoration, des histoires de bambins. Heureusement, il y avait un certain nombre de célibataires parmi eux. Dont Nils. Il n'était pas vilain garçon. Il était drôle et courtois.

— J'ai peut-être eu de la chance ce soir, dit-elle.

Il rit en négociant un virage.

— Peut-être.

Il s'engagea dans le sentier conduisant à l'auberge après

avoir repéré l'enseigne repeinte et illuminée pour accueillir les visiteurs. Les érables de part et d'autre avaient été élagués récemment ; la chaussée avait été refaite. A l'approche de la réouverture, Nina s'aperçut qu'elle passait tout en revue d'un œil critique. Même après 10 heures du soir, il fallait que les lieux soient accueillants.

Des lampes à gaz jalonnaient les allées de la propriété ; des appliques de style diligence éclairaient l'entrée principale et le porche. Les fenêtres des chambres brillaient. Le domaine dans son ensemble promettait repos et calme. Les hôtes ne sauraient jamais à quel point chaque détail avait été étudié.

Elle se tourna vers Nils pour le remercier de la soirée, mais il sortait déjà de la voiture pour venir lui ouvrir la porte.

— Je te raccompagne à ta porte, dit-il.

— Oh ! Bon, d'accord. C'est par là.

C'était un rendez-vous, se rappela-t-elle. Un fichu rendez-vous. Elle avait passé une heure à se doucher, à se pomponner. La suite des événements était prévisible. Il était censé la ramener à sa porte et elle était supposée l'inviter à entrer.

Elle fit une remarque sur la douceur de la nuit. Ils admirèrent le sillon argenté de la lune se reflétant sur le lac. Puis, à un tournant du chemin, Nils lui prit la main.

Vas-y ! se dit-elle. *Tu verras bien ce qui se passe.*

Elle se rappela que les premiers rendez-vous étaient toujours malaisés. Elle était censée être émue qu'il lui ait pris la main. Seulement, elle ne pensait qu'à une seule chose : ce n'était pas…

— Hé ! s'exclama-t-il. Qu'est-ce que c'est que ça ?

Dans la partie inférieure du hangar à bateaux, une pluie d'étincelles aveuglantes venait de surgir. Nina s'empressa de lâcher la main de Nils et se figea.

— Mon Dieu, ma maison serait-elle en feu ?

A peine avait-elle prononcé ces mots qu'ils s'élancèrent à toutes jambes pour s'immobiliser brusquement en atteignant la zone de stockage des bateaux. Ce n'était pas un incendie : la fontaine d'étincelles provenait d'une lampe à souder.

— Greg ? s'écria Nina. Qu'est-ce que tu fabriques ?

Ça ne pouvait être que lui. Qui d'autre aurait travaillé ici à une heure pareille ?

Elle l'appela de nouveau d'une voix plus forte et il se redressa. Un bouclier transparent obscurcissait son visage ; il portait des gants ignifugés. Dans un film d'horreur, il aurait incarné un tueur qui se serait jeté sur eux et les aurait trucidés tous les deux.

Mais Greg se borna à soulever son masque et à les gratifier d'un sourire innocent.

— Salut, Nina !

Son regard effleura Nils et parut se durcir légèrement.

— Neil, c'est bien ça ?

— Nils.

— Ah oui ! Désolé. Nils. Comment ça va ?

Il n'attendit pas la réponse.

— Je répare la cale.

— C'est ce que je vois, dit Nina.

Elle le harcelait depuis des jours pour qu'il s'en occupe. Curieux qu'il ait décidé de s'y atteler précisément maintenant.

— Il est 10 heures du soir, Greg.

— Je sais. Je pensais avoir fini avant ton retour. Je ne voulais pas te déranger avec tout ce bruit.

Bien entendu !

Elle se tourna délibérément vers Nils.

— Tu veux monter ?

Greg ralluma sa torche qui produisit une flamme bleue sifflante.

— Je ferais mieux d'y aller, répondit Nils en reculant d'un pas. Prends soin de toi, Nina.

Pourquoi m'as-tu tenu la main, alors ? avait-elle envie de lui demander. Mais elle était trop déconcertée pour faire autre chose que marmonner :

— Bonne nuit.

Il ne se donna même pas la peine de dire : « Je t'appelle. »

Sans doute la vision d'un homme imposant équipé d'une lampe à souder l'avait-elle quelque peu rebuté.

— Merci mille fois ! dit-elle à Greg, haussant la voix pour couvrir le bruit.

— Il n'y a pas de quoi, répondit-il en abaissant de nouveau son masque. Je n'en ai plus pour longtemps.

— Je m'en doute, riposta-t-elle avant de monter bruyamment les marches conduisant chez elle.

Perturber son rendez-vous avec Nils était une chose. Elle lui accordait le bénéfice du doute — c'était vrai qu'elle lui avait cassé les pieds à propos de la cale. A l'approche du jour de la réouverture, ils avaient tous les deux des horaires impossibles.

Quelques jours plus tard, cependant, elle alla pique-niquer avec Marty Lewis. En rentrant chez elle, elle trouva Greg en train d'affûter la machette, une hache et une hachette avec la pierre à aiguiser, et elle en vint alors à se demander s'il ne prenait pas de drôles d'habitudes. Après son troisième rendez-vous — une séance de cinéma avec Noah Shepherd le vétérinaire —, cela ne fit plus aucun doute. Greg les accueillit, Noah et elle, sous le porche du bâtiment principal. Il avait des armes partout autour de lui. Elle reconnut les fusils anciens qu'ils avaient dénichés dans le grenier.

— Des fusils de chasse à poudre, expliqua-t-il d'un ton jovial. Probablement des pièces de collection. Je voulais voir si l'un d'eux fonctionnait encore.

Noah jeta un coup d'œil à son portable.

— J'ai une pouliche qui doit mettre bas ce week-end. Je ferais bien d'aller voir comment elle va.

Nina esquissa un sourire. Elle était à peu près sûre qu'il n'avait pas eu le moindre appel.

— Bien sûr, Noah.

Il était extrêmement séduisant, dans le genre beau ténébreux à la Heathcliff. Il avait les pieds sur terre, il était sans prétention, mais elle le trouvait un peu taciturne. En faisant vraiment des efforts, elle aurait sans doute pu l'inciter à parler. Mais, à ce stade de sa vie, c'était un petit ami qu'elle désirait, pas une contrainte.

N'empêche qu'elle en voulait à Greg d'avoir forcé sa décision. Elle étreignit Noah à la hâte — elle eut l'impression de serrer une plaque de granit dans ses bras — et murmura une fois encore :

— Bonne nuit.

Comme il se dirigeait à grands pas vers sa voiture, elle se tourna brusquement vers Greg.

— Je te félicite. Trois sur trois. Voire quatre sur quatre si on compte Shane Gilmore.

— Comment ça, si on le compte ?

— Théoriquement, tu es responsable, là aussi : si je me suis fâchée contre lui, c'est parce qu'on t'avait vendu l'auberge.

— Je ne te suis vraiment pas !

Elle regarda les phares osciller sur le parking, tandis que Noah s'éloignait.

— A mon avis, c'est un record, même pour toi. Il ne m'a même pas dit au revoir.

Greg lui sourit avec une innocence puérile.

— Qu'entends-tu par « record » ?

Pendant toutes les années d'enfance de Sonnet, elle n'avait fréquenté pratiquement aucun homme. Elle avait résolu de s'y essayer maintenant, de se hasarder sur ce terrain inexploré. Elle connaissait depuis des années la plupart de ceux avec lesquels elle sortait. Dans le cas de Noah Shepherd, c'était même elle qui lui avait proposé d'aller au cinéma. Il était tellement craquant. En attendant, la seule alchimie qu'elle avait expérimentée, c'était le flamboiement volatile de la poudre noire de Greg. Quelque chose n'allait vraiment pas dans ce scénario. A son grand dam, elle manqua de s'étrangler en retenant un sanglot. Priant le ciel pour qu'il n'ait rien remarqué, elle tourna les talons et s'engagea résolument dans l'allée menant au hangar à bateaux. Elle ne rentra pas chez elle pour autant : elle était trop énervée. A la place, elle se dirigea vers le ponton et se mit à faire les cent pas, totalement frustrée.

Greg la rejoignit une minute plus tard.

— Je n'ai pas réussi à les faire fonctionner.

C'était sans doute préférable. Vu son humeur, il valait mieux qu'elle n'ait pas à sa portée une arme en état de marche. Elle prit une profonde inspiration, laissant libre cours à sa rage dans l'espoir qu'elle dissiperait ses larmes.

— Tu le fais exprès ! lança-t-elle en pivotant sur elle-même pour lui faire face.

Le clair de lune découpait sa silhouette, formant un halo argenté autour de sa tête.

— Quoi donc ?

— Comme si tu ne le savais pas ! Tu n'es pas mon chaperon. Je n'ai pas besoin que tu m'attendes chaque soir quand je sors.

— Je ne t'attends pas. Je suis juste… debout.

— Et comme par hasard, en rentrant chez moi avec un mec, je te trouve en train de nettoyer des armes, d'aiguiser des couteaux ou de faire de la soudure.

Il se mit à rire.

— C'est totalement délibéré.

Son aveu la prit au dépourvu. Elle s'attendait à une dispute musclée.

— Délibéré ? répéta-t-elle. Mais pourquoi ? Je ne comprends pas.

Il se rapprocha d'elle et l'attira tout à coup contre lui. Ce geste inattendu lui coupa le souffle, et elle le dévisagea en écarquillant les yeux.

Un désir insensé l'envahit et elle revit en pensée toutes les fois où elle avait imaginé ce moment. Soudain, il se mit à l'embrasser, et ça aussi, elle l'avait imaginé. Mais la réalité ne ressemblait en rien à ses rêves. C'était tellement mieux que la sensation lui donna le tournis, comme si on la transportait quelque part, très loin de là. Il n'y avait rien de particulièrement tendre dans ses gestes, pourtant elle ne s'était jamais sentie aussi chérie. Son baiser aussi était presque brusque, mû par l'urgence, l'envie de posséder. Néanmoins, c'était le baiser le plus excitant de toute sa vie. Elle en oublia toutes les autres fois où elle avait embrassé un garçon.

C'était la première fois que ça lui arrivait. Elle n'avait jamais été transportée ainsi par l'étreinte d'un homme, et elle eut l'impression d'avoir trouvé la pièce manquante d'un puzzle inachevé. Trop vite, ce fut fini. Il la libéra et recula si prestement qu'elle en vint à se demander si ce baiser étonnant avait vraiment eu lieu.

— Tu es une femme intelligente, Nina, dit-il en remontant l'allée. Tu devrais comprendre.

L'espace de quelques secondes, elle en resta bouche bée. Pour finir, elle retrouva sa voix et courut après lui.

— Une minute, nom d'un chien ! s'écria-t-elle. Tu ne peux pas faire un truc pareil et t'en aller comme ça.

— C'est vrai, reconnut-il sans même ralentir le pas. Je pourrais te jeter sur mon épaule comme un homme des cavernes, t'emmener en haut et te violer.

Cette idée la troubla au plus haut point.

— Ce n'est pas très politiquement correct, bredouilla-t-elle.

— Tu crois vraiment que je me soucie de ce qui est « politiquement correct » ?

Il n'avait pas l'air de tenir à ce qu'elle lui réponde. Il rit rageusement et continua à marcher.

— Je l'ignore, Greg, répondit-elle. En tout cas, je n'arrive pas à te comprendre.

Elle était folle de… quoi ? De rancœur ? De frustration ? Elle pouvait l'insulter si ça lui chantait. Elle pouvait lui reprocher d'avoir gâché ses soirées. Mais en réalité, ces fameuses soirées n'avaient pas la moindre chance d'aboutir parce qu'elle était incapable de construire une véritable relation. Et ce n'était pas la faute de Greg. Il l'avait juste obligée à se regarder dans la glace et à admettre qu'elle n'avait jamais réellement aimé un homme.

Elle lui saisit le bras et sentit aussitôt la tension qui raidissait ses muscles.

— Aurais-tu l'obligeance de m'expliquer ce qui se passe ? Ce que tu *voudrais* qu'il se passe ?

Il prit une profonde inspiration. La colère brilla dans ses yeux.

— Ecoute, si on se lance… si la soirée se passe comme je crève d'envie qu'elle se passe, ça va modifier la donne entre nous. Tout sera différent. Je ne sais pas ce que tu en penses mais moi, ça ne me dérangerait pas que ça change.

Son honnêteté, son intensité faillirent avoir raison d'elle. Elle était encore sous le coup de son baiser. Pourtant, il lui laissait le choix. Maintenant, tout de suite. Il lui offrait la possibilité de dire « oui, moi aussi, j'en ai envie ». A l'insu de Greg, elle en rêvait depuis le jour où ils s'étaient rencontrés, des années auparavant. Un moment dont il ne se souvenait probablement même pas.

La tentation était presque insoutenable. Une petite voix douce lui chuchotait : « Pourquoi ne pas essayer avec lui ? Tu verras bien où ça te mène. »

Mais les enjeux étaient trop importants avec Greg. Ce n'était pas simplement un type qui l'emmenait au cinéma ou au bowling. C'était son associé. Un homme qu'elle ne supporterait pas de perdre. Dans ces conditions, il était sans doute plus raisonnable de prendre la fuite.

Elle dut se faire violence pour trouver la volonté de le faire mais, finalement, elle lui lança :

— Bonne nuit, Greg ! A demain matin.

— Attends une minute ! Je ne suis pas sûre de comprendre.

Jenny étudiait le visage de Nina. Elle lui avait demandé de l'accompagner chez Zuzu's Petals afin de l'aider à choisir une robe pour la réouverture de l'auberge.

— Il t'a fait des avances ?

— C'était plutôt explicite, si « violer » signifie bien ce que je pense, répondit Nina.

— Il a dit ça ? Personne n'ose plus employer ce mot, de nos jours… Alors, comment c'était ?

Nina éclata de rire.

— Tu plaisantes ? Tu penses vraiment que j'ai accepté ?

Jenny écarquilla les yeux.

— Tu veux dire que tu as refusé ?

— Il est hors de question que j'aie une histoire avec Greg Bellamy. Pas même pour découvrir ce qu'il entend par « violer ». Je te rappelle qu'il est mon pire ennemi !

— Parce qu'il a acheté l'auberge ?

— Exactement.

Elle prit une robe vert pomme sur le portant et la cala sous son menton.

Son amie la lui reprit et la remit en place.

— Je trouve qu'il a eu du cran de faire ça. Il a pris tous les risques. Ce n'est pas facile de diriger une affaire.

Jenny était bien placée pour le savoir, pensa Nina. Elle avait été copropriétaire, puis unique propriétaire de la boulangerie Sky River. Elle avait connu des moments d'incertitude, sans aucun filet de sécurité.

— Je m'en rends compte, dit Nina. Mais il m'a privée de ma chance de réussir, en même temps que du risque d'échec.

— Tu sais ce que je pense ? Je pense que l'auberge n'a rien à voir avec ça. Ce qui t'inquiète, au fond, c'est de craquer pour Greg.

— Craquer ?

Nina eut un petit ricanement incrédule.

— C'est bien la dernière personne pour laquelle je voudrais craquer. Pourquoi devrais-je craquer pour qui que ce soit, d'ailleurs ? Je sors avec un tas de mecs pour compenser l'adolescence que j'ai ratée.

— Et ça se passe bien ?

— Très drôle, doc'.

Jenny lui tendit une robe moulante en jersey couleur pêche.

— Crois-moi, l'adolescence, ce n'est pas si génial qu'on le dit.

Elle prit plusieurs autres robes au passage et entraîna Nina vers le salon d'essayage.

— Greg a des enfants, déclara Nina en passant une robe. Et il ne va pas tarder à être grand-père.

— Tu as quelque chose contre les enfants et les petits-enfants ?

— Non. Mais j'en ai fini avec tout ça.

Jenny leva un sourcil perplexe.

— Tu as fait un travail formidable avec Sonnet. Tu pourrais facilement remettre ça.

— Facilement ? J'étais morte de trouille la moitié du temps à l'idée de me tromper. J'avais l'impression d'être sur une corde raide au-dessus d'un marécage rempli d'alligators. Pourquoi est-ce que j'en redemanderais ?

— Parce que tu es douée avec les alligators.

— Il y a de la marge entre parler de sortir avec lui et envisager un avenir commun, souligna Nina.

Elle sortit de la cabine et se planta devant la glace. Jenny avait l'œil, il fallait le reconnaître. La robe était superbe : à la fois stricte et originale.

— Pourrais-tu sortir avec lui sans t'engager ?

— On travaille ensemble, point barre.

— On dirait que tu as pris ta décision.

Nina finit par choisir la robe couleur pêche avec un pull à manches trois quarts assorti. Jenny la regarda sans cacher son admiration.

— Tu vas être éblouissante.

— C'est l'auberge qui a besoin d'être éblouissante.

— Je te trouve nerveuse, dit Jenny. Tu entortilles toujours tes cheveux autour de ton doigt quand tu es nerveuse.

— C'est vrai. Je suis un peu nerveuse, je l'avoue. Mais rien de grave. Allons plutôt déjeuner : ces emplettes m'ont donné faim.

Elles se rendirent à la boulangerie. Au cœur de l'après-midi, il y avait du monde. Pendant qu'elles se servaient de goulaches, Laura Tuttle franchit les portes battantes, poussant devant elle un chariot où trônait une imposante pièce montée.

— Un nouveau jour, un nouveau gâteau, dit-elle.

— Celui-ci est fabuleux, nota Nina.

Quand Jenny et elle étaient petites, elles observaient

Laura avec fascination pendant qu'elle confectionnait du glaçage fondant, des fleurs et des feuilles en pâte à sucre. Naturellement, en planifiant leurs mariages de rêve, elles avaient discuté des heures durant de leur future pièce montée, opposant tradition et innovation. En définitive, elles avaient dû s'en passer l'une et l'autre, Jenny ayant filé en catimini à St Croix au milieu de l'hiver pour convoler, tandis que Nina ne s'était jamais mariée.

— Merci, dit Laura. La vieille fille ne cesse de découvrir de nouvelles astuces.

— Cesse de te traiter de vieille fille ! protesta Jenny.

Elle se tourna vers Nina.

— Laura sort avec mon père, tu sais ? Elle sort avec Philip Bellamy.

— Ne dis pas de bêtises ! lança Laura. Nous sommes juste deux amis qui rattrapent le temps perdu.

— Mais oui, répondit Jenny en lui décochant un clin d'œil. Bien sûr !

— Les gens heureux en amour ne sont-ils pas agaçants ? lança Nina à l'adresse de Laura.

— Je ne te le fais pas dire ! admit Laura en levant les yeux au ciel.

Elle avait rougi, mais Nina se garda bien de le faire remarquer. Surtout devant Jenny. Les liens entre Philip Bellamy et Jenny différaient d'une relation père fille normale. Ils s'efforçaient toujours de se découvrir l'un l'autre.

— J'aimerais tellement que tu te laisses aller ! ajouta Jenny à l'adresse de Laura. Philip et toi, vous vous connaissez depuis que vous êtes adolescents. Est-ce possible de connaître quelqu'un aussi longtemps et d'hésiter encore ?

Oh, oui ! songea Nina. Absolument. On pouvait très bien être totalement à côté de la plaque.

Jenny contemplait la pièce montée d'un air rêveur.

— J'ai su que je devais être avec Rourke dès l'instant où

je l'ai vu, et nous étions tout gamins. C'est fou de penser qu'on a mis si longtemps à se réveiller et à comprendre.

— Certaines personnes ont la chance de trouver ce qu'elles cherchent du premier coup, dit Laura. D'autres...

Elle laissa sa phrase en suspens, mais Nina se rappela une chose que Greg lui avait dite :

— La vie vous donne des tas d'occasions de foirer.

— Ce qui veut dire que l'on a autant de chances de réussir, fit remarquer Jenny.

17

— Tu as le trac, déclara Greg d'un ton indiscutablement accusateur.

— Et alors ? répliqua Nina. Tu veux me faire un procès ?

Le jour de la réouverture de l'auberge était arrivé. Tout était prêt. Des fleurs magnifiques ornaient les tables et les manteaux de cheminée. Becky Murray, une musicienne de la région, jouait de la harpe comme un ange. Les notes suaves résonnaient dans le salon, ajoutant à l'élégance et au luxe des lieux. Le personnel vaquait discrètement à ses occupations. Des plateaux en porcelaine remplis de canapés provenant de la boulangerie Sky River avaient été disposés sur une table ancienne, à côté d'un samovar en argent contenant du thé glacé. Nina et Greg attendaient au bureau de la réception tandis que les employés chargés de l'entretien et de la logistique s'affairaient, presque invisibles, en arrière-plan. Tout le monde attendait l'arrivée des premiers clients.

Si Nina avait les nerfs à vif, c'était surtout à cause de l'homme qui se tenait à côté d'elle, vêtu d'un veston magnifiquement coupé — pas trop formel, mais suffisamment habillé pour témoigner de l'importance que cette journée représentait à ses yeux. Il semblait parfaitement à l'aise dans cet environnement luxueux, alors que Nina se posait des questions sur sa robe bain de soleil flambant neuve. Elle avait des doutes sur tout. Depuis que Greg l'avait embrassée, elle avait l'impression que des aliens habitaient son corps. Elle ne se contrôlait plus. Il suffisait qu'il entre dans la pièce pour qu'elle perde ses moyens. Elle fantasmait constamment à son sujet. L'autre jour, à son grand dam, elle s'était surprise en train de griffonner inconsciemment son nom sur le papier à lettres de l'hôtel.

De son côté, il se montrait très gentleman depuis ce moment fatidique. Il n'avait fait aucun commentaire. Nina s'efforçait d'oublier. Elle n'arrêtait pas de se répéter qu'il ne fallait pas en faire tout un plat. Il l'avait embrassée, elle l'avait repoussé — pas parce qu'elle ne l'aimait pas : au contraire, parce qu'elle l'aimait trop !

Fort heureusement, Greg avait l'air de penser à tout autre chose.

— Tout va bien se passer, dit-il. Très bien, même. Cette journée va nous booster.

— C'est le genre d'endroit où je rêverais de passer mes vacances, murmura-t-elle.

Quand il lui sourit, elle eut cette impression de fondre, désormais familière, et elle comprit qu'il avait raison : *tout* allait bien se passer. Son assurance était contagieuse. En franchissant le seuil, les gens apercevraient cet homme souriant, incroyablement séduisant, et ils sauraient qu'ils avaient choisi le bon endroit pour passer leurs vacances. Comment pourrait-il en être autrement ?

— Bienvenue à l'île du Rêve ! murmura-t-elle en prenant l'accent espagnol.

— Comment ?

— Euh… rien.

Au départ, elle s'était imaginé que toute cette affaire pèserait trop lourd sur les épaules de Greg. Elle pensait qu'il agiterait un petit drapeau blanc en signe de reddition et déclarerait qu'il avait commis une terrible erreur, qu'il ne voulait pas de cette auberge, tout compte fait. A présent, elle devait reconnaître qu'il avait accompli un travail formidable. Il émanait de lui une sorte de calme naturel, et tous ceux qui travaillaient à ses côtés le respectaient — y compris elle. Il avait orchestré la réouverture de l'auberge avec une admirable précision.

C'était problématique. Il était supposé échouer et partir.

L'été commençait à peine, se rappela-t-elle. Il aurait toutes sortes d'occasions de se rendre compte qu'il n'était pas à sa place ici, qu'il ferait mieux d'aller dessiner des terrains de golf ou dresser des plans de centres commerciaux. L'arrivée des clients pouvait tout changer. Les gens se révélaient souvent inconstants, déraisonnables, difficiles à satisfaire. Ils se chargeraient de le décourager avant la fin de l'été. Mais aujourd'hui, elle pouvait se permettre d'être contente pour lui — pour eux tous.

Elle jeta un coup d'œil à la carte que Sonnet lui avait envoyée — *Bonne chance, maman* — qu'elle avait posée en évidence sur le bureau de la réception, et sa nervosité se dissipa. La carte représentait un dessin romantique de Casteau, la petite ville aux rues pavées et aux églises anciennes où Sonnet vivait actuellement avec son père et sa famille.

— Elle te manque beaucoup, hein ? dit Greg.

Elle haussa la tête, étonnée de sa perspicacité.

— Ça me fait drôle qu'elle ne soit pas là pour l'ouverture. Elle était présente à tous les grands moments de ma vie, y compris la remise de mon diplôme au lycée ! Puis à l'université, quand j'ai été élue maire.

Elle soupira en effleurant la carte.

— Alors, c'est un grand jour pour toi ?

— Bien sûr.

Pourquoi prétendre le contraire ?

Pour Dieu sait quelle raison, cela le fit sourire.

— Pour moi aussi.

Un bruit s'infiltra par la fenêtre ouverte : un claquement de portière de voiture, suivi d'éclats de voix qui approchaient. Greg redressa les épaules au moment où les premiers clients franchissaient le seuil.

— Bienvenue à l'auberge du lac des Saules ! dit-il.

C'étaient les Morgan, un couple de citadins. Sadie, une femme expansive et son époux, Nate, plutôt discret et complaisant. Nina les inscrivit sur le registre, puis Walter les conduisit à leur chambre. En l'espace de quelques heures, ils accueillirent ainsi toute une variété de clients. Le jeune couple d'amoureux de Buffalo qui avait remporté le concours promotionnel pour un séjour gratuit sur le Web. Il y avait aussi une jeune femme du nom de Kimberly Van Dorn. Elle voyageait seule et elle était d'une beauté si saisissante que Nina interrompit ce qu'elle faisait pour la regarder. Kimberly ne s'en aperçut même pas, évidemment. Toute son attention était fixée sur Greg. Elle se débrouilla d'ailleurs pour glisser dans la conversation quelques données la concernant : elle était allée au camp Kioga quand elle était petite, et elle venait de divorcer.

Sans se laisser démonter, Greg assura à Mme Van Dorn que son séjour serait délassant et lui offrirait une chance d'échapper aux impératifs de la vie quotidienne.

Elle paraissait si jeune qu'elle n'avait pas dû être mariée bien longtemps. Elle était grande comme une amazone, avec des pommettes à la Katharine Hepburn. Elle avait un corps de modèle pour maillots de bain, une cascade de cheveux roux ; elle conduisait une élégante voiture de sport et elle avait apporté son équipement de golf, ce qui ajoutait probablement à ses charmes aux yeux de tous les hommes présents.

Greg la traita pourtant comme les autres clients. Il lui tendit la clé de sa chambre et la confia à Walter qui se chargea de ses bagages de marque.

— Bienvenue à l'auberge du lac des Saules ! lança-t-il aux clients suivants.

— Salut, Gayle !

Nina était contente de voir un visage familier. Gayle avait été son assistante à la mairie.

— Je te présente Gayle Wright et son mari Adam, dit-elle en se tournant vers Greg.

— Nous sommes les propriétaires de la ferme horticole Windy Ridge, expliqua Gayle en contemplant le salon. Les fleurs sont magnifiques dans ce cadre.

Nina avait passé un contrat hebdomadaire avec Gayle et Adam. Gayle avait un fabuleux talent pour les arrangements floraux. Elle avait créé des bouquets d'une seule variété de fleurs disposés dans des vases transparents regroupés à différentes hauteurs un peu partout dans le salon.

— C'est à toi que nous devons cette beauté, lui rappela Nina.

Gayle rayonnait.

— J'aimerais que les enfants…

— Certainement pas ! l'interrompit Adam.

Puis, à l'adresse de Nina, il ajouta :

— C'est la première fois que nous passons une nuit sans eux.

— Ils sont tous les trois chez ma mère, précisa Gayle.

— Et ils vont très bien, affirma Adam.

En les observant, Nina se sentit émue. Elle avait fait toutes ses études avec Gayle, une fille tranquille, un peu robuste, avec de longs cheveux bruns et des lunettes à monture d'écaille. Gayle n'avait pas beaucoup changé, pourtant quand elle était avec son mari, elle brillait de l'intérieur. L'amour rendait les gens beaux, incontestablement. C'était magique. En regardant un couple comme Gayle et Adam, on voyait quelque chose d'invisible, qui n'en était pas moins aussi tangible et réel que la terre elle-même. Il devait en être ainsi avec l'amour. C'était ce qu'elle voulait pour Sonnet. Et bon, d'accord, ce qu'elle voulait aussi pour elle-même. Elle était sans doute folle de penser que c'était encore possible.

Tout ça à cause de l'auberge, pensa-t-elle, et de cette ambiance romantique qu'ils avaient créée ensemble. Seigneur, ça marchait, même sur elle !

— Etes-vous venus pour une occasion particulière ? demanda-t-elle à Gayle et Adam.

Une lumière vacilla dans les yeux de Gayle. Elle pinça les lèvres, hocha la tête. Sa main trouva celle de son mari.

— L'unité de la Garde nationale d'Adam part en mission, répondit-elle d'une voix chevrotante. Il s'en va la semaine prochaine.

Nina frissonna longuement, mais elle conserva son sourire.

— Nous allons faire en sorte que ce week-end soit vraiment spécial pour vous, promit-elle.

Le frisson se prolongea tandis qu'elle les regardait s'éloigner, et il lui vint à l'esprit que même l'amour véritable avait ses mauvais côtés : cette souffrance engendrée par la séparation, la peur du danger.

Tandis que les Wright gagnaient leur chambre, Greg s'entretenait déjà avec un autre couple : Jack Daly et Sarah Moon, de Chicago. Ils étaient jeunes et manifestement riches, un peu éteints peut-être.

— Vous êtes venus fêter quelque chose ? leur demanda Greg.

Ils échangèrent un sourire teinté d'ironie. Jack était bel

homme : cheveux coupés très court, silhouette athlétique et sobre qui faisait songer à Lance Armstrong.

— Oui, en effet, répondit-il.

Mais il ne s'appesantit pas. Il prit les clés sur le bureau et se dirigea vers l'escalier.

Sa femme, Sarah, signa le registre avec panache. Elle avait une beauté discrète et un très beau sourire qui compensait la brusquerie de son mari.

— Je suis contente que nous restions toute une semaine, dit-elle. On a besoin de ça.

Nina et Greg échangèrent un regard tandis que le couple se dirigeait vers la suite qui donnait sur le lac.

— Je me demande ce que ça veut dire, murmura Nina.

— Ça ne nous regarde pas, lui rappela Greg.

— Tu n'es pas drôle !

Il rit doucement.

— Je suis très drôle, au contraire. Tu ne m'as pas encore donné ma chance, c'est tout.

— Quelle chance ?

— Ne fais pas semblant de ne pas comprendre.

Le téléphone sonna. Greg répondit sans la quitter des yeux.

Sauvée par un coup de fil. Elle feignit d'oublier leur conversation tout en s'affairant, et continua à vaquer à ses occupations le reste de la journée. Elle apprécia chaque minute. Elle s'était doutée qu'il en serait ainsi. Elle avait plaisir à prendre soin des clients, à s'assurant qu'ils avaient tout ce qu'il leur fallait.

Il était près de 10 heures quand tout le monde fut inscrit sur le registre. Ils en avaient fini pour la nuit.

— Ouah ! lança Greg en promenant ses regards dans le salon. C'était quelque chose.

— Quelque chose de bien ou de mal ?

— Juste… quelque chose.

Elle prit son sac sous le comptoir.

— Et figure-toi que tu vas pouvoir remettre ça demain.

— Je meurs d'impatience.

— Bonne nuit, Greg.

Elle sortit précipitamment, préférant ne pas s'attarder avec lui dans le salon à l'éclairage tamisé, orné d'une profusion de fleurs. Elle descendit seule l'allée menant au hangar à bateaux. Un couple s'étreignait sur le ponton tandis que le halo argenté de la lune jouait sur l'eau. Il y avait quelque chose de touchant dans la manière dont ils se cramponnaient l'un à l'autre, et Nina détourna les yeux, répugnant à violer leur intimité. Elle sourit parce que c'était exactement ce qu'elle désirait pour les clients de l'auberge : d'intenses moments d'intimité, une chance de se retrouver, de renouer des liens qui s'étaient peut-être effilochés au fil du temps, à cause des impératifs du quotidien.

Ce sentiment de satisfaction céda néanmoins le pas à une étrange nervosité. Elle glissa un dernier coup d'œil en direction du couple sur le ponton. Ils s'embrassaient, maintenant, perdus l'un dans l'autre. Et subitement, elle fut en proie à une solitude si profonde qu'elle se mit à trembler.

Arrête ! se dit-elle en montant les marches qui la conduisaient chez elle. *Tout le monde ne tombe pas amoureux. Et ce n'est pas si grave.* L'amour tendait à compliquer les choses et ça se terminait souvent mal. Elle n'y tenait pas tant que ça, au fond, et elle n'en avait pas besoin à ce stade de sa vie. Elle s'en était très bien passée, jusque-là.

Pour l'heure, elle ne se sentait pas très bien. Elle ne savait pas trop ce qu'elle éprouvait. Elle n'avait pas faim, bien qu'elle ait sauté le dîner. Il était trop tard pour appeler Jenny et lui raconter sa journée. En Belgique, le jour n'était pas encore levé, et Sonnet devait dormir à poings fermés.

Quelques minutes plus tard, le téléphone sonna. Elle se rua dessus. Déjà des problèmes avec les clients ?

— Allô ! lança-t-elle d'un ton sec.

— Salut, maman.

— Sonnet. Seigneur ! Que fais-tu debout à cette heure-ci ?

— Je me suis levée exprès pour t'appeler. Je voulais savoir comment ça s'était passé.

Nina sourit en se dirigeant vers la terrasse.

— C'était super, chérie. J'ai regretté que tu ne sois pas là.

— Moi aussi. Alors, comment ça va avec M. Bellamy ?

Nina serra le combiné dans sa main. Etait-elle au courant ?

— Ne parlons pas de moi, dit-elle. Tu es en Europe. Raconte !

— Eh bien, tu as brillamment éludé la question. Bravo, maman !

— Je n'élude rien du tout. Je ne veux pas te raser, c'est tout.

— Alors, vous vous entendez bien ?

— Oui.

— Est-ce qu'il te rend dingue ?

— Oui.

— Etes-vous…

— On est associés, d'accord ? C'est son affaire, et je travaille pour lui. La réouverture de l'auberge a eu lieu aujourd'hui et tout s'est très bien passé.

Elle entrevit le flash d'un appareil photo au loin. En portant son attention vers la pelouse, elle aperçut Daisy, aisément reconnaissable à sa silhouette très ronde, rehaussée par les lumières de l'allée. Elle était en compagnie d'un garçon plutôt grand, aux cheveux longs. Ils marchaient le long du rivage en prenant des photos.

— Daisy a un nouvel ami, dit-elle à Sonnet, ravie de cette diversion. C'est le jeune frère de Connor Davis.

— Je suis déjà au courant, maman. Elle m'a envoyé des photos par mail. Il est totalement craquant mais elle prétend qu'ils sont juste amis. Pour le moment, en tout cas.

Nina continua à les observer un moment, leurs ombres se fondant en une seule, immense sur la pelouse en pente. Ils parlaient, la tête inclinée l'un vers l'autre.

— Juste amis, répéta-t-elle.

Il ne pouvait en être autrement étant donné les circonstances. En les regardant, elle se rappela l'époque où elle était jeune et enceinte : elle se languissait de sortir tard le soir avec des garçons et de faire des choses sottes, irresponsables. Cela dit, à quinze ans, elle en avait déjà fait plus que sa part.

— Maman ? Tu ne dis plus rien.

— Oh, désolée ! La connexion est mauvaise. Comme as-tu trouvé Wiesbaden ?

— Incroyable. Sauf que Kara et Layla ont râlé parce qu'elles s'ennuyaient.

Quand Sonnet parlait de ses deux demi-sœurs, elle avait toujours un ton exaspéré.

— Je te jure, il y a des moments où je leur donnerais volontiers une bonne fessée.

— C'est exactement ce qu'on faisait dans ma famille.

— Et ça marchait ?

— Temporairement.

— Il faudrait peut-être que j'essaie.

Nina se mit à rire.

— En dehors de ça, tout va bien ?

— Très bien.

— J'ai dit à Greg que tu irais voir la mère de Daisy quand tu serais à La Haye. J'ai pensé qu'il valait mieux qu'il le sache.

Ça ne lui pose aucun problème, évidemment. Il t'encourage même à la contacter. Cela dit, ça n'a pas d'importance. Ce qui compte, c'est que tu…

— Maman…

— C'est vrai, c'est la personne idéale pour te faire découvrir la ville puisqu'elle y habite et qu'elle y travaille…

— Stop !

— Oh, désolée ! La journée a été longue. Je suis un peu énervée.

— Je te comprends. Je suis contente pour toi. Et tu me manques. La maison me manque.

— Toi, tu manques à tout le monde.

Sa poitrine se serra. Parmi tout ce dont sa vie était faite, Sonnet était le seul élément vraiment tangible. Sans elle, rien ne masquait sa solitude désespérante.

— Bon, il faut que j'y aille.

— Je sais, chérie. Je n'arrive pas à croire que tu te sois levée si tôt juste pour m'appeler. Tu es formidable !

— Je voulais juste être la première à te féliciter pour la réouverture. On se voit bientôt.

— J'attends ton retour avec impatience.

Nina raccrocha et s'adossa à la balustrade de la terrasse en soupirant. Les jardins de l'hôtel étaient déserts, à présent. Daisy et Julian s'en étaient allés quelque part. Dans le silence qui suivit le coup de fil de sa fille, elle ressentit douloureusement son absence. Sonnet devait revenir pour le mariage des Bellamy. Nina mourait d'envie de la revoir. Elle refusait de penser qu'elle repartirait à l'université presque aussitôt après.

Elle inspira à fond l'air doux de la nuit et se rappela qu'elle devait se lever de bonne heure le lendemain. Elle ferait mieux d'aller se coucher. Elle rentra un peu à contrecœur, puis se rendit compte qu'elle était trop excitée pour dormir. Elle décida de mettre un CD de Tony Bennett et de se servir un verre de vin, puis elle retourna sur la terrasse, attirée par la fraîcheur de la nuit. Elle but son vin à petites gorgées, et se balança doucement en écoutant « Because of you ». *Ça fait du bien,* songea-t-elle, sentant son corps se détendre. Elle n'avait besoin de rien ni de personne en dehors de ça ! Une chanson agréablement ringarde, un bon verre de vin, un peu de paix et de calme pour célébrer une journée qui s'était bien passée.

La paix dura environ trente secondes. Puis elle entendit des pas dans l'escalier. La lumière de sécurité s'alluma brusquement.

— Greg ! s'exclama-t-elle, en proie à des frissons difficiles à réfréner. Que se passe-t-il ?

— Rien, répondit-il en la rejoignant sur la terrasse.

— Daisy ? demanda-t-elle, doutant qu'il soit venu pour « rien ».

— Julian et elle sont devant l'ordinateur en train de travailler sur ses photos.

Ils restèrent plantés l'un devant l'autre un moment, mal à l'aise. Tony Bennett roucoulait « Love look away ». Nina ne savait pas du tout que penser de cette visite. Il ne se passait rien de particulier, mais il était tout de même venu la voir. Il jeta un coup d'œil à son verre.

— Tu bois seule ?

— J'ai pensé que cette journée méritait un verre de vin. D'ailleurs, je viens d'avoir Sonnet au téléphone.

Il jeta des coups d'œil autour de lui.

— Tu es quand même seule.

Elle le regarda en fronçant les sourcils.

— Inutile d'enfoncer le couteau dans la plaie.

— Ce n'était pas mon intention. Moi aussi je suis seul, souligna-t-il.

Elle hocha la tête.

— As-tu des nouvelles de Max ? Comment s'est passé son voyage ?

Max était allé voir sa mère en Hollande, en compagnie de ses grands-parents. Nina sentait que Greg éprouvait des sentiments mitigés au sujet de ce séjour à l'étranger pour la bonne raison que tout l'été, elle avait ressenti la même chose à propos de Sonnet. Etre libéré d'une responsabilité de tous les instants avait quelque chose d'excitant en un sens, mais l'absence d'un enfant laissait un vide où les doutes avaient l'art de s'immiscer.

— Son voyage s'est bien passé, et nous nous parlons tous les jours, répondit-il. Cela dit, je ne sais pas du tout ce qu'il ressent. Il n'a pas souffert du décalage horaire. Les parents de Sophie sont merveilleux avec lui.

— Combien de temps sera-t-il parti ?

— Deux semaines. Je regrette qu'il rate les entraînements et les matchs de la petite Ligue, mais je présume qu'il est plus important pour lui de passer du temps avec sa mère.

C'était le dilemme ancestral du couple divorcé, elle le savait. Elle n'aurait pas aimé être à la place de Greg.

— Il a l'air de s'en sortir plutôt bien, mais il y a des moments où je me rends compte qu'il est très perturbé par le divorce, et ça me terrifie.

Sa sincérité était désarmante.

— C'est un gosse comme les autres, lui assura-t-elle. Tout le monde a des hauts et des bas.

Cela lui parut d'une platitude absolue. Pour un enfant de parents divorcés, la vie pouvait être compliquée. Dans le cas de Max, rendre visite à sa mère impliquait un long voyage, des horaires précis, la présence d'adultes conciliants.

— Quand on s'est séparés, reprit Greg, Sophie pensait que les enfants iraient vivre avec elle en Europe. Elle avait trouvé une école, une maison… mais ils n'arrivaient pas à s'adapter et ils l'ont suppliée de les laisser retourner vivre en Amérique. Ils ont opté pour cette ville, cette existence. Je n'y suis pour rien. Vu la manière dont les choses se sont passées pour Daisy, je regrette…

— Ne pense pas à ça, lui conseilla Nina. C'est totalement inutile.

— N'empêche que je n'ai pas été à la hauteur. Max s'est un peu perdu dans tout ce drame à propos de Daisy. Certains jours, il a l'air heureux de son existence — le lac, le terrain de sport, le camp de vacances. D'autres jours, on a l'impression que c'est une véritable torture pour lui.

— C'est pour ça que tu devrais être content qu'il rende visite à sa mère.

— Tu as raison.

— Bon, écoute, puis-je t'offrir…

— J'espère que je ne te dérange pas.

Ils avaient parlé en même temps, et s'arrêtèrent simultanément. Greg sourit.

— Après cette journée, j'étais trop remonté pour rester assis à ne rien faire. J'ai eu l'idée de te rendre visite.

Elle était ridiculement contente de l'entendre.

— Je t'avoue que je suis un peu énervée, moi aussi. Veux-tu un verre de vin ? J'ai de la bière aussi.

Elle se mordit la lèvre. La bière n'était pas une boisson très distinguée. Elle aurait mieux fait de se taire. Elle était consciente presque à chaque instant qu'ils n'appartenaient pas à la même classe sociale. Elle se demanda s'il s'en rendait compte.

— Une bière, ce serait super. Merci.

Elle se précipita à l'intérieur et décapsula une bouteille.

— Tu veux un verre ? cria-t-elle.

— Je peux boire au goulot, pas de problème.

Qu'est-ce que tu fiches, Nina Romano ? se demanda-t-elle.

Puis elle fit taire la petite voix dans sa tête. Elle lui apporta la bière et tendit son verre pour trinquer avec lui.

— A l'excellent départ de l'auberge !

— A l'auberge ! lança-t-il. On a fait des merveilles tous les deux, aujourd'hui.

Nina se sentait tiraillée entre le plaisir et la déception.

— Ça valait la peine de se donner tout ce mal, hein ?

— Sans aucun doute.

— Tu n'as jamais eu envie d'abandonner ?

— Avant l'ouverture ? Certainement pas !

— Suppose que tu te lasses de ce travail et de ses complications.

Il eut un rire velouté qu'elle trouva beaucoup trop séduisant.

— C'est impossible, répondit-il avant de boire une autre gorgée de bière. Qu'est-ce qu'il y a ? Tu t'attends à ce que je ramasse mes jouets pour rentrer chez moi ? Je ne suis pas du genre à baisser les bras. J'ai bénéficié de tous les privilèges en grandissant, je te l'accorde, mais ça ne m'a pas rendu capricieux pour autant. J'aime travailler. Je ne me défile pas sous prétexte que les choses sont difficiles. Et puis, tu as trimé dur toi aussi. Pourquoi voudrais-tu que je lâche tout ça ?

A force de l'observer, ces dernières semaines, elle avait compris qu'effectivement, il n'était pas du genre à renoncer facilement. Il tenait à réussir, quoi qu'il fasse. Peut-être était-ce la raison pour laquelle il prenait si mal son divorce. Peut-être lui poserait-elle la question un jour ? Non. C'était beaucoup trop personnel. Ses rapports avec Greg étaient liés à l'auberge ; ils avaient des relations d'affaires. Elle devait se concentrer là-dessus. Elle imagina les clients de l'hôtel confortablement installés dans leur chambre où elle avait peaufiné chaque détail, du bouton de rose sur la table de chevet aux peignoirs douillets et aux savons au beurre de karité. Dans leurs brochures, ils promettaient un « luxe hors du commun », et elle avait bien l'intention de le leur offrir.

— Bon, dit Greg, je ferais mieux d'y aller.

— A demain.

— Euh, écoute, demain soir, j'ai pensé qu'on pourrait peut-être aller dîner quelque part.

— Tu veux qu'on sorte ensemble ?

Elle pensait que leur baiser n'avait été qu'une folle impulsion. Elle se disait que cela faisait partie du passé et qu'ils en étaient déjà à autre chose.

— Non. Enfin, si. Une soirée entre amis.

— Je ne peux pas sortir avec toi, Greg, dit-elle, surprise de sentir son cœur se serrer.

— Pourquoi pas ?

Son regret ne fit que s'intensifier. Elle se demanda s'il était possible d'oublier les affaires, la rivalité, d'oublier qu'il était un Bellamy et de profiter tout simplement de sa compagnie.

— C'est juste… impossible, répondit-elle. Ce n'est pas une bonne idée. Nous en avons déjà discuté.

— Pas du tout. Je t'ai embrassée et tu as passé la semaine suivante à faire comme si de rien n'était et à refuser d'en parler.

Aïe !

— Bon, suppose qu'on s'entende bien. Suppose qu'on veuille continuer à se voir.

— Dans ce cas, rien de plus facile, répliqua-t-il, puisque nous vivons ici tous les deux.

Elle frémit. D'excitation ? D'angoisse ? Elle ne savait pas très bien.

— Réfléchis. Ça risque d'être drôlement compliqué de travailler ensemble quand on aura rompu.

Ça le fit rire à gorge déployée.

— On ne sort pas encore ensemble et tu parles déjà de rompre ?

— Je m'efforce juste d'envisager les choses jusqu'à leur conclusion logique.

— Et la conclusion logique, si nous sortons ensemble, c'est que nous finirons par nous sauter à la gorge.

— Tu te moques de moi, là ?

— Non. J'essaie simplement de comprendre comment fonctionne ton cerveau.

Il était bien le premier à se donner cette peine. Elle n'était pas certaine d'apprécier. Elle courait le risque de lui abandonner son cœur, en plus de sa carrière. Parce qu'elle avait toujours fait cavalier seul, l'idée de céder à ce point à un homme lui faisait peur.

— Ecoute, on peut juste aller dîner ensemble demain et voir comment ça se passe.

— Je crois que je suis déjà prise, déclara-t-elle tout à coup.

Il faisait trop sombre pour qu'elle puisse discerner ses traits, mais elle remarqua que ses épaules s'étaient raidies.

— Tu crois ? Tu viens juste de te le rappeler ?

Ce n'était pas à proprement parler un rendez-vous. Nils lui avait dit qu'il y aurait toujours une place pour elle au bowling, le soir de la semaine réservé aux couples.

— Oui, répliqua-t-elle d'un ton résolu. J'ai effectivement un rendez-vous.

— Tu aurais pu me le dire dès le départ. Ça nous aurait épargné toute cette conversation.

— Tu m'as prise au dépourvu.

— Ben voyons ! lança-t-il en se dirigeant vers la porte. Décidément, tu ne te laisses jamais prendre au dépourvu, Nina.

18

La gestion de l'auberge était un travail à la fois excitant, frustrant, ardu et gratifiant. Nina adorait le défilé toujours changeant de visiteurs, du couple âgé qui venait chercher des souvenirs aux jeunes mariés en voyage de noces. Elle se félicitait aussi que ce travail l'occupe autant, certainement trop pour songer plus que de raison à Greg Bellamy. Pendant des journées entières, elle réussissait à vivre près de lui sans parler de choses trop personnelles.

Pendant le petit déjeuner, Sarah Moon avait réclamé un guide de la région. En les apercevant, elle et son mari, sur la pelouse qui faisait face au lac, Nina décida de le leur apporter elle-même.

Ils formaient un très beau couple. Il émanait de lui une assurance presque effrontée, pour ne pas dire arrogante. Sarah était charmante, discrète : une rêveuse qui semblait assez mal assortie à son mari, en apparence du moins. Sans doute se complétaient-ils, songea Nina. Elle s'était découvert un intérêt démesuré pour les couples, mais refusait d'en déterminer la raison.

Jack était en tenue de tennis. Il parlait au téléphone tandis que Sarah, confortablement installée dans un fauteuil, écrivait ou dessinait dans un grand carnet à spirale. Nina lui tendit quelques brochures et des cartes du comté de l'Ulster et des Catskills.

— J'ai noté quelques suggestions, dit-elle.

Sarah la remercia d'un grand sourire.

— C'est gentil à vous. Nous sommes enchantés de notre séjour.

Jack s'était écarté pour poursuivre sa conversation téléphonique. Nina trouvait cela un peu grossier, mais Sarah sourit avec indulgence.

— Il n'arrête jamais. Il n'arrive pas à déconnecter de son travail, le pauvre !

— Est-il médecin ? demanda Nina.

— Non, il est entrepreneur, répondit Sarah. Il s'occupe d'une construction luxueuse aux abords de Chicago. Shamrock Downs. Il y a même un centre équestre. Il doit jongler avec tous les sous-traitants.

Quelques minutes plus tard, Jack referma son téléphone et adressa à Nina un sourire éblouissant. Ses yeux aux cils interminables étaient aussi bleus que le ciel.

— Désolé. J'étais obligé de prendre cet appel.

Bon, se dit-elle. *Il s'agit d'un séducteur : il faut l'accepter tel qu'il est.*

— Nous sommes équipés ! lança Sarah en agitant les cartes sous son nez. Nous pouvons aller dans un parc national ou bien au marché aux puces ou… Ouah ! Sommes-nous vraiment si près de Woodstock, le légendaire Woodstock ?

— Absolument, répondit Nina. Il n'y a pas grand-chose à voir, mais la ville est sympa.

— Nous irons cet après-midi, si tu veux, dit Jack. J'ai un match de tennis, ce matin. Tout de suite, en fait.

Il avait pris rendez-vous. Kimberly Van Dorn l'attendait effectivement en haut de la pelouse. Elle lui fit signe. En tenue de tennis immaculée, elle était l'incarnation de tous les rêves masculins, et de tous les cauchemars féminins,

avec ses cheveux roux soyeux relevés en une queue-de-
cheval haut perchée, ses seins magnifiques et ses jambes
de top model.

Nina jeta un coup d'œil nerveux dans la direction de
Sarah, mais celle-ci souriait à son mari, apparemment
indifférente à son choix de partenaire.

— Amuse-toi bien, mais n'en fais pas trop !

— J'en fais toujours trop, lui répondit-il en souriant. Tout
l'intérêt est là, non ?

Elle rit.

— Tu as raison, champion. Bats-la à plate couture !

Il rejoignit Kimberly en bondissant comme un doberman.
Sarah se remit à dessiner consciencieusement avec un
marqueur. Nina était impressionnée par son sang-froid face
à une situation pareille. Soit leur couple était si solide qu'elle
n'en avait que faire, soit elle était totalement inconsciente.

— Vous ne jouez pas au tennis ? lui demanda Nina.

— Je ne suis pas très sportive. Jack, lui, vit pour le sport.
Je suis tellement contente de le voir faire quelque chose
qu'il aime… Il pourrait jouer avec Paris Hilton que ça me
serait bien égal.

— Oh, je ne…

— Je sais, je sais, dit Sarah en riant. C'est sans doute
difficile à croire mais il n'y a pas si longtemps, nous n'étions
pas sûrs que Jack serait encore là pour jouer au tennis.

Elle marqua une pause avant d'ajouter :

— Pour tout vous dire, il vient d'achever une chimio-
thérapie.

— Je suis vraiment désolée… Je ne m'en étais pas rendu
compte.

— Il serait ravi de l'entendre.

En se tournant vers lui, Nina le vit en train d'ouvrir la
porte du court pour Kimberly.

— On ne se douterait pas un instant qu'il vient d'être malade.

Sarah enveloppa son mari d'un regard attendri.

— Ce sont nos premières vacances depuis que le diagnostic est tombé. Nous sommes venus ici pour réapprendre à nous connaître, après le traitement. Loin des hôpitaux, des laboratoires, des visites de médecins.

Son sourire brillait de mille feux.

— Nous voulons vraiment nous retrouver en tant que couple.

Dans ce cas, pourquoi était-il parti jouer au tennis ?

Nina s'abstint de poser la question. N'était-ce pas là une preuve supplémentaire qu'elle n'était pas faite pour vivre en couple ? Elle interprétait tout de travers.

— Vous avez choisi un endroit magnifique pour ça, dit-elle en désignant les brochures.

Elle indiqua à Sarah les routes les plus pittoresques et les meilleurs endroits de la région pour faire des emplettes.

— A Phoenicia, il faut absolument que vous alliez au Mystery Spot : c'est le dépôt de meubles et bibelots anciens le plus extraordinaire que je connaisse. Et si vous appréciez les petits déjeuners, essayez les crêpes de chez Sweet Sue. Cela dit, j'ai un penchant pour Avalon. Il y a des tas de choses à faire juste ici. Ne manquez pas de visiter la librairie Camelot. Pour un bon dîner, allez à l'auberge du Pommier. Quant à la boulangerie Sky River, c'est probablement la meilleure de l'Etat — voire du pays !

— Merci. Vous êtes une chambre de commerce ambulante.

— J'ai été maire pendant quatre ans, expliqua Nina.

— Vraiment ? Je suis impressionnée.

— C'est une petite ville, expliqua Nina, et on ne peut pas dire que les candidats se bousculaient. Mais c'était un emploi stable et j'avais besoin de ça pendant que ma fille allait au lycée.

Sarah émit un petit rire.

— Vous m'intriguez de plus en plus. Vous avez une fille au lycée ?

— Plus maintenant. Elle a décroché son diplôme en mai.

— Vous avez l'air de sortir vous-même du lycée.

— Sonnet part à l'université à la fin de l'été, et je me retrouve avec un nid vide.

Nina se demanda si elle parviendrait un jour à dire ça avec légèreté.

— Je suis très contente pour elle, bien sûr. Elle ne rêve que d'étudier et de voyager. Elle mène exactement la vie que j'aurais voulu avoir.

— Comment ça ? Les voyages ? Les études ? Vous pourriez très bien vous y mettre. Il n'est pas trop tard.

— Curieusement, je n'ai pas eu besoin d'aller loin pour me rendre compte que la vie qui me convenait était ici.

— Eh bien, vous avez de la chance. Certaines personnes ont l'impression d'être des étrangères dans leur propre existence.

Nina se demandait si Sarah ne parlait pas d'elle-même en disant cela.

— Puis-je voir ce que vous dessinez ?

Sarah tourna son carnet dans sa direction.

Nina fut impressionnée. C'étaient des croquis humoristiques, mais Sarah avait réussi à exprimer toute une gamme d'émotions à travers ses personnages stylisés et comiques.

— Avez-vous jamais lu une bande dessinée appelée « Respire ! » avec Lulu et Shirl ? demanda Sarah.

— Lulu et Shirl ? Elles sont tous les jours dans l'*Avalon Troubadour*.

Il était question d'une mère excentrique et de sa fille : l'une divorcée depuis longtemps et l'autre au bord de la rupture.

— Vous voulez dire que c'est vous qui avez inventé ces personnages ? C'est la première fois que je rencontre une dessinatrice.

— Pour les vacances, je voulais me retrouver dans une ville dont le journal local publiait mes dessins. J'ai trouvé l'auberge du lac des Saules sur le Web en cherchant des hôtels romantiques. Des hôtels romantiques dans des villes où l'on pouvait trouver « Respire ! », ça limitait considérablement les possibilités. Votre site est magnifique, cela dit.

— Je trouve aussi, déclara Nina. Toutes les photos ont été prises par la fille du propriétaire.

— Elle a beaucoup de talent.

— Elle sera ravie de l'entendre, surtout venant de la part d'une artiste.

Il fallait à tout prix qu'elle pense à transmettre ce compliment à Daisy. Elle savait d'expérience que, dans la situation où elle se trouvait, elle avait besoin de tous les encouragements possibles.

— Alors, vous travaillez sur votre bande dessinée ? demanda-t-elle à Sarah.

— Si l'on veut. Je fais des esquisses pour une future histoire, si bien que je n'ai pas vraiment l'impression de travailler.

Elle tourna une page de son carnet qu'elle orienta de nouveau dans la direction de Nina. Le personnage connu sous le nom de Shirl était en train d'examiner un test de grossesse, l'air concentré et plein d'espoir.

— J'espère de tout mon cœur que la vie se mettra au diapason de l'art, dit Sarah. Jack et moi avons très envie d'avoir des enfants et... disons que le plus tôt sera le mieux. Après sa maladie, j'ai réalisé à quel point l'avenir pouvait être incertain. On ne devrait jamais repousser à plus tard ce que l'on désire. A présent, restez immobile, je vais vous dessiner.

— Vraiment ? C'est gentil.

Nina était frappée par le dévouement inconditionnel dont Sarah faisait preuve à l'égard de son mari. Peut-être était-ce la raison pour laquelle elle avait elle-même des difficultés relationnelles ? Elle voulait que tout soit comme elle l'avait décidé. Non contente d'apprécier un beau regard, elle voulait qu'il soit braqué sur elle, et sur elle seule. Elle rêvait probablement d'un être qui n'existait pas.

C'était l'une des idées les plus pathétiques qui lui avaient traversé l'esprit. Elle était censée mener une vie de célibataire, sortir avec des garçons, connaître l'insouciance.

En regardant Sarah dessiner, elle se demanda quel effet cela devait faire d'avoir envie d'un enfant avec autant de ferveur.

Sarah Moon lui rappelait que le voyage de la vie incluait quelquefois des épreuves accablantes, et que l'amour n'était pas toujours chose facile. Il survenait parfois des événements terribles tels qu'un cancer ou un cas d'infertilité. Il n'en restait pas moins qu'affronter les difficultés avec quelqu'un que l'on aimait à ses côtés rendait les fardeaux plus supportables et les joies encore plus douces. Dommage que Jack soit un imbécile ! Puis elle eut honte de son cynisme.

Sarah acheva son esquisse. Elle représentait une jeune femme à l'air futé et bienveillant. Nina se sentit coupable d'avoir eu de telles pensées au sujet de son mari.

— C'est fantastique, dit-elle. Et vous avez dessiné l'auberge en arrière-plan. C'est un merveilleux souvenir, Sarah.

— Dans ce cas, je tiens à vous en faire cadeau.

Elle signa le dessin et arracha la page du carnet.

— Je le ferai encadrer, promit Nina.

Sarah rassembla les cartes et les guides.

— Je suis flattée. Et ravie que nous ayons trouvé cet endroit. J'ai l'impression d'être dans un monde à part.

— C'est aussi mon point de vue. J'ai toujours eu l'impression que c'était mon monde à moi.

— Vous vivez ici depuis longtemps ?

— Depuis toujours. Je n'ai aucune envie d'aller m'installer ailleurs.

— Je vous comprends. Quand je me suis réveillée ce matin, je me suis dit : c'est un endroit idéal pour concevoir un enfant. Et là, bien sûr, Jack était parti faire son jogging. J'en ai conclu qu'il ne pensait pas comme moi.

— Vous savez bien que les hommes sont très différents de nous, lui rappela Nina.

19

Daisy était en train de photographier Kioga. Elle n'avait pas vraiment l'impression de travailler, et pourtant c'était une commande. Olivia et Connor avaient été tellement impressionnés par ses photos de l'auberge du lac des Saules qu'ils l'avaient embauchée pour qu'elle fasse de même au camp. Ils prévoyaient de rouvrir dans le courant de l'année prochaine. Sa tâche consistait à saisir la splendeur naturelle du domaine qui couvrait cent hectares composés de rivages immaculés, de ruisseaux, de vallons sillonnés par tout un réseau de sentiers de randonnée.

Julian l'accompagnait. Il portait le gros sac contenant son matériel. Ils avaient remonté le sentier menant aux chutes Meerskill qui surgissaient des profondeurs de la montagne pour se déverser dans une mare frangée de bruyères. Elle fit quelques gros plans des fleurs de rhododendrons perlées de rosée, choisit un long temps de pose pour capter les vapeurs enveloppant les rochers et un grand angle pour le vieux pont en béton qui enjambait la cascade.

Le feuillage touffu obscurcissait le chemin conduisant au sommet et aux myriades de cavernes creusées dans le roc strié. Certaines, d'origine glaciaire, étaient si froides dans leurs profondeurs qu'elles ne dégelaient jamais. L'hiver dernier, ses amis et elle avaient fait une sinistre découverte dans l'une d'entre elles, témoignage d'une tragédie très ancienne. Aujourd'hui, malgré la chaleur estivale, elle frissonnait rien qu'en y pensant.

— Ça va ? demanda Julian.

Elle se secoua mentalement.

— Bien sûr. J'ai fini, ajouta-t-elle en se redressant.

Ce mouvement provoqua un tiraillement brutal au creux de son dos.

— Tu es sûre ? insista Julian.

— Oui. J'en ai tellement marre d'être enceinte : il y a des moments où j'ai envie de crier.

— Vas-y. Crie !

— Ça ne servirait à rien. Crois-moi, j'ai déjà essayé.

Elle remit le couvercle sur l'objectif.

— Excuse-moi de geindre comme ça. Je suis un peu fatiguée, je suppose.

Ils redescendirent le sentier ensemble. Julian avait été un si bon ami pour elle, tout l'été. Comme l'été précédent, d'ailleurs. Se rendait-il compte qu'il lui avait appris beaucoup de choses sur l'autonomie, la maîtrise de soi ? Savait-il qu'en dépit de sa grossesse très avancée, elle continuait à être amoureuse de lui ? Elle n'allait certainement pas le lui dire. Son amitié comptait beaucoup trop. Elle risquerait de le perdre totalement si elle tentait d'aller plus loin avec lui, surtout à ce stade de sa vie.

Elle ne pouvait pas se le permettre. Maintenant que Sonnet était partie pour l'été, elle avait besoin de quelqu'un à qui parler. Quelqu'un en qui elle ait totalement confiance.

— J'ai pris ma décision, dit-elle au bout d'un moment. Tu sais, à propos de ce dont je t'ai déjà parlé.

— Tu veux partir ?

Elle hocha la tête.

— Pas tout de suite. Mais… bientôt. Quand le bébé aura quelques mois. Je n'en ai pas encore parlé à mes parents.

— Pourquoi ?

— Oh, mon Dieu ! Si tu connaissais mon père, tu comprendrais mes raisons.

— Il ne te laissera pas partir ?

— Exactement. Or, il n'est pas question que je vive indéfiniment aux crochets de mon père. Je dois donner une direction à mon existence, tu comprends ?

— Tu as un plan ?

— Une sorte de plan.

— Une sorte de plan. Ça ne va pas lui plaire, ça. Il va vouloir que tu sois un peu plus précise.

— La seule chose qui peut lui plaire, c'est son plan à lui. Je commence à me réconcilier avec l'idée de partir, au moins. Ces derniers temps, ça me faisait peur. Pas tellement pour moi mais plutôt pour papa. Il avait l'air tellement perdu après le divorce. Je me disais que, si je partais moi aussi, Max et lui risquaient de péter les plombs.

— Et qu'est-ce qui a changé récemment ?

— Papa n'a plus besoin de moi comme avant. Je crois qu'il sort avec Nina.

— Sans blague !

— Ecoute. C'est important. Ils sont attirés l'un par l'autre depuis longtemps : ça saute aux yeux. Mais je crois que maintenant, ils sont plus qu'amis. Beaucoup plus.

Elle n'aurait su dire précisément quand tout cela avait commencé mais, quand ils étaient ensemble, son père devenait un autre homme. Plus animé, plus heureux, plus soucieux de son apparence. La dernière fois qu'ils étaient allés faire des courses ensemble, il avait passé au moins cinq minutes à choisir un déodorant. Certains jours, sa ceinture et ses chaussures étaient même assorties.

Daisy avait réagi de manière étonnamment positive. L'idée que son père sorte avec Nina lui plaisait, peut-être parce que Sonnet et elle étaient liées. Et puis, Nina avait été mère célibataire et sa vie n'était pas si nulle que ça. Daisy avait besoin de savoir que les choses s'arrangeraient pour elle. Quand elle voyait Nina, elle se rendait compte que c'était possible.

Jusqu'à présent, son père n'avait rien révélé de ses sentiments. Elle se demandait ce qu'il attendait. Il avait peut-être besoin qu'on le pousse un peu, que Daisy lui dise qu'elle avait confiance en Nina et qu'elle lui faisait même ses confidences.

— Je ne comprends pas, reprit Julian. Sous prétexte que ton père a une petite amie, tu penses que tu peux partir.

— Je dis juste que, s'il est avec Nina, je me ferai moins de soucis.

— Ça ne tient qu'à toi de te faire moins de soucis.

Daisy se sentit soulagée. Julian était capable de la comprendre comme personne d'autre. Il était bien placé pour savoir que l'on pouvait s'inquiéter pour ses parents quand on n'était encore qu'un gamin.

— Je te remercie de m'écouter, dit-elle, le prenant par le bras et se serrant contre lui.

Elle avait tort de faire ça. Mieux valait ne pas le toucher. Elle le lâcha, mal à l'aise tout à coup.

— Euh, désolée…

— Ne sois pas désolée, dit-il. Ça me fait plaisir.

— Sérieux ?

— Sérieux.

Ça alors ! Elle ne s'attendait pas à une telle réaction.

— Tu me regardes bizarrement, reprit-il. Comme si tu te méfiais de moi.

— Je te fais entièrement confiance. Je suis juste étonnée que tu puisses ignorer…

Gênée, elle laissa sa phrase en suspens.

— Ignorer quoi ? Que tu es enceinte ? demanda-t-il de but en blanc.

— Eh bien, oui, je suppose.

— Tu ne seras pas tout le temps comme ça.

— Mais je vais avoir un enfant pour toujours.

Dans ses moments d'optimisme, elle s'imaginait en jeune maman sexy promenant un bébé tel un accessoire de mode dernier cri, comme un personnage de série télé. Evidemment, les cours qu'elle suivait étaient nettement plus réalistes : ils la préparaient aux tétées nocturnes, aux précautions de sécurité, à l'érythème fessier.

Ils regagnèrent l'auberge en voiture dans un silence complice qui adoucissait l'atmosphère.

— J'ai fini par envoyer les papiers à Logan, dit Daisy alors qu'ils sortaient son matériel du coffre. En recommandé avec accusé de réception. Je suis donc sûre qu'il les a reçus — ce matin, pour être précise.

— Comme ça, c'est fait, répondit Julian. Très bien. Tu peux passer à autre chose.

— A un petit détail près. Il faut que Logan accuse réception de ma lettre et qu'il renonce à ses droits sur l'enfant. Quand il aura fait ça, je me sentirai nettement mieux.

— Tu lui facilites drôlement la tâche.

— Je n'ai aucune raison de le punir.

Ils portèrent ses affaires dans la maison, puis se rendirent dans la cuisine pour boire une limonade. Daisy était debout devant l'évier quand une BMW décapotable s'engagea bruyamment dans le parking. Le verre glacé qu'elle tenait à la main lui échappa et se fracassa contre la porcelaine.

— Hé, ça va ? s'enquit Julian.

Daisy hocha la tête en s'essuyant les mains avec un torchon.

— Je nettoierai plus tard, dit-elle. Je... euh, je crois que j'ai de la visite.

Elle sortit, l'air un peu effrayé.

Julian fronça les sourcils en regardant le grand gaillard

aux cheveux flamboyants qui s'approchait d'elle à grands pas.

— Bon sang, mais qui…

— C'est Logan, dit-elle.

— Qui c'est, ce type ? Ton garde du corps ? demanda Logan en fusillant Julian du regard.

— Pourquoi ? Il lui en faut un ? rétorqua Julian sur un ton défensif.

Il se tourna légèrement de côté, un peu devant Daisy. Toute la dureté de son enfance pénible éclatait sur son visage.

Logan fit un pas dans sa direction.

— Je ne te conseille pas de me menacer ! lança Julian à la manière d'un avertissement.

Il plissa les yeux, son corps se raidit. Il avait l'air dangereux à sa manière : glacial, enragé.

— Et moi, je te déconseille de me défier, petit Blanc !

— Arrêtez votre cirque ! intervint Daisy d'un ton exaspéré. Reculez, tous les deux.

Le contraste était pour le moins intéressant. Le gamin à la jeunesse perturbée et le riche héritier. Julian s'en était sorti grâce à sa vivacité d'esprit et à ses poings ; il savait manier les deux. Quant à Logan, il avait été élevé par un bataillon de percepteurs, coaches, sans parler du remarquable corps enseignant de la Dalton School, à Manhattan. Il avait remporté des coupes en rugby, en hockey, à la lutte et, d'après le souvenir de Daisy, il adorait la concurrence acharnée.

Elle posa la main sur le bras de Julian.

— Il n'y a pas de souci, lui assura-t-elle. Crois-moi. J'ai besoin de lui parler, d'accord ?

Julian braqua son regard de pierre sur Logan.

— Je serai dans le coin, marmonna-t-il.

Il effleura délibérément l'épaule du visiteur avant de s'éloigner d'une démarche nonchalante.

Daisy vit Logan serrer les poings, et elle lui saisit le bras.

— N'y songe même pas, marmonna-t-elle, maintenant son emprise jusqu'à ce qu'il se détende.

En retirant sa main, elle se planta devant lui, plus gênée qu'elle ne l'avait été depuis des siècles. Après tous les commérages, les vannes, les examens médicaux, les multiples questions, elle ne pensait plus éprouver un tel embarras.

Elle se trompait. En levant les yeux vers Logan, elle eut l'impression de recevoir une décharge électrique.

Il jeta l'enveloppe de la lettre recommandée sans se préoccuper de savoir où elle atterrissait.

— Tu aurais pu m'appeler ! Il ne t'est même pas venu à l'idée de me tenir au courant de tes plans ? Ou que je pourrais avoir mon mot à dire ? Non, sûrement pas !

— Ça doit être le moment où tu me traites de traînée et où tu mets en doute ta paternité.

— On peut sauter ce passage.

Elle leva les sourcils d'un air surpris. Elle ne s'attendait pas à ça.

— Ah bon ?

— Tu crois que je ne te connais pas, Daisy. Eh bien, tu te trompes. On s'est rencontrés en maternelle, dans la classe de Mlle Deering, je te le rappelle.

Sa voix se réduisit à un souffle rauque.

— Tu n'as jamais été aussi mauvaise que tu voulais le faire croire.

De toutes les choses qu'il aurait pu lui dire, c'était bien la plus inattendue. Les gens la prenaient pour une fille facile, même si c'était une illusion. Logan était le seul garçon avec lequel elle avait couché.

— Logan…

— Je suppose que ça n'a plus d'importance, maintenant, l'interrompit-il. Mes parents veulent un test de paternité, évidemment, mais moi, je n'en ai pas besoin pour savoir la vérité. J'ai juste besoin de ta parole, et je l'ai.

— Tes parents… Comment ont-ils réagi ?

Il eut un petit rire sarcastique.

— A ton avis ?

— Ils ont pété un câble. Ton père, c'est sûr.

M. O'Donnell était un homme imposant qui avait un certain penchant pour l'alcool et un tempérament impétueux qui s'accordait bien avec sa tignasse rousse. Son épouse était discrète, pour ne pas dire timide, mais elle ne reculait devant aucun effort dès qu'il s'agissait d'aider ses enfants. Son omniprésence n'avait pas empêché Logan de s'écarter du droit chemin.

— Très perspicace, dit-il en la considérant d'un œil un peu moins hostile. Et les tiens ?

— Ils ont été super, après le choc initial. Trop, peut-être. J'aurais sans doute trouvé plus réconfortant qu'ils me privent de sortie.

Elle effleura son ventre dur et tendu.

— Et puis, je me suis dit qu'ils s'étaient probablement rendu compte que ce n'était pas nécessaire. Je m'étais moi-même privée de sortie pour un bon bout de temps !

Une lueur anxieuse brilla dans le regard de Logan.

— Pourquoi as-tu attendu si longtemps ? Après ce week-end à Long Island, je ne t'ai jamais revue.

« Ce week-end à Long Island » était bien entendu un code pour s'éclater et faire l'amour sans se soucier de contraception. Ils avaient agi de manière imbécile, ce qu'ils savaient probablement l'un et l'autre sur le moment. Pourtant, elle n'en avait eu que faire. Elle était tellement perturbée par le divorce, folle d'angoisse, qu'elle ne savait plus quoi faire de sa personne. Sa mère venait de lui annoncer qu'ils partaient vivre à La Haye. Elles avaient eu une dispute épique, après quoi Daisy était partie en week-end à la campagne. Elle ne réfléchissait plus. Elle n'était plus que souffrance, et elle s'était aperçue qu'en buvant et en fumant en compagnie de Logan, elle arrivait à oublier.

Elle s'éclaircit la voix, s'obligea à le regarder.

— Je... euh, j'ai pensé que ce serait mieux qu'on ne se revoie pas.

— Mieux pour qui ? demanda-t-il. Je t'ai dit que je t'aimais pendant ce week-end. Je t'ai dit que je voulais qu'on aille dans la même fac, qu'on reste ensemble, et tu m'as répondu...

— Je sais ce que j'ai dit.

Ils avaient beaucoup bu, sans arrêter de faire la fête.

— Ecoute, je ne crois pas trop aux relations à long terme. Mes parents se sont mariés à cause de moi. Je suis sûre qu'ils avaient les meilleures intentions du monde mais, en définitive, on s'est tous séparés.

En disant cela, elle savait pertinemment qu'elle simplifiait la situation à outrance. Sa famille avait été heureuse pendant longtemps. La lente érosion jusqu'au divorce n'avait pas été seulement une interminable séance de torture.

— Et pourtant, tu t'es engagée à avoir un bébé, lui fit-il remarquer. J'appelle ça du long terme.

— C'est différent.

— Oh ! Pas possible.

Il planta ses pouces dans les poches arrière de son pantalon et se mit à faire nerveusement les cent pas.

— J'ai mis des mois à t'oublier, reprit-il. D'ailleurs, je n'y suis pas vraiment arrivé. Encore maintenant, je me rappelle toutes sortes de choses à ton sujet : ton rire, par exemple, la manière dont tu tiens ton appareil photo, la douceur de tes cheveux, la tête que tu fais quand une chanson que tu aimes passe à la radio... Et maintenant, tu me balances ça !

D'un geste rageur, il désigna l'enveloppe contenant le document juridique.

— Je n'ai pas l'intention de me laisser faire, déclara-t-il.

Daisy avait la bouche toute sèche.

— Il le faut.

Il eut un rire amer.

— Vraiment ?

— Ecoute, je t'ai dit que tu ne me devais rien. Tu n'as aucune obligation…

— Ah oui ? Et si j'ai envie d'en avoir, des obligations ? Il est question d'un bébé. D'un être humain. Totalement innocent. Que comptais-tu lui dire à ce gosse ? « Désolé, tu n'as pas droit à un père » ?

Avant qu'elle puisse répondre, il ajouta :

— Je vais te dire une bonne chose : je ne suis pas d'accord avec ça.

Elle se demandait où il voulait en venir.

— Qu'est-ce que tu veux, Logan ? Elever cet enfant avec moi ?

Face à une question aussi directe, il parut perdre pied et ne sut que répondre. Il semblait totalement déconcerté. Nina en tira aussitôt les conclusions qui s'imposaient.

— C'est bien ce que je pensais, dit-elle. Rentre chez toi, Logan. Retourne en ville. Va à la fac. Tu n'as pas la moindre envie d'être ici avec moi, à t'occuper de tout ça en feignant de te sentir concerné.

Il la foudroya du regard.

— Ce n'est pas à toi de me dire ce que je veux ou pas. Nous avons fait cet enfant ensemble. Nous sommes tous les deux responsables de…

— C'est un garçon, dit-elle avant d'avoir pris le temps de réfléchir.

Un tout petit sourire effleura ses lèvres.

— Ah ouais ?

Elle hocha la tête.

— J'ai l'intention de l'appeler Emile.

— A cause du livre de J.J. Rousseau ? Celui qu'on a étudié en cours de français ?

Elle en resta bouche bée.

— Je n'arrive pas à croire que tu t'en souviens.

— Tu serais étonnée de savoir tout ce dont je me souviens, riposta-t-il.

Il n'y avait ni douceur ni émotion dans sa voix : juste de la colère — peut-être aussi de la peine.

— Je me souviens d'avoir réorganisé tout mon emploi du temps en classe juste pour qu'on puisse aller au cours de français ensemble. Je me souviens d'avoir fait la queue toute la nuit pour qu'on puisse assister au concert des Rolling Stones. Je me souviens...

— Arrête ! Tu ne voulais même pas que les gens sachent qu'on était ensemble, lui rappela-t-elle. Personnellement, voilà ce dont je me souviens : que tu avais honte de moi.

— Ce n'était pas pour ça, et tu le sais très bien.

— Vraiment ?

Elle était sidérée. Elle n'avait jamais compris. Elle supposait que ses déclarations d'amour étaient dues aux vapeurs de l'alcool et aux pulsions sexuelles adolescentes, et elle ne l'avait jamais pris au mot. Ils avaient dix-sept ans tous les deux ; ils étaient des enfants gâtés, stupides.

— Je n'ai jamais eu honte, affirma-t-il. Ce n'était pas ça du tout.

— C'était quoi, alors ?

— Je ne voulais pas que tu aies une mauvaise réputation.

Elle éclata de rire. C'était tellement... saugrenu, si peu vraisemblable. Logan O'Donnell, soucieux de sa réputation ? Dans quel monde insensé cela serait-il possible ?

— Ah bon ! Eh bien, je te remercie du fond du cœur, dit-elle. Ça a super bien marché.

— Tu ne me crois pas ?

— Bien sûr que non !

— Alors, donne-moi une chance de faire mes preuves. Laisse-moi t'aider pour ce… ce…

Il désigna son ventre.

— Ce que j'éprouvais pour toi… J'estimais que cela me regardait. Je n'avais pas envie que les autres soient au courant. Je ne voulais pas qu'on nous dise « vous êtes trop jeunes », qu'on nous débite toutes les raisons pour lesquelles ça ne pouvait pas marcher… Au bout du compte, la plus sceptique dans toute cette histoire, c'était toi.

— Nous nous sommes comportés comme des gamins. Nous n'étions pas les premiers, et nous ne serons pas les derniers. J'assume au mieux, d'accord ?

— Non, répondit-il, imperturbable. Pas d'accord. Je vais ouvrir un compte pour le bébé. J'exige des droits de visite réguliers…

— Non, Logan, pas ça. Je me suis efforcée de simplifier les choses au maximum. Je n'ai pas besoin de toi, je ne veux rien de toi.

— Il n'est pas question de moi, mais de… d'Emile.

Cela faisait tellement bizarre de l'entendre appeler le bébé par son prénom.

— A propos, ajouta-t-il, je ne suis pas sûr d'aimer ce prénom. Les gens ne vont pas savoir comment le prononcer et je ne veux pas qu'on l'appelle Emily.

— Que dirais-tu de Jean-Jacques, comme l'écrivain ?

— Ouais, ce serait super : deux noms bizarres au lieu d'un ! Crois-moi, il en aura vite assez d'expliquer à tout le monde comment prononcer et épeler son nom.

Il n'avait pas tort.

— Son deuxième prénom sera Charles, comme mon grand-père. Je l'appellerai peut-être Charlie.

— C'est mieux. Beaucoup mieux.

Logan hocha la tête. Il ne souriait plus comme avant. Daisy était encore très secouée de le voir. Elle n'avait pas de chance. N'importe quel garçon dans cette situation aurait été soulagé, voire même reconnaissant d'être libéré de toute responsabilité. Logan était apparemment le seul type à vouloir s'interposer. Quel gâchis !

— Que disent tes parents ? lui demanda-t-elle.

— Ils veulent que j'accepte tes conditions, que je passe à autre chose, que je continue à vivre ma vie.

— Ils ont raison.

— Ce n'est pas à eux d'en décider.

Il lui prit les deux mains qu'il serra dans les siennes.

— Ne gâchons pas tout ça, Daisy.

Son contact lui paraissait… différent. Plus assuré, inexplicablement.

— Tu ne penses pas que c'est déjà fait ?

Il garda ses mains dans les siennes.

— Tu sais où j'étais, l'hiver dernier ?

Il y avait quelque chose de vulnérable dans ses yeux, et c'était nouveau. Jadis, quand elle plongeait son regard dans le sien, elle ne voyait qu'hilarité, espièglerie.

— Dans une sorte de centre de désintoxication. C'est ce que j'ai entendu dire, en tout cas.

— Ce n'est pas un secret. C'était horrible, mais j'ai appris des tas de choses, et notamment qu'il faut prendre ses responsabilités au lieu de les fuir.

— Si je comprends bien, le bébé et moi, nous faisons partie d'un programme en douze étapes auquel tu dois te tenir ?

Elle essaya de dégager ses mains. Il l'en empêcha.

— Vous faites partie de moi. De ma vie. Je te demande de

302

me laisser une chance, Daisy. Une chance de te prouver que je peux être bon pour toi et pour le bébé. On est jeunes, c'est vrai, et on va faire des erreurs, mais qui n'en fait pas ?

Les parents qui ne sont pas là pour leurs enfants, pensa Daisy. S'ils ne sont pas là, ils ne peuvent pas se tromper. Etait-ce forcément mal ? Elle baissa les yeux sur leurs mains jointes, puis les leva vers le visage de Logan. Certes, c'était le garçon dont elle était raide dingue au lycée. Mais quelqu'un d'autre vivait derrière ce regard, à présent.

Un inconnu.

Le père de son enfant.

20

Nina était dans son bureau, en train d'examiner son relevé de comptes d'un œil incrédule. Pour la première fois de sa vie, elle n'avait pas fait la grimace en voyant le solde. Non seulement elle avait de quoi couvrir ses dépenses mais elle disposait même d'un surplus. Greg avait promis de bien la rémunérer, et il avait tenu parole. N'empêche que ce n'était pas le plan qu'elle avait prévu, ni pour l'auberge ni pour elle-même. La vie lui avait joué un sale tour, une fois de plus. Elle était devenue cette créature des plus pathétiques : la femme entichée de son patron. Elle s'était évertuée à le nier, mais elle n'avait jamais très bien su se cacher la vérité. Les pires moments, c'était lorsqu'ils travaillaient côte à côte pour planifier, superviser. Ils formaient une si bonne équipe ; c'était difficile de ne pas être attiré par lui.

Elle ferma le dossier d'un geste brusque et le rangea. Elle avait le choix. Rien ne l'obligeait à être cette femme. Il fallait juste qu'elle se réconcilie avec le fait que ce n'était qu'un boulot. Pas sa vie. Ni son avenir.

Par la fenêtre ouverte, elle vit Max rentrer à vélo de son entraînement de base-ball. Il était revenu de sa visite chez sa mère, malheureux, fâché.

Ce n'est pas ton problème, se dit-elle en le regardant sauter de sa bicyclette au dernier moment, évitant de justesse le mur, puis la laisser tomber par terre avec fracas. Son sac de sport valsa. Il ramassa la batte et donna un coup violent dans les airs.

Doux Jésus ! pensa Nina en se précipitant dehors. Comme elle s'approchait de Max, un frisson la parcourut en dépit de la chaleur.

Elle se rappela la promesse qu'elle s'était faite : ne pas dépasser la limite. Elle ne se laisserait pas happer par cette famille. Cela ne faisait pas partie de sa mission.

En étudiant les traits tourmentés de Max, toutefois, elle sentit quelque chose fondre en elle. Il était entre l'enfance et l'adolescence. Il avait des joues rondes, toutes douces, les longs membres maladroits et les grands pieds du gamin sur le point de faire une crise de croissance.

Il ne l'avait pas entendue venir, trop occupé à taper sur tout ce qui se trouvait à sa portée avec sa batte. La fureur brillait dans ses yeux. Son polo était déchiré et taché, sa casquette trempée de sueur. Et son visage rouge était maculé de larmes.

Il n'y a rien d'aussi instable qu'un jeune garçon en proie à une crise de rage. Tant de pulsions, à la fois puériles et adultes, se mêlent en lui. A l'âge de Max, c'était presque de la fureur : on l'aurait cru sur le point d'exploser et de perdre le contrôle de lui-même.

— Max ! cria Nina en jetant un coup d'œil par-dessus son épaule pour s'assurer qu'aucun client n'était témoin de la scène.

Il se tourna vers elle, dressant farouchement sa batte en arrière, le regard en feu. Elle garda ses distances. La batte s'envola ; elle effleura des branches basses, faisant fuir une volée d'oiseaux avant d'atterrir avec un bruit sourd à quelques mètres de là.

— L'entraînement s'est mal passé ?
Il la fusilla du regard.

— Comment t'as deviné ?

Elle haussa les épaules.

— Un coup de chance. Qu'est-ce qu'il y a ?

— Rien.

Il tremblait de tous ses membres. Elle attendit.

— J'ai quitté l'équipe.

Nina se contenta de hocher la tête.

— C'est ton choix. Ce n'est qu'un jeu, après tout.

Elle savait qu'il était moins question de l'équipe que de ses parents et de l'image qu'il avait de lui-même. Cela dit, dans une ville comme Avalon, chez un garçon comme lui, le sport représentait tout. Sa peine était palpable. Il adorait le base-ball. Les seuls instants où il était capable de rester assis immobile, c'était pendant les matchs. Sa chambre était une galerie de souvenirs, de bannières, de programmes sportifs. Il possédait des centaines de cartes de base-ball et avait appris les statistiques par cœur.

— Tu veux qu'on en parle ?

— Non, répondit-il, les yeux rivés au sol. Tu n'es pas ma mère.

— Eh bien, tu peux t'estimer heureux parce que si j'étais ta mère, je ne supporterais pas une telle attitude, tu peux me croire ! Maintenant si tu veux qu'on parle…

— Vous ne pensez tous qu'à ça : parler ! Mon père, ma sœur… Le pire, c'est ma mère. C'est rien que du blabla, du blabla.

Il flanqua un coup de pied dans son sac.

— Rectificatif : le pire de tous, c'est le Dr Barnes.

Il s'empara d'une balle de base-ball et l'expédia de toutes ses forces dans les arbres. Il ne manquait pas d'habileté.

Le Dr Barnes était le thérapeute que Max voyait chaque semaine.

— Pourquoi est-il le pire ? demanda Nina.

— Il veut toujours que je réfléchisse à mes problèmes

et que je trouve des stratégies appropriées pour gérer mes émotions, singea Max en exécutant un autre lob.

— Et tu t'en sors comment ? demanda Nina.

Pour toute réponse, elle eut droit à un nouveau regard noir.

— Pourquoi as-tu quitté l'équipe ?

— Parce que l'entraîneur est un connard.

Elle connaissait bien Jerry Broadbent. L'évaluation de Max n'était pas fausse. Tout de même…

— Si tu le traites comme ça, pas étonnant que tu aies des ennuis. Est-ce qu'il t'a chassé de l'équipe ?

— Je suis nul en base-ball ! Je suis le pire de l'équipe, voilà la vérité.

— Je ne comprends pas. Tu es fort, rapide. Tu as un bon lancer. Tu connais mieux le jeu que tous les garçons que je connais.

— Ah oui ? Va dire ça à Broadbent !

— Tu t'entraînes constamment avec ton père.

— Ce n'est pas la même chose quand on est sur le terrain. J'en ai ras le bol qu'on me crie dessus.

— Aide-moi à comprendre. Tu adores le base-ball mais tu n'es pas doué pour ce sport.

L'expression de Max confirmait ses soupçons.

— Quand on aime quelque chose, on trouve le moyen d'en profiter. Ne laisse pas ton entraîneur ou tes camarades te priver de ça. Qu'en pense ton père ?

— Il n'en a rien à ba… à faire.

— Ça ne lui ressemble pas.

Max haussa les épaules.

— J'ai passé les deux derniers matchs sur la touche. Autant que j'arrête puisque je ne joue pas.

En l'observant, Nina sentit une vive émotion lui serrer le cœur. Certes, elle n'était pas sa mère, mais elle était touchée par ce garçon qui se donnait tant de mal pour se montrer courageux et ne pas décevoir son père. Quant à Broadbent, il était vieux comme Hérode. Et apparemment, aussi désagréable maintenant qu'il l'avait été avec ses frères. Ça la démangeait de prendre son téléphone et de lui faire savoir ce qu'elle pensait de lui.

— Max, que dirais-tu d'assister les joueurs de la grande Ligue ?

Nouveau haussement d'épaules.

— J'en sais rien. Ça ne doit pas être bien compliqué.

Elle percevait la situation au-delà de ce qu'il voulait bien lui révéler. Elle savait pertinemment que ses aptitudes n'étaient pas en cause et que le problème était ailleurs. Son père était préoccupé par Daisy. Max venait de rentrer d'un séjour plutôt difficile chez sa mère. Nina soupçonnait qu'il s'était défoulé à l'entraînement.

Elle jeta un coup d'œil à sa montre. Elle avait des millions de choses à faire au cours des vingt prochaines minutes : elle n'avait pas le temps de s'occuper de ça. Pourtant, elle dit à Max :

— Allons-y ! Je voudrais te présenter quelqu'un.

Son intention n'était pas de récompenser Max pour la scène qu'il venait de faire, mais il avait besoin de voir comment fonctionnait une véritable équipe motivée par autre chose que la rage.

Pendant qu'elle conduisait, une émotion familière l'envahit. Max réveillait constamment son instinct maternel. Elle n'y pouvait rien.

Ils roulèrent en silence jusqu'au terrain de sport en bordure de la ville. Dans le parking, elle s'arrêta, verrouilla la voiture, puis se tourna vers Max pour voir son expression : un mélange d'excitation et de méfiance.

— Viens, je veux te présenter Dino.

— Dino Carminucci ? Tu plaisantes !

Nina ne put réprimer un sourire. Il était tellement soupe au lait.

— Allons-y ! dit-elle.

— Tu le connais ? Personnellement ? Je peux pas le croire.

Dino avait été le principal atout politique de sa carrière. Grâce à quelque chose que son père avait fait vingt ans plus tôt, Dino avait accepté de faire venir son équipe en ville. Voilà qu'elle était sur le point de lui demander un autre service. Elle s'arrêta et se tourna vers Max.

— Ecoute, je tiens à ce que tu saches que ce n'est pas bien de te mettre en colère comme tu l'as fait aujourd'hui. Tout le monde pique des crises, mais ça ne sert à rien de t'en prendre aux objets. Tu aurais pu blesser quelqu'un, casser quelque chose, et ça, ça ne va pas.

Le remords adoucit ses traits, mais il n'en continua pas moins à la regarder dans les yeux.

— Tu as raison.

— Je veux juste que tu saches que ce n'est pas une récompense pour avoir piqué une crise.

— Qui est-ce qui a piqué une crise ? demanda Dino qui sortait à cet instant des vestiaires. Je parie que c'était juste un trop-plein d'énergie.

C'était son talent, cette aptitude à comprendre instantanément les gosses. Nina savait que Max était en de bonnes mains.

DIXIÈME PARTIE

Le passé

Les habitants d'Avalon sont réputés pour leur fierté. Quand la ville voisine de Kingston fut incendiée par les troupes britanniques pendant la Révolution Américaine, Avalon ouvrit ses portes aux réfugiés en fuite, leur offrant un havre sûr contre les envahisseurs. De nos jours, les visiteurs ont plus de chances de trouver leurs héros sur les terrains de sport.

« Comme le temps au base-ball se mesure uniquement en "out", a écrit Roger Angell dans le *New Yorker*, il suffit de réussir sur toute la ligne. Obstinez-vous à frapper, maintenez l'équipe en action, vous vaincrez le temps. Vous resterez jeune à jamais. »

21

— Madame le maire ?

La voix de la secrétaire grésilla dans l'Interphone. Nina faillit avoir une attaque, non que cette voix ait quoi que ce soit d'effrayant, mais parce qu'elle était en pleine concentration. Le dernier audit des finances municipales n'était pas beau à voir, et ça la rendait folle dans la mesure où elle avait fait tout ce qu'elle pouvait pour améliorer les résultats financiers. Il y avait une fuite quelque part et personne ne parvenait à déterminer où. Au milieu de son mandat, elle avait déjà découvert tout un monde de cafouillages.

Elle inspira à fond pour s'éclaircir l'esprit avant d'enfoncer la touche de l'Interphone.

— Oui, Gayle ?

— Vous avez un visiteur. Votre père.

— Oh !

Elle se leva d'un bond en arrangeant sa coiffure d'une main.

— Dites-lui d'entrer.

Quelques secondes plus tard, la porte s'ouvrit à la volée, livrant passage à Pop.

— Je suis un peu en avance, dit-il. J'espère que ça ne t'ennuie pas.

Elle ferma le programme de comptabilité sur son ordinateur.

— Pas de problème. Il faut juste que je prenne une ou deux choses, dit-elle en fourrant quelques rapports imprimés et du courrier dans un immense panier en osier.

Puis elle ouvrit prestement un poudrier pour jeter un coup d'œil à ses cheveux. Certains de ses détracteurs l'avaient surnommée le « maire hippy » d'Avalon, une absurdité qui l'incitait néanmoins à faire très attention à la manière dont elle s'habillait et se coiffait. Elle n'avait pas encore rencontré Dino Carminucci personnellement et ne savait pas à quoi il s'attendait. Elle avait choisi de mettre une robe beige qui lui arrivait aux genoux et des escarpins plats. On pouvait difficilement passer pour une hippie avec de telles chaussures.

— De quoi ai-je l'air ? demanda-t-elle à son père.

Il lui décocha ce merveilleux sourire qui lui valait l'affection de ses élèves du lycée d'Avalon depuis trente ans.

— Tu es belle comme un cœur. Je ne pourrais pas être plus fier de toi.

— J'ai attendu longtemps pour t'entendre dire ça, papa.

— Quoi ? Que je suis fier de toi ? Tu plaisantes ? Je suis fier de tous mes enfants. Surtout de toi, je l'avoue. Et de Sonnet. Je ne te le dis peut-être pas tous les jours, mais je te le dis maintenant. Je suis fier de toi. Je l'ai toujours été.

— Merci. Je suis juste un peu nerveuse à cause de ce rendez-vous. En tant que maire, je prends un engagement considérable. C'est un énorme risque.

— Depuis quand as-tu peur du risque et des engagements ?

— Depuis que je suis responsable de toute une ville, figure-toi.

314

— Ce n'est pas un hasard si tu es responsable. Les gens te font confiance.

Effectivement, c'était la réputation qu'elle avait. Elle aimait l'action. On pouvait se fier à elle. Nina, la petite locomotive. Personne ne connaissait l'autre Nina, celle qui se réveillait parfois au beau milieu de la nuit en se languissant de quelque chose qu'elle n'avait jamais connu.

Ils quittèrent la mairie et montèrent dans la voiture de Pop.

C'était une Prius argentée qu'il avait achetée lorsque les jumeaux étaient partis à l'université.

— La voiture du nid vide, dit-il alors que Nina bouclait sa ceinture. J'étais tellement impatient d'en acheter une qui n'ait pas l'air d'une navette d'aéroport.

— Tu en es content ? demanda-t-elle.

— C'est drôle, en fait. Elle me plaît, bien sûr, mais le nid vide, ce n'est pas aussi bien qu'on le dit. Ma bande d'enfants bruyants et chahuteurs me manque.

Elle hocha la tête. Elle comprenait maintenant ce que son père voulait dire. Tout en se réjouissant d'entamer une nouvelle phase de sa vie quand Sonnet quitterait la maison, elle s'armait de courage à la perspective d'une solitude qu'elle n'avait jamais connue auparavant.

Le rendez-vous était prévu à l'auberge du Pommier, un B&B en bordure du lac, près du pont couvert d'Avalon. M. Carminucci y séjournait. Elle aurait aimé recommander l'auberge du lac des Saules aux gens de passage, mais cet établissement auquel elle était très attachée avait incontestablement connu des jours meilleurs.

— Je suis impatient de voir Dino, dit Pop. Je ne l'ai pas rencontré depuis l'université.

Ce genre de transaction se passait ainsi, comme Nina l'avait appris. Tout était affaire de relations et de contacts.

— Tu sais, dit-elle, quand j'ai pris mes fonctions, j'avais

des tas de projets pour la ville. J'étais déterminée à faire d'Avalon la meilleure bourgade du comté Ulster. De tout l'Etat. Je ne me rendais pas compte à quel point il est difficile de faire avancer les choses... Et si mon unique legs à cette ville en tant que maire, c'était d'avoir fait venir une équipe de base-ball ?

— Tu plaisantes ? s'exclama son père en levant les sourcils. C'est considérable, et tu le sais. Conclus cette affaire, et les gens se souviendront toujours que tu as fait d'Avalon un bastion du base-ball.

Il lui ouvrit la porte.

— Souviens-toi : que ça marche ou pas, j'étais sincère tout à l'heure en te disant que j'étais fier de toi.

Lorsqu'elle pénétra dans le magnifique salon de l'auberge du Pommier, Nina eut un pincement au cœur.

Cela devait se lire sur son visage.

— Que se passe-t-il ? lui demanda Pop.

Il la connaissait bien.

— Je suis contente d'être maire, dit-elle. J'adore cette ville et je suis heureuse d'être au service des habitants d'Avalon. Mais, au fond de moi, j'ai toujours eu envie de travailler dans un endroit comme celui-ci.

— Tu ne seras pas toujours maire, lui rappela-t-il.

— Mais pour le moment, je le suis, répondit-elle en se forçant à sourire. Allons, Pop, présente-moi à ton ami !

ONZIÈME PARTIE

Le présent

L'auberge du lac des Saules n'accueille pas de séminaires. Rien ne viendra troubler la tranquillité et le confort de nos hôtes. En revanche, vous y trouverez un accueil chaleureux, un lieu paisible pour méditer, un site magnifique pour renouer les liens avec l'être cher et amasser des souvenirs qui dureront toute votre vie. Rendez-vous sur le ponton…

21

Greg se trouvait avec Daisy et Max au bord du lac. Le soleil venait de se coucher. Ils étaient descendus dans l'espoir qu'une petite brise les rafraîchirait, mais il n'y avait pas un brin de vent. C'était probablement la nuit la plus chaude de l'année. Daisy essayait de voir la lune avec son petit télescope portable. Max s'efforçait de faire des ricochets. Les cailloux s'enfonçaient dans l'eau en faisant glouglou.

Il y avait des moments comme celui-là où Greg ne savait pas quoi dire à ses enfants. Quand il leur demandait comment ils allaient, ils lui répondaient de façon laconique, sans que cela révèle quoi que ce soit. Daisy était tendue et de mauvaise humeur, ce qui se comprenait. Max n'était plus lui-même depuis qu'il était revenu de chez sa mère. Greg n'allait pas incriminer Sophie. Max avait été mal dans sa peau tout l'été.

Il se pencha pour ramasser d'autres cailloux.

— Je préférais Kioga, dit-il. Tu te souviens l'été dernier quand on dormait dans la cabane et qu'on faisait des feux de camp ?

— Tu n'as fait que râler, l'été dernier, lui rappela Daisy. Tu n'arrêtais pas de réclamer ton Xbox…

— Et toi, tu geignais parce que tu n'avais pas de réseau pour ton portable.

— En tout cas, ajouta Greg, le monde n'a pas cessé de tourner pour autant. Si on faisait un feu sur la plage ?

— Il fait trop chaud pour ça. Il fait trop chaud pour tout.

— On pourrait se baigner, suggéra Greg.

— Ouais, mais si la baleine entre dans l'eau, elle risque de provoquer une inondation ! dit Max d'un ton railleur.

— Tais-toi, abruti !

— Tais-toi toi-même !

— Tu...

— J'ai une idée. Si on allait boire quelque chose de frais ? Je vous apprendrai à jouer à Texas Hold'Em.

On ne peut pas dire qu'ils débordaient d'enthousiasme, mais ils y consentirent. Ils s'installèrent sur la terrasse de devant autour d'une table en osier sous le ventilateur qui tournait doucement. A l'évidence, Daisy connaissait déjà les règles du jeu. Elle fit plusieurs parties, mais se mit bientôt à bâiller et à s'agiter sur son siège.

— Ça va ? lui demanda son père.

— Oui. Inutile de me poser la question toutes les cinq minutes.

— Désolé.

Il ne fallait pas qu'il prenne son irascibilité pour une attaque personnelle, il le savait.

— Ce n'est pas grave. Je suis fatiguée. Je vais aller me coucher.

— On n'a pas fini de jouer ! lui fit remarquer Max. Ça va être rasoir à deux.

Daisy fit un geste en direction du hangar à bateaux.

— Va chercher Nina. Elle acceptera sûrement de me remplacer.

Greg secoua la tête. Il mourait d'envie d'aller chercher Nina, mais il s'était juré de garder ses distances.

— J'aime bien Nina, ajouta Daisy d'un ton enjoué, au

point que son père se demanda où elle voulait en venir. Je trouve ça génial qu'elle s'occupe de la gestion de l'auberge. C'est franchement cool de sa part d'avoir accepté de travailler ici, quand on y pense.

— Comment ça ?

— Compte tenu du fait qu'elle voulait être propriétaire…

Elle s'interrompit, observa son père un instant.

— Tu ne le savais pas, papa ? Sonnet me l'a dit il y a longtemps, alors je supposais… Tu ne le savais vraiment pas ? C'était son projet pour le jour où Sonnet partirait à l'université et où elle aurait fini son mandat de maire.

Greg comprenait enfin pourquoi Nina lui en avait tant voulu. Pas étonnant !

— Moi aussi, je l'aime bien, avoua Max. Surtout depuis aujourd'hui.

— Que s'est-il passé aujourd'hui ?

— J'ai quitté mon équipe. Fini la petite Ligue !

Une vague de chaleur avait déferlé à la fin de l'été, telle l'offensive finale d'une armée avant la reddition. Les températures oscillaient aux alentours des 40°, ce que les gens d'Avalon supportaient difficilement. C'était le soir de congé de Nina, mais elle n'avait pas de projet. Sa maison était sens dessus dessous, mais elle n'avait aucune envie de ranger. Elle avait toujours rechigné aux tâches ménagères. Maintenant que Sonnet était partie, elle laissait libre cours à sa nature désordonnée. Avec une température pareille, personne ne devrait faire le ménage.

Elle était énervée, elle transpirait. Même avec les fenêtres ouvertes et les ventilateurs en marche, il faisait une chaleur étouffante dans la maison. Elle se prépara un bol de céréales et sortit sur la terrasse pour regarder les étoiles planer dans le ciel d'été. Pour finir, n'y tenant plus, elle enfila un maillot de bain et alla se baigner, toute seule, dans le noir. Comme elle pénétrait dans l'eau, elle se rappela les sensations qu'elle éprouvait en plongeant dans le lac les soirs d'été, quand elle était plus jeune — la fraîcheur, cette libération, et l'impression de faire quelque chose de vaguement interdit. Elle fit la planche en contemplant le ciel étoilé.

Elle était seule, une fois de plus. Elle aimait bien la solitude. Rien ne l'obligeait à s'isoler. Elle avait d'autres solutions. Bo Crutcher, le lanceur vedette des Hornets, l'avait invitée ce soir. Il n'avait pas vraiment dit qu'il voulait sortir avec elle, mais il lui avait proposé de le retrouver à la Hilltop Tavern en fin de soirée. On s'amusait bien avec Bo, peut-être trop, et pendant un moment, elle avait été tentée. Il était séduisant, ça ne faisait aucun doute : grand, sportif, pétri de charme texan. Il buvait bière après bière jusqu'à s'adoucir au point de dire des choses romantiques qu'il ne pensait pas forcément. Ce ne serait pas juste envers lui, cependant. Elle ne serait pas d'agréable compagnie parce qu'en dépit de tous ses efforts, elle ne pouvait pas s'empêcher de penser à Greg Bellamy.

En s'obligeant à se secouer, elle plongea sous la surface avant de remonter prendre une goulée d'air. Elle s'attarda dans l'eau fraîche, contemplant le reflet de la lune qui dessinait sur l'eau un long ruban d'argent. Un sentiment de solitude profonde l'incita alors à changer d'avis — peut-être irait-elle à la taverne, après tout, faire quelques parties de billard ou de fléchettes. Déterminée à retrouver sa bonne humeur, elle remonta chez elle et prit rapidement une douche en chantant avec la radio. Elle venait d'envelopper ses cheveux dans une serviette quand on frappa à la porte.

En marmonnant un juron, elle enfila un polo des Hornets et un jean coupé en bermuda.

Elle traversa le salon à la hâte, fronçant les sourcils en

voyant le fouillis ambiant. Il y avait un panier de linge à moitié plié, de la vaisselle dans l'évier à laquelle elle ne s'était pas encore attaquée, une pile de courrier intact. Des moutons volaient dans le sillage de ses pieds nus. Elle alluma la lumière du porche. Greg Bellamy se tenait de l'autre côté de la porte grillagée.

— Je viens d'avoir une conversation très intéressante avec mes enfants, dit-il d'un ton qui n'était pas particulièrement courtois. Puis-je entrer ?

Elle se figea. En temps normal, l'apparition d'un homme aussi séduisant qui demandait à entrer ne se produisait que dans le royaume des fantasmes, d'autant plus qu'elle avait à peu près renoncé à accepter les invitations dont elle faisait l'objet. Au départ, elle avait tenté d'en imputer la faute à Greg mais, en définitive, elle avait été forcée d'admettre en son for intérieur que sortir avec d'autres hommes ne la mènerait nulle part.

Ainsi, ce Greg qui avait rendu vaine toute velléité de voir d'autres hommes s'invitait chez elle.

Sans un mot, elle s'écarta, lui ouvrit la porte, puis la referma derrière lui.

— Je suppose qu'il ne t'est pas venu à l'idée de me demander mon avis avant de suggérer à Max de quitter son équipe et d'aller travailler pour les Hornets, lança-t-il d'une traite.

— Non, avoua-t-elle.

Elle n'avait pas le sentiment d'avoir dit explicitement à Max d'abandonner l'équipe. Il est vrai qu'elle ne l'avait pas découragé non plus.

— Max n'est pas ton fils.

— Je crois que j'en étais consciente. Et tu as raison, Greg, j'aurais dû t'en parler d'abord, ou plutôt te laisser prendre les choses en main.

Son expression la fit sourire involontairement.

— Qu'est-ce qu'il y a ? Tu pensais que j'allais monter sur mes grands chevaux ?

— Eh bien, oui. En fait, oui.

Elle s'abstint de lui préciser que Max l'avait induite en erreur en lui laissant croire que Greg était au courant de la situation. Il faudrait qu'il en discute lui-même avec son père.

— Je ne cherche pas à me disculper, reprit-elle, mais le fait est que je n'ai jamais eu de partenaire quand j'élevais mon enfant. J'ai l'habitude de prendre les décisions seule. L'idée de consulter quelqu'un — cette notion de partenariat — est un concept qui m'est totalement étranger.

— Nous sommes associés sur le plan professionnel. Quand il est question de l'auberge, ça se justifie. Dès lors que mes enfants sont en cause…

— Bas les pattes ?

Elle se mordit la lèvre. Elle aurait pu lui parler de tellement de choses qu'elle avait constatées en l'observant avec ses gamins… Ses craintes étaient devenues réalité. Elle était en train de se faire happer par cette famille. Non seulement par Greg, mais aussi par Max et Daisy. Ce n'était pas son affaire, pourtant.

— Entendu, dit-elle. Je ne m'en mêlerai plus.

Sa réaction parut le surprendre.

— Euh, bon.

— Mais j'ai besoin de quelques éclaircissements. Explique-moi, Greg. Quand il s'agit de tes enfants, tu veux mon avis ou non ? Ou seulement quand ça t'arrange ?

— Hé, je ne t'ai pas demandé…

— Si, répliqua-t-elle. Tu m'as demandé mon avis. Peut-être pas à propos de l'équipe de base-ball de Max, mais au sujet d'autres choses, et tu le sais très bien.

Elle dénoua la serviette qu'elle portait sur la tête tout en l'observant à la dérobée. Il avait l'air parfaitement à l'aise dans son short kaki et sa chemise hawaïenne. Pourquoi fallait-il qu'il soit tellement… tout ?

Elle essaya d'oublier le désordre qui régnait autour d'elle. Ce n'était pas facile. Elle regrettait amèrement de ne pas avoir pris quelques minutes pour faire la vaisselle, redresser la pile de livres sur la table basse et plier les vêtements sortis du séchoir depuis… deux jours.

Greg garda son attention fixée sur elle. Il avait l'air perplexe.

— Laisse-moi deviner, dit-elle. Tu es venu ici pour chercher la bagarre et comme je me suis montrée parfaitement calme, tu ne sais pas quoi faire avec toute cette énergie inutilisée.

Il haussa les épaules.

— Quelque chose comme ça.

— Je suis vraiment désolée au sujet de Max, reprit-elle. Je peux me porter garante de Dino Carminucci et de Bo Crutcher. Ainsi que de tout le reste de l'équipe. Ils lui apprendront des tas de choses — pas seulement leurs mauvaises habitudes. Il m'a fallu trois ans pour les convaincre de choisir Avalon et j'en suis venue à les connaître assez bien, pour la plupart.

Greg hocha la tête, la mâchoire serrée.

— Je ne sais pas comment j'ai pu passer à côté, dit-il. Comment ai-je fait pour ne pas me rendre compte à quel point mon fils était malheureux dans son équipe ? Enfin, je savais qu'il avait des hauts et des bas, mais je n'avais pas conscience qu'il était prêt à abandonner. C'est pour ça que je cherchais la bagarre. Je m'en voulais.

— Les enfants peuvent cacher tout un monde à leurs parents s'ils le veulent. Tu le sais, n'est-ce pas ?

Elle marqua une pause, observa ses épaules tendues, ses poings serrés.

— Assieds-toi, Greg.

Il fronça les sourcils.

— C'est ton soir de congé. Je pensais que tu serais sortie.

— Ce qui ne t'a pas empêché de venir me voir.

— Je peux m'en aller si...

— Je viens de te proposer de t'asseoir. Qu'est-ce que tu veux boire ? Comme d'habitude ?

— J'ai mes habitudes ?

— Une bière microbrassée Summer Ale.

Elle alla en chercher une dans le réfrigérateur et prit un sachet de bretzels au passage. En revenant, elle faillit se heurter à lui.

Sans la quitter des yeux, il décapsula la bouteille et but une gorgée.

— Asseyons-nous tous les deux.

Ils se dirigèrent vers le canapé. D'un air dégagé, elle déplaça une pile de livres et le panier à linge pour faire de la place. Un air qu'elle adorait des Dixie Chicks montait de la stéréo, triste mais magnifique, apaisant. Elle se tourna vers Greg en remontant un genou contre sa poitrine.

— Qu'est-ce qu'on fait là, Greg ?

— Je ne sais pas très bien. Tout ce que je sais, c'est que si tu sors avec un nouveau type, je vais probablement exploser.

C'était direct.

— Si je comprends bien, je devrais passer ma soirée de congé seule pour t'empêcher d'exploser.

— Non. Tu devrais la passer avec moi.

— Dans ce cas, c'est moi qui risque d'exploser, répliqua-t-elle tout aussi directement.

— C'est le genre d'effet que j'ai sur les femmes, paraît-il.

Elle lui jeta un coussin à la figure.

— Je pensais que tu étais venu me parler de Max.

— C'est fait. Nous avons parlé de Max. Je t'ai dit pourquoi j'étais fâché, tu t'es expliquée. Maintenant j'aimerais savoir pourquoi tu ne m'as jamais dit que tu avais des projets pour l'auberge.

Elle avait les joues en feu et ce n'était pas à cause de la chaleur. Il savait. Comment l'avait-il découvert ?

— Je ne vois pas de quoi tu veux parler.

— Daisy me l'a dit ce soir. C'est Sonnet qui l'a mise au courant. Je sais maintenant pourquoi tu étais tellement fâchée quand j'ai acheté l'auberge. C'est parce que tu voulais l'acquérir toi-même.

Il but une grande gorgée et posa la bouteille.

— Et alors ?

— Tu aurais pu m'en parler.

— Ah oui, et passer pour plus pathétique encore ?

— Tu n'as jamais rien eu de pathétique, Nina.

Mais si, pensa-t-elle. Elle avait été si naïve de penser que le monde attendrait qu'elle se décide à acheter l'auberge. S'imaginait-elle vraiment qu'aucun acquéreur ne se présenterait ? Pourquoi avait-elle laissé faire le hasard ? Pourquoi n'avait-elle pas bétonné son projet ?

— Tu aurais dû me le dire, reprit Greg.

— Cela t'aurait-il fait changer d'avis ?

— J'en doute.

— Dans ce cas, à quoi bon discuter ? J'ai toujours rêvé d'être propriétaire de cette auberge. Quand elle t'a appartenu, il a fallu que je me trouve un autre rêve.

— Et alors ?

— Je cherche toujours.

Il avait les yeux rivés sur son polo de base-ball trop grand. Ses cheveux encore humides formaient des piques désordonnées. Elle essayait de ne pas se sentir gênée par ses pieds nus, le vernis rose écaillé de ses orteils.

— Je ne veux plus parler de ça, conclut-elle.

— Bon. Changeons de sujet. Tu veux sortir ce soir ? On pourrait peut-être trouver un endroit climatisé ?

Elle secoua la tête. Chaque fois qu'elle avait une relation avec un homme, ça se passait mal. Elle était maladroite, trop directe, trop brutale, et franchement trop négligée. Sans compter que les premiers rendez-vous étaient censés se dérouler dans un cadre élégant, avec des bougies parfumées, une musique douce etc. Elle était supposée avoir passé trois heures à se pomponner. Un plongeon dans le lac, c'était loin d'être l'idéal.

Il aurait aussi fallu du champagne et quelque chose de léger et de raffiné à manger : une vichyssoise ou des sushi, pas de la bière et des bretzels.

— Allez, Nina, qu'en dis-tu ? Si on sortait ensemble ?

— Ça ne colle pas du tout, bredouilla-t-elle.

Il la dévisagea.

— Tu as raison. Tu as parfaitement raison.

Il reposa sa bière sans ménagement et se leva.

— Content que nous ayons pu éclaircir cette affaire à propos de Max. Merci pour la bière. A un de ces quatre.

Il partit si vite qu'elle resta assise là, bouche bée.

— Incroyable ! marmonna-t-elle en se levant à son tour pour emporter les bouteilles dans la cuisine.

Elle se dit qu'il n'y avait pas de raison pour qu'elle se sente blessée. Et pourtant… elle l'avait fait fuir, et son départ l'avait meurtrie alors qu'il s'était borné à faire ce qu'on lui demandait.

Non. En fait, il était supposé comprendre le message contenu dans sa remarque quand elle avait dit « ça ne colle pas du tout ». Il n'était pas censé abonder dans son sens et filer. Il aurait dû rester et… et quoi ?

Elle rinça les bouteilles de bière et les mit dans la poubelle de recyclage qui débordait déjà, puis elle se planta devant l'évier, le regard rivé sur la vaisselle qu'elle ne s'était pas donné la peine de faire. La vue d'un bol de céréales et d'une cuillère, vestiges d'un dîner en solitaire, provoqua un déclic, et elle fondit en larmes. Elle n'avait pourtant jamais été du genre à pleurer, mais l'émotion la submergea subitement — une émotion douloureuse. Greg pouvait la planter là pour un oui ou pour un non. Ce n'était pas juste. Elle avait enfin rencontré quelqu'un dont elle pouvait vraiment tomber amoureuse, et il ne lui convenait pas du tout. Il ne se gênait pas pour flirter avec elle et puis il lui tournait le dos. Ce n'était qu'un jeu à ses yeux. Il n'avait pas la moindre idée de ce qu'elle endurait. Les sanglots secouaient tout son corps ; les larmes lui brûlaient les joues. Elle ne se sentait pas soulagée pour autant. Il n'était pas seulement question de pleurer un bon coup de manière à se sentir purifiée, allégée. C'était un moment de souffrance et de désespoir si profond qu'elle faillit ne pas entendre le téléphone sonner.

Elle résolut de l'ignorer. Il lui arrivait rarement de perdre ainsi les pédales : une mère célibataire ne pouvait pas s'offrir ce luxe…

Pourtant elle ne put s'empêcher de jeter un coup d'œil à l'écran du téléphone. *Bellamy, G*, et son numéro.

Oh, mon Dieu ! Si elle décrochait, il percevrait le chagrin dans sa voix. Il risquait même de lui poser des questions ou, pire, de se rendre compte qu'il en était la cause. En même temps, si elle laissait sonner, il saurait qu'elle l'évitait, il comprendrait qu'elle était dans tous ses états et il risquait même de revenir. Alors là, il verrait qu'elle…

— Allô.

Elle avait décroché à la neuvième sonnerie.

— Nina, c'est Greg.

— Oui ?

Elle marqua un temps d'arrêt, déglutit, puis s'efforça de prendre une voix normale.

— Tu as oublié quelque chose ?

— Et comment ! J'ai oublié la règle numéro un du rendez-vous galant. Ne pas se pointer sans s'être annoncé.

— On ne sort pas ensemble.

— Je sais. Je le regrette.

— Greg…

— C'est pour ça que j'appelle. Je me demandais si tu aurais envie de sortir avec moi.

— Quoi ?

— Sortir. Avec moi. Tu vois ? Ensemble. Je t'invite en respectant les convenances pour notre premier rendez-vous officiel. Un premier rendez-vous devrait être spécial au cas où l'on finirait notre vie ensemble. Comme ça, le jour où nos petits-enfants nous demanderont comment ça s'est passé, on ne sera pas obligés de leur avouer nos ébats torrides sur un canapé — même si ça n'a rien de condamnable. Personnellement, je trouve ça excitant, mais je voulais te demander…

— Non.

Les larmes lui brouillaient de nouveau la vue. Cette tentative d'humour lui faisait mal. Tout lui faisait mal.

— Il est hors de question que j'aille où que ce soit avec toi, Greg. Mais, euh, merci beaucoup.

— Ce n'est pas la réponse que j'attendais.

— C'est la seule que j'aie à te donner.

Elle tremblait à force de contrôler sa voix. Elle arpentait la pièce tout en parlant, luttant contre ses émotions. Cette situation lui faisait horreur. C'était une torture de réprimer ses sentiments et de s'empêcher de vouloir l'impossible.

Il était en train d'ajouter quelque chose, mais elle refusait d'écouter.

— Au revoir, Greg, chuchota-t-elle avant de raccrocher.

Elle tremblait encore en raccrochant.

Ressaisis-toi, se dit-elle.

C'était très bien, au fond, qu'ils aient mis tout ça sur le tapis : cette satanée attirance. Cela lui permettait de voir clairement ce qu'elle devait faire. Elle aurait dû s'en réjouir, au fond.

Seulement, elle n'était pas du tout d'humeur à se réjouir. Elle se sentait vide, démunie et plus seule que jamais. A qui la faute ? Elle l'avait envoyé promener. Le moment était venu de regarder les choses en face. A l'évidence, cette histoire avec Greg ne fonctionnait pas, ne fonctionnerait jamais. Il fallait tout bonnement qu'elle l'accepte et qu'elle aille de l'avant, même si cela la contraignait à quitter l'auberge. Elle ne pouvait vraiment pas rester. Cette résolution provoqua un regain de larmes. Cela lui faisait horreur de perdre ainsi le contrôle d'elle-même. Elle avait le sentiment d'être trahie par ses propres émotions.

En entendant des pas lourds sur la terrasse devant sa porte, elle se figea, trop surprise pour faire quoi que ce soit à part rester plantée là en attendant qu'il revienne…

Il ne se donna même pas la peine de frapper : il ouvrit la porte à la volée et entra à grands pas. Très Rhett Butler, pensa-t-elle. Mais elle resta là, comme pétrifiée, pieds nus, le visage brûlant de larmes. Et si elle parvint à retrouver l'usage de la parole, ce fut pour balbutier une ineptie.

— Je croyais que tu avais une nouvelle règle à propos des visites impromptues.

— J'ai menti, dit-il en la saisissant dans ses bras comme si elle était sur le point de tomber d'une falaise.

Après quoi il l'entraîna à reculons vers le salon, la fit asseoir sur le canapé et l'embrassa — de longs baisers affamés qui la transportèrent Dieu sait où, des baisers langoureux, interminables, plus sexy que le sexe.

Elle oublia tout. Elle oublia surtout de s'inquiéter ou d'essayer de contrôler la situation. Ils ne reprirent pas leur souffle pendant un long moment, et lorsque finalement, ils s'interrompirent, elle avait la tête qui tournait, elle se sentait impuissante et n'en revenait pas du plaisir qu'elle éprouvait.

— Ce n'était pas du tout comme ça que je nous imaginais ensemble, bredouilla-t-elle.

— Ah bon ? Alors, dis-moi ce que tu imaginais.

Elle était fichue. Elle s'écarta de lui.

— C'est hors de question.

— Allons ! Ça devait arriver depuis longtemps.

Elle détourna les yeux en espérant qu'il n'avait pas remarqué ses yeux rougis par les larmes.

— Pourquoi dis-tu ça ?

— Tu le sais très bien. Tu crois que j'ai oublié toutes les fois où nous nous sommes croisés, dans le passé ? Je n'en ai pas parlé parce que ça me paraissait vain. Je me rappelle ton sourire le jour où on s'est rencontrés. Je me souviens de ce que j'ai éprouvé quand je t'aie vu avec ce cadet de West Point, sachant pertinemment ce que vous veniez de faire. Je me souviens de t'avoir observée avec ta petite fille. Ce n'est pas parce que je n'ai rien dit que je n'ai rien vu et que j'ai oublié. Cela n'aurait servi à rien de te dire à quel point tu comptais pour moi. Nous avions des vies différentes. J'avais une femme et des enfants. Toi, tu avais Sonnet, ta famille, ton travail. A quoi cela aurait-il servi de t'avouer que je tenais à toi ?

Nina le regardait, bouche bée, sans même feindre d'ignorer ce dont il parlait.

— La situation a changé, poursuivit-il en la prenant dans ses bras. Je n'ai plus besoin de faire semblant. Je peux te dire en te regardant au fond des yeux que je tiens à toi.

Il se pencha et fit glisser le polo de son épaule avec les dents, déposant des baisers sur sa peau nue avec une attention infinie. Il l'embrassa de nouveau tandis que sa main errait vers le bas pour déboutonner son short. Soudain, il émit une sorte de sifflement, comme si elle l'avait brûlé.

— Qu'est-ce qu'il y a ? chuchota-t-elle contre ses lèvres.

— Tu n'as rien en dessous.

Elle rougit.

— Ce n'est pas... mon habitude.

— Dommage. Promets-moi que tu t'habilleras toujours comme ça. Je t'en supplie ! Je ferais n'importe quoi...

Il dévora de nouveau sa bouche avec fougue.

Les hommes étaient si simples, pensa-t-elle. Dans une certaine mesure.

— Qu'est-ce qui t'excite, Nina Romano ? demanda-t-il, écartant à peine ses lèvres des siennes tout en descendant très lentement la fermeture Eclair de son short.

Tout. Fort heureusement, elle n'arrivait plus à parler. En tout état de cause, elle n'aurait pas su quoi répondre. Tout cela était si nouveau pour elle : ce désir, cet abandon.

— A la réflexion, murmura-t-il en glissant la main sous son polo, ne me dis rien.

Il la renversa sur les coussins du canapé en faisant tomber la pile de vêtements pliés.

— Je préfère découvrir ça tout seul.

Quand Greg se réveilla à l'aube avec Nina dans ses bras, il se retint de dire la première chose qui lui vint à l'esprit — *Je te l'avais dit.* Il savait que ce serait extraordinaire de faire l'amour avec elle. Il avait eu tout l'été pour y penser, pour imaginer, pour fantasmer. Mais le fait qu'elle ne porte pas de sous-vêtements... Nom d'un petit bonhomme ! C'était le genre de chose qu'un mec n'osait même pas espérer. Il n'arrivait pas à croire qu'ils aient mis tant de temps pour en arriver là.

Elle dormait comme enveloppée dans le rêve le plus doux, respirant doucement, bras et jambes entremêlés aux siens. En veillant à ne pas la réveiller, il se frotta les yeux et regarda autour de lui. A un moment donné dans la nuit, ils avaient émigré dans la chambre, laissant dans leur sillage vêtements et serviettes de bain. La nuit avait été incroyable : il ne l'oublierait jamais, et souhaitait la répéter le plus tôt possible.

En même temps, il ressentait une folle tendresse pour Nina. Il l'appréciait énormément. Il commençait à l'aimer, et pas seulement à cause de leur formidable entente sexuelle. Il aimait sa nature indépendante, sa farouche loyauté. Il aimait sa fougue, sa détermination, même quand elle lui tenait tête. Il aimait — non il adorait — la manière dont elle se comportait au lit, à la fois vulnérable et audacieuse, et cette façon qu'elle avait de se blottir dans ses bras.

Il se leva discrètement, enfila son short et gagna la cuisine.

Il jeta un coup d'œil à la pendule : 6 heures. Les enfants ne seraient pas levés avant un bon bout de temps. En faisant le moins de bruit possible, il localisa la Moka — l'unique machine à café digne de ce nom, lui avait-elle affirmé —, et un sachet de Lavazza importé d'Italie. D'accord, Nina n'était pas une obsédée du ménage mais, à ses yeux, c'était un atout. Sophie, elle, était carrément maniaque, au point qu'il avait l'impression de mettre du désordre rien qu'en respirant.

Il chassa Sophie de ses pensées et alluma la machine à café. Après quoi il fouilla dans le réfrigérateur, en quête de quelque chose à manger. Il ne découvrit que du lait de soja 0 %, des raisins secs et une tranche de quelque chose de redoutable qui faisait songer à une expérience scientifique. Il était sur le point de renoncer quand, en écartant le pack de lait, il tomba sur une manne, dans une boîte blanche de la boulangerie Sky River ! Une demi-douzaine de *sfoglioatelle* — des pâtisseries fourrées à la ricotta. Il en engloutit une, puis rinça deux tasses trouvées dans l'évier, et servit le café. En entendant un bruit derrière lui, il se redressa et fit volte-face.

Nina se tenait sur le seuil. Enveloppée dans un drap, elle l'observait. On aurait dit une déesse miniature avec ses cheveux courts tout ébouriffés, sa peau mate, crémeuse, et le drap calé sous ses aisselles.

— Miam ! marmonna-t-il, emportant les tasses dans la chambre et lui faisant signe de le suivre d'un geste de la tête. Recouche-toi, dit-il. Je vais te servir ton café.

— Certainement pas ! lui lança-t-elle depuis le seuil.

— Trop tard, répondit-il en lui saisissant la main pour l'entraîner vers le lit. C'est déjà fait.

— Greg…

— Un café, voilà. Noir, c'est bien ça ?

Il lui tendit une tasse ainsi que la boîte de pâtisseries.

— Tu as faim ?

— Donne-moi une minute.

Elle s'adossa aux oreillers en maintenant le drap en place.

— Il faut d'abord que je savoure ça. Ça ne m'arrive pas tous les jours : un homme qui m'apporte mon petit déjeuner au lit. Je crois même que c'est la première fois.

Il cogna sa tasse contre la sienne.

— Mais ça ne sera pas la dernière si tu restes avec moi.

Flûte ! pensa-t-il dès qu'il eut prononcé ces mots. C'était ringard. En plus, ça faisait un peu penser à un chantage. Il s'empressa de réparer son erreur en se penchant sur le lit pour lui donner un long baiser.

— Tu es belle, tu sais ? murmura-t-il.

Elle rit doucement en effleurant ses cheveux ébouriffés.

— Oui, je sais.

— Je suis sérieux.

— Bon, d'accord. Je ne vais pas discuter.

Elle but une gorgée de café pendant qu'il la regardait.

— J'aime cette vue, dit-elle en soupirant d'aise.

L'espace d'un instant, Greg fut convaincu qu'elle avait dit « je t'aime », et cette déclaration, même imaginée, fit basculer la planète. Puis il se reprit, comprenant ce à quoi elle faisait référence, et il rit de lui-même.

Il se tourna vers le lac. Le soleil n'était pas encore levé. Un mince filet rose teintait l'horizon au-dessus des collines, se faufilant vers l'eau. Quelques nuées de brume se rassemblaient ici et là sur le lac. Un calme infini imprégnait le paysage. Pourtant, Greg était conscient que le sentiment de contentement qu'il éprouvait ce matin était essentiellement dû à la présence de Nina. Il n'avait pas ressenti ça depuis… *Jamais*. Il n'avait jamais éprouvé une telle émotion. Il avait toujours couru après les Sophie et les Brooke de ce monde. Nina lui faisait sentir autre chose. Elle touchait son cœur. Elle parvenait à atteindre un lieu en lui dont il n'avait encore jamais laissé personne s'approcher.

Il lui fit face, savourant son air encore un peu groggy. Sa bouche était toute douce, comme si elle était sur le point de sourire. Incapable de résister, il s'approcha du lit et se glissa sous les couvertures.

— Ecoute, Nina…

— Greg, je…

Ils avaient parlé en même temps.

— Désolé, dit-il. Toi d'abord.

Elle posa sa tasse délicatement sur la table de chevet.

— Ça change la donne. J'ai pensé qu'il fallait que tu le saches.

Il s'installa près d'elle, se dressa sur un coude et, de sa main libre, ponctua la conversation de caresses sans la quitter des yeux.

— Tant mieux. Je suis prêt pour un changement.

Elle frémit un peu sans le repousser pour autant.

— C'est donc ça : un changement de cadence pour éviter que tu t'ennuies ?

Il ne put réprimer un sourire.

— Oui, c'est ça. C'est tout à fait ça.

Elle posa sa main sur la sienne pour interrompre ses caresses.

— Je ne peux pas parler quand tu fais ça.

— C'est tout à fait le but.

— Alors, on ne va pas en discuter ?

Ce serait trop beau pour être vrai, se dit-il. Mais il s'obligea à retrouver son sérieux.

— L'autre jour, dans le grenier, tu m'as demandé pourquoi je te parlais de mon mariage. Je voulais que tu saches que j'avais compris. Je sais ce qui a foiré. Et je sais comment rectifier la situation.

— Tout cela me semble un peu rapide.

Il songea à toutes les fois où leurs chemins s'étaient croisés au fil des années.

— Je ne trouve pas.

— Je ne suis pas très douée pour le changement, avoua-t-elle.

— Ce n'est pas une mauvaise chose, crois-moi.

— Tout dépend en quoi consiste ce changement : s'il s'agit de quelque chose de bien, de fort, d'épanouissant ou bien de complications, de désordre, de chagrin.

— Ne te dérobe pas maintenant, Nina. Il est trop tard, de toute façon.

Il dessina le pourtour de sa mâchoire du bout de l'index.

Il avait envie de la connaître dans les moindres détails : la géographie de son corps comme les secrets de son cœur.

Elle tourna vers lui un regard empreint d'incertitude.

— Qu'est-ce qu'on est en train de faire, Greg ?

— On tombe amoureux, rien de plus.

— Très drôle !

— Je ne plaisante pas. On est en train de tomber amoureux. Ose me dire que tu ne le ressens pas !

— On ne peut pas juste…

— Bien sûr que si, ma chérie. Ça m'est déjà arrivé. Je sais quel effet ça fait. Je reconnais tous les signes. Et là, c'est… Ouah ! A des lieux de ce que j'ai pu éprouver auparavant.

— Bon, je n'ai peut-être pas beaucoup d'expérience, mais j'ai toujours été certaine de savoir identifier l'amour quand il se présenterait.

Elle inclina la tête en parlant, comme si elle ne voulait pas qu'il voie son visage.

— C'est probablement difficile à admettre pour toi, mais bon sang, Nina, il y a eu des moments, cette nuit…

Son corps réagit à ce souvenir, et il se rapprocha d'elle, capturant son petit cri de surprise avec un baiser, savourant ses lèvres, caressant son corps des deux mains.

— Même dans le noir, avec la lumière éteinte, il y a des choses qu'on ne peut pas cacher, chuchota-t-il.

Elle frémit sous ses caresses et se nicha contre lui.

Greg n'aimait pas trop le sens que la discussion avait pris. Les palabres ne convenaient pas à cette situation. Il avait des choses à lui dire, mais pas avec des mots. Il connaissait un moyen de détourner la conversation. Plusieurs, même. Ils en avaient essayé quelques-uns, la nuit précédente. Peut-être en découvriraient-ils d'autres ce matin.

23

Nina avait accepté de rejoindre Jenny et Olivia à Kioga pour les aider à confectionner des petits sacs de riz en prévision du mariage. *Concentre-toi,* se dit-elle. *Sois cool. Pour l'amour du ciel, comporte-toi comme si rien n'avait changé !*

— Tu as quelque chose de différent ! lança Jenny dès qu'elle pénétra dans le pavillon principal.

Elle avait disposé tout le matériel sur une longue table : des bobines de ruban de satin blanc, des petits carrés de tulle, un grand sac de riz.

Nina prit un air dégagé. Bon, elle avait peut-être l'air un peu fatigué. Il se pouvait qu'elle ait une mine vaguement béate. Greg et elle avaient passé toutes les nuits ensemble pendant une semaine, et ils n'avaient pas beaucoup dormi. Elle était aux anges — elle ne pouvait pas le nier. Elle adorait tous ces petits tiraillements d'extase qui la surprenaient tandis qu'elle vaquait à ses occupations, gardant précieusement pour elle son délicieux secret. Il y avait des moments où elle se sentait vulnérable, où elle redoutait l'avenir, mais ça aussi, elle le gardait pour elle.

— Je suis allée chez le coiffeur, dit-elle à Jenny.

— Non, ce n'est pas ça… Oh, tu as fait l'amour !

— Je n'ai…

— Mais si ! Et il était temps. Avec Greg, c'est bien ça ?

— Pourquoi parlez-vous de Greg ? demanda Olivia en entrant dans la pièce, suivie de son petit chien.

— Nina a couché avec Greg.

— Ce n'est pas trop tôt ! fit Olivia en souriant à Jenny. Elle a l'air fâché.

Barkis se laissa tomber à ses pieds et se roula en boule pour faire la sieste.

— Elle l'est. Elle voulait garder le secret jusqu'à ce qu'elle décide s'il s'agissait d'une passade ou si c'était le commencement de quelque chose. Elle est furax parce qu'on a tout deviné.

— C'est toi qui as deviné, mademoiselle Fut-Fut. Rappelle-moi de t'éviter, la prochaine fois que j'aurai un secret !

Le regard empreint d'affection dont Olivia enveloppait Jenny contredisait ses propos. De temps à autre, Nina entrevoyait une ressemblance entre elles. Elle se rappelait alors qu'elles étaient les deux filles de Philip Bellamy. Pour l'heure, elles étaient de mèche et incarnaient l'ennemi.

— Pourrions-nous parler d'autre chose, s'il vous plaît ? implora-t-elle.

— C'est pas drôle ! protesta Jenny.

— Il n'est pas question d'être drôle. C'est… Seigneur, je ne sais pas du tout ce que c'est !

— Bien sûr que si, enfin ! reprit Jenny. Tu es amoureuse de Greg, depuis toujours. Et maintenant, il te le rend. Je ne vois pas où est le problème.

— Je ne vois que ça : des problèmes à l'horizon, riposta Nina.

— Ça ne te ressemble pas, dit Jenny. Toi qui détiens toujours toutes les solutions.

— Plus maintenant. Je ne sais plus comment faire, je ne

sais plus qui je suis. C'était facile, avant, quand il n'y avait que Sonnet et moi, vous comprenez ?

Elle essaya de faire un petit tas de grains de riz, mais il n'arrêtait pas de se déverser sur la table.

— Facile ? D'être une mère célibataire ?

Jenny déposa soigneusement une poignée de grains sur un carré de tulle et tira sur les coins.

— C'était facile de prendre ses décisions soi-même, précisa Nina.

Elle s'empara d'une paire de ciseaux et coupa une longueur de ruban, achevant avec art le petit sachet de Jenny.

— Je n'avais personne à consulter, vous comprenez ? Aucun homme à prendre en considération.

Jenny sourit.

— Je ne t'ai jamais vue reculer devant un défi.

— C'est juste que je… ne sais pas comment m'y prendre, avoua-t-elle en les regardant toutes les deux.

L'amour les avait transformées, l'une et l'autre. Et la situation n'avait pas été facile pour elles non plus. Jenny avait perdu tout ce qu'elle possédait dans un incendie. Quant à Olivia, elle avait renoncé à une existence qui ne lui convenait pas. Elle avait fait un acte de foi, tout comme Jenny. En un sens, tout portait à croire que l'amour les avait sauvées toutes les deux en leur offrant un nouveau départ. Une meilleure vie. Pourtant, Nina n'envisageait pas de les imiter, de tout lâcher et de prendre un risque aussi énorme sur le plan sentimental. Ça lui paraissait impossible.

— Bon, l'histoire de tomber amoureuse, j'ai saisi. Ce n'est pas bien compliqué. Ce que je n'arrive pas à comprendre, c'est ce qui fait que ça dure, et comment éviter de souffrir, expliqua-t-elle. Surtout avec Greg. Quand je songe à toutes les complications, ça… ça me fait peur.

Olivia et Jenny échangèrent un coup d'œil.

— Tu as tort, dit Jenny. Tu es déjà en plein dedans et tu te débrouilles très bien.

Non, pensa Nina. *Ce n'est pas vrai.* Peut-être cette idylle avec Greg n'était-elle qu'une passade, une histoire sans lendemain qui s'était simplement prolongée un peu trop longtemps.

Pas ça non plus. C'était tellement merveilleux que ça en devenait douloureux, un bonheur auquel elle était accro. Quelque chose de trop fragile et de trop périlleux pour durer.

— Je vais vous dire une chose, lança-t-elle aux deux autres. Je refuse d'y penser aujourd'hui. On prépare un mariage : ce n'est pas le moment de me préoccuper de ma vie amoureuse.

— Ça ne me pose aucun problème, répondit Olivia, mais…

— On apporte la robe de mariée ! s'exclamèrent en chœur les deux jeunes femmes.

Dare et Francine, les cousines de Jenny et d'Olivia, venaient d'entrer dans la pièce en se pavanant, brandissant une housse à fermeture Eclair. Elles avaient toutes les deux la grâce des Bellamy, et cette aisance des privilégiés. Dans leur sillage apparut Freddy Delgado, le meilleur ami d'Olivia, qui était aussi son associé. Il était superbe avec ses mèches décolorées et sa tenue hip-hop qui lui allait à merveille. Il était évident qu'il en pinçait pour Dare. Celle-ci lui ordonna de monter sur un banc en tenant la housse au-dessus du sol.

— La voilà ! annonça Francine. Les dernières retouches ont été faites.

Olivia glissa discrètement sa main dans celle de Jenny et la serra. Dare descendit lentement la fermeture Eclair. Lorsque Freddy sortit la robe et le voile avec des gestes révérencieux, Nina elle-même se sentit émue. C'était une robe haute couture, de soie ivoire, dont le corsage était incrusté de perles de cristal et de magnifiques longueurs de tulle.

— Fabuleux ! souffla Jenny. C'est la plus belle robe que j'aie jamais vue.

Olivia rit de soulagement et de joie. D'après Nina, elle redoutait une sorte de rivalité entre sœurs, mais elle avait eu tort de s'en inquiéter. Jenny et Rourke avaient tenu à se marier dans la plus grande discrétion, et Nina savait que Jenny ne lui enviait aucunement tout ce tralala.

Manifestement aux anges, Olivia se hissa sur le banc à côté de Freddy, et posa le voile sur sa tête pendant qu'il tenait la robe devant elle. A son grand étonnement, Nina en fut vivement troublée. La vue d'une mariée avait cet effet-là… Cette image d'une Olivia rayonnante de bonheur incarnait un rêve qu'elle ne s'était jamais autorisée à nourrir elle-même.

Elle regarda les autres se rassembler autour d'elle en s'extasiant sur la robe. Pour une raison liée à son insécurité, elle avait la sensation d'être en retrait, telle une servante plutôt qu'un membre de la famille. C'était cette ligne de démarcation invisible qui avait toujours existé dans une ville comme Avalon. Il y avait les visiteurs de l'été et les gens du cru. Elle savait bien que c'était une division factice, surtout de nos jours, mais elle n'y était pas moins sensible.

Pendant que tout le monde parlait en même temps, quelqu'un d'autre arriva. Nina fut la première à remarquer la nouvelle venue. Elle était grande, pleine d'assurance ; elle portait un élégant tailleur beige, d'immenses lunettes de soleil de marque et un sac Chanel. Elle était impeccablement coiffée, et son maquillage léger était irréprochable. On l'aurait crue sortie tout droit des pages d'une revue de mode — l'édition d'été. En la reconnaissant subitement, Nina eut presque le vertige.

— Sophie ! s'exclama gaiement Francine qui venait de

l'apercevoir. Tu as pu venir ? Hé, tout le monde, Sophie est là !

Les exclamations de joie se portèrent de la robe de mariée à la nouvelle arrivante : Sophie Bellamy, l'ex-femme de Greg. Elle s'avança vers eux, tout sourires, distribuant des étreintes et des bises en l'air. Jenny et Nina échangèrent un coup d'œil. Jenny secoua discrètement la tête. Elle avait raison, reconnut Nina. Mieux valait en passer par là tout de suite. Seigneur ! A voir la manière dont les autres observaient la scène, dissimulant mal leurs tensions, il était évident qu'ils s'attendaient à un drame. Nom d'un chien ! pensa-t-elle. Toutes les personnes présentes étaient-elles au courant pour Greg et elle ? Mon Dieu, Sophie aussi ?

— Je te présente Jenny, dit Olivia en l'incitant à s'avancer. Ma demi-sœur. Et voici son amie, Nina.

— Ravie de faire votre connaissance, dit Nina avec un grand sourire convaincant : un art qu'elle avait perfectionné à l'époque où elle s'occupait de la politique municipale. Nina Romano.

Elle eut droit en échange à un sourire tout aussi crédible. Apparemment, la politique n'avait pas plus de secret pour Sophie.

— Je suis contente de vous rencontrer. Sonnet est une joie. Elle m'a beaucoup parlé de vous quand elle est venue me rendre visite à La Haye.

Bon, elle n'était pas encore au courant du scoop. Ou alors, c'était une actrice digne d'un oscar. Nina avait des démangeaisons dans le cou, mais elle résista à l'envie de se gratter. Elle regrettait de ne pas avoir fait d'effort sur le plan vestimentaire. Elle aurait au moins pu prendre dix secondes pour mettre du rouge à lèvres.

— Merci, dit-elle. Et merci de lui avoir fait visiter La Haye.

— C'était un plaisir, croyez-moi. Je donnerais cher pour que mes enfants s'intéressent autant à la ville où je vis.

Essaie de t'intéresser à tes propres enfants, pour commencer, pensa Nina.

Alors que Sophie s'extasiait à son tour devant la robe de mariée, Nina ne put qu'admirer sa remarquable maîtrise d'elle-même. Elle était agréable et fraîche comme la brise qui soufflait du lac. Les lunettes noires laissaient juste entrevoir la couleur de ses yeux. Elle les ôta lentement et promena son regard autour d'elle dans le réfectoire.

— Eh bien, le moins que l'on puisse dire, c'est que ça rappelle des souvenirs.

C'était là qu'elle s'était mariée. La cérémonie avait eu lieu sur le ponton, et la réception ici même, dans le réfectoire. Un orchestre jouait sur une estrade dans un angle de la pièce. Le jeune marié avait trop bu et avait flanqué son poing contre un mur.

Ne sachant pas si Sophie s'adressait à elle, Nina s'abstint de répondre. Elle était convaincue qu'elle ne se souvenait pas d'elle à cette époque. Elle n'était qu'une employée, après tout !

— C'est vraiment gentil de m'avoir invitée, disait Sophie.

— C'est parfaitement normal, répondit Olivia.

— J'avais peur qu'avec le divorce…

— N'y pense même pas. Ta présence m'honore. Et je suis contente pour le bébé.

Sophie ne se départit pas de son sang-froid. Elle resta parfaitement calme malgré sa perplexité. Une vraie reine des glaces.

— Ah oui, bien sûr ! fit-elle enfin.

— Je ferais mieux d'y aller, dit Nina, persuadée qu'elle allait commettre une bévue si elle s'attardait trop longtemps.

A bientôt, Sophie ! Olivia, ta robe est à tomber à la renverse. On se reverra le jour J.

Jenny la raccompagna. Dans le parking, elle explosa :

— Oh, mon Dieu, elle est incroyable. C'était carrément bizarre.

— Trop bizarre pour moi.

Nina jeta un coup d'œil par-dessus son épaule.

— Je crois que je ne viendrai pas, finalement.

— Quoi ? Mais c'est impossible ! Tu provoquerais un drame en boycottant ce mariage.

— Ça n'a rien d'un boycott.

— Ça suffit. Tu viens, un point c'est tout. Sophie sera là, Greg aussi et tout se passera bien parce que nous sommes tous des adultes, pas vrai ?

— Si tu le dis, répondit Nina en ouvrant la portière de sa voiture.

— Attends une minute ! dit Jenny en scrutant le visage de son amie. Tu es sur le point de craquer, ma parole.

A quoi bon le nier ? Surtout devant Jenny.

— C'est juste que je n'ai pas l'habitude… de ce genre de situation.

Jenny qui avait un cœur tendre la prit dans ses bras.

— Tu as toujours été la plus forte, ma chérie. Même au lycée, avec un nouveau-né. On a tous le droit d'être vulnérable de temps en temps.

Nina recula d'un pas, hocha la tête.

— C'est plus facile à dire qu'à faire. Je suis tellement habituée à être seule que cette histoire m'a totalement prise au dépourvu. Tu sais, il m'arrive de revenir sur le passé et de me demander si j'ai des regrets. Je me rends compte que non. Quand on se retrouve dans la situation qui était la mienne, on a l'impression d'être sur la sellette. Les gens te critiquent, d'autres t'admirent pour avoir pris une telle responsabilité, pour t'être sacrifiée. On renonce à pas mal de choses, effectivement, mais ce n'est pas catastrophique, au fond. La seule chose qui t'accable vraiment, c'est que tu passes à côté du genre d'amour qui fait toute la différence : cette passion dévorante qui ne se présente qu'à certains moments dans la vie. Quand tu as un enfant et que tu te bats pour survivre, tu as tendance à rater ces occasions spéciales — elles te filent sous le nez et tu ne te rends même pas compte de ce que tu loupes. Je pensais que cette chance-là était passée, que je l'avais laissée derrière moi quand j'avais vingt ans. C'est la raison pour laquelle Greg est une telle surprise. Je ressens des choses que je n'ai jamais éprouvées auparavant. Ce serait peut-être de l'histoire ancienne pour quelqu'un d'autre mais, pour moi, c'est une grande première. C'est pour ça que j'ai peur.

Elles pleuraient toutes les deux, maintenant. Nina prit une boîte de Kleenex dans sa voiture et la tendit à Jenny.

— Et si tu dis un mot de tout ça à ta sœur...

— Je ne ferais jamais une chose pareille. Je veux juste ce que j'ai toujours voulu pour toi. Ne te défile pas, Nina. Ce n'est pas parce qu'il est compliqué qu'il n'est pas l'homme qu'il te faut.

24

Greg s'engagea dans le parking de l'annexe de l'hôpital, trouva une place, puis il se tourna vers Daisy.

— Bon, alors, dit-il. Dernier cours avant le grand événement.

Elle hocha la tête, mais elle paraissait distraite en descendant de voiture. Greg se dit que c'était probablement parce que sa mère avait demandé à les accompagner aujourd'hui. Sophie avait promis d'assister à la naissance. Pour ce faire, il fallait qu'elle assiste au moins à un cours. Comme elle sortait à son tour de la voiture, Greg vit une lueur d'appréhension briller dans ses yeux. Bienvenue dans mon monde ! pensa-t-il. Bon sang, cette frayeur, il l'avait ressentie, il la ressentait encore tous les jours. Mais il savait que l'ignorer ne suffirait pas à la faire disparaître.

Comme ils se dirigeaient tous les trois vers le centre voisin de l'hôpital, il se sentait bizarrement détaché. Il s'était demandé ce qu'il éprouverait quand Sophie serait là. Il s'était armé de courage à la perspective d'un déferlement de souffrance, de l'espèce qui vous transperçait jusque dans l'âme, puisque c'était ce qu'il avait vécu la dernière année avant le divorce, dès lors qu'il leur était apparu clairement qu'ils n'avaient plus rien à faire ensemble. Or, cette douleur ne venait pas. Il était parfaitement capable de regarder

Sophie et de voir en elle une femme qu'il avait aimée jadis mais à laquelle il ne tenait plus du tout. En tant que mère de ses enfants, elle possédait des chapitres entiers de sa vie, mais elle était loin de le posséder, lui. Ils se connaissaient comme ils ne connaissaient personne d'autre, et ce n'était pas un problème. S'il était courtois envers elle, ce n'était plus seulement pour le bénéfice des enfants. Il était passé à autre chose, voilà tout.

Il n'aurait pas su dire quand cela s'était produit. Il supposait qu'il en était venu progressivement à déterminer qui il était lorsqu'il ne faisait plus partie d'un couple et qu'à ce moment-là, il avait évolué. Récemment, bien sûr, il était troublé par quelque chose de nettement plus passionnant : Nina Romano.

— Tu as l'air content de toi, lui dit Daisy au moment où ils pénétraient dans le bâtiment.

— Vraiment ?

Il ne s'était pas rendu compte qu'il souriait

— Tu te félicites que ce soit bientôt fini, c'est ça ?

— Je… je suis juste impatient de passer à l'étape suivante, répondit-il, mentant effrontément tout en tenant la porte ouverte à Daisy et à sa mère.

Cette perspective le ramena à la raison, même si ses pensées s'attardaient sur Nina. Ses sentiments pour elle n'avaient pas surgi du jour au lendemain. Ils avaient grandi pendant longtemps, en un lieu obscur, inexploré de son être. Et quand il les avait finalement libérés, ils avaient explosé avec une force irrépressible, tel un incendie de forêt, une obsession.

Il pensait continuellement à elle, même maintenant, alors que son ex et leur fille enceinte se dirigeaient vers l'écran vidéo.

Concentre-toi, se dit-il.

C'était à Daisy qu'il fallait penser, maintenant. Fort de

cette résolution, il présenta Sophie à Barbara Machesky, la sage-femme qui donnait les cours d'accouchement. Au premier regard, Barbara était la quintessence du gourou New Age, mangeuse de petites graines et porteuse de sabots. C'était tout au moins l'impression qu'elle donnait. Avec le temps, ses élèves découvraient son côté sergent instructeur et pragmatique. Le contraste entre cette femme et Sophie, en tailleur de grand couturier, coiffée à la perfection, était réellement comique. Greg sentit que son ex s'était fait une opinion sur Barbara en un clin d'œil.

Sophie jugeait les gens avec une rapidité digne de la guillotine. Il buvait du petit lait quand elle se trompait, ce qui était sur le point de se produire avec Barbara.

— Daisy m'a dit que vous lui aviez appris une foule de choses, déclara-t-elle sur le ton qu'elle employait d'ordinaire avec les maîtresses d'école et les employés de maison dont les services laissaient à désirer.

— Vraiment ? répondit Barbara.

A l'évidence, elle avait perçu la condescendance dans la voix de Sophie.

— Asseyez-vous, tout le monde. Nous sommes deux de moins, aujourd'hui. Randy et Gretchen ont eu une petite fille mercredi dernier. Ils vont très bien tous les trois.

La nouvelle suscita des murmures d'approbation. Des liens s'étaient formés dans la classe, ce qui n'avait rien d'étonnant puisqu'ils étaient tous sur le point de vivre le même bouleversement. Ils constituaient un groupe éclectique, intéressant — un couple marié, un couple homosexuel, deux jeunes malheureux en ménage qui semblaient déterminés à régler leurs problèmes de couple grâce au bébé, une adolescente tatouée qui avait tellement de piercings sur la figure qu'on aurait dit qu'elle était tombée la tête la première dans une boîte de hameçons. Randy et Gretchen avaient été surnommés ironiquement les tourtereaux dans la mesure où ils se querellaient et s'aimaient avec une égale férocité. Sophie enveloppa tout le monde d'un rapide regard.

Greg avait assisté à la naissance de son fils. Il avait pleuré sur le moment, mais une partie de son être était restée dans l'ignorance la plus totale. Venir ici une fois par semaine avec Daisy était une tout autre expérience. Il s'apercevait qu'il se focalisait sur tout ce qui risquait d'aller de travers : une compression du cordon ombilical, une présentation anormale du bébé, une hémorragie, une infection. Il avait la tête farcie de scenarii désastreux, mais il devait se comporter comme si tout allait très bien se passer.

— Puisqu'il s'agit du dernier cours dans ce cycle, inté-ressons-vous à l'ultime étape du travail, dit Barbara avec son accent du Sud.

Elle fit apparaître une liste sur l'écran.

— Voyons d'abord les poussées.

Greg avait de la peine à se concentrer, même quand Barbara aborda des sujets tels que le retour du bébé à la maison. De jour en jour, l'idée que Daisy allait accoucher devenait de plus en plus une réalité dans son esprit. La perspective de vivre avec un bébé était fabuleuse.

Ça va être génial, se dit-il.

Daisy entrevit son reflet dans la vitrine de la boutique où ils avaient fait halte en rentrant du cours. Comme toujours, cette image la stupéfia. Une vraie joueuse de rugby, pensa-t-elle en examinant son visage et son cou grassouillets, ses jambes et ses chevilles épaisses sous une robe bain de soleil de la taille d'une tente de cirque.

— Ça va, chérie ? demanda sa mère en lui prenant la main.

Ça allait il y a une seconde. Elle s'abstint de le dire à haute voix mais, bon sang, c'était déjà assez pénible de voir le poids qu'elle avait pris, alors quand sa mère — sublime, parfaite, mince comme un fil — se tenait à côté d'elle, elle avait du mal à assumer.

— Bien sûr, répondit-elle. Allons à l'intérieur.

En regardant ses parents se comporter comme des étrangers polis, elle se sentait incroyablement triste. Le problème du divorce, c'est qu'il n'y avait pas de méchant. Juste deux personnes désormais incapables de vivre ensemble, quoi qu'il arrive. Presque une année s'était écoulée depuis que sa famille s'était brisée, mais elle ressentait encore des pincements au cœur de temps en temps. Il en serait peut-être toujours ainsi. Elle continuait à regretter amèrement la manière dont les choses s'étaient passées pour sa mère. A l'automne dernier, quand tous les morceaux cassés cherchaient où ils allaient atterrir, des discussions interminables avaient eu lieu. Des disputes, plutôt, pour déterminer où Daisy et Max iraient vivre, qui serait responsable d'eux. Leur mère avait tenu à les prendre avec elle, bien sûr, et il avait été décidé qu'ils la suivraient en Europe.

Seulement, il y avait un hic. Maman s'occupait de sauver le monde, plus précisément une petite principauté située dans le sud de l'Afrique. Elle menait une action en justice pour faire condamner un seigneur de la guerre accusé de crime contre l'humanité. L'issue du procès était une question de vie ou de mort pour pas mal de gens. Afin de pouvoir poursuivre sa mission, Sophie devait aller vivre à La Haye, où se trouvait la cour pénale internationale. Elle avait choisi un établissement scolaire pour Max et Daisy, une école internationale dont la fréquentation était considérée comme un privilège. Ce n'était pas bien compliqué a priori — un divorce survient, les enfants vivent avec leur mère. Ça se produit tous les jours.

Mais en fait, il s'était agi d'une catastrophe. Max avait tenu bon quelques jours à peine dans cet environnement hostile, puis il avait disjoncté. Daisy n'avait pas résisté beaucoup plus longtemps avant de tomber malade. Par la suite, évidemment, ils avaient tous compris que c'était à cause de sa grossesse. Daisy était encore hantée par l'expression de sa mère quand Max et elle lui avaient dit qu'ils voulaient aller vivre avec leur père à Avalon, qu'ils en avaient besoin. La famille Bellamy avait une longue et respectable histoire dans cette ville. C'était un endroit sûr pour s'adapter à tous les changements de leur existence. Leur mère, battante d'ordinaire, avait passé des heures en consultation avec le thérapeute de la famille, après quoi elle avait déclaré qu'elle comprenait. Etant donné le traumatisme du divorce, elle ne voulait pas aggraver les choses en obligeant ses enfants à vivre outre-Atlantique dans un monde inconnu. Elle ne pouvait pas non plus renoncer à cette affaire à laquelle elle s'était dévouée corps et âme, même si elle avait d'abord prétendu le contraire.

Daisy se souvenait encore des tremblements dans sa voix quand elle avait dit : « Je resterai aux Etats-Unis avec vous. » Max et elle avaient parfaitement compris ce que cela signifiait.

Ils savaient tous les deux que ça ne marcherait jamais. Dans un moment de cruauté dont elle avait encore honte, Daisy en avait rajouté une couche en décrétant qu'il était inutile que leur mère revienne en Amérique puisqu'ils voulaient vivre avec leur père, de toute façon.

Alors, Sophie faisait le voyage toutes les deux ou trois semaines pour les voir, amassant avec détermination des points de vol pour voyager gratuitement. Ses visites étaient souvent tendues, contraintes, alourdies par sa culpabilité, la souffrance de Max, la défiance de Daisy. Max était allé la voir plusieurs fois, mais pas Daisy, même si elle était invitée en permanence. Non sans cynisme, elle se disait que le choix qu'ils avaient fait de vivre avec leur père perturbait sérieusement le combat que Sophie menait continuellement pour être parfaite — l'épouse parfaite, la mère parfaite, l'avocate internationale « jet-set » parfaite, déterminée à sauver le monde. Elle allait finalement devoir admettre qu'elle ne pouvait pas être parfaite en tout.

Cela ne l'empêchait pas de jouer les grand-mères parfaites, principal motif des emplettes en cours.

La boutique s'appelait « Nouveaux départs », et se flattait d'être une étape indispensable pour les futurs parents. Daisy avait déjà l'essentiel — un berceau, un rehausseur, un landau —, et ses cousines lui avaient organisé une soirée-cadeaux digne d'une princesse, mais Sophie avait insisté pour se charger de la layette. Et pourquoi pas ? se disait Daisy. Elle mourait d'envie de faire quelque chose, et elle était particulièrement douée pour le shopping, il fallait bien le reconnaître.

En entrant dans la boutique entre ses deux parents, Daisy éprouva un sentiment de sécurité aussi fictif que fugitif qui la ramena à son enfance, quand les choses étaient beaucoup plus simples. Dans les premiers temps après leur séparation, elle s'était imaginé qu'ils changeraient peut-être d'avis, qu'ils se remettraient ensemble. Elle ne se faisait plus d'illusions, à présent. Contrairement à Max. Il rêvait encore que ses parents se réconcilient.

Daisy, elle, était sûre que ce qu'elle suspectait depuis un moment, ce qu'elle avait longtemps espéré était devenu réalité. Son père sortait avec Nina. Quelques nuits plus tôt, en se levant pour la cent soixante-quatrième fois afin de se rendre aux toilettes, elle avait entendu du bruit. C'était son père qui rentrait par la porte de derrière à 4 heures du matin.

Elle vit un vendeur les observer tous les trois. Il s'efforçait probablement de comprendre la situation. Ses parents n'avaient certainement pas l'air de grands-parents. Au premier coup d'œil, on aurait pu penser qu'il s'agissait de parents adoptifs, qu'elle allait leur confier son bébé.

Cela n'avait rien d'exceptionnel. La conseillère du planning familial l'avait encouragée à envisager l'adoption. Daisy l'avait fait pendant… environ dix secondes avant de conclure que ça ne marcherait jamais. C'était l'un des rares choix qu'elle avait trouvés faciles dans toute cette épreuve. Plus tôt, elle avait songé à mettre un terme à sa grossesse, mais elle n'avait pas pu s'y résoudre non plus. Elle était fermement décidée à garder le bébé.

Elle aurait bien aimé avoir des convictions aussi inébranlables au sujet de l'avenir, un sentiment si fort qu'elle entendrait de la musique dans sa tête, comme les filles dans les séries télévisées. Elle n'avait pas cette chance. Certes, elle avait pris sa décision et elle s'y tiendrait, mais cela ne voulait pas dire qu'elle savait exactement où elle allait.

Elle avait réfléchi à la manière d'annoncer à ses parents que Logan O'Donnell ne voulait pas renoncer à ses droits parentaux. Il avait débarqué à l'improviste et avait réagi à la situation d'une manière tout à fait inattendue. Non content de rejeter ses conditions, il lui en avait imposé quelques-unes de son cru, qu'elle avait bien évidemment refusé de prendre en considération. Ils se trouvaient par conséquent dans une impasse, et elle ne savait plus quoi faire. Elle ne se sentait pas prête à parler de tout cela à ses parents.

Il y avait un sujet qu'elle avait besoin d'aborder avec eux, cependant. Son avenir. Elle ne cessait de retarder ce moment, convaincue que son père sauterait au plafond en apprenant ce qu'elle prévoyait de faire.

Sophie brandit un costume de marin de la taille d'une poupée.

— Qu'en penses-tu ?

— Adorable.

Peut-être était-ce les hormones, mais la simple vue de vêtements de bébé la faisait fondre de l'intérieur.

— Le thème marin te plaît, alors ?

— Oui, maman, bien sûr !

Son père était en train de passer en revue des mobiles pour le berceau, et le thème du golf avait apparemment sa faveur. La tension entre ses parents faisait vibrer l'air comme un orage sur le point d'éclater. Daisy se sentait écartelée entre eux deux. Pourquoi s'était-elle imaginé que ce serait une bonne idée de venir ici ensemble ?

Parce que, mariés ou non, ils étaient ses parents. Les grands-parents d'Emile. Et ils avaient intérêt à se faire à cette idée.

25

C'était la veille du mariage d'Olivia, et Nina avait presque le vertige tant elle était heureuse que Sonnet soit enfin de retour. Elles étaient installées sur la terrasse du hangar à bateaux en compagnie de Daisy, et buvaient du thé glacé en profitant de la douceur de la nuit. La vague de chaleur était passée, une bénédiction dont Nina faisait peu de cas en définitive. Elle s'était demandé si la canicule avait quelque chose à voir avec les sentiments insensés qu'elle éprouvait pour Greg. Maintenant qu'il faisait un peu moins chaud, elle se rendait compte que le temps n'y était pour rien. Elle était toujours aussi folle de lui. Elle s'était donné tellement de mal pour le nier, pour ne pas s'attacher à un homme dont la vie était si compliquée.

Le problème, au fond, c'est qu'elle aimait bien les complications.

Elle porta son attention sur sa fille. Il fallait qu'elle lui dise quelque chose sans tarder. Mais quoi ?

Pour l'heure, elle se contenta de siroter son thé en observant les deux amies qui lui rappelaient Jenny et elle des années plus tôt : deux jeunes femmes qui s'estimaient et se faisaient confiance. Sonnet luttait pour rester éveillée sur sa chaise longue. Elles étaient l'une et l'autre sur le point de faire un grand pas dans la vie. Sonnet s'apprêtait à commencer l'université, et Daisy allait avoir un bébé. Elles rayonnaient d'un mélange de jeunesse, d'insouciance, de peur et d'excitation. Les adolescents étaient les idiots savants de la race humaine, se dit Nina, si futés à certains égards, totalement ignorants par ailleurs.

— Bref, disait Daisy, je suis impatiente que tu fasses sa connaissance.

Elle parlait de Julian Gastineaux, l'un de ses sujets de prédilection.

— Je t'ai envoyé des photos, je sais, mais il est encore plus fabuleux en vrai.

— Que lui as-tu dit à mon sujet ? demanda Sonnet.

— Que tu es intolérablement parfaite mais qu'il ne faut pas t'en vouloir.

— Moi, parfaite ?

— Un prodige absolu, imbattable dans toutes les matières. Et regarde tout ce que tu as fait cet été pendant ton stage. Tu es une femme internationale pétrie de mystère.

Sonnet bâilla.

— Certainement pas ! J'espère que je ne suis pas rasoir à ce point-là.

— Tu as rencontré des garçons ?

— Evidemment ! C'est une base militaire. Mais pas un seul qui se soit intéressé à moi. Ils étaient tous en quête de filles plus… aventureuses, si tu vois ce que je veux dire.

Sonnet avait décidé, dès le lycée, qu'elle resterait vierge jusqu'au mariage, une idée que Nina approuvait totalement.

— Ouais ! répondit Daisy. Je vois tout à fait.

— Bon, lança Nina avec une gaieté excessive, je vais faire un tour dans la cuisine pour vous laisser un peu tranquilles.

Elle lava les verres dans l'évier avec un maximum de bruit. Sonnet ne faisait pas grand cas de son vœu d'abstinence, mais Nina savait qu'elle prenait la chose tout à fait au sérieux. Et pourquoi pas ? En voyant l'impact qu'une grossesse prématurée avait eu sur la vie de sa mère, il était normal qu'elle veuille suivre une autre voie.

Nina alluma la radio et se mit à plier les vêtements sortis du séchoir en fredonnant, après quoi elle en porta une pile dans la chambre de Sonnet. On ne pouvait pas vraiment parler d'une chambre ; il s'agissait plutôt d'une alcôve avec une banquette sous la fenêtre faisant office de lit. Contrairement à sa mère, Sonnet aimait l'ordre et la netteté. Elle avait déjà défait ses bagages et pendu ses vêtements avec une précision toute militaire qu'elle avait peut-être héritée de son père. Les cadeaux qu'elle avait rapportés étaient disposés sur une étagère — des petits objets en porcelaine de Delft.

Les filles étaient silencieuses quand Nina ressortit. Daisy leva les yeux vers elle.

— Elle dort à poings fermés. Le décalage horaire l'a finalement rattrapée. Tu penses qu'on devrait essayer de la porter dans son lit ?

Nina passa une main dans les cheveux de Sonnet.

— Je m'en occuperai plus tard.

Daisy avait les yeux brillants, elle semblait pleine d'énergie.

— Je suis contente qu'elle soit de retour.

— Moi aussi.

Nina refusait de s'appesantir sur le fait que Sonnet repartirait bientôt, très bientôt.

— Tu dois être tout excitée à propos du mariage.

— Je suis excitée à propos de tout un tas de choses.

— Tant mieux. Et tout va bien ?

— Oui, oui. Enfin, la situation est légèrement tendue maintenant que maman est ici, mais c'est compréhensible. A Avalon, elle est un peu comme un poisson sorti de l'eau.

— Il y a un gouffre entre les capitales européennes et

une bourgade comme celle-ci. Je suis sûre que tout ira bien pour elle.

Elles restèrent silencieuses un moment. Nina avait envie de poser certaines questions à Daisy, mais elle se retint. Elle était déjà trop mêlée à cette famille. Mais elle pouvait attendre et écouter.

Elle n'eut pas à attendre longtemps.

— Tu sais, je pensais rester avec papa pour toujours parce qu'il avait besoin de moi. Je lui dois bien ça, vraiment, mais j'aimerais pouvoir me convaincre qu'il sera heureux sans moi.

Nina était sidérée. Elle ne s'était pas attendue à ça de la part de Daisy.

— Juste pour clarifier, dit-elle. C'est bien de ton père que tu parles ?

— Oui. De qui d'autre ?

Nina était touchée. Sonnet s'était-elle inquiétée pour elle de la même manière ? Elle devinait pourtant autre chose dans le discours de Daisy.

— Et je suppose que tu ne lui as rien dit de tout ça.

— Il se serait contenté de me répondre que je n'avais aucun souci à me faire pour lui, ce qui est de la foutaise. Ou ce qui aurait été de la foutaise. Avant que tu viennes, je me faisais vraiment du souci pour mon père, tu sais ?

— Comment ça, « avant que je vienne » ? demanda Nina. J'ai passé toute ma vie ici.

— Ce que je veux dire, c'est que maintenant que je vois mon père avec toi, pour la première fois depuis très, très longtemps, je ne m'inquiète plus pour lui.

Avec toi. Nina rougit, se demandant dans quelle mesure Daisy était au courant. Elle décida de faire l'innocente.

— Daisy, je ne veux pas que tu te méprennes. Je travaille pour ton père. Mais nous n'avons jamais parlé d'un arrangement permanent.

— Pas encore ! répliqua Daisy avec un aplomb déconcertant. Ça fait du bien de le voir si heureux. C'est formidable pour nous tous.

Elle regardait fixement la bougie à la citronnelle qui vacillait sur la table.

— Je n'ai pas envie de rester ici toute ma vie.

Elle avait presque chuchoté.

— Je veux quelque chose de… différent. Pour moi, pour le bébé. Et je ne trouverai pas ça ici. Ça fait longtemps que j'ai envie de partir, de vivre seule, mais je m'inquiétais pour papa. Je sais que ça lui ferait horreur s'il le savait, mais c'est plus fort que moi. J'ai l'impression d'être prise au piège : je me réveille la nuit et je ne peux plus respirer. J'étouffe. Mais quand je le vois avec toi…

— Il faut que tu penses à toi et au bébé, Daisy, pas à ton père ou à quoi que ce soit d'autre. Sérieusement, tu ne peux pas vivre pour les autres. Tu seras malheureuse si tu fais ça.

— C'est ce que j'ai fait tout l'été. Mais plus maintenant. Je te remercie, Nina.

— Mais je n'ai…

— Je ferais mieux d'y aller.

Daisy bâilla et s'étira.

— Demain, c'est le grand jour.

Après son départ, Nina enveloppa Sonnet d'une couverture légère, puis elle contempla un moment le lac en observant le reflet mouvant des nuages éclairés par la lune. *Quand je le vois avec toi…* Ce que Daisy ignorait, c'est qu'elle ne voulait pas d'une histoire à long terme avec qui que ce soit. Quoique… ce n'était pas ce qu'elle était censée faire. Elle était censée se trouver. Suivre ses rêves. Déterminer qui elle était, maintenant que Sonnet partait pour l'université. Au début de l'été, elle savait exactement ce qu'elle voulait — l'auberge, et connaître une nouvelle sensation de liberté.

Elle n'avait ni l'un ni l'autre, mais sa vie s'était enrichie comme elle ne l'aurait jamais imaginé.

Il y avait un problème. Quelque chose qu'elle avait du mal à admettre. Ce problème, c'était que chaque fois qu'elle pensait à l'avenir, des images de Greg Bellamy affluaient dans son esprit — et dans son cœur. Elle avait passé tout l'été à méditer sur le fait qu'il ne lui convenait absolument pas, en ignorant la seule chose qui comptait.

C'était effroyable de voir à quelle vitesse elle s'était habituée à vivre près de lui, à l'attendre chaque soir. Il lui manquait tellement à cet instant qu'elle en tremblait. Malgré la présence de sa fille, elle se languissait de ses étreintes, de son rire joyeux, de son odeur, du goût de ses baisers… De lui tout entier.

Le plus terrible, c'est qu'elle ne lui avait jamais dit ce qu'il représentait pour elle. De quoi avait-elle peur ? Qu'attendait-elle ?

La pendule sonna, annonçant que minuit était passé. Elle ferait mieux d'aller se coucher, elle aussi.

Demain serait le jour idéal pour tout dire à Greg.

Le jour du mariage de Connor et Olivia, Greg se préparait dans l'un des anciens dortoirs du camp Kioga. Jadis le théâtre de farces nocturnes, de razzias culinaires, d'interminables histoires de fantômes, c'était pour l'heure le vestiaire désigné des garçons d'honneur et autres membres du cortège. Remarquant que Max se débattait avec son smoking, Greg alla l'aider.

— C'est quoi, ces boutons ? lança Max en louchant sur sa chemise blanche plissée.

— Je les trouve plutôt jolis. Eh, papa, Max a besoin d'aide pour boutonner sa chemise !

Charles Bellamy était tiré à quatre épingles, comme

toujours — mince, cheveux argentés, port de tête irréprochable, et tout sourire pour son plus jeune petit-fils.

— Je vais arranger ça. J'en ai boutonné des chemises à jabot, en mon temps !

— Ça sert à rien, ronchonna Max. Pourquoi ils mettent pas des boutons normaux ? Ou une fermeture Eclair ?

— Jeune homme, je tiens à ce que tu saches que ce sont des boutons de nacre Dunhill, les mêmes que ceux que ces messieurs portaient à mon mariage. C'était il y a cinquante et un ans, ici même au camp Kioga.

Avec des doigts agiles qui démentaient son âge, il boutonna la chemise de Max.

— Alors, comment s'est passé ton été ?

Max haussa les épaules avec une désinvolture étudiée.

— Ça a été.

— C'est tout ?

— J'ai décroché un job chez les Hornets. C'est plutôt pas mal.

— Je ne te le fais pas dire. Tu as de la chance, mon garçon, de travailler pour une équipe de base-ball professionnelle.

— C'est Nina qui m'a dégoté ce boulot. Nina Romano. Elle est fabuleuse.

Sans blague ? pensa Greg. Il ne l'avait pas assez vue ces derniers jours. Sa fille était de retour, et Sophie se trouvait en ville. Sans parler des préparatifs du mariage. L'auberge était complète, en grande partie grâce au mariage, et tout le monde avait été tellement occupé qu'il n'avait pas pu trouver une minute dans la journée pour s'esquiver avec Nina. S'il avait du temps devant lui, il le passerait entièrement avec elle — à parler, à rire, à faire l'amour. A *être amoureux*.

Max tendit son nœud papillon de soie à bout de bras.

— Si on laissait tomber ça ?

— Ça te plairait, hein ? lui dit Greg.

Charles était déjà en train de redresser son col amidonné.

— Arme-toi de courage, dit-il. A l'abordage !

— Ça fait tellement efféminé, dit Max.

Greg éclata de rire.

— Et les chaussures me font mal !

Il agita nerveusement ses pieds engoncés dans des vernis noirs étincelants.

— Ça ne marche pas non plus.

— Je ne vois pas pourquoi on fait toute une affaire avec ce mariage, grommela Max. La plupart des gens finissent par divorcer, de toute façon

Greg savait pertinemment qu'il s'efforçait de provoquer une réaction. Seulement, le moment était mal choisi pour avoir une grande discussion familiale.

— Jolie attitude, mon gars !

— C'est vrai, affirma Max.

Greg sentait le regard de son père posé sur Max et sur lui. Après avoir parlé à ses enfants du divorce, le pire avait été pour lui d'en informer ses parents. Il avait eu une telle impression d'échec ce jour-là. Il avait eu tellement honte. Ils l'avaient soutenu mais, en définitive, il se sentait responsable d'avoir laissé l'amour fuir son couple jusqu'au point de non-retour.

Il prit le nœud papillon des mains de son père et le passa autour du cou de Max de manière à ce qu'ils se retrouvent face à face.

— Ecoute, mon gars. Personne ne peut prédire l'avenir. Les gens tombent amoureux et parfois, ça dure toujours, comme pour Nana et Grand-papa. D'autres fois, ça change, comme c'est arrivé à ta maman et à moi. Ce n'est pas une raison pour renoncer à espérer que ça se passera au mieux. Un mariage, c'est ça : être amoureux et faire de son mieux pour que ça marche. C'est ce que nous voulons pour Connor et Olivia, et c'est la raison pour laquelle on met des chemises à boutons de nacre et des nœuds papillons.

— Hein ?

Greg se mit à rire.

— Reste tranquille. Laisse-moi finir.

Il prit du recul, en proie à un élan de fierté.

— Vise un peu mon fils, papa ! Il est magnifique.

C'était vrai. Les cheveux de Max avaient été habilement apprivoisés par l'une de ses cousines. Il avait beaucoup grandi en un an, il s'était étoffé. Il n'allait pas tarder à devenir un homme.

— Je peux sortir, maintenant ? demanda-t-il.

— Ne te salis pas.

Greg et son père échangèrent un regard.

— Alors, quand vais-je rencontrer cette « fabuleuse » Nina Romano ? demanda Charles.

— Elle sera là au mariage et à la réception.

— Qui ça ? demanda Philip.

Il ressemblait étonnamment à son père.

— Nina Romano, l'associée de Greg, répondit Charles.

Philip se pencha vers la glace pour nouer son nœud papillon.

— Bien sûr qu'elle vient. Greg est fou d'elle. Il s'imagine que personne ne le sait, mais on est tous au courant.

Greg attrapa un pan de la chemise de son frère et l'écarta de la glace.

— Grande gueule ! dit-il. N'es-tu pas censé jouer ton rôle de père de la mariée ?

Il se fraya un chemin devant son frère à coups de coude pour nouer son propre nœud papillon.

— Olivia est avec sa mère.

Philip semblait peiné. Il y avait près de vingt ans qu'il était divorcé, mais son ex se débrouillait encore pour lui donner du fil à retordre, une situation qui avait atteint un point critique quand Philip avait appris que Jenny était sa fille biologique. Greg remercia mentalement Sophie de ne pas lui compliquer la vie. Elle était pareille à elle-même dans le divorce comme dans le mariage : absente, la plupart du temps.

Charles l'observait d'un air intrigué.

— Je suis impatient de faire sa connaissance.

Greg noua soigneusement la longue extrémité de sa cravate, avec des gestes précis, exercés, ce qui lui parut étrange puisqu'il y avait des siècles qu'il n'avait pas porté de smoking. D'ailleurs, c'était le même fichu smoking qu'il portait déjà quand il était témoin au mariage de Philip, puis à ses propres noces. Deux mariages ratés. Peut-être que ce smoking portait malheur ?

— Suis-je fou de penser que je peux tout recommencer ?

— Possible. Mais je ne vois pas pourquoi ça t'arrête-rait.

— Je n'ai pas envie de foirer ce coup-ci, papa.

— Tu sais parfaitement comment t'y prendre. Fais de ton mieux et n'essaie pas de prédire l'avenir.

Se promener dans le camp Kioga, au milieu des terrains de sport, des sentiers de randonnée, des dortoirs rappelait toutes sortes de souvenirs à Greg. Sur le terrain de basket, Max et une poignée d'autres garçons avaient déjà tombé la veste pour faire des paniers. Greg lui cria de ne pas se salir, puis il passa son chemin. Il s'aperçut qu'il pensait à Nina.

Les invités n'étaient pas encore arrivés. Il ferait peut-être bien d'aller trouver Sophie. N'était-ce pas le lieu où ils avaient lié leur sort des années plus tôt ? Il se sentait bizarrement détaché du passé et se demandait s'il en était de même pour elle. Depuis qu'elle était arrivée à Avalon, il n'avait pas passé beaucoup de temps avec elle. Les blessures de leur mariage s'étaient cicatrisées, même s'ils en souffraient encore parfois, et ils n'avaient pas envie, ni l'un ni l'autre, d'éprouver la solidité de cette guérison. Tout bien considéré, ils ne se débrouillaient pas trop mal dans leurs rôles d'ex. Ils s'en sortaient certainement mieux que lorsqu'ils étaient mariés. Entre eux, il ne restait plus qu'une sorte de respect bienveillant.

Elle paraissait différente, même si Greg était incapable d'expliquer en quoi. Elle avait toujours cette redoutable beauté nordique et, sur le plan professionnel, elle respirait la confiance en soi. En présence de ses enfants, cependant, elle semblait comme assagie, pour ne pas dire humble. A tort ou à raison, ils s'étaient détournés d'elle. Leur rejet avait été profond, mettant au jour une vulnérabilité autrefois si bien cachée.

Il ne lui avait même pas demandé comment elle allait. Devrait-il le faire ? Il n'avait pas encore totalement endossé le rôle d'ex-mari. Il était capable de se montrer courtois, cependant. S'il pouvait commencer par là, peut-être parviendrait-il à mieux gérer la suite.

— Salut ! lança-t-il en pénétrant dans le dortoir des filles.

A l'intérieur régnait tout un monde de féminité — housses de vêtements, parements, bouquets de corsage, rubans de satin, flacons d'aérosol et fioles de toutes sortes conçues pour embellir.

Sophie se tenait à l'écart, en robe bleu clair, sans manches. Elle repassait la veste assortie. Elle avait toujours été une repasseuse hors pair, capable de lisser n'importe quel tissu en donnant l'impression qu'il était flambant neuf. Elle œuvrait habilement, avec efficacité, jusqu'au moindre détail.

Greg pensa à Nina qui n'avait probablement jamais rien

repassé de sa vie et n'avait pas la moindre intention de s'y mettre.

Il glissa un doigt à l'intérieur de son col en se demandant ce qu'exigeaient les convenances dans cette situation. Devait-il des explications à Sophie ? Il resta un moment à l'observer, cette étrangère qu'il connaissait intimement. Elle le connaissait tout aussi bien, peut-être depuis toujours. Il se souvenait du jour où il lui avait dit qu'il allait vendre sa société et quitter Manhattan pour retourner s'installer à Avalon.

— Evidemment ! lui avait-elle répondu.

Et ce simple mot témoignait de tout un monde de compréhension. Maintenant qu'il y repensait, Greg se rendait compte que c'était le mot qui avait mis officiellement un terme à leur mariage.

Sophie avait eu une tout autre réaction au lendemain du divorce. Quelque chose l'avait poussée à fuir. A filer au plus vite pour se cacher au milieu d'une foule d'inconnus. Peut-être s'était-elle réinventée en leur montrant un aspect tout à fait distinct de sa personne. Il l'ignorait. Ce n'était pas son affaire. Sophie fuyait les ennuis, la souffrance, depuis qu'il la connaissait. Après leur rupture à l'université, elle était partie étudier au Japon, sans qu'ils sachent ni l'un ni l'autre qu'elle était enceinte de Daisy.

Le pli était pris. Dès lors qu'il était question de sa vie personnelle, Sophie prenait la poudre d'escampette.

— Tu as besoin de quelque chose, Greg ? demanda-t-elle.

— Je voulais m'assurer que tu allais bien.

Elle fit glisser le fer sur la veste.

— Pourquoi me poses-tu cette question ?

— Parce que je m'en soucie. Pour les enfants, et au nom de ce que nous avons été l'un pour l'autre… Ecoute, je suis navré que ça n'aille pas. Puis-je faire quelque chose pour toi ?

— Non, merci, répondit-elle en souriant. Tu en as assez fait.

— Hé, maman, papa, je peux vous dire un mot ? demanda Daisy en faisant un pas hésitant dans la pièce.

Elle avait l'air terriblement jeune à cet instant, avec ses bigoudis en plastique, tel un enfant déguisé. Seulement, ce n'était pas un jeu. Tout était bien réel. Mémorable.

— Bon, euh… d'accord, ça prendra peut-être plus d'une minute, ajouta-t-elle. Le moment n'est probablement pas très bien choisi, mais ce n'est pas facile de vous trouver tous les deux ensemble.

Sophie et lui ne lui avaient pas facilité la tâche, effectivement. Ils étaient passés maîtres dans l'art de s'éviter.

— Pour commencer, je veux vous remercier tous les deux. Je ne vous l'ai pas vraiment dit jusqu'à maintenant, alors, merci. Pour tout ce que vous m'avez donné dans ma vie et pour être aussi merveilleux à propos du bébé. Merci. Je n'aurais pas pu en demander davantage.

Greg jeta un coup d'œil à Sophie. Daisy n'avait pas eu de mots gentils pour sa mère depuis longtemps. Sophie clignait des paupières pour dissiper ses larmes.

— Chérie, tu sais que nous ferions n'importe quoi pour toi, dit-il.

Elle hocha la tête.

— Il faut que je te parle d'un truc précis, papa. Tu pensais que je resterais ici pour travailler avec toi à l'auberge, mais j'ai beaucoup réfléchi, et j'ai décidé de faire autre chose.

Greg sentit son estomac se serrer comme un poing. Il dut se mordre l'intérieur des joues, littéralement, pour se retenir de réagir.

Sophie garda le silence.

— Tu étais au courant ? lui demanda-t-il.

— Ne t'avise pas de m'accuser…

— Arrêtez ! cria Daisy. Rien qu'une fois, vous pourriez m'écouter au lieu de vous disputer ?

Greg serra les dents et garda le silence, scrutant le visage de Sophie d'un air soupçonneux. Il sentait bien qu'elle allait sauter sur l'occasion que Daisy lui offrait. S'imaginait-elle que sa fille allait partir avec elle pour l'Europe ?

Pas question ! pensa-t-il. *Il faudrait me passer sur le corps.*

— Je vais déménager, déclara Daisy.

— Voyons, ce n'est pas le moment…

— Je dois penser à ma propre vie. A mon avenir. J'ignore encore en quoi ça consistera, mais je sais que ce ne sera pas ici, à l'auberge. On n'a qu'une seule vie, et je ne veux pas la passer à faire ce qu'on attend de moi ou ce que toi ou qui que ce soit estime être le mieux pour moi.

Une centaine d'objections se bousculaient dans la tête de Greg. Il serra les dents pour les contenir. En vain.

— Ta vie est ici, dit-il.

— Peut-être, peut-être pas, répondit-elle. De toute façon, il faut que je le découvre par moi-même.

Greg sentit une odeur de brûlé.

— Sophie ! s'exclama-t-il.

Elle releva prestement le fer.

— Elle est fichue, dit-elle en désignant sa veste. Daisy, tu as une magnifique chambre et une chambre pour le bébé chez ton père. Tu n'en veux plus, c'est ça ?

— Je suis reconnaissante pour tout, dit la jeune femme sur un ton qui se voulait apaisant. Mais ce n'est pas une chambre que je veux. Je veux vivre ma vie. Je ne vais pas partir demain. J'attendrai le début du printemps. Je veux me trouver un logement et un travail pour subvenir à mes besoins. Je veux reprendre mes études. J'ai déjà envoyé une demande d'inscription à l'université de New Paltz.

Greg ne put se retenir. C'était le genre de projet idéaliste auquel il se serait attendu de la part de la Daisy d'autrefois.

— Je ne comprends pas. Nom d'un chien ! J'ai acheté l'auberge en pensant que tu te sentirais en sécurité ici pour faire ta vie.

— Tu aurais peut-être dû m'en parler avant, papa !

— Tu aurais peut-être dû voir avec moi d'abord avant de te faire engrosser !

Oh merde ! Il n'avait pas prononcé ces mots-là ? Il vit l'expression de sa fille. Si, il les avait bel et bien lâchés.

— Daisy, je n'ai pas voulu dire ça.

— Je sais, papa. Crois-moi, je le sais.

Elle fit la grimace et se massa le bas du dos.

— C'est juste que je n'en reviens pas, chérie. Te rends-tu compte à quel point ça va être dur ?

— Il y a des tas de choses difficiles. Le golf. Grimper au sommet de l'Everest. Accoucher. Ça n'empêche pas les gens de les faire.

En désespoir de cause, Greg se tourna vers Sophie.

— Dis quelque chose, s'il te plaît !

Elle redressa le menton d'un geste défensif.

— C'est une grande fille. Ce n'est pas à moi de lui dire ce qu'elle doit faire.

— Maman a raison. J'ai besoin de vivre seule.

— C'est de la folie ! affirma Greg. Tu as besoin d'être avec ta famille. Tu as un enfant à élever.

— Trois mots, papa, lui rappela Daisy. Fonds en fidéicommis. Grand-père en a ouvert un pour chacun de ses petits-enfants.

— C'est vrai, mais tu es trop jeune. Je ne peux pas te laisser faire ça.

— Papa, écoute-moi, s'il te plaît. C'est ma vie. Ma décision. Nina dit…

— Nina ? répéta Sophie d'un air stupéfait. Qu'est-ce qu'elle a à voir avec tout ça ?

Greg eut l'impression d'avoir reçu un coup de poing. Ce n'était pas la première fois qu'il entendait ces mots. Daisy s'était confiée à Nina…

— Nina t'a dit de partir comme ça à la sauvette ?

— J'ai pris ma décision toute seule. Et pas à la sauvette. C'est ce que je veux. Je sais que je serais en sécurité ici avec toi, et j'ai longtemps essayé de me convaincre que c'était la meilleure solution. Et puis, je me suis rendu compte que si je restais, c'était uniquement pour Max et pour toi. Mais il faut que je parte, papa. Pour moi.

Elle embrassa ses parents l'un après l'autre.

— Bref, voilà ce que je voulais vous dire. On se voit après la cérémonie, d'accord ?

Après son départ, Greg se tourna vers Sophie. Elle leva la main pour lui imposer le silence.

— Avant que tu dises quoi que ce soit, je veux que tu saches que je n'ai rien à voir dans tout ça, absolument rien.

— Je sais, répondit-il en se sentant mollir à la pensée de Nina.

Sophie haussa les sourcils.

— Tu veux dire que je ne suis pas responsable de tout ?

— Sophie !

— Nous progressons, dans ce cas. D'ailleurs, ce ne sont peut-être que des mots en l'air, ajouta-t-elle. Daisy n'est pas encore partie. On ne devrait pas s'inquiéter autant.

Il y avait quelque chose de tout à fait inquiétant, au contraire. Leur fille avait toujours été comme ça : elle gardait tout pour elle et se retenait d'agir jusqu'à ce qu'elle soit convaincue de la direction à prendre. Elle n'aurait jamais abordé le sujet si elle n'avait pas été sûre d'elle à cent pour cent.

26

Tandis que Sonnet roulait le long du lac pour se rendre au mariage, Nina s'efforçait vainement de dissimuler sa nervosité.

— Détends-toi, maman, lui dit Sonnet. Je sais encore conduire, même si je n'ai pas pris le volant en Belgique.

Nina était soulagée qu'elle se soit méprise sur la source de son anxiété.

— Bien sûr, ma chérie, mais on perd vite la main. C'est pour ça que je tenais à ce que tu conduises aujourd'hui. Plus on s'exerce, mieux c'est.

— Papa m'a laissé faire de la mobylette sur la base. Le moteur est tout petit. On ne risque pas d'aller vite.

Nina sentit son sang se glacer.

— Tu ne me l'avais pas dit.

— Je ne voulais pas que tu t'inquiètes.

— Tu as tort de me cacher des choses.

— Maman, tu me fais le coup tout le temps ! Depuis toujours.

Nina se rendit compte soudain que Sonnet la connaissait vraiment bien. Personne ne l'aimait autant qu'elle.

— Alors, quel effet ça t'a fait de vivre au sein d'une famille biparentale ?

— C'était pas mal. Intéressant.

— Mais encore ?

— Je n'avais jamais vu un couple marié d'aussi près. Je n'avais jamais vraiment compris comment ça marchait.

— Qu'en as-tu pensé ?

— Papa et Angela… ils s'entendent bien. Ce n'est pas parfait, mais ils tiennent l'un à l'autre.

Nina fut ébranlée par le ton presque nostalgique de sa fille.

— Je voudrais que tu connaisses ça, un jour.

Sonnet devait apprendre que les gens pouvaient s'aimer et se faire mal tout à la fois. Elle devait trouver le moyen de survivre à ça et être capable de tenir la main du même homme pendant cinquante ans.

Le sentier menant au camp Kioga était indiqué par une brassée de ballons gris perle.

— Je voudrais que toi aussi tu connaisses ça un jour, maman.

Nina fut prise d'un élan d'émotion. Cette histoire avec Greg était en train de la transformer complètement… Elle se tourna vers la fenêtre pour dissimuler sa réaction. Tandis que l'épaisse forêt obscure défilait sous ses yeux, elle inspira à fond, cilla rapidement des paupières en tâchant de se ressaisir.

— Maman ?

— C'est gentil à toi de me dire ça.

Elles arrivèrent un peu en avance pour la cérémonie. Le camp était magnifiquement décoré pour l'occasion, et les invités très nombreux. Nina chercha Greg du regard. En vain. Elle n'avait pratiquement pas fermé l'œil de la nuit à force de chercher ce qu'elle allait lui dire. Il semblait convaincu qu'ils étaient en train de tomber amoureux l'un de l'autre, un avis dont il lui faisait part avec autant de facilité que s'il s'était agi du bulletin météo. Elle en était moins certaine, bien qu'elle n'ait jamais éprouvé de tels sentiments. Il n'était plus question d'une passade, loin de là. Ils avaient passé ensemble chaque minute disponible. Pouvait-on parler d'une aventure ? Non, certainement pas. Une aventure, c'était insouciant, léger. Et ça n'avait qu'un temps. Elle n'arrivait pas à se convaincre qu'ils ne vivaient que cela.

Des chaises de location avaient été disposées à l'intention des invités. L'allée centrale conduisait à une estrade surmontée d'une voûte fleurie.

— Je suis contente qu'ils n'aient pas séparé les amis de la mariée et ceux du marié, dit Sonnet alors que Max les conduisait à leurs places.

— Moi aussi, reconnut Nina. J'ai toujours trouvé cette tradition idiote, sans compter qu'on avait toujours l'impression que l'un des membres du couple était plus populaire que l'autre.

— Merci, Max, dit Sonnet. Tu es franchement canon, je te jure.

Il s'empourpra jusqu'à la pointe des oreilles.

— Interdiction de parler pendant la cérémonie !

— J'aimerais vraiment danser avec toi à la réception, ajouta Sonnet.

— Si tu as de la chance.

— J'ai toujours de la chance.

Nina le regarda s'élancer à la rencontre d'autres convives.

— Tu l'as fait rougir, dit-elle.

— Il a douze ans, maman ! Tout le fait rougir. Daisy m'a dit que tu lui avais donné un sacré coup de main cet été. C'est gentil de ta part.

— Ce n'est pas difficile d'être gentil avec un enfant comme Max.

Elle jeta des coups d'œil autour d'elle en s'efforçant d'être discrète. Les familles des jeunes mariés se rassemblaient près de l'estrade. Les Bellamy avaient fière allure, de Charles et

Jane, les dignes patriarches, à Max, le plus jeune petit-fils qui montrait déjà des signes prometteurs de l'irrésistible charme familial. Ils étaient aussi humains que les autres, comme en témoignaient les parents de la mariée qui faisaient profil bas. Philip et Pamela Bellamy avaient divorcé bien des années plus tôt mais, pour l'occasion, ils offraient toutes les apparences de l'union et de l'affection. Nina savait que cette harmonie ne s'était pas faite toute seule, étant donné leur passé turbulent. Des dizaines d'années auparavant, mus par la volonté désespérée de préserver le bonheur de leur fille, les Lightsey n'avaient pas hésité à orchestrer froidement l'union entre Philip et Pamela. Et comme on pouvait s'y attendre, ça n'avait pas duré. En revanche, cette ingérence des Lightsey avait eu des conséquences à long terme. A cause d'eux, Philip avait ignoré l'existence de Jenny jusqu'au jour où il l'avait découverte par hasard, l'été dernier. Etonnant ce que les gens pouvaient faire pour manipuler la vie de leurs enfants ! pensa Nina.

L'une des plus tristes victimes de cette débâcle était sans doute Pamela, la mère de la mariée. Elle n'avait jamais refait sa vie. D'après Jenny, elle menait une existence solitaire dans un luxueux appartement de la Cinquième Avenue, partageant son temps entre les thés de charité, divers comités et l'acquisition d'œuvres d'art. Elle affichait pourtant un air très fier, tandis qu'elle attendait la mariée avec le reste de l'assemblée. Ses parents n'étaient pas là. Jenny avait confié à Nina que M. Lightsey était à l'hôpital. Ils avaient envoyé un somptueux service à thé de chez Tiffany comme cadeau de mariage.

Nina perçut un changement subtil dans l'air. Quand elle aperçut Greg, son cœur se mit à palpiter. Elle se fit violence pour ne pas le dévisager mais, en smoking, il était vraiment trop craquant. Elle essaya d'attirer son attention, mais il était très sérieux et semblait ailleurs. A un moment, elle crut qu'il la regardait, mais ses yeux ne firent que glisser sur elle.

La cause de sa gravité était-elle assise de l'autre côté de la rangée, près du fond ? Sophie, son ex-femme. Elle était d'une beauté glaciale dans sa robe en lin impeccable, sans manches, et ses sandales à hauts talons. Elle avait tout d'une statue de déesse classique, en mieux habillée. Nina n'avait jamais interrogé Sonnet à son sujet. Sa fille n'en remarqua pas moins l'objet de son attention.

— Je me doutais que tu étais curieuse, dit-elle. Elle est très intelligente et elle fait un travail fabuleux. Certains enfants prétendent que leurs parents ont des jobs super importants, qu'ils sauvent l'humanité. Eh bien, dans le cas de Sophie, c'est vrai.

— C'est ce que j'ai entendu dire.

Nina s'attendait à détester Sophie. Mais elle n'éprouva pas d'emblée ce sentiment.

— Ne t'inquiète pas, dit Sonnet en se penchant vers elle, toi aussi tu impressionnes les gens. Tout ce que j'entends depuis mon retour, c'est que tu as fait des merveilles à l'auberge.

— Je ne change pas la vie des gens. Juste leur week-end, peut-être. S'il m'arrive d'impressionner quelqu'un, ce sera uniquement à cause de ma fabuleuse fille.

Nina pressa la main de Sonnet dans la sienne. La jeune fille était revenue d'Europe plus accomplie et futée que jamais, tout en continuant à s'émerveiller de tout, sans se départir de sa gentillesse. Assise à côté d'elle en attendant le début de la cérémonie, Nina perçut avec force ce qu'elle perdrait quand Sonnet s'en irait pour de bon. Personne au monde n'avait autant d'amour et de considération pour elle.

— Je suis heureuse pour toi, maman. Tu le sais, hein ? chuchota Sonnet. Je me réjouis que Greg et toi…

— Quoi, Greg et moi ? riposta Nina, alarmée.

Elle n'avait rien dit. Et Greg et elle s'étaient à peine vus depuis le retour de Sonnet.

— Je le trouve super, maman.

L'orchestre à cordes acheva son exécution suave du Canon de Pachelbel, laissant place au silence. Les gens s'agitèrent sur leur siège, puis la marche nuptiale monta en accents grandioses. Les têtes se tournèrent vers l'allée alors que le cortège faisait son entrée. Quand Nina aperçut Jenny au bras de Julian, le frère du marié, son regard s'embua malgré elle. Elle était absolument ravissante.

Nina revit défiler des moments de leur enfance — lorsqu'elles dormaient l'une chez l'autre, leurs fous rires, les plans sérieux qu'elles élaboraient pour leur futur mariage… Mais les choses avaient pris une tout autre tournure.

Nina se rendit compte qu'elle pleurait à cause de ce qu'elle éprouvait maintenant, de ce qu'elle avait envie de dire à Greg, à cause de tous ses espoirs et ses regrets.

Olivia était à la fois somptueuse et vulnérable. Connor faisait un magnifique époux — grand, imposant, presque intimidant par sa beauté et sa présence. Jusqu'au moment où il souriait. Il se mettait alors à rayonner d'un bonheur béat, et cela le transformait en la personne que Nina connaissait : un type merveilleux qui avait mené une existence solitaire jusqu'à sa rencontre avec Olivia. Ils étaient faits l'un pour l'autre. Au premier coup d'œil, on percevait l'amour dans leurs regards, et on l'entendit résonner dans leurs voix lorsqu'ils échangèrent leurs vœux.

A les voir, l'amour semblait chose facile. Nina savait qu'il n'en avait rien été, bien sûr — ce n'était jamais le cas —, mais leur espoir, leur assurance éclataient à présent. Elle se demanda ce que l'avenir leur réservait. Certes, ils s'adoraient. Comment faire pour qu'il en soit toujours ainsi ? Elle pensa à ses parents. En apparence, tout portait à croire que Pop était le rêveur et Ma la réaliste. Ma n'avait-elle pas ses rêves, elle aussi, sans que personne n'ait jamais su ce qu'il en était ? Les grands objectifs de son mari les avaient éclipsés. Pour la première fois de sa vie, Nina comprenait pourquoi sa mère se contentait de cette situation, et elle trouva cela inquiétant. Très inquiétant.

Nina avait déjà assisté à de nombreux mariages. Elle essaya d'en faire le compte, mais n'y parvint pas. Le premier avait été celui de sa tante, Isa. Elle avait cinq ans à l'époque, et elle était chargée de porter le bouquet. Elle se rappelait une succession de jeunes mariées radieuses, de mères en pleurs, d'époux fiers, de fêtes bruyantes. Elle adorait les mariages — la musique, les rituels, les toasts, toutes ces émotions. Elle se sentait différente aujourd'hui. Pour la première fois, elle n'avait pas seulement envie de boire à la santé de la mariée. Elle avait envie d'être *à sa place*.

Epouvantée par cette pensée, elle tendit l'oreille, prêtant vraiment attention aux prières de l'office. Elle était à la fois émue et totalement sceptique. Comment deux êtres rationnels pouvaient-ils se promettre un dévouement éternel ? Avaient-ils perdu la tête ? Se rendaient-ils compte que la vie était pleine de surprises dont, pour la plupart, on se passerait bien ?

Aujourd'hui, pourtant, elle portait sur le jeune couple un regard différent. Pour la première fois de sa vie, elle comprenait l'espoir, le potentiel qui incitaient deux êtres à prononcer de tels vœux. Pour la première fois, elle s'imagina en train de les prononcer elle-même, en toute sincérité, s'engageant à tenir sa promesse d'aimer quelqu'un pour toujours.

A la fin de la cérémonie, elle essaya encore une fois de croiser le regard de Greg. Il était accaparé par le reste de la famille que le photographe s'efforçait de rassembler. Tant pis. Elle le verrait pendant la réception.

Mais ce fut un tourbillon étourdissant de toasts et de danse, et la musique était si forte qu'il fallait crier pour se faire entendre. Nina resta dans l'ombre, ce qui ne lui ressemblait guère.

— Salut ! lança quelqu'un. Tu veux danser ?

— Connor ! Félicitations, lui dit-elle. A quoi dois-je cet honneur ?

— Mon père m'a volé ma femme. J'ai besoin qu'on me console.

Il désigna la piste de danse où Olivia virevoltait dans les bras de Terry Davis. Philip Bellamy, le père de la mariée, dansait avec Laura Tuttle. En les voyant, Nina sourit. Ils étaient si épris l'un de l'autre que cela sautait aux yeux. Comme tout le monde en ville, Nina avait toujours pensé que Laura resterait célibataire. Et voilà qu'à l'âge où la plupart des gens comptaient les années qui leur restaient avant la retraite, Laura faisait l'acte de foi suprême.

— Y a de l'amour dans l'air, hein ? dit Connor en l'entraînant vers la piste.

— Un vrai virus.

Il rit et resserra son étreinte, compensant par l'humour la grâce qui lui faisait défaut.

— Ah ! Tu n'es pas si coriace, au fond.

Nina promena ses regards dans la salle, admirant les amis d'Olivia aux manières distinguées, aux accents d'école privée. Ces gens-là avaient quelque chose dont elle ne pouvait se prévaloir. Ce n'était pas le manque de savoir-vivre, mais quelque chose d'ineffable qu'elle n'arrivait ni à saisir ni à exprimer.

— Je ne suis pas vraiment à ma place ici, dit-elle à Connor.

Il se mit à rire.

— J'ai le même sentiment, répondit-il. Un éléphant dans un magasin de porcelaine. Olivia et moi venons de deux mondes si différents. Mais ce n'est pas l'essentiel, loin de là.

Quand la musique se tut, elle lui souhaita plein de bonheur

et le suivit des yeux tandis qu'il allait rejoindre sa femme. En repensant à ce qu'il lui avait dit, elle reconnut qu'il avait raison. Elle devait dépasser ses peurs. D'un côté, elle bouillait d'impatience de parler à Greg. Et en même temps, elle se sentait terrifiée. Elle était sur le point de connaître le bonheur suprême et cela l'effrayait de se trouver dans une position aussi vulnérable.

La salle était bondée et ce n'était peut-être pas le meilleur endroit pour dire à Greg ce que son cœur l'exhortait à lui dire. Elle s'exerça en silence. *Je t'aime, Greg. Je t'aime.* Finalement, ces mots avaient un sens pour elle. Elle éprouvait enfin des sentiments qu'elle n'avait jamais compris auparavant, et c'était comme si elle venait de sauter en parachute.

Greg avait envie de se détendre et de profiter de la fête. Il était rare que les Bellamy soient rassemblés en un seul lieu, et il aurait bien aimé l'apprécier davantage. Mais il était énervé et distrait. Il regardait les gens danser et porter des toasts. Il s'était posté en haut de l'escalier menant au ponton, incapable de se joindre à eux. Assise à une table, devant une assiette pleine à déborder, Daisy parlait avec sa mère d'un air grave. Elles communiquaient, au moins. Puis un soupçon l'envahit. Maintenant que Daisy leur avait fait cette annonce fracassante, peut-être Sophie allait-elle essayer de la convaincre d'aller s'installer en Europe. Peut-être que... Nom d'un chien, ça le rendait fou de rage ! Pourquoi Daisy ne le laissait-il pas prendre soin d'elle sans faire d'histoire ?

— Salut !

Nina avait surgi de nulle part.

L'espace d'un instant, il ressentit un élan d'attirance pure. Il étudia son visage aux joues rosies, son sourire étincelant.

— Du champagne ? proposa-t-elle en prenant deux flûtes sur le plateau d'un serveur qui passait.

Ce geste éveilla une série de souvenirs dans l'esprit de Greg, quelque chose qu'il pensait avoir oublié. Un autre mariage. Le sien. Il avait eu lieu ici même, au camp Kioga. Il avait bu et avait flanqué un coup de poing dans un mur. On voyait encore une trace, là où on avait rafistolé le stuc. Une marque indélébile. Un mauvais début. Pourtant, il était convaincu que ça marcherait. Sophie aussi.

Cet été-là, Nina lui avait redonné la foi. Il avait été à deux doigts de lui ouvrir son cœur. Et puis, Daisy lui avait fait reprendre conscience des réalités. A présent, Nina se tenait là devant lui, superbe et sans la moindre fourberie. Elle incarnait l'inaccessible, ce qu'il ne pouvait pas avoir, comme depuis le jour où il l'avait rencontrée. Il avait été bien bête de penser que les choses avaient changé.

Il avait prévu d'attendre après le mariage pour lui parler, mais puisqu'elle l'avait coincé, autant en finir maintenant. Il lui ouvrit la porte. Elle sortit et descendit les marches en direction du lac. Au soleil couchant, le lac était embrasé, à l'image de son humeur.

Nina se tourna vers lui, ses lèvres pleines toutes humides comme si elle s'attendait à un baiser.

— Daisy m'a annoncé qu'elle partait, dit-il d'un ton brusque. Après la naissance du bébé.

Elle cilla des paupières comme si cette nouvelle la surprenait.

— Ah bon ?

— Ouais. Comme tu me l'avais dit. Je me demande comment tu l'as su.

Elle eut un mouvement de recul face à sa colère. Il dut se faire violence pour ignorer la souffrance qu'il percevait dans son regard.

— Je ne vois pas du tout de quoi tu veux parler, dit-elle.

— O.K. Elle part à la recherche de sa propre voie.

— Et tu ne trouves pas ça bien ?

— Evidemment que non ! Sa vie est ici à l'auberge. Avec moi.

— C'est à toi que tu penses, là.

Il la fusilla du regard.

— Foutaise ! Ce que je veux, c'est que ma fille soit en sécurité.

— Ce que tu veux, c'est l'avoir sous la main pour pouvoir la contrôler.

Elle eut un rire amer.

— Ecoute, j'avais l'intention de te parler de tout autre chose. Mais tu viens de m'éviter cette peine.

— Qu'est-ce que ça veut dire ?

Ses traits s'étaient durcis comme s'il luttait pour maîtriser ses émotions.

— A mon avis, tu n'as aucune envie de le savoir.

— Garde tes conseils pour toi, dorénavant. Daisy ne te ressemble pas. Elle n'est pas prête à s'aventurer dans le monde.

— Et tu crois que je l'étais ?

— Je crois… Bon sang ! J'aimerais juste que tu… laisses ma fille tranquille.

Elle le dévisagea en plissant les yeux, mais il n'en vit pas moins la lueur de colère qui y brillait.

— T'es-tu jamais dit que toi aussi, tu devrais peut-être la laisser tranquille ?

— Va te faire foutre, Nina !

Mû par la peur, il explosa, choqué lui-même par l'ampleur de sa fureur, anéantissant en quelques mots tout ce qu'ils avaient construit ensemble pendant l'été. Il la vit blêmir en écarquillant les yeux, tandis que sa colère se changeait en douleur.

— Ecoute, ça ne marche pas, cette histoire. Il serait préférable qu'on ne se revoie plus.

Elle croisa les bras sur sa poitrine en un geste défensif.

— Ça va être un sacré défi, étant donné que nous travaillons ensemble.

Vas-y ! se dit-il. Fous tout en l'air !

— Il va peut-être falloir que ça change.

— Tu n'es pas sérieux ?

Elle posa les mains sur ses hanches, attirant inconsciemment l'attention sur le fait qu'elle était fabuleusement belle, ce soir.

— Si, tu *es* sérieux. C'est drôlement commode pour toi de virer quelqu'un et de rompre en même temps.

Il sentit qu'un fossé se creusait entre eux, ce qu'il trouvait affreusement déprimant. Ils ne s'étaient même pas vraiment donné une chance. Mais c'était peut-être mieux ainsi. Préférable de sauver les meubles. Le problème pour le moment, c'était Daisy. Il fallait qu'il reste concentré sur elle. En même temps, ce qu'il venait de faire lui faisait horreur.

— Nina ! s'écria-t-il.

Elle avait déjà gravi la moitié des marches. Elle s'arrêta, mais ne se retourna même pas. Puis, se cramponnant à la rampe, elle continua à monter.

Grey regarda le mur lisse en serrant le poing.

En haut de l'escalier, une porte s'ouvrit à la volée. Sophie surgit, jetant à peine un coup d'œil à Nina. L'espace d'un instant, Greg se trouva pris au piège entre les deux femmes — son passé et son avenir, malheureux l'un et l'autre.

— C'est Daisy ! s'écria Sophie. Il faut l'emmener à l'hôpital.

27

Ils n'auraient pas pu planifier les choses plus mal. Ils auraient dû penser que Daisy pouvait commencer à avoir des contractions à tout moment. Personne n'imaginait que le bébé ferait son apparition le jour du mariage. Sophie était venue à Kioga avec sa voiture de location — un petit modèle, le genre de véhicule auquel elle s'était habituée en Europe —, et Greg avait pris sa camionnette. Pour finir, ils empruntèrent le monospace de Philip parce qu'il y avait davantage de place à l'arrière. Greg prit une pile de nappes et de serviettes propres dans le camion du traiteur en criant à quelqu'un qu'il les remplacerait. Ils allaient en avoir besoin. Pendant les cours d'accouchement, on leur avait conseillé d'en avoir en réserve dans la voiture.

Rien ne se passait comme prévu. Cet épisode était censé se dérouler calmement. On aurait passé des coups de fil sans crier, mis une valise toute prête dans la voiture. Ils se seraient rendus à l'hôpital en conduisant prudemment…

Faute de réseau, Greg rugissait de frustration. Il envoya sa mère téléphoner au bureau pendant que Sophie et lui emmenaient Daisy dans la voiture. Les douleurs allaient crescendo et se rapprochaient. Elle se mit à pleurer. A chaque sanglot, la panique de son père montait d'un cran. Il démarra, mais Sophie surgit à côté de lui.

— Je vais conduire, dit-elle.

— Mais…

— Papa…

La voix de Daisy le secoua.

Il jura et sortit de la voiture. Les choses n'étaient pas censées se passer comme ça. Mais il s'était engagé à lui servir de coach, et il ne pouvait pas le faire s'il prenait le volant. Il monta donc à l'arrière.

Rourke McKnight, le mari de Jenny, qui était chef de la police locale, leur avait proposé de les escorter en mettant son gyrophare, mais Daisy avait refusé. Entre les contractions, elle paraissait un peu gênée de toute l'attention portée sur elle.

— C'est le mariage d'Olivia, marmonna-t-elle en serrant les dents. Partons aussi discrètement que possible. Rien que nous trois.

Sophie sortit du parking et s'engagea dans le sentier, les roues soulevant des geysers de gravier et de poussière. Greg jeta un coup d'œil derrière eux juste à temps pour apercevoir Max. Il s'approchait de Nina. Sans hésiter, elle le serra farouchement contre lui. Puis un nuage de poussière obscurcit le petit groupe de parents et d'invités. Daisy était à moitié allongée sur la banquette dans sa robe de demoiselle d'honneur. Elle se cramponnait au siège.

— Ça va aller, mon bébé, lui dit Greg. Nous serons bientôt à l'hôpital.

Elle se raidit de douleur et de peur. Elle haletait. Dès que la prochaine contraction surgit, Greg nota l'heure sur son portable, puis il l'aida à respirer comme il l'avait appris.

— C'est… dur, balbutia-t-elle. Je ne peux pas… peux pas…

Une terreur pure brillait dans ses yeux.

Greg se rendit compte que les cours ne les avaient que partiellement préparés à ce qui allait arriver. Ils ne prenaient

pas en compte la peur intense qu'il voyait en elle ni le sentiment d'impuissance totale qu'il éprouvait.

— On y sera bientôt, dit-il bêtement. Le toubib te donnera
quelque chose.

— Ça fait trop mal, maintenant. C'est insupportable.

Une note d'hystérie vibrait dans sa voix.

Il jeta un coup d'œil à Sophie. Elle avait les yeux rivés sur
la route et conduisait avec une sombre habileté, les mains
cramponnées au volant. Un filet de sueur dégoulinait le long
de sa tempe. Il comprit qu'elle n'était pas sombre du tout,
mais terrifiée, aussi terrifiée que Daisy.

— Papa, aide-moi ! Fais que ça s'arrête ! Fais que ça
s'arrête !

Daisy scandait cette supplication entre ses dents
serrées.

Si l'enfer existait sur la terre, c'était ça — ne pas pouvoir
empêcher son enfant de souffrir quand elle vous implorait
de le faire.

— Bientôt, chérie, dit-il. Tiens le coup !

— Je ne peux pas… Je vais…

Il comprit ce qui allait arriver une fraction de seconde
avant que cela se produise. Il recula instinctivement, se
plaquant contre la portière, mais il n'avait aucun endroit où
aller. Elle vomit tout ce qu'elle avait mangé et bu pendant
la réception. Il ne paniqua pas. Il n'éprouva pas de dégoût.
Il lui tendit un paquet de torchons en disant :

— Ce n'est rien, Daze. Ne t'inquiète pas.

Elle s'essuya pitoyablement le visage avec une nappe
en lin.

— Je crevais de faim. J'ai mangé comme un ogre.

Sans blague ? pensa-t-il en essuyant son pantalon et ses
chaussures avec une serviette.

— Le chemin est cahoteux, plus loin, dit-il à Sophie.
Encore trois cents mètres avant la route goudronnée.

— Laisse-moi me concentrer, Greg. Occupe-toi de Daisy, marmonna-t-elle.

Dès que son portable se mit à biper, indiquant qu'ils avaient de nouveau du réseau à l'approche de la ville, elle s'en empara. Sans quitter la route des yeux, elle composa le numéro de l'hôpital.

C'était du Sophie tout craché, songea Greg. Super compétente quand il s'agissait de choses comme composer un numéro à partir de la touche mémoire. Elle expliqua que Daisy allait bien, même si elle avait vomi, donna une estimation de leur heure d'arrivée, puis raccrocha.

— Grand Ma Jane les a déjà mis au courant, dit-elle à Daisy. On sera bientôt arrivés, je te le promets.

Il y avait peu de chances que Daisy l'ait entendue parce qu'elle était aux prises avec une nouvelle contraction.

— Respire, chérie ! lui répétait Greg.

Mais il ne pouvait rien faire pour apaiser sa souffrance. Elle agrippa sa main, et il eut l'impression qu'elle lui serrait le cœur. Il souffrait pour sa petite fille terrifiée, qui endurait tant de douleurs. Il sut alors qu'il ne la laisserait pas partir en dépit de ce qu'elle leur avait dit plus tôt. Il voulait, il avait besoin de la garder auprès de lui, en sécurité.

Sophie arrêta la voiture sous un passage couvert à l'entrée de l'hôpital. Greg bondit hors du véhicule et fit le tour pour aider Daisy. Entre les contractions, elle avait un air confus, transi de peur. Les portes s'ouvrirent en un chuintement, mais il n'y avait personne alentour. Sophie baissa sa vitre.

— Attendez ici : je vais chercher quelqu'un avec un brancard.

Daisy gémit. Greg n'allait pas attendre une seconde de plus.

— Gare-toi, Sophie ! aboya-t-il avant de prendre Daisy dans ses bras comme si elle avait cinq ans et de franchir les portes en trombe.

Quelqu'un — un infirmier, un brancardier — lui indiqua un endroit où se nettoyer et revêtir une tenue adéquate. Il se changea à toute vitesse, fourrant son smoking dans une poubelle marquée *Biohazard*. Il aurait mieux fait de ne pas mettre ce fichu smoking. Il portait malheur, ça ne faisait aucun doute. Bon débarras !

Les pieds enveloppés dans des bottines en papier jetables, il glissa dans le couloir en direction de la salle de travail. Le personnel avait déjà aidé Daisy à enfiler une blouse d'hôpital, et quelqu'un lui assura que le médecin et l'anesthésiste étaient en route. Daisy paraissait toute petite et vulnérable, emprisonnée par les barreaux du lit au milieu de tout l'équipement de monitoring. Elle avait encore des fleurs fanées dans les cheveux. Greg avait pourtant l'impression que le mariage avait eu lieu des siècles plus tôt. Il se cala entre un moniteur posé sur un chariot et la tête du lit. Il lui effleura l'épaule.

— Comment ça va, Daze ?

L'obstétricien ne tarda pas à arriver. Ce n'était pas le médecin habituel de Daisy, mais la femme qui était de garde cette nuit-là. Elle lui parut calme et efficace tandis qu'elle examinait le tableau de la patiente, après quoi elle scruta un écran d'ordinateur.

— Vous êtes le père ? lui demanda-t-elle.

— Ouais, bredouilla-t-il. Enfin, non, je suis… euh, le père de Daisy. Le père de la patiente.

— C'est mon papa, dit Daisy, et mon coach pour l'accouchement.

Greg dut sortir un moment pendant que le médecin évaluait la situation. Pendant qu'il attendait, Sophie arriva, vêtue comme lui d'une blouse en papier, son visage blême de poupée de porcelaine contrastant avec le tissu verdâtre.

— Tout va bien, lui dit-il.

— Quand pourrons-nous entrer ?

— Ça ne va pas tarder.

Elle hocha la tête et s'absorba dans l'examen des dalles étincelantes du sol. En l'observant, Greg éprouva un pincement de regret.

— Tu t'es drôlement bien débrouillée au volant, Soph. Je n'ai pas eu l'occasion de te le dire. Et tu connaissais même le chemin.

— Je l'avais mémorisé.

Evidemment !

Il s'éclaircit la voix.

— Et euh… à propos de tout à l'heure… je ne voulais pas t'aboyer dessus quand je t'ai dit de garer la voiture.

Elle hocha de nouveau la tête, ce qui ne voulait pas forcément dire qu'elle lui pardonnait ou qu'elle le comprenait. Ça signifiait sans doute : « Il n'empêche que tu as aboyé. »

— Tout bien considéré, reprit-il avec une gaieté forcée, on forme plutôt une bonne équipe.

Elle le dévisagea.

— Pas du tout, répliqua-t-elle. Mais nous sommes tous les deux du côté de Daisy et je présume que c'est ce dont elle a besoin.

La porte s'ouvrit. Ils entrèrent. Le médecin leur fit un compte rendu de la situation. Le bébé était en position, ses signes vitaux étaient normaux. On allait faire une péridurale à Daisy.

— La nuit risque d'être longue, ajouta-t-elle.

Greg se posta d'un côté du lit, Daisy de l'autre. Ils se regardaient de temps à autre au-dessus de leur fille en train d'accoucher, liés à cet instant par une solidarité tacite.

Les minutes se changèrent en heures. Greg proposait des glaçons et des gants de toilette humides à Daisy. Le personnel médical entrait et sortait, vérifiant régulièrement l'état de la jeune femme.

Sophie sortait de temps en temps pour appeler Max et

390

le rassurer. Daisy dormit un peu, pleura un peu et passa le plus clair du temps à regarder fixement une photographie d'Ayers Rock, accrochée incongrûment au mur face au lit. A un moment donné au milieu de la nuit, le médecin annonça que le moment était venu de pousser. On repositionna le lit, en écartant la partie du bas sur roulettes et en élevant les poignées et les repose-pieds.

Daisy hocha la tête. Elle saisit la main de son père, et il vit qu'enfin, la peur et la douleur étaient passées. Elle affichait une détermination de fer et, l'espace d'un instant, sa ressemblance avec Sophie lui parut si frappante qu'il eut l'impression d'avoir des visions.

— On y va, papou !

— Tu l'as dit, Daisyou !

Elle poussa comme une championne, coordonnant ses efforts avec les contractions, comme la monitrice le lui avait appris. L'univers de Greg se réduisit au visage de sa fille — rouge et plissé, dents serrées —, aux larmes jaillissant de ses yeux, à ses cheveux trempés de sueur. Ça lui fendait le cœur de la voir ainsi, mais il ne flancha pas. Il lui murmurait des encouragements. Il entendait la voix du médecin qui commentait les progrès, et finalement, alors que Daisy semblait totalement épuisée…

— Le voilà ! annonça le médecin.

Il y eut un bruit de succion, suivi d'un petit cri vibrato.

— Il est magnifique.

Sophie se mit à sangloter, un son si étranger aux oreilles de Greg qu'au début, il se demanda ce que c'était. Puis il la vit ôter son masque et se pencher pour embrasser sa fille sur le front.

Un ballot strié de sang reposait sur la poitrine de Daisy. Pendant une fraction de seconde, une lueur de terreur pure brilla dans son regard. Puis elle prit le petit fardeau dans ses bras et le serra contre elle.

— Salut, toi ! chuchota-t-elle. Bonjour, mon précieux petit bébé.

Greg eut l'impression que ses genoux se dérobaient sous lui. Il se sentait affreusement faible. Quelqu'un lui glissa un instrument dans les mains.

— A vous l'honneur !

Il baissa les yeux sur sa main tremblante.

Ah, oui ! Oh, merde ! Il fallait qu'il coupe le cordon. Il serra les dents, s'efforça d'empêcher sa main de trembler et s'avança. Quelqu'un tenait le cordon entre deux mains gantées. Avec calme, il le coupa d'un geste décidé.

Daisy acquit temporairement un statut de célébrité parmi ses amis et sa famille. Avant la fin de la journée du lendemain, presque tous les gens qu'elle connaissait étaient passés la féliciter en lui apportant des fleurs ou un cadeau.

Greg et Sophie se relayaient auprès de leur fille. Emile Charles Bellamy avait été déclaré en parfaite santé. Il dormait à présent dans un berceau en plastique transparent posé sur un chariot, sa toute petite tête coiffée d'un bonnet bleu clair. Une fine frange de duvet roux dépassait du bonnet. Cette vision suscitait une sorte de choc chez tous ceux qui venaient voir le bébé. C'était la première preuve concrète d'une chose à laquelle les Bellamy n'avaient pas beaucoup songé : ce bébé avait un père quelque part. Un père aux cheveux roux.

Sophie retourna à l'hôtel pour prendre une douche et se changer, et Max arriva en compagnie de ses grands-parents paternels. Ils restèrent tous les trois plantés autour du berceau, le regard fixe, comme ensorcelés. Pour finir, la mère de Greg releva les yeux, rayonnante de bonheur et pleurant en même temps.

— Il est adorable.

— Assez mignon, je dois dire, reconnut Max.

Daisy sourit.

— Tu trouves ?

— Totalement. Quand est-ce qu'il va se réveiller ?

— Je crois qu'il est censé dormir un moment. Nous avons eu une longue nuit.

Greg n'en revenait pas de voir ses enfants converser comme des adultes, au lieu de se quereller. Il avait l'impression d'avoir un très gros cœur, comme si sa poitrine ne pouvait plus le contenir. Il était lessivé. Il osait à peine regarder ses parents, de peur de craquer comme tous les autres.

— J'ai un service à te demander, dit Daisy à son frère. Peux-tu dire à Olivia que je suis désolée d'avoir perturbé son mariage ?

— Tu plaisantes ? Elle est ravie pour toi. Connor et elle ont l'intention de s'arrêter pour voir le bébé avant de partir pour St Croix.

— Oh, j'aimerais tellement qu'ils le fassent !

— Alors, on peut le réveiller maintenant ?

— T'as pas intérêt ! répondit Daisy. Mais… donne-le-moi, tu veux ? J'ai envie de le tenir.

Max se pencha sur le berceau, puis il recula.

— Je ne sais pas trop comment le prendre.

Greg lui tapota l'épaule.

— Comme tout ce qu'on fait quand on a affaire à un bébé. Très, très doucement.

Il se pencha à son tour et glissa les mains sous le doux fardeau. Une chaleur s'insinua en lui lorsqu'il tendit le bébé à Max.

— Fais bien attention, dit-il. Tu vas être étonné de voir à quel point il est léger.

— Quatre kilos deux, ce n'est pas si léger ! protesta la mère de Greg. Nous sommes vraiment heureux pour toi, ma chérie. N'est-ce pas, Charles ?

— Les arrière-grands-parents les plus fiers du monde, confirma le père de Greg.

Tenant le bébé maladroitement, Max s'approcha du lit à petits pas, comme s'il avait un bâton de dynamite dans les mains.

— Voilà, dit-il à Daisy.

Elle installa le bébé dans le creux de son bras. Il remua, pencha la tête en arrière et émit un petit bruit de chiot, mais il continua à dormir. Ses minuscules poings rouges agrippaient le bord de la couverture. Daisy le contemplait en souriant. Un moment, elle paraissait aussi vulnérable que son enfant, l'instant d'après, aussi farouche et protectrice qu'une maman ourse.

Ses grands-parents l'embrassèrent ainsi que le bébé, puis ils emmenèrent Max à la cafétéria manger quelque chose. Greg s'attarda encore un moment en jetant constamment des coups d'œil au bébé. A chaque minute qui passait, il sentait quelque chose grandir dans son cœur — une joie particulière qui lui donnait l'impression de s'envoler et rendait tout plus facile. Daisy semblait éprouver la même chose. Elle tenait le ballot emmitouflé contre elle en l'enveloppant d'un regard qui rappelait à Greg tous les Noël qu'ils avaient partagés.

Puis elle leva les yeux et son sourire disparut tandis que son regard se portait derrière l'épaule de son père.

En se retournant, Greg vit un inconnu sur le seuil.

— Logan, dit Daisy.

Greg se raidit. Alors, Logan O'Donnell, c'était lui. Le fils d'Al O'Donnell. Il ressemblait à son père — massif, bel homme, les yeux bleus et une flamboyante chevelure. Greg fut saisi d'un puissant sentiment protecteur.

— Logan, je te présente mon père, dit Daisy.

— Monsieur Bellamy, fit Logan en tendant la main.

Greg hésita, en proie à un vif élan d'aversion. Puis il songea à lui-même, dix-huit ans plus tôt, devenu père du jour au lendemain pour ainsi dire et saluant les parents de Sophie pour la première fois. Il prit la main tendue.

— Je ne suis pas venu ici pour faire des histoires, dit Logan. J'ai besoin de voir Daisy et... le bébé.

— Pas de problème, papa, dit Daisy. C'est moi qui l'ai appelé.

Greg les laissa seuls, à contrecœur. Au moment où il se retournait pour fermer la porte, il vit le jeune homme s'avancer lentement vers le lit sans que son regard vacille. Daisy orienta le bébé dans sa direction et murmura quelque chose. Il s'approcha encore, le visage empreint de vénération.

En fermant discrètement la porte, Greg eut le sentiment qu'on lui arrachait sa fille. Elle avait appelé Logan O'Donnell. Elle prenait déjà ses décisions, sans le consulter. C'était sain en un sens, il en était conscient : une étape indispensable pour prendre ses distances vis-à-vis de lui, de la maison. Elle avait besoin de contrôler la situation, de faire ses propres choix.

Exactement comme Nina le lui avait dit. Oh, mon Dieu ! *Nina*. Tourmenté, il se mit à arpenter le couloir de l'hôpital. Il perdit toute notion du temps et il était plongé dans ses pensées quand Logan surgit de la chambre de Daisy. Il avait l'air abattu, les larmes aux yeux.

— Je tiens à ce que vous sachiez que nous allons tout faire, Daisy et moi, pour que ça fonctionne, dit-il. Je sais que vous voulez que ça se passe au mieux pour elle. J'ai le même souhait.

Greg se frotta la mâchoire. Il ne s'était pas rasé depuis cent ans.

— Vos intentions sont bonnes, Logan. J'espère que vous tiendrez vos promesses.

— Faites-moi confiance, répondit le garçon.

Il jeta un coup d'œil à une liste gribouillée sur un bout de papier.

— Elle veut une pizza.

Greg hocha la tête.

— C'est un début.

Dès que Logan fut parti, Greg retourna dans la chambre voir Daisy. Elle avait les larmes aux yeux, elle aussi, mais elle était calme.

— Je vais bien, papa, dit-elle. Ça va aller.

— Je l'espère, Daze. Mais je t'en conjure, ne précipite pas les choses !

— C'est promis. Logan et moi, nous n'avons encore rien décidé. On doit encore beaucoup discuter.

Elle serra contre elle le bébé endormi.

— Au début, j'ai pensé que je ne voudrais plus jamais le voir. Je ne voulais même pas qu'il voie Charlie.

— Charlie ?

— Logan pense que les gens risquent de mal prononcer Emile.

— Tu crois ?

Le regard embué de larmes, elle se radossa contre les oreillers.

— En tout cas, papa, je tiens très fort à toi. Je ne sais pas ce que ma vie aurait été sans toi. Du coup, je me suis dit : et Emile ? S'il avait besoin de Logan comme j'ai toujours eu besoin de toi ?

Greg pria pour que sa voix ne se brise pas.

— Tu sais que je serai toujours là pour toi, quoi qu'il arrive.

— Je le sais, papa. Euh… tu peux y aller, tu sais ?

— Je sais, répondit-il.

Mais il ne bougea pas pour autant.

— Tout va bien se passer pour ce petit bonhomme.

— Ça aussi, je le sais. Je pensais attendre le retour de ta mère.

— Ce n'est pas nécessaire, dit-elle en tripotant la couverture du bébé. J'étais tellement contente que vous soyez là tous les deux, cette nuit.

— On sera toujours là pour toi.

— J'ai pensé… je ne sais pas, juste un moment j'ai pensé que le bébé et moi, on vous rapprocherait, on rétablirait quelque chose.

— Nous ne sommes pas ensemble, mais quelque chose s'est rétabli.

Elle sourit.

— Tant mieux. Mais sérieusement, je veux que tu saches que je pensais ce que je vous ai dit à tous les deux avant le mariage.

— On n'a pas besoin de parler de ça maintenant, Daze.

— Peut-être pas, mais je ne veux pas que tu oublies. Rappelle-toi ce que je t'ai dit, papa : je veux vivre seule.

Il fut sur le point de rétorquer, mais elle l'interrompit d'un regard.

— Je te connais. C'est ta méthode : tu fais comme si tu n'avais jamais entendu parler de rien. Je tiens à ce qu'on ne mette pas cette histoire en veilleuse. C'est ma vie. Je t'aime, papa, et il y a des choses qui sont nettement plus faciles quand je suis avec toi. Mais ça, ce n'est pas vivre ma vie. C'est être ta fille. Il y a une différence. Je dois être moi-même — pour moi et pour Emile, maintenant.

— Je n'ai rien contre.

— Mais si ! Et il faut que tu t'habitues. Autre chose : n'en veux pas à Nina des conseils qu'elle m'a donnés.

Elle sourit, manifestant une sagesse toute féminine.

— Je suis au courant pour Nina et toi.

— Je ne vois pas du tout à quoi tu fais allusion, dit-il tout en sentant son estomac chavirer.

— Nous le savons tous les deux. Ecoute, quand tu sortais avec d'autres femmes, je n'arrivais pas à comprendre pourquoi j'avais tellement de mal à les apprécier. Je pensais que c'était parce qu'au fond de moi, je voulais que tu sois seulement avec maman. Ou tout seul. Mais maintenant, il y a Nina.

Nina, pensa-t-il. Qu'elle aille au diable ! Comme toute personne qui osait suggérer à Daisy de vivre seule. Il ne devrait même pas penser à elle dans des moments comme celui-là mais, pour une raison quelconque, il n'arrivait pas à la chasser de son esprit. Elle avait l'air si heureux et fébrile au mariage, quelques secondes avant qu'il ne lui dise toutes ces choses désespérantes. Elle le regardait avec des yeux de biche, arborant une expression qu'il ne lui avait vue que rarement, comme lorsqu'ils faisaient l'amour… Mais pourquoi avait-elle encouragé sa fille à quitter la maison ?

Et puis… il revit son sourire. La manière dont elle s'enthousiasmait. Son amabilité avec ceux qu'elle rencontrait. Son tempérament vif, son rire spontané et sa passion sincère, cet empressement dans tout ce qu'elle faisait… pour lui.

— Je suis contente pour toi, papa.

Daisy rayonnait comme si elle détenait quelque sagesse d'ordre mystique.

— Vraiment, insista-t-elle. Je trouve que vous allez très bien ensemble, Nina et toi. Vous êtes fous l'un de l'autre, ça se voit, et je sens que cette fois-ci, c'est différent, tu comprends ? J'adore te regarder quand tu es avec elle. Elle te fait rayonner, papa, je t'assure.

Oh ! Eh bien, c'est trop dommage.

— Pourquoi tu fais cette tête-là, papa ?

— J'ai, euh… rompu avec elle pendant la réception. A peu de choses près.

— Dis-moi que ce n'est pas vrai ! Dis-moi que tu n'as pas fait une chose aussi incroyablement stupide !

— Je l'ai bel et bien faite.

— Alors, va réparer ça, papa. Dépêche-toi !

28

Il était tard. Nina était descendue sur le ponton de l'auberge, pour la dernière fois peut-être. Elle disait adieu à son rêve et à quelque chose d'infiniment plus riche et plus profond. A l'amour qu'elle avait trouvé auprès de Greg. Elle supposait que son « tu es virée » avait été bredouillé sans réfléchir. Mais avant même d'entendre ces mots, elle avait pris sa décision : *Je ne peux pas rester ici.*

C'était difficile à tous points de vue. Mais l'auberge n'était qu'un lieu, se rappela-t-elle. Un endroit dont elle avait long-temps rêvé, où elle avait vécu et travaillé. Le moment était venu de passer à autre chose en emportant ses rêves avec elle. Elle espérait ne jamais oublier le son des huarts sur le lac, le sillon étincelant de la pleine lune se reflétant sur l'eau, le souffle de la brise dans les érables et les douces ondes à la surface de l'eau.

C'était une magnifique nuit d'été, de celles qui vous enveloppaient en vous donnant une impression de sécurité. Mais ce n'était pas du tout ce qu'elle éprouvait.

Elle gagna le bout de la jetée, le cœur rempli de nostalgie. On aurait dit que ses amarres avaient été rompues. Elle faisait du vol libre, sans but, sans la moindre idée de l'endroit où elle allait atterrir. C'était peut-être une bonne chose, mais ça n'avait rien d'agréable. Elle se sentait accablée, saccagée, comme si on lui avait arraché une partie d'elle-même, non pas à la pensée de partir mais à la pensée de quitter Greg Bellamy.

C'était de la folie pure de tomber amoureuse de cet homme-là. Elle avait passé l'été à essayer de s'en dissuader, et au final, son cœur l'avait entraînée malgré elle, faisant fi de ses raisonnements. L'amour. Elle s'imaginait le connaître. Elle aimait sa famille, ses amis. Elle aimait infiniment sa fille. Mais, là, elle avait affaire à quelque chose de tout à fait différent, de grisant, d'envoûtant, de très fragile aussi. D'incertain. Comment avait-elle pu s'imaginer que le fait d'aimer Greg suffirait à faire d'eux un couple heureux ?

Elle était là depuis un bon moment quand elle entendit quelqu'un derrière elle. Un client ? Non, c'était… lui.

Elle avait reconnu sa voix et sa démarche leste. Le clair de lune découpait avec précision sa silhouette. La lueur argentée jetait des reflets gris ici et là. On se serait cru dans un vieux film.

Son cœur s'emballa. Le seul fait de le voir la rendait heureuse. Pourtant, elle était sur le point d'éclater en sanglots.

Arrête !

— Comment va Daisy ? demanda-t-elle après s'être éclairci la voix.

— Très bien. Le bébé aussi.

Il avait l'air de sortir de la douche, en short et chemise hawaïenne, les cheveux humides, parfumés.

— Elle l'a appelé Emile. C'est un prénom français.

— Je sais.

— Ne me demande pas pourquoi elle l'a choisi. Il a un autre prénom : Charles, comme mon père.

— C'est bien.

Elle le supplia en silence de cesser de lui parler de sa vie ; il fallait qu'elle apprenne à être indifférente à ce genre de choses.

— Et toi, comment vas-tu ?

— Je suis soulagé. Heureux. Et totalement flippé. J'ai un petit-fils, tu te rends compte ?

— Félicitations, Greg. Ça va être merveilleux pour vous tous, j'en suis sûre.

Un long silence s'ensuivit et, tout à coup, elle se prit à regretter qu'ils ne puissent pas avoir une conversation banale. Elle essayait de ne pas penser à tout ce qu'elle savait sur cet homme, à tout ce qu'elle lui avait donné d'elle-même. Elle lui avait ouvert son cœur, et elle refusait de le regretter.

— Nina…

— Greg…

Ils avaient parlé en même temps.

Bon, se dit-elle. *Respire à fond. Règle ça une bonne fois pour toutes.*

— J'ai essayé de réfléchir à la nouvelle destination que je vais prendre.

— Ne pars pas ! Je n'ai pas voulu dire… Je ne suis qu'un imbécile. Je te demande pardon.

Je te demande pardon. Des mots simples, si doux à entendre. Ils venaient de son cœur, et elle savait qu'il était sincère. Elle savait aussi que les liens qui les unissaient étaient ténus. Sur le plan des relations intimes, ses antécédents étaient pour ainsi dire inexistants, et il devait bien y avoir une raison à cela.

— Je ne t'en veux pas, Greg, mais il faut que je parte. Inutile d'en parler. C'est juste inévitable.

Elle se retint d'ajouter : « Je te l'avais dit. » Mais n'était-ce pas le cas ? Ne lui avait-elle pas dit que s'ils sortaient ensemble et si les choses tournaient mal, leurs problèmes affecteraient leur travail à l'auberge ?

— Tu ne partiras pas, dit-il.

— Si. Inutile de nous disputer.

— D'accord, on ne se disputera pas. Mais il y a une chose

que tu dois comprendre. Ce que j'ai dit pendant la réception…
J'étais paniqué, terrifié, fou de rage, mais ça n'avait rien à
voir avec toi.

— Je comprends. Il n'empêche que tes paroles étaient
plutôt cruelles.

— Je te demande pardon, répéta-t-il. Je flippais, j'étais en
colère, mais tu n'étais pas du tout en cause.

— Qu'essaies-tu de me dire, Greg ?

— Que tu ne peux pas partir. Tu adores cet endroit. Ta
vie est ici.

La douleur lui coupa le souffle. Elle avait envie d'entendre
que sa vie était *auprès de lui*. Elle voulait le sentir, en être
convaincue, sans l'ombre d'un doute.

— Ça n'a pas d'importance.

— Bien sûr que si ! Si ça ne compte pas, qu'est-ce qui
compte, alors ?

Un silence terrible, lourd de doutes, s'éternisa. Elle
entendait les clapotis de l'eau contre les piliers du ponton,
les murmures du vent dans les arbres.

Et puis, soudain, il la prit dans ses bras. Elle essaya bien
de lui résister, mais quelque chose la fit fondre et elle leva
son visage vers le sien.

Il l'embrassa alors, et ce fut un baiser possessif, d'une
douloureuse sincérité, qui la laissa tout étourdie. Elle se
rappela alors ses caresses, leurs rires et toutes les fois où
ils étaient restés allongés paisiblement dans les bras l'un de
l'autre à écouter le silence de la nuit.

— C'est à peu près ce que j'essayais de te dire, murmura-
t-il lorsqu'il reprit son souffle. Seulement, je ne trouvais pas
les mots.

L'espace d'un instant — un battement de cœur —, elle
reprit espoir. Puis elle se rappela tous les barrages sur leur
chemin.

— Ce n'est pas une question de mots, balbutia-t-elle d'une

402

voix brisée en essayant de se dégager de son étreinte. C'est plutôt que nous en sommes à des points très différents de nos vies.

Fais que j'y croie ! le supplia-t-elle en silence.

— Bon sang, Nina, tu as passé l'été à ressasser toutes les raisons pour lesquelles on ne pouvait pas être ensemble. Toutes les raisons qui faisaient que ça ne marcherait pas entre nous. Et pendant ce temps-là, ça marchait à merveille entre nous. Sauf aujourd'hui. Je t'ai demandé pardon, mais tu n'as aucune raison de me croire. Je veux juste te dire : Reste, Nina. Reste, et je ferai en sorte que tu y croies. Je te le jure.

Elle leva les yeux vers lui en se demandant comment il avait deviné ses pensées. *Fais que j'y croie !*

Lentement, inexorablement, le vide en elle commença à se combler. C'était la grande force de Greg, la chose à laquelle elle n'avait jamais pu résister. Il était capable de se lancer à corps perdu dans l'amour, l'engagement, même après un mariage raté et un divorce pénible. Il n'avait pas peur des relations, contrairement à elle. Elle avait besoin de son courage. Elle avait besoin de *lui*. Elle avait passé un été merveilleux et plein de surprises. Ce qui n'avait rien de nouveau pour elle. Les choses ne se passaient jamais comme elle s'y attendait.

Elle le dévisagea en se disant : « C'est encore *mieux* que ce que j'attendais. » Elle avait voulu l'auberge : à la place, elle s'était retrouvée avec un associé. Elle voulait son indépendance : elle s'était entichée de Greg et de ses enfants. Pendant l'automne et tout l'hiver, ils s'étaient rapprochés, jour après jour. Elle n'avait plus peur de cette relation ; elle ne se souciait plus des complications inhérentes à sa vie.

— J'ai vécu toute mon existence dans la même ville, reprit-elle après avoir pris une grande inspiration. Ce soir, je me disais que j'avais peut-être besoin de vivre une autre vie, de faire quelque chose d'autre.

— Tu as fait des tas de choses, Nina. Sauf, peut-être…

— Quoi donc ?

— Tu n'as jamais été amoureuse. Souviens-toi : tu me l'as dit il y a longtemps.

— Ce n'est plus vrai, bredouilla-t-elle sans réfléchir.

Elle l'avait dit, pas du tout de la manière dont elle avait prévu de le faire, mais elle ne pouvait pas revenir en arrière. Elle n'en avait pas envie, du reste. Recommencer de zéro ne voulait pas forcément dire qu'elle lutterait comme elle l'avait fait auparavant. Ce nouveau départ serait joyeux.

Il n'avait même pas l'air surpris.

— Il était temps ! J'attendais ça depuis un moment.

— Tu le savais ?

Pour toute réponse, il éclata de rire.

— Ça se voit sur ton visage.

— Alors, pourquoi n'as-tu rien dit ?

— Je ne vais pas te mentir. J'ai été marié longtemps.

Il eut un nouveau sourire, un peu narquois, celui-là.

— On ne peut pas tous être vierges, tu comprends ?

— Très drôle.

— Nina, comme je te l'ai dit, j'ai été marié longtemps. Et ça s'est mal terminé. Pendant un moment, j'ai cessé de croire que je pourrais encore faire confiance à quelqu'un. Y compris à moi-même. Et à mes propres sentiments.

— Ce qui signifie ?

Elle était consciente de s'engager sur un terrain glissant, mais elle voulait en avoir le cœur net.

— Je sais ce qu'est l'amour. Et ce qu'il n'est pas.

Il la serra tendrement contre lui et se pencha pour chuchoter à son oreille :

— Je sais que je suis fou de toi. Et ça n'est pas près de changer, alors tu as intérêt à t'y habituer.

Elle ne s'était pas rendu compte qu'elle retenait son souffle jusqu'au moment où elle poussa un soupir de soulagement.

Épilogue

Nina entendit un coffre de voiture claquer. Elle vit les épaules de Greg se raidir, comme s'il se préparait à recevoir un coup. Ils étaient dans l'entrée en train de s'armer de courage avant de faire leurs adieux à Daisy.

Dehors, le moteur de la voiture tournait au ralenti. Les gaz d'échappement montaient en panache à l'assaut du ciel plombé de cet après-midi d'hiver. Le crépuscule précoce approchait déjà, et un silence glacial enveloppait le paysage. Greg avait passé la moitié de la journée à vérifier et revérifier la voiture pour s'assurer qu'elle était apte à supporter les rigueurs de l'hiver, que les pneus étaient bien gonflés, que les vitres étaient impeccables, que tout fonctionnait, comme si sa fille partait en expédition à l'autre bout du pays alors qu'elle allait juste de l'autre côté du fleuve, dans une petite maison sur la route de New Paltz.

La distance importait peu, en fait. Nina le comprenait. Daisy quittait la maison de son père : une transition nettement plus déchirante et compliquée qu'un simple changement de cadre. Elle avait vécu cinq mois chez Greg après la naissance du bébé, mais elle était impatiente d'entamer sa nouvelle vie, à présent. Elle avait passé la dernière heure à faire ses bagages. Le bébé dormait déjà à poings fermés dans son réhausseur.

En observant Greg à la dérobée, Nina remarqua sa mâchoire crispée. Elle regrettait de ne rien pouvoir dire pour l'apaiser. Ils savaient depuis longtemps que Daisy partirait. Maintenant que le jour était arrivé, son appréhension était palpable.

Elle compatissait de tout son cœur. L'amour que l'on portait à quelqu'un ne se réduisait pas aux moments de plaisir partagé. Cela impliquait aussi de souffrir lorsque l'autre souffrait. Autrefois, elle redoutait tout ça, mais elle n'avait plus peur.

Elle remonta la fermeture Eclair de sa parka et le suivit à la porte.

— Tout va bien se passer, dit-elle. Tu le sais, n'est-ce pas ?

Il l'étreignit et déposa un baiser sur sa tempe.

— Oui, je le sais.

— Tu lui as donné tout ce dont elle avait besoin, ajouta-t-elle en pensant à Sonnet, si loin, à l'université.

Elle se disait la même chose chaque fois que l'absence de sa fille lui faisait mal.

Il lui prit la main, et ils sortirent ensemble dans le froid pour dire au revoir à Daisy. Nina se pencha et effleura délicatement le bébé endormi dans son siège. Emile — que tout le monde appelait Charlie, Dieu merci — était le centre du monde pour Daisy, et Nina savait qu'il en serait toujours ainsi.

Greg étreignit longuement sa fille en la tenant par la nuque, comme il le faisait probablement quand elle était petite fille.

— Sois prudente sur la route, lui dit-il.

— Je le suis toujours. Dis à Max de m'appeler quand il rentrera de l'école. A un de ces quatre, papou !

— Compte là-dessus.

Et soudain, elle était partie.

Nina et Greg la suivirent des yeux jusqu'à ce qu'elle franchisse le virage débouchant sur la route, laissant un vide de silence dans son sillage. Il n'y avait pas de clients à l'auberge, aujourd'hui. La saison était au plus calme, le parking était vide. Quelques lumières brillaient dans le hangar à bateaux au-dessus du ponton, rappelant à Nina qu'elle avait prévu de passer l'après-midi à travailler devant son ordinateur.

Elle frissonna et leva les yeux pour s'apercevoir que Greg était en train de la regarder d'un drôle d'air.

— Ça va ? lui demanda-t-elle.

— Je vais bien.

— Tu es sûr ?

Il hocha la tête, se tourna vers elle et posa les mains sur ses épaules.

— Je suis sacrément content que tu sois là, Nina.

Elle sourit en inclinant la tête de côté pour essayer de deviner ses pensées.

— Nina, reprit-il, la première fois que je t'ai vue, tu n'étais qu'une gosse en train de traîner dans le camp Kioga. Pourtant, j'ai tout de suite su que tu compterais pour moi, d'une manière ou d'une autre. Je ne me trompais pas. Tu as toujours compté. Tu comptes de plus en plus. Chaque jour, je me réveille plus amoureux de toi que la veille, et ça ne va pas s'arrêter. Jamais.

Elle en oublia de respirer. Elle savait où il voulait en venir, et elle n'arrivait même plus à bouger. Elle espérait que son visage rayonnait d'amour autant que le sien.

Ce fut avec une anxiété touchante qu'il se mit sur un genou devant elle et plongea la main dans sa poche pour en sortir une bague. Sa main tremblait, et il eut un petit rire mal assuré.

— Pardonne-moi. Je suis nerveux. Ça fait des jours que je me promène avec ça en essayant de trouver le moment le plus opportun pour te poser la question.

— Ça me paraît bien, maintenant, chuchota-t-elle, son

souffle faisant de la buée dans l'air hivernal. Demande-le-moi maintenant. S'il te plaît.

Il pressa ses lèvres sur le dos de sa main, puis leva bravement les yeux vers elle.

— C'est la première fois que je fais ça, et je n'ai pas l'intention de recommencer. Tu es mon unique tentative. Nina Romano, veux-tu m'épouser ?

Elle avait imaginé ce moment tant de fois depuis l'été dernier. Elle en avait rêvé, elle l'avait appelé de ses vœux. Elle savait qu'elle serait consumée par l'émotion quand elle entendrait ces mots, mais elle ignorait que le bonheur l'empêcherait de parler. Alors, elle hocha la tête, puis les larmes lui vinrent aux yeux. Et finalement, elle réussit à répondre :

— Oui, Greg, je veux t'épouser. Je t'aime. Je t'aimerai toujours.

Sans la quitter des yeux, il se releva et glissa la bague à son doigt. C'était un simple solitaire, dont l'or réchauffa sa peau.

— Elle te va à la perfection, dit-il.

Il l'embrassa tendrement, puis murmura en souriant :

— Whaou ! Ça s'est plutôt bien passé.

Elle lui enlaça la taille en riant de joie.

— Je te l'avais dit !

Puis elle s'écarta et regarda leurs mains jointes, son doigt désormais orné d'une bague, promesse étincelante de leur avenir. Elle n'avait plus du tout froid, emmitouflée dans le bonheur, tandis qu'elle s'imaginait avec lui dans la vieille demeure de l'auberge du lac des Saules.

— Rentrons ! dit Greg en lui prenant la main pour l'entraîner dans l'allée. J'ai de grands projets pour nous.

REMERCIEMENTS

Toute ma gratitude à Wendy Higgins, la vraie aubergiste de l'Ocean Lodge à Cannon Beach, dans l'Oregon. Je remercie aussi du fond du cœur mes collègues écrivains : Elsa Watson, Suzanne Selfors, Sheila Rabe et Anjali Banerjee, ainsi que Kysteen Seelen, Susan Plunkett, Rose Marie Harris, Lois Faye Dyer et Kate Breslin pour leur humour, leur sagesse et la patience dont elles ont fait preuve en lisant les premières moutures de ce livre.

Je dois surtout beaucoup à Meg Ruley et Annelise Robey de la Jane Rotrosen Agency et à ma fabuleuse éditrice, Margaret O'Neill Marbury.

Best-Sellers n°341 • thriller

Le cercle écarlate - M.J. Rose

Des hommes nus, aux pieds marqués d'un chiffre rouge : c'est la troisième fois que la journaliste Betsy Young reçoit des clichés de cette mise en scène macabre. La police n'a aucune piste. Seule le Dr Morgan Snow est capable d'établir un lien entre les victimes, car elle reçoit des patientes liées à Scarlet, une société secrète de femmes qui asservissent les hommes à leurs désirs. Morgan, tenue par le secret médical, ne peut révéler cette information à la police. Pas même à l'inspecteur Noah Jordain, qui, sans elle, ne remontera jamais la piste du tueur…

Best-Sellers n°342 • suspense

Les fiancées du Mississippi - Carolyn Haines

Après la mort d'Annabelle, sa fille de 9 ans, dans un incendie criminel, Carson Lynch a connu la descente aux enfers : elle a quitté son mari, son métier de journaliste, et s'est réfugiée dans l'alcool. Deux ans ont passé. A Biloxi, Mississippi, où le patron du *Morning Sun* a recruté Carson, la découverte de cinq jeunes femmes assassinées 24 ans auparavant fait l'effet d'un coup de tonnerre. A peine sont-elles identifiées que la série noire recommence, avec deux nouvelles victimes. Toutes ont l'annulaire gauche sectionné et portent un voile de mariée. S'agit-il du même tueur ? Pour le savoir, Carson Lynch est prête à tout. Car elle a des raisons très personnelles de vouloir retrouver le criminel…

Best-Sellers n°343 • suspense

Dangereuse vision - Heather Graham

Chargés de retrouver le *Marie Josephine*, galion espagnol naufragé au XVIIIᵉ siècle, Genevieve Wallace et Thor Thompson ne vont pas seulement devoir apprendre à explorer ensemble les superbes récifs et les eaux cristallines des tropiques au large de Key West. Car Genevieve, confrontée pour la première fois de sa vie à des visions effrayantes qui les guident dans leurs recherches, va, en levant peu à peu le voile sur le mystérieux naufrage, mettre sa vie et celle de Thor en danger…

Best-Sellers n°344 • roman
Le voile des illusions - Jackie Collins

Trois femmes extraordinaires. Trois carrières prometteuses. Trois divorces imminents.

Dans le monde impitoyable d'Hollywood, où les paparazzi font et défont les stars, Shelby l'étoile montante du cinéma, Lola la bombe latino, et Cat la réalisatrice rebelle, découvrent quelles illusions se cachent derrière le voile du succès. Sous les paillettes éclatent les scandales, les jalousies, les trahisons. Difficile alors, de rester fidèle à soi-même… si ce n'est aux autres.

Best-Sellers n°345 • roman
Retour au lac des saules - Susan Wiggs

A présent que sa fille a quitté la maison, Nina Romano s'apprête à réaliser son rêve de toujours : racheter et rouvrir l'auberge du lac de Saules. Aussi est-elle furieuse d'apprendre que la propriété vient d'être vendue… à Greg Bellamy, le fils de riches qu'adolescente, elle aimait en secret. De retour après son divorce, il a encore trouvé le moyen de se mettre en travers de sa route ! Mais quand il lui propose de s'associer avec lui, elle hésite, déchirée entre sa méfiance envers ce rival déloyal, et son attirance pour un Greg encore plus séduisant qu'autrefois…

Best-Sellers n°346 • historique
Une passion irlandaise - Brenda Joyce

Irlande, 1818.

Après le mariage de leurs parents respectifs, Eleanor et Sean grandissent ensemble. Mais, au fil des ans, Eleanor tombe amoureuse de Sean qui, lui, la considère comme sa petite sœur et ne rêve que de partir à l'aventure. Eleanor essaie en vain de le retenir. Quatre ans s'écoulent sans qu'il donne signe de vie, et la jeune fille, refusant de céder au chagrin, se fiance à un autre. Mais, à la veille de son mariage, Sean réapparaît. Eleanor, bouleversée, apprend qu'il s'est enrôlé dans la rébellion irlandaise et est recherché par les troupes du roi. Alors, elle n'hésite pas : peu importe le scandale, elle suivra Sean n'importe où, fût-ce au péril de sa propre vie. Sean l'enlève le jour de ses noces…

Best-Sellers n°347 • suspense
Les mains du diable - Gwen Hunter

Médecin dans le comté de Dawkins, en Caroline du sud, le Dr Rhea Lynch se trouve confrontée à une série d'étranges événements : tandis que les cas de malaises respiratoires se multiplient de manière inquiétante aux urgences, une jeune accidentée dont le corps porte la trace de sévices atroces se livre à des rituels de magie noire au sein de l'hôpital...
Ce roman est le troisième volet de la série consacrée au Dr Rhea Lynch.

Best-Sellers n°348 • roman
Le testament des Gerritsen - Emilie Richards
La Nouvelle-Orléans, 1965.

Aurore Gerritsen vient de rendre son dernier souffle. Respectant ses instructions, son avocat réunit les proches de la vieille dame, à qui il ne lira le testament qu'au bout de quatre jours, toute personne partant avant ce délai perdant son droit à l'héritage. Un héritage considérable, qui suscite tensions et convoitises. En huis clos dans le pavillon d'été de Grand Isle, les uns et les autres, à travers à travers les journaux intimes, les secrets de famille enfouis depuis des années, et la lecture du testament, vont alors découvrir le lien secret qui les unit à Aurore Gerritsen ...

Best-Sellers n°349 • suspense
Spirale meurtrière - Meg O'Brien

Agent littéraire à Los Angeles, Mary Beth Conahan se trouve soudain confrontée aux meurtres de son ex-mari et de deux de ses auteurs. Coïncidence ? Au même moment, l'une de ses anciennes amies, dont elle était sans nouvelles depuis des années, frappe soudain à sa porte pour lui demander de l'aide...
Un récit haletant dans lequel secrets et trahisons s'entremêlent pour mieux nourrir le suspense jusqu'au coup de théâtre final.